中国专业作家作品典藏文库

中国专业作家作品典藏文库
石钟山卷

石光荣和他的儿女们

石钟山 著

中国文史出版社

目　录

第一章

立正，敬礼，交接。

石海机械地做着动作。完成岗哨交接工作，他拖着疲惫的身子向营房走去。他神情恍惚，脑子里几近一片空白，站岗时努力保持的一点精神，走下岗哨后全都涣散了。

“读万卷书，行万里路”，这是他当兵时立下的志向。

从遥远的东北当兵到西北边陲，路何止万里，可是他最后却被锁定在绝壁沙漠上的一个点上。四望是无尽的沙漠，只有这座孤山仿佛自天外飞来，又被遗弃在这片戈壁上，孤山脚下就是他们的军营。只有孤山上苍翠的绿色使他觉得自己还生活在地球上，除了这座山，四周就是拿望远镜也看不到一点绿色和生命的迹象。

营房里几乎和戈壁一样宽阔，靠窗是一排大通铺，他们班的人晚上就都睡在这张大通铺上，这让他想起妈妈跟他说的旧社会东北老家大车店的大炕，应该和这差不多。地中间是两张木桌，班里的一群人正围着一张桌子打扑克，另一群人围在另一张桌上下棋。只有一个人在一个炮弹箱子上写着什么，应该是写家书吧。这种炮弹箱子坚固结实又防潮，还很容易找，就成了他们标准的衣柜和装杂物的箱子。

看到他进来，有两个人抬起头打声招呼，其余的人则继续打扑克、看下棋。他机械地点点头，在靠墙的一排架子上拿下自己的毛巾和脸盆，向水房走去。身后喧嚷的笑声和说话声，仿佛来自另一个世界或另一个空间，和他之间有一道看不见的墙。

他从没想过自己会适应不了军营的生活，他自小就生活在军营中，虽说是军队家属区，可是军营他也是常进常出，和自己的家一样。他从小到大的生活，除了学校，剩下的就是在军队中度过的。然而，当他当了兵，却发现自己无论怎样也无法融入军营的生活中了，这是怎么回事？自己究竟怎么了？

这些天，他始终在问自己这个问题，却找不到答案，但有一点却在他心头越来越清晰了：他不能再这样活下去，不然不是他被憋疯就是真的要发疯了。

在哗哗的水流中，他冲洗着脸，泪水却也如拧开的水龙头般哗哗地流淌着，他极力抑制着自己，别哭出声来，这是他仅有的自尊了。在军营中哭鼻子，除非你的亲人死了，否则不管因为什么，你的男子汉形象就全毁了，永远别想恢复过来。

“喂，同志哥，这儿可是沙漠，水比油还金贵呢。”一只雪白修长的手关上了水龙头，耳边是柔糯如年糕的声音。

“是你？你怎么来了？”

“我怎么不能来？人家是特地来看你的，可费了不少心思才得到批准的，你却这样问。怎么，你哭了？”

“胡说，是沙子迷了眼。”他突然恶狠狠地看着眼前这位靓丽妖娆的女兵。

他们是邻里，是同学，是发小，举凡世上人与人之间最好的情谊他们都拥有了，但不包括爱情，因为石海认为自己还太小，爱情还是很遥远的事，却没想到对方早就认为他们已足够大了。

他们的父辈也是一样，石海的父亲石光荣和面前这位李文的父亲李满屯也是老战友、老同事，李满屯在部队中一直是石光荣最好的部下、助手。最后石光荣当上军区警备司令，李满屯当上军区后勤部长，两人离休后又都住在军区干休所里。他们两家多少年来都相处如一家人。在石海的眼中，李文就是最铁的哥们儿、最亲的妹妹。

“是，是沙子好了嘛。”李文又嗲声嗲气地说了句。

石海在李文身上几乎挑不出什么毛病，就是听不惯她的声音和腔调，整个透着一个“假”字。他母亲却说女孩子就应该这样，哪能像他姐姐石晶那样，整日里风风火火就像个假小子。他最听母亲的话，也就容忍了这一点，从没向李文提出过，可是每次听到心里还是觉得有些别扭。

“走吧，到招待所，我有话跟你说。我都跟你们班长给你请好假了。”

石海把脸盆和毛巾送回房间，李文也跟着进去了。看到她，房间里就像沸开的油锅里倒进一勺凉水，立时炸开了锅。几个人抢着和李文搭话，更多的人则直愣愣地看着她。在荒无人烟的绝壁荒滩，就是见到一个姿色平庸的女人，这些精壮汉子体内的荷尔蒙也是噌噌地往上蹿，何况是李文这样的美女。李文也和所有自知天赋美丽的女孩子一样，最享受男人们的这种目光和热情，她笑眯眯地和大伙打着招呼，嗲声嗲气地说着话，弄得这些当兵的愈加神不守舍。

石海早已穿好了衣服，忍耐了一会儿，冷冷道："首长，该走了。"他很讨厌李文故意让他同寝的战友出洋相。其实假如他见到的不是自小就在一块儿长大的李文，而是另一个美女，他的反应也不会好多少。

李文用歉意的目光横扫一圈，似乎恋恋不舍地离开了。众人都恨恨地看了石海一眼，嫌他大煞风景。大家对石海都是既羡慕又嫉恨，天底下的好事怎么都让这小子占全了，既是将门虎子，在军中上层有后台有靠山(这一点是他们猜的)，又有天仙般的女朋友。现在他虽也是个大头兵，怕是通往将军的路已经铺好了，不像他们三年服役后还是要复员回原籍，就业问题能否解决都不知道，老天爷也太不公道了。或许也正是因为他们这种心理，并由此表现出来的种种态度，使得石海和他们无法融洽在一起，但他们却没有一个人知道石海心里的苦楚，就是知道也无法理解。

来到招待所后，石海问道："你究竟有什么事，特地跑来一趟？"他知道李文能说动领导批准并派车送她来一趟绝不是一件容易事，心里也不免有些忐忑，唯恐家里出了什么事。文艺兵虽说比他们这些大头兵宽松许多，纪律也是很严格的。

李文拿出一张纸，在石海眼前一晃："就为这个。"

还没看清，石海已经明白了，这是他给家里写的信，怎会落到李文手里？他不禁有些恼羞成怒："你怎么敢偷看我的信？"他以为是李文看到了他给家里寄的信，偷偷给拆开了，这小丫头让她父母自小宠得无法无天，没有她不敢干的事。他虽和李文无话不谈，但要对母亲袒露的心事还是不愿让她知道。

"喂，你有点耐心让我把话说完好不好？没有调查研究就没有发言权，这是毛主席的话。"李文用纤纤食指点他额头两下。

"那你就快点说！"他粗声粗气地说。

李文又拿出一个信封，得意地说："你再看看这个。"

石海看到信封，心里登时明白了，他给家里写信的同时也给李文写了一封，结果只把家信寄了，给李文的信却感到无颜寄出，揉皱后扔进垃圾箱里。一定是心慌意乱中装错了信，把给家里的信装到给李文的信封里，扔信时又扔错了，最后把家信扔了，给李文的信倒发出去了。

信上其实并没什么隐私，只有短短一句话：爸爸、妈妈，快把我弄回家吧，我实在忍受不住了，我要死了！

他接过信，折好放进衣兜里，不用看他也知道自己写的是什么。那是他在绝望中发出的求救的呼喊，虽说是给爸爸妈妈写的，其实只是说给妈妈听的。他有些羞愧地低下头，除了母亲，他不愿意让任何人看到他心底最深处，更不愿意让李文看到自己最柔软的一面。

“拿来吧，给我的信呢？”李文伸出手来。

“这个……让我扔了。”石海不好意思地苦笑一下。

“扔了？为啥呀？那就重新给我写，还不用你寄了，我自己拿走。”

“算了，你就当我没给你写吧。”石海告饶似的说。

“不写也行，直接说吧，我听着。”李文把椅子挪挪，两人凑得更近了，膝头顶着膝头，额头快抵到一起了。

“你就为这个跑来一趟？”他有些烦躁了。他写给李文的信写满了三张信纸，倾诉自己的烦闷、苦恼和绝望，当时是直抒心事，滔滔而出，写得固然痛快，写好后重读一遍，脑子也清凉下来，却不好意思发出去了。不好意思在信上说的自然更不能当面说出口。

“当然不是。”李文继续卖着关子，然后神秘一笑，“我是来救你的。”

“救我？你有什么办法？”石海不屑地一笑。

“瞧不起我是不？我当初说要陪你到西北来，你还不信，怎么样，我做到没有？”

一提到这个，石海是满怀感激，不由得点点头。

当初他高考落榜，虽只差几十分，却也面临着残酷的选择：是上复读班，明年再参加高考，还是加入社会上浩浩荡荡的待业大军，或者去参军。参加高考自然是最好的选择，他却有自知之明，以自己目前的水平，纵然再复习几年，也未必能考上大学。思来想去，最好的选择还是参军。

按照军人家庭的光荣传统，参军当兵就是不二选择，他哥哥石林、姐姐石晶都依照父亲石光荣的意愿参了军，石林而今已是团长了，姐姐石晶虽没留在部队，复员后到了法院，但毕竟是在军队这个大熔炉里镀了层金。向来习惯于安排并决定子女前程的石光荣在石海的问题上颇为宽宏大量，不发表任何意见。他母亲褚琴虽然觉得参军要比在家待业强，也没说一句话，她知道生下来就遗传了自己一身文艺细胞的石海，喜欢的是读书和写诗，立志要成为一个诗人和作家，不是当兵的材料。

最后石海却自己选择了参军，他想得很简单、很浪漫，要离开自己生活的小圈子，到广阔天地去，读万卷书、行万里路，有了丰富的人生阅历后自然能写出扎实的小说，说不定还会是一部传世作品。

第一个知道他想法的就是李文，李文不但没有像石海想象的那样支持他，反而强烈反对。她太了解石海了，可以说比他的哥哥姐姐更了解他，他们从小到大在一起的时间比他和家人在一起的还多。她知道以石海的性情，根本无法适应军营的生活，作为军区司令员的少爷在军营里玩儿跟在军营里当一个大头兵有天壤之别。

有一点她和石海的想法一样：就是石海这辈子只能当一个诗人、作家，别的什么也干不了。因为他除了这个对什么都没兴趣，就像他父亲石光荣一辈子只能当军人一样，所以她劝他，既不要待业，也不要参军，而是直接走上职业作家之路。他的家庭供得起一个作家，如果家里不同意，他索性离家出走，像当年巴尔扎克确定当作家的志向后，毅然孤身到了巴黎，历经磨难，终于成为世界级的大文豪。她为了他，可以到北京去工作，凭她家里的关系，在北京找到一份收入稳定的工作并不难，她可以和他一起生活。

石海听后很感动，却不能按她说的办。他要当作家，父亲一直坚决反对，母亲纵然赞成，也不会答应他什么也不干，默默拼搏十年八年甚至二三十年后成为一个作家。倘若他真这样做，家里会闹得天翻地覆，最后分裂。至于离家出走，他连想都不敢想，那会让母亲伤心死的。

李文见石海决心已下，就不再劝了，只是叹口气："好吧，你坚决要参军，我陪你，你到哪里当兵，我也去。"

石海微微一笑。李文娇嗔道："怎么？你不相信我？我可不像你，我想做的事就一定能做到。"

石海知道李满屯夫妻老来得女，把李文宠得跟凤凰似的，要天上的星星绝不摘月亮，可是这种关乎人生转折的大事还是不能任着她的性子来。李文高考的分数比他还低，不过李文自小能歌善舞，是学校的文艺骨干，她如果想报考艺术院校，还是能上的。

父亲石光荣对石海参军的决定并没显得特别高兴，尽管这样符合他的心愿。他一直认为，一个男人不在军队的大熔炉里锤炼一番，是不能成为真正的男子汉的，但他留了个心眼，唯恐以后挨埋怨，对石海参军的事绝不插手。

母亲褚琴对他的决定也是一时间反应不过来，从小到大，石海最不愿意做的事就是当兵了，怎么会一下子来个一百八十度的大转弯？虽说人长大了会改变，可这弯子也转得太急太大了。她再三问儿子是不是真的愿意当兵，依她的意思，还是应该继续复习，考大学才是正经事，就算复习一年考不上，那就复习个三年两年的，实在不行就想办法托关系就业吧。孰料石海却铁了心要参军，连褚琴也不知他着了哪门子的魔了。不过，他要参军，毕竟是好事，这也遂了石光荣的心愿，褚琴就一手给石海办了参军手续。

只有石海自己知道，他是着了托尔斯泰的魔了。他在高中最后一年，刚刚读完托尔斯泰的《战争与和平》，对这部文学史上的巅峰之作，他虽然不能完全理解，却也膜拜得五体投地。于是，托尔斯泰又替代巴尔扎克成为他要奋斗终生并最终成为的人物。他在膜拜之余想，托尔斯泰之所以能写出如此伟大的小说，是因为他当过兵，亲自参加过俄土之战，有亲身生活体验，才能写出《战争与和平》来。于是，他也萌发出一个梦想，去参军，体验军营生活，将来也写一部中国的《战争与和平》。

这个梦想在他脑中逐渐升起的时候，正是他在高考考场上折戟沉沙之时，于是这梦想便成为他要用尽一生去圆的梦。

要决定当兵的地方时，石光荣才发话了，问石海想去哪儿当兵，石光荣还把一张中国地图摊在桌上，仿佛要指挥一场战役似的。石海还真没想过这个问题，他把地图从北看到南，从东看到西，最后在西北一指："就是这儿了。"

那是新疆。

在那一刻，褚琴心头一酸。她并不知道石海决定去当兵的缘由，此时却敏感地意识到儿子决意要去当兵，而且要去这样远的地方，其实是想逃离这个家，这个他自小就纷争不断、让他感到很压抑很压迫的家。而这种最真实的缘由却连石海自己也没意识到。

当办完参军手续去向李文告别时，李文才告诉他，自己也要当兵了，而且和他一样，也是西北边疆，和他在一个师。石海当时眼睛湿润了，他此时才理解父亲唠叨了一辈子的战友情谊，哪怕你下地狱，他都会陪着你。

李文虽和他一起去了新疆，却进了部队的文工团，当了一名相对轻松的文艺兵，他却进了新兵训练营，当了一名大头兵。

他以前以为自己很坚强，能克服一切困难，没想到两个月的新兵营生活就把他压垮了。教官们在政治思想课上还告诉他们，新兵营的训练只是给他们热热身，到了边防哨所后的生活才叫考验人，也讲了许多边防哨所的事。每堂政治思想课上教官总是反复讲：国家边境线漫长，为防止敌人侵入，就需要多建哨所，能手握钢枪为祖国守卫西北大门就是一个男儿最光荣的事儿，还讲了许多英雄模范的事迹。教官讲得慷慨激昂，新兵里也很有些人热血沸腾，石海却彻底绝望了。他清楚地知道，自己到了边防哨所，绝对熬不过三年，只要三个月半年的，不是死就是疯。正是在这种绝望的心情下，他写了那封家书，发出求救的声音。然后又给李文写了封信，大吐苦水和悲情。

“这封信多亏你寄到我那里，寄到家里也没用。石伯伯那人你是知道的，他只会在你屁股上踢一脚，褚阿姨就算想把你弄回家也没用。当初可是你自己要求参军的，参军的事都是褚阿姨办的，这会儿你不想干了，就要回家。你以为军队是补习班呢，想进就进，想出就出。”李文一本正经地对他说，脸上也满是同情的神色。

对父亲石光荣石海是最了解的，在原则问题上，他就像当年在战场上绝不会放弃阵地一样，绝不会有任何通融。还记得哥哥石林当初当兵时，被父亲送到了最北边的哨所。几个月后，整天爬冰卧雪的石林实在挺不住了，给家里写信，求父亲把自己调到内地的部队。父亲石光荣看后，却把他的一封封信都扔进火里烧了，连母亲都不知道。最后石林给父亲寄来一封信，愤怒地要断绝父子关系，从那以后，石林没有了音信，也再没回过家。十几年后，石林已经娶妻生子，才慢慢又恢复了和家里的联系。

石海叹了口气，望望窗外杳无际涯的沙漠色，嘴唇颤抖着说：“那我只有一死了。”

“别这么悲观嘛，我这不是来救你了嘛。”李文握住了他的手。

“我妈都救不了我，你能做什么？你就算求李叔把我调走，部队也会先征询我爸爸的意见，根本没用。”

李文撇撇嘴：“你以为我只有求父亲那点本事，太小瞧人了。咱们都是成年人了，凡事要自己想办法解决，不能什么事都靠着家里。”

石海看看她，仿佛不认识了，这话从她嘴里说出来委实令人惊讶。“那你就说说想怎么样把我救出去。”

虽然屋里没人，李文还是附在他耳边说了一阵，石海时而惊愕、时而犹疑、时而与她争执，最后还是全盘接受了李文的计划。

一个月后，新兵训练期满，一辆辆大卡车把他们拉到更遥远的哨所去。每到一个哨所，就按名单下去一些人，这些人就是分配到这个哨所的。然后卡车队继续向沙漠深处挺进。石海已经知道，他被分配到最遥远的一个哨所，脸上倒是悠然自得的神色。

就在一个哨所下去人后，卡车刚启动时，坐在卡车后边的石海忽然跌落下去，而且不能动了。一辆腾空的卡车把他紧急送到边防团的医院里，诊断是：腿部骨折，还有轻微的脑震荡。

住院一个月后，石海忽然又患上一种奇怪的病症，让边防团里的所有医生都束手无策。

第二章

石光荣醒来了，他不用看表也知道是凌晨四点整。

多少年下来，他的脑子里就像有一只构造精密的钟表在控制，无论做什么都有准确的时间。

他看了眼身旁的褚琴，心头涌上一股暖意。老了老了，老来是伴儿，他现在是越来越能品味到这句话的深意了。他躺着没动，害怕把褚琴吵醒了。褚琴倒是越老越像小孩儿，稍微惹到她，她就会闹个不停。五点钟了，他才悄悄起床，到厨房里熬粥、煮鸡蛋，做好自己先吃了，洗净碗筷，把煮熟的鸡蛋放在碗里，用只大碗扣上，再用毛巾包好保温。做完这些，他才提着篮子走出去，到早市上买菜。

买菜回来，看到他的两个老友李满屯和胡常在在晨练，他唯恐被他们看到自己手里的菜篮子，这两人嘴里能说出什么话，不用想都知道。他急忙把菜篮子藏在小树林里，然后两手空空潇洒地走过去。

“你藏什么藏呀，谁不知道你去买菜了，这干休所里的人都知道，你老石现在可是模范丈夫了，我就纳闷，怎么没人评你啊。”李满屯还是把石光荣最怕听的话一股脑儿地说出来了，胡常在是满脸的邪笑，这笑容比李满屯的话还伤人。

“也就是今天，我起来早了，往常都是她买。”石光荣涨红老脸，嘟嘟囔囔地说着，自己都没听清自己说啥。

取笑了他几句，李满屯和老胡也就心满意足了，见好就收，石光荣性子急，真把他惹毛了也不是玩儿的。这三个老战友、老伙计，也是老冤家，见面就掐，离休后更是只有这点乐趣了。

三个人锻炼了一会儿，老胡忽然问道：“你家石海在部队也有三个月了吧，还待得惯吗？”

“这是什么话？”石光荣一瞪眼睛，“我石光荣的儿子在部队待不惯？我的儿子天生就是当兵的料，大儿子石林为国家守卫东北大门，小儿子石海现在为国家守卫西北大门，要不咱的名儿怎么叫光荣呢。”

他还要顺着这个话题再吹下去，褚琴满头大波浪，穿着一套时兴的米色套服，腰肢袅娜地走过来，与李满屯和老胡点头示意后，就安排起老石上午要做的家务活儿。李满屯和老胡心中窃笑，却没敢表露出来。等褚琴走后，老胡笑道：“你这老婆是越来越年轻了，她这是去合唱团亮嗓子还是去模特儿队扭屁股呀？”

石光荣在两人面前被褚琴一顿吩咐，面子尽失，没好气地道：“她愿咋的就咋的。”

“谁咋的了？”恰好褚琴有事转回来，听到后一句问道。

“没什么，没咋的。”石光荣尴尬地笑道，“你还有什么事？”

褚琴没理他，而是跟李满屯和老胡说话，后天是她和老石结婚三十五周年，所以请他们一起去热闹热闹。两人满口答应。褚琴说完后又扬长而去。

她前脚刚走，就来了一个年轻人，身材修长，面容清秀，先恭恭敬敬地向石光荣和李满屯问好，然后就把胡常在拉到一旁，悄悄说了一阵子话，又把一包东西交给胡常在，转身走了。这年轻人就是老胡的儿子胡战斗，现在已经是市医院的外科主任了。

李满屯看着胡战斗，满脸艳羡地说：“你看看人家这儿子，年纪轻轻的都是外科主任了。”

石光荣哼了一声，心想外科主任怎么了，我大儿子已经是团长了。他们几个干了一辈子革命，从没较论过自己职务的高低，老了老了却开始暗暗比较起儿女们的出息来了。

老胡走过来，把那包东西递给石光荣：“这是我儿子给你闺女石晶的复习材料，她不是正准备夜大的结业考试吗？”

石光荣把脸转过一边，不领情：“那交给我干什么，他直接交给我闺女不就成了。”

老胡见他不接，急了：“你又不是不知道，我儿子不是一见到你闺女就发怵吗？”

石光荣等的就是这句话，这才把那包材料接过来，笑道：“你儿子现在就发怵，等我闺女去了公安局，穿上警服，佩上枪，他还不得像耗子见猫。”

这话老胡就不愿意听了，又没法反驳，谁让自家儿子不争气，一心喜欢人家闺女，却见到人家就发怵。他气哼哼扭头走了。

李满屯和石光荣看着他的背影都笑了。李满屯问石光荣："哎，你闺女法院待得好好的，干吗去公安局呀？"

石光荣笑道："你以为我闺女跟你闺女似的，整天就知道蹦蹦跳跳唱歌跳舞的，那有啥用，我闺女虽然不是军人了，但也要当佩枪办案的刑警。"一句话呛得李满屯说不出话来，石光荣心满意足地拎着菜篮子回家了。

李满屯恨得牙根痒痒，心里暗道：有什么好吹的，我闺女怎么样，架不住你儿子喜欢呢。有本事别让你儿子喜欢我闺女。想到这里心里却觉得有些不稳妥，石光荣的儿子喜欢自己闺女是不假，可是自己闺女喜欢石海都快发疯了，放着好好的艺术院校不念，非要跟到大西北去受苦。想到这里他在心里叹口气，这儿女不争气，父母就得跟着受罪了。

石光荣回到家中，开始干起褚琴安排的家务来。这些家务活儿他以前可是沾都不沾的，现在却把家里的活儿全盘都揽下了，干得兴致盎然。

石光荣看到了桌上的一堆旧时的照片和物品，这几天褚琴正在整理它们。石光荣打开一本旧书，发现了里边夹着的一张照片——年轻女兵褚琴和一个气质清逸的年轻男兵并肩而立，他们年轻的笑脸上洋溢着一股说不清的甜蜜……石光荣翻过照片，照片背面留着一行漂亮的字："火红的青春，战斗的情谊。褚琴留念，谢枫。"看着看着，石光荣叹了口气，磨叨着："丫头啊，当年要不是半路上杀出我这个程咬金，你嫁了这个谢枫会是啥样……不行，谢枫在朝鲜战场上牺牲了，你嫁了他就成了寡妇，还不如跟我老石呢。"想到这儿，石光荣不免有些侥幸，哼着歌收拾该洗的衣服。

正忙着，李满屯和老胡又来找他，要去下棋，他本来没兴趣去下，老胡却说茶已经泡好了，就等他了。两个人一个劝着，一个拉着，热情得不得了。他只好停下手里的活计，跟着两人走了。

原来三人不欢而散，老胡却觉得自己太冒失了，谁让自己儿子喜欢人家闺女，将来是要做亲家的。石光荣在他和李满屯跟前被褚琴揭开了在家包做家务的老底，对他的大男人主义可是沉重的打击，两人也得做点让他挽回颜面的事，要不然以后这亲家还怎么结？

石光荣对他们两人的心思一清二楚，两人也时常很婉转地透露出要和他结亲家的意思，他却顾左右而言他，不是不同意，而是不想掺和进去。他以前总是喜欢决定儿女的大事，但在儿女的婚事上却绝不多说一句话，他自己就有惨痛的教训，不愿意在儿女的身上重现，这些儿女私情的事还得由儿女们自己做主。至于这两人，就由褚琴和他们不冷不热地周旋吧。

三人各怀心腹事，把棋盘敲得当当响，心思却都不在下棋上。此时，一辆黑黄亮色的殡仪车从他们下棋的凉亭边驶过。三人都没心思下棋了，注目看着，老胡说：“是老赵，刚满七十三，肺癌晚期，今天早上没的。”三人默默地向殡仪车敬了个军礼，算是替老战友送行。

李满屯一声哀叹：“咱们也都是往黄泉路上走的人，说不定哪天就去了。”

石光荣不悦道：“乌鸦嘴，我还没活够呢，至少要看到大儿子当了师长，小儿子当了团长再走。”

老胡不服道：“石林那孩子当师长没问题，你那小儿子当团长，还是趁早别做这梦了。”

石光荣还没反击，李满屯不愿意了：“石海怎么了，我看那孩子一定有出息，不比石林差，比你那儿子强多了。”

石光荣见战火在两人间燃烧起来，嘿嘿一笑，悄然退出。

人老了，说不定哪天就走了，他得加倍珍惜余下的时光。对于近年来不断有老战友、老邻居亡故，石光荣和褚琴都心有戚戚焉，这也正是石光荣开始宠老婆包揽家务的另一个动机……

回到家里他又洗了盆衣服，洗好后已是中午，他端着洗衣盆到院子里晾衣服。女儿石晶下班回来，忙帮父亲晾衣服。石光荣见她一身崭新的警服，笑道：“你去公安局报到了，进刑警队了吗？”

“还没呢，先安排到档案室，领导说了，一有机会就会让我进刑警队。”

“佩枪了吗？”

“没有，过两天就发。”

“等你佩了枪，让你李叔和胡叔那两个老东西看看，我闺女多威风。”石光荣呵呵笑了，他在外面虽然经常吹嘘石林石海这两个儿子，但从小到大，最让他放心，也最让他开心的就是这个女儿。

石晶麻利地帮着父亲干着家务活儿，心疼地说：“爸爸，你也太宠着妈妈了，这些活儿也不能都让你一个人干呢。妈妈倒好，整天在外面不是唱歌就是走猫步的。”

石光荣笑道：“这有什么，我离休前，家里的活儿不都是你妈妈一个人干，现在也该轮到我了，再说我也喜欢干，要不整天闲着心里倒慌。”

石晶忽然笑嘻嘻地说：“爸，你都老了，妈还那么年轻，又整天在外面，你真的就放心？”

石光荣打了她一下：“死丫头，有这么说话的吗？真没大没小。”他仰起头想了会儿，叹道，“你妈跟我结婚这么多年，我是幸福了，可我知道她心里一直很苦。年轻时还不觉得咋的，越是老了越觉得欠你妈的。就算她真的有什么，我也能想得开。”

石晶看了看父亲，心里想起一件事，便也理解了父亲的话，叹息一声：“妈妈要是能理解你的心就好了。”说完笑着去做别的活儿了。

家务做完后，父女两人坐在沙发上拉着家常，这是石光荣心里最温暖的时候。大儿子石林像他，也是个犟种，两人很少能坐到一起说说闲话，小儿子是褚琴的心肝宝贝，跟褚琴有说不完的话，在父亲眼里，就是娇宠坏了的孩子，两人是一句话也说不到一块儿。

“闺女，你对象的事有点眉目没有？你可老大不小了，还尽挑啥？”石光荣对女儿什么地方都满意、都放心，就是愁她的终身大事。闺女已经二十八了，若按过去的观点，老姑娘都没这么老的，可对象却一个都没看上。

“爸，我都不急，你急什么。你放心，你闺女不会老在家里没人要的。”

“这我倒放心，可是，闺女，爸爸老了，真想在闭上眼睛之前看到你能嫁一个让你一辈子都幸福的人。你挑来挑去的，到底想找个什么样的人？”

“我就要找个像爸爸一样的男人。”石晶把头靠在父亲的肩头，笑着说。

“胡说。”石光荣笑了，却又叹息一声。他这一辈子没什么遗憾的，就是愧疚没能给妻子她想要的幸福。

“后天是你和妈妈结婚三十五年纪念日，我给大哥写信了，不知道他能不能回来。”

“他已经是团职了，应该也快升副师了。正在节骨眼儿上，他可能回不来。”

门外一个人提着旅行袋，正要举手敲门，听到里面这两句对话，黯然低下了头，又走了出去。

父女两人聊得正亲热，褚琴回来了，一眼看到石晶身上穿的警服，立时炸开了。

“你个死丫头，到底去公安局了，一个女孩子家，法院待得不是好好的吗，干吗非得去公安局动刀动枪的，多危险呢!”

石晶知道自己闯祸了，她只顾着和老爸聊天，忘了把制服换了。这事虽说终究瞒不过，可是后天就是爸妈的结婚纪念日，她原想过了这日子再找机会慢慢跟母亲说的。

“妈，”她赔着笑脸说，“其实我到公安局也没危险的，还是坐办公室。不是刑警，非得和犯罪分子搏斗的。”

“是，闺女去公安局是在档案室，不是进刑警队。”石光荣在旁边帮腔。

“你给我闭嘴。”褚琴愈加光火，“我这一辈子为你担惊受怕了多少年，还没受够这个罪吗？现在还得天天为这个死丫头担惊受怕？你别说什么档案室不档案室的，我还不知道这丫头的心思，就是奔着刑警队去的。都是受了你这老东西的坏影响。”

“妈，我真的是在档案室，不信你去局里问问，我答应你不进刑警队，好不好?”石晶急忙哄劝着母亲。

“你就自己在外面胡闹吧，你只顾着自己顺心畅意的，从来不为你这个妈想一想，等你有了孩子，你就知道这当妈的是什么滋味了。”说着，褚琴眼圈一红，泪水涌了上来。

“妈，我知道你的心思，我向你保证，绝不干让你担惊受怕的工作，好不好?”石晶抱着母亲，像哄孩子一样哄着，“妈，你歇着，我去做饭了。”

她说着，急忙到厨房忙活午饭了。

石林从市政府办公大楼里走出来，却拿不定主意该去哪里。想了半天，他还是走到一家旅社，要了个房间，住了进去。

一个月前，全军召开了营职以上干部大会，会上宣读了军队要精简人员的文件。文件宣读完毕，石林就明白自己的命运了。凡是大专以下文凭、团职以下的干部都在精简之列，而他的文凭是步校大专，又恰好是团职，正在一刀切的切口上。

会后，专程赶来主持会议的军长把他叫去，看了他许久，没有说话，脸上却充满同情。石林笔直地坐在椅子上，军长不发话，他也不敢说什么。最后，军长才叹息一声：“石林，这话我不该说，只对你说说吧，你要留下还是有希望的，自己好好努力一下吧，我想帮你也是有这个心没这个能力了。”

石林明白军长的意思，是让他向父亲求援，求父亲动用关系把自己留下来。可他根本没闪过这个念头，自从他参军后向父亲求援被拒绝后，他就发誓以后自己的所有事都不会求父亲帮忙。

他站起来说道："谢谢军长，我坚决服从上级的决定。"

军长苦笑道："我为什么要跟你说，怕的就是你这手，我也不好说什么，不过劝你最好还是先跟你父亲商量一下再做决定。"

石林又谢了军长，敬礼后退出，他没给家打电话，也没写信。别人见他稳如泰山的样子，还以为他已经为自己铺好路了，等到办理转业手续时，大家才大吃一惊。

办完手续后，他先回到家里，告诉了妻子方慧。妻子方慧倒是满心欢喜。对自己的丈夫她最清楚了，早就对他在军中的前途失望。以前有过几次绝好的晋升机会，却都被他自己拒绝了，因为那几次都是因为他父亲的关系照顾他的，也许他这种与老子彻底划清界限的做法惹得上级不高兴，最后连正常的晋升机会也丧失了。现在是和平年代，不像战争年代那样，也许一天都能连升三级，现在升个半级都要打破脑袋，他这副清高的姿态分明就是与晋升有仇，哪个还来理他。

方慧和他吵过、闹过，最后却是彻底失望，所以对他转业到地方倒很高兴，至少一家三口人不用再两地分居了。随着儿子一天天长大，她真不希望儿子在缺少父爱的环境下长大。

"你在军队的事我管不了，也不管，现在你转业回来，安排工作的事我替你做次主怎么样?"方慧知道他在本地地方上一点关系也没有，就怕他又是一切公事公办，万事不求人，把手续扔到转业办，然后静等组织安排工作。那就别说等到黄花菜凉了，恐怕凉的黄花菜都没得吃。而今不比20世纪六七十年代，军队上的干部转业到地方，都是优先保证，平级任用。现在就是降级任用，也是僧多粥少。好在她是坐地户，还有些亲戚关系可利用。

"好吧。"石林硬着头皮答应下来，其实他心里想的却和方慧想的完全不一样，"这样吧，你先联系着，我也得回去跟爸妈商量一下。"

方慧点点头，以为他只是回去说一声，她知道石林的为人，绝不会求爸妈来帮自己联系工作的。

石林在部队上接到妹妹石晶的信，让他回家参加爸妈结婚三十五周年的纪念日。他也知道这个日子，如果没有转业，可能真回不来，现在转业了，一身轻松，可以好好和一家人聚聚了，只是遗憾弟弟石海不能回来。

他提着旅行袋回到家时，恰好听到父亲和妹妹说自己快要升副师了，他从父亲的语气中能听出父亲对自己抱有怎样的期望，自己转业对他是种怎样的打击，不由得心中一酸，竟无颜进门，转身走了。

当然转业的事想彻底瞒过父亲是不可能的，他只求能多瞒一天就多一天，至少在后天之前不要让这事给父亲添堵。他离开家后，去了市里的转业办。转业办主任也知道他的家庭关系。热情地接待过后，转业办主任就大吐苦水，说本市不过是个地级市，市长也不过局级，像石林这样的团职正处级到地方上确实有些不好安排，关键是没有空位子，而现在人事编制是卡得非常紧的，想安排人进政府机关几乎是不可能的。最后他再三保证，要向上级主管部门尽力争取，尽快给石林安排好职位。

从转业办出来，他心彻底凉了，转业办主任的话是说得很婉转、很动听，但他能听出来，这不过就是个温柔的闭门羹。

就算工作能安排上，也是件愁事，如何向妻子交代？妻子能理解吗？

他是在妻子所在的那个小县城和妻子自由恋爱的，从恋爱到结婚再到生孩子，家里根本不知道。那时候，他和父亲的关系正在冰封期，他甚至真的认为自己已经把自己逐出家门了。十多年后，孩子都上幼儿园了，他也升到营长了。在这十多年里，他逐渐理解了父亲，好兵就是这样带出来的，好铁好钢也是这样锤炼成的，哪怕很残酷也得这样做，别无选择。他没写信给父亲认错，而是在休假时带着妻子和孩子回到了家里。

他永远忘不了进门时的那一刻，家庭的温暖和幸福瞬间涌来，就像从冰天雪地的原野中走入温暖如春的房间里。父亲惊讶过后，过来抱住他，硬朗的身体却在瑟瑟发抖。他能感觉出父亲在哭，虽然眼中没有一滴泪水，同时他也明白了，父亲知道会有这个时刻，而且一直在等待着。

前几年，父亲生了一场大病，险些撒手而去，他是在父亲病愈后才知道的，却后怕不已。假如父亲真的没能好过来，他也会遗憾一辈子，他还没向父亲赎还自己的过错。

这次转业，他并非记恨父亲，不让父亲帮自己运动，而是真的想转业到地方，回到父亲身边，陪父亲走完他生命中最后一程。父亲已经七十二岁，虽然硬朗得很，但谁知会不会在一场大病中离开人世。这想法他没敢跟妻子说，妻子和他已经分居十多年了，假如他要回到父亲所在的城市，就意味着这种两地分居生活还得持续几年，方慧的工作调动也不会很容易办到。

他浮想联翩，却怎样都是个愁。晚上，他在附近的小餐馆喝了点闷酒，回到旅馆，洗脸刷牙洗脚后，就上床睡了。

褚琴请了一天假，没去合唱团，在家里准备纪念结婚三十五周年。

因为石光荣大病一场，也是因为附近的几位老战友老同事相继离去，她和石光荣都倍加珍惜相互厮守的时光。每过一个年，心里都想着能不能过下一个年，这不是他们的身体有什么毛病，相反，她和石光荣的身体在同龄人中都是最好的。她现在出去，说自己已经五十六了，很少有人信。他们这样想只是心态使然。有时她甚至会突发奇想，是不是应该搬出干休所，或许能改变这种心态，当然她也知道这是不可能的。

她早晨起来，就开始整理桌上那一堆照片，这堆照片就是多少年来的家庭影集，记录了这个家庭从建立一直到现在的足迹。

也有一些更老的照片，是她认识石光荣以前的，记录着她青涩的年华和美丽的青春。这些照片，她很多年没有看过了，现在装在她心里的都是三个儿女。

她把客厅的一面墙当作主题照片墙，然后把一张张照片按年代顺序贴上去，这样的话，来到的每个客人从照片中就能清楚地看到这个家庭的足迹。这份工作用了她一上午的时间，中午吃完饭后，她又去了商场，挑选了两个多小时才选好一套西装、一件衬衣和一条领带，是给老石买的。她要改变改变他保持了一辈子的军人形象，也给自己买了一套今年最流行的套服。

晚上回家，褚琴拿出买来的西装让石光荣试穿，石光荣被逼不过，只好穿上。穿好后却浑身都感到不自在，就像穿在身上的不是衣服，而是反过来的刺猬皮，刺得浑身直痒痒。

褚琴退后一步，打量着第一次穿西装打领带的老石，打心眼里满意。“老头子，你这辈子还没这么精神过。走，咱们出去，让你那些老家伙都瞧瞧。老了老了，也得风光风光。”

石光荣就像要被拉到屠宰场的牛羊般，死命挣着，这样子出去哪是风光啊，纯粹是小丑，太滑稽了。他伸手要解开那条像马缰绳一样的花领带，褚琴抓住他的手，拦着不让。

“丫头，你要是想让我穿这套衣服照个相，我也依你，可要是穿着见人，我真的做不到。穿上它，就像穿上盔甲，我本来就老胳膊老腿的，再这么一板，路都不会走了。你还是让我穿军服吧，穿了一辈子，就是舒坦。”

褚琴恨得咬牙切齿，却也没法，只好把西装装回盒子里，等过几天退回去，好在和商场经理熟识，不怕退不回去。她心里想着，这都什么年代了，国家在开放搞活，在抓经济，自己家倒好，还是全民皆兵，都是穿军装的。

见老婆妥协，石光荣出于回报，主动请缨帮她忙活请客的事。褚琴也累了，便有气无力地说："都差不多了，你就看看有啥不合适，补补漏吧。"石光荣得令。褚琴就回卧室休息了。

石光荣看着这满满一墙经褚琴左挑右选的家庭照很是别扭，这些家庭生活照都是些做作扭捏的摆拍照片，人人都显得溜光水滑的，实在不合石光荣的心思。来回踱了几回步子之后，石光荣另打起了主意。

他走进卧室找褚琴商量，说："这结婚三十五周年是咱俩的事，对吧？"

褚琴点头。

石光荣说："既然是咱俩的事，那我也得参与意见，搞点合我心思的事行不行？"

褚琴问："有啥内容不合你心思？"

石光荣说："大体上你都布置停当了，其实也没啥，你不是说让我补补漏吗，那我就补漏啦！"

褚琴说："行啊，我说过这话。"

石光荣转过头，狡猾地笑了……

临睡前，石光荣把一个小相框递给躺在床上看书的褚琴。褚琴看完照片后不觉一愣，那正是她一直藏在书页之间的跟谢枫的合影。

石光荣拍拍老伴的肩膀说："相框是我自己做的，粗了点，凑合着看吧。"

褚琴问："老石，你单拿这张照片是啥意思？"

石光荣把照片摆在褚琴身边的床头柜上，说："历史就是历史，有些事有些人就是埋得再深也会留在心里，那还不如把他们请出来陪着我们，对活人死人都是个交代。"

褚琴的眼睛湿润了，不无感动地看着石光荣说："老石，我没想到你会这样，谢谢……"

石光荣熄灭了电灯说："谢啥，连孙子都有了。累了一天，好好睡吧……"

褚琴躺下，主动把身体往石光荣身边靠了靠，想解释解释。石光荣拍了拍她的手说："谢枫是个好人，可惜我知道你们的事太晚了。"

褚琴拦住石光荣说："人生难料，要不也没有'也许'。老石，剩下的这几十年咱们一定要好好过。"

就在石光荣恍惚着即将进入梦乡的时候，褚琴问他："老石，要是当年你知道了我和谢枫的事，你还会死乞白赖地跟我结婚吗?"

石光荣道："我这人，盯住的事就不会撒手，不过我不会不给谢枫机会，我会跟老谢竞争，谁赢了谁娶。你说我会输吗?"

褚琴无语，石光荣突然像个孩子一样笑呵呵地看着褚琴问："嫁给我，你后悔吗?"

褚琴一愣，道："都三十五年了，咱俩都多大岁数了，还问这个?"

石光荣说："你看，你还是不肯回答。"

褚琴叹息了一声："睡吧。"

石光荣鼾声渐起，褚琴却思绪纷乱，辗转难眠。细细想来，她这些年的确一直没有忘记过谢枫。那毕竟是她的初恋，她也曾经在与石光荣产生隔阂时格外地思念过谢枫，曾经石光荣还为这张合影跟她闹过别扭。没想到在他们结婚三十五周年之际，老石竟如此处理这张照片，这让褚琴既意外又感动。褚琴想了想，下床，把相框收进了衣柜的最深处……

翌日，当褚琴穿戴整齐化好淡妆来到客厅时，一下子愣住了……

充满了喜庆温馨色彩的客厅全然变了模样，摆放好的那些盆栽花卉不翼而飞，主题墙上更是一派索然，照片一张都没有了！石光荣这哪是补漏啊，简直是大扫荡。褚琴的惊讶之色还不及展示，作战室里传来了石光荣的声音。

褚琴推开门一看，那个平日里就显得一派肃静的作战室今天更是肃穆至极，挂着作战地图的草绿色布帘前摆放着一溜盆栽，长条桌的军绿毛毯上摆放着会议桌上常见的陶瓷杯子。此时的石光荣则一身几十年前的老军装，端坐在长桌的主要位置旁，正一脸庄严地擦拭胸前的功勋章，他轻描淡写道："照片在帘子后头，我换了。"褚琴怒了，张嘴刚要喊，石光荣便站起身来志得意满地问："咋样，丫头?"褚琴急得眼泪都要流出来了，这哪像个庆祝活动，简直就像是个灵堂！

而此时的石光荣正咧嘴朝她笑呢！他说："你可不兴着急生气，今天可是咱们大喜的日子，就让我做回主吧。"

要不是电话催褚琴去拿订好的水果，接下来一定是场恶仗。褚琴拎着水果赶回家时，还在计算着时间应该足够让她再把家里重新布置回来，可是当她进了家门时，这希望彻底落空了。应邀而来的李满屯夫妇已经到了，正和石光荣聊得热乎，女儿石晶也从单位请假回来，帮着招待客人。

“这个老东西，居然玩了这一手。”褚琴心里暗暗骂道。情知是石光荣怕她回来重新布置，把客人提前请来了，她也只好装着笑脸和客人打招呼。

紧接着老胡和文工团的老战友——出版社的宋达生等人陆续到场，一阵寒暄之后，都不约而同地谈起了各自的孩子，什么职务呀、级别呀。总之，家家养的不是蛟龙就是舞凤，自豪和显摆之情溢于言表，根本顾不上谈及今日的主题。石光荣只是听着，不搭腔。他小声嘟囔着：“有啥呀，再本事也不是军人，军人的后代就得在队伍上干才是根本！”

这时，石林拎着旅行袋走了进来。褚琴看到石林，大喜过望，叫声：“儿子！”就上来接他的旅行袋。石光荣也没想到石林能回来，更是喜上加喜，故意大声说道：“儿子，你不是正要提副师吗，这节骨眼儿上往回跑什么？”

石林搪塞几句，和各位叔伯打了招呼，聊了几句家常，就和妹妹一起到厨房准备饭菜去了。

“哥，你还真的回来了，我前天还和爸说这事呢。爸说你肯定回不来，还说你现在正是从团职到副师的最关键的阶段。”石晶兴奋地说。

石林漠然地笑笑，心中益发沉重。他昨天又去了转业办，转业办主任已经不像以前那么热情了，满口官话搪塞着。他无趣地待了会儿，只好又回到旅馆，在忧愁和苦闷中度过了一天。

“你也别觉得有压力，部队现在晋升哪像爸那时那么容易。爸就那样，这事都成了心病了，总是说你至少也要当上师长，他也就满足了，最好能当上军长。”石晶接着说道。

石林机械地点点头，爸爸着急也不是没道理的。团长升到副师虽然只有半级，却是最关键的。升到副师就是大校，虽然还没有将花，却可以在部队里一直干到离休，团长到了岁数还是要转业到地方的。

“你的对象有眉目没有，胡叔他儿子放弃了？”他转移了话题。

“他呀，是有这个心没这个胆儿。”石晶咯咯笑起来。

“你嫌弃他什么呢，其实我觉得战斗还是不错的，无论是人品、长相还是学识，听说他也算是事业有成了。”

“这些都不主要。”石晶大大方方一笑，“他是不错，可不是我喜欢的那种类型。”

“那你喜欢的是什么类型的？”石林倒纳闷了，这人还分类型啊。

“嗯，比如说像爸这样的，或者像哥这样的，就是像个男子汉。我最讨厌娘娘腔的男人。”

石林苦笑着摇摇头：“傻妹妹，你都二十八了，怎么还像个小姑娘。”

“行了，你别烦心我的事了，我能处理好的。”

兄妹俩亲亲热热地聊着，客厅里也是气氛融洽，多年的老战友聚首一处，自然有说不完的话题。

宋达生趁众人不注意，给褚琴使个眼色，然后自己走到阳台去。

褚琴不明其意，却也知道他是有话要和自己单独说，便跟了过去。

宋达生拿出一篇署名为“夕枫”的散文给褚琴看，说这是他最近几个月以来收到的最好的稿件，一直没机会见面跟褚琴说，今天正好带来了。

老宋问：“你看这文章的字句有啥感受？”

“文笔不错。”褚琴浏览一遍后说。

老宋说：“你看这字迹、这文笔的风格像谁写的？”

老宋这么一说，褚琴的表情变了，脑子里电光一闪，意识到了什么。她再一次仔细阅读文稿，有些激动地说：“你是说像他……谢枫？”

老宋郑重地点了点头。褚琴的神思乱了，不停地摇头：“不会的，他早已经牺牲了。我向所有和他相关的人打听了，参与抗美援朝的部队医院我都寻遍了，都没有他的消息。”

老宋说：“你别忘了，当年组织上给谢枫作的结论是失踪，而不是牺牲！”

褚琴几乎站不稳了，急迫地追问道：“你的意思是他还活着？那你赶紧把这个人的发稿地址给我。”

老宋说：“这个人在寄稿件的信封上只写了‘内详’，并没有留地址，搞得我发了稿都联系不上作者。看样子，他根本就不打算让出版社跟他联系。”

褚琴眼中的希望之光熄灭了，叹了口气。

老宋道：“你看我今天说这事真不是时候，毕竟是庆祝你跟老石结婚三十五周年，你千万别……”

褚琴说：“谢谢你老宋，咱们这么多年的战友，我也不想瞒你，我心里一直对谢枫藏着份歉疚。如果当年他要不是舍不下我，不放心我婚后的生活，早就去北京的大文艺院团了。”

老宋说：“也不全是，谢枫对咱们团有感情，舍不下这批从战场上拼下来的战友。有些事你别总是往自己身上揽债，好像一辈子还不清似的。你真的不欠他什么。”

褚琴叹道：“你甭劝我，我知道他的心思。他心里一直就不服气，不知道自己跟老石比输在哪里了，他直到我结婚后还不愿意放弃自己的想法，非要当个英雄给我看，给石光荣看。抗美援朝前，他有个调到省文工团当副团长的机会，但他还是放弃了，他非要上前线，实现他的英雄梦。其实他根本不明白，不是他输了，而是他放弃了。”说着，褚琴已是泪眼欲滴。

老宋说：“你别这样，事情已经过去几十年了，你千万别再跟自己过不去。”

褚琴痛楚地说：“他这辈子要是不遇到我，早就成了有名的音乐家或者是作家了，可事实上，他非但没有功成名就，反而一直未婚，甚至牺牲。”

老宋知道安慰不奏效，不知道该如何面对深陷愁绪的褚琴。褚琴叹了口气说：“人就怕怀着歉疚生活。老宋你知道吗，这么多年来我一直在自责在反省，我生活过得越好越觉得对不起谢枫，都是我毁了他。”

老宋说：“你看你看，我真是办错事了，我真不知道谢枫的事在你心里压得这么重。唉，这大喜的日子，跟你提这事干吗？对不起，实在对不起……走吧，外面还有客人呢。”

褚琴说：“老宋，千万帮我找找这个人。如果谢枫真的还活着，就算是上苍给了我一个赎罪的机会，我要好好还上这笔账。”

老宋惊愕得瞠目结舌，半晌才说：“还账？你打算怎么还，都这把岁数了，你跟老石都……你可千万别犯糊涂。”老宋不敢再往下想，后悔不迭，自己这不是惹祸嘛。

褚琴有些激动地说：“至于怎么还我没机会想，反正当务之急是先确认这人是不是谢枫，确认谢枫是否还活着。”

老宋说：“找人不是几分钟能办到的，现在咱得回客厅，还那么多人呢。”说完，老宋不敢再和她说下去，先走回去了。

褚琴并没回去，而是把老宋交给她的稿子装到了衣兜里，陷入沉思，她再也没有心思理会主题墙的事。

她想了一会儿，回到自己卧室里，心神恍惚地取出那个相框，比对着照片后面的字迹与文稿上的笔迹，那字迹竟出乎意料地相似！她自语着："谢枫，难道你真的还活着？"望着照片上年轻的自己和充满书卷气的谢枫，她愣起神来，直到石林走了过来。

石林看着照片问："妈，这不是小的时候您经常跟我们讲起的谢枫叔叔吗？"

褚琴极力掩饰着什么，说："没错，是你谢枫叔叔……"

石林问："怎么又把它拿出来了？"

褚琴说："这人老了，就爱忆旧，爱胡思乱想，你宋叔叔我们三个人都是一个文工团的战友，今天宋叔叔又提起他，妈就……"

石林安抚着母亲说："谢叔叔牺牲在抗美援朝的战场，他值得我们怀念。妈，饭菜都准备好了，您还是去招呼招呼客人吧。"

吃过饭后已是正午，人们正谈得热闹之时，只听作战室的录音机里传出了嘹亮的军号声。几个老军人很是意外，本能地起身，一脸庄严。只见石光荣又恢复了三十多年前的临战状态，站在作战室门口，大手一挥道："各个战位，对号入座！"

大家按照座位上的名字刚刚坐定，石光荣就脚下生风地来到布帘子前，哗啦一声扯开帘子，一张张缺边少角泛着黄色的照片映入来宾的眼帘。褚琴一看就傻了，整面墙除了一张贴在边角上她和石光荣三十多年前的合照，就再也寻不到她的倩影。此时，石光荣拿起教鞭，指着照片，开始了他个人的革命回忆录演讲。

在座的人也是个个糊涂，不是结婚三十五周年的庆典吗，怎么成了他石光荣戎马一生的回忆呢？只见此时的褚琴脸上红一阵白一阵，最后就定在了一片惨白上。

再接着，褚琴的神思便游离了石光荣的演讲，在石光荣的声音中，她满脑子都是当年她结婚前与谢枫处于情感朦胧期时浪漫相处的画面……

石光荣结尾还算压了点正题，石光荣自豪而隆重地指着三张戎装照片，谈到了他依然保卫祖国的儿女们：大儿子石林，带着他的边防团，驻守在祖国的东北大门；女儿石晶，虽说脱下了解放军军装，但换上了警服，为老百姓的安宁日夜辛劳；小儿子石海，手握钢枪镇守祖国西北大门……

听到此，石林的脸上也变得惨白，他低着头，听父亲大声讲着。

石光荣话没讲完，石晶就领着一位部队干部出现在作战室，请石光荣出去一下。

石光荣出门一看，不由得傻了，刚才还在他的嘴里被形容得虎虎生威的小儿子石海正像一个愣怔的木头人，呆呆地看着大家。

褚琴不解地看着来人和石海，问道：“这是怎么了，你怎么了儿子？”

第三章

来人自称是石海部队管人事的干部。他说石海三个月前因为从车上跌下来，腿骨骨折，住院治疗后，骨折是好了，可是却患了精神上的毛病，虽然说病情不是太严重的那种，只是抑郁症，但这种病已经严重地影响了石海的工作和生活，严重时，会出现暂时性的思维混乱。部队已经做出决定，出于对战士身心负责的考虑，石海暂回家调养，三个月后如果病情不见好转，只能退伍。

“精神上咋会出毛病呢，精神上还能出毛病?”

石光荣一连串的问题让来人很难回答，只能模糊地回答，说是可能从车上跌下来时造成脑震荡，连带脑神经出了问题。眼前的现实对石光荣来讲无异于晴天霹雳，他无论如何也接受不了这突如其来的打击，盯着石海毫无生气的眼睛，他问儿子到底发生了什么。半晌，石海空洞的目光都聚不起焦来，木讷道：“黑夜给了我黑色的眼睛，我却用它来寻找光明。”

完了，还真出毛病了……除了叹息，石光荣啥都说不出来了……

石海看到满屋子的人，刹那间也惊呆了，过了一会儿才反应过来今天是爸妈结婚的纪念日。他面上装出一副痴痴傻傻的样子，心里都佩服自己，这演技应该到专业水平了，也许自己当演员也会很有前途。

褚琴搂着他哭起来：“儿子，你这是怎么了，你究竟怎么了……”

众人都劝慰她，说是可能是脑震荡的后遗症，过些日子就会好的。也有人给石光荣和褚琴推荐医院和医生，客厅里乱成一团。

褚琴脑子乱了，也听不清大家在说什么，她把儿子扶进他原来的卧室，让他躺下。石海虽然离开家参军了，他的卧室褚琴还是每天都打扫，一切摆设也都和原来一样。

“儿子，你究竟觉得怎么样？心里是什么感觉，跟妈说说。”

“我……”石海故作茫然的样子，“也没什么，我没觉得有什么地方难受，就是有时候不知道自己在做什么，也不知道做过什么。”

褚琴心更凉了，这不单单是抑郁症，还有失忆的毛病，自己的命怎会这样苦啊。

“妈，没事的。”石海安慰她，“大夫都说了，这病不要紧，慢慢就会好的，需要时间。”

“大夫是这样说的？”

“嗯。”石海点点头，他要把这点先铺垫出来，只要过了三个月，他立马就会“病愈”，他可不准备长年累月地装疯卖傻。

“那就好。”褚琴擦着眼泪，紧紧搂着儿子，谢枫的事又风吹云散了。

部队来的人事干部连连向石光荣道歉，说是没能照顾好石海，辜负了老首长对他们的期望和信任。

石光荣心绪烦乱，简单回应几句，把这位干部送了出去。大家见此光景，也都知趣告辞，石晶和石林送他们出去，也是连连道歉。

把众人送走后，石光荣夫妇、石林和石晶四人坐在沙发上，对视无语。石光荣原先还设想石海也能像石林那样，在部队干一辈子，就算没石林有出息，也能当个团长。现在看来他的军人生涯也就打住了，家里只剩下石林一个人当兵了。

褚琴对石海可能要提前退役并不在意，她本来就不同意儿子参军，他就不是当兵的材料，只是高考失利后，没了出路，石海又雄心万丈地坚持要求参军，她才给他办了入伍手续。她发愁的只是这病能不能好。她并不明白抑郁症是什么病，却知道精神上的病症往往会缠绕终生，这才是最可怕的梦魇。

石林心情之沉重不亚于父亲，他原想自己转业，还有弟弟在部队，父亲还有一丝希望，现在看来最后的一线希望也破灭了。父亲已在古稀之年，真不知道他能不能受得了这种打击。石晶对石海可能提前退役也不在乎，却因为大家的抑郁而抑郁。

石海从屋里走出来，嚷嚷着说饿了。

大家都是一喜，这孩子知道饿，说明还有希望。褚琴忙去厨房，按石海的口味给他拿来几样菜。石海大口吃着，就像饿了三天似的，还嚷嚷着好吃。

大家看着他的吃相，心里又有些安慰，看这样子挺正常的，都在心里画个问号：这抑郁症究竟是什么病？想着部队那位干部的话，再比较石海的状况，每个人的心里都没底了，七上八下的。

石光荣又发扬出他雷厉风行的作风，马上给部队医院打电话，找来神经科主治医生，询问抑郁症的病症和治疗方法，褚琴在电话旁竖起耳朵听着。主治医生对石光荣说，这种病诊断容易，治疗上却很麻烦，现在国际上还没有一种行之有效的治疗手段，只能用药物控制和缓解病人的病情，但这种病多数到一定时候就会自己痊愈，所以也不必太焦虑。可以到医院治疗，也可以在家里静养，总之一定要给病人安静温暖的环境。病人焦虑时，家人要设法安慰，绝不能刺激他，如果病人受刺激过度，转化成精神分裂症，就很难彻底治愈了。

听完电话，褚琴的心安稳些，医生交代的这些不难做到，至于病愈的时间长短，也不用着急。至于三个月内病愈好返回部队，她根本没去想。

石光荣恰恰想的就是这个，一定要想办法把石海的病在三个月内治好，然后送他回部队。这样回来算怎么回事？伤兵还是逃兵？

“你给老胡的儿子打个电话，问他市里最好的医院是哪家，最好的大夫是谁。”石光荣给石晶发布命令。

石晶马上给胡战斗打电话，胡战斗已经知道了，老胡回去后就给儿子打了电话，让他帮忙联系好的医院和医生。胡战斗是外科医生，对神经系统的毛病并不精通，而且据他所知，本市好像没有这方面的专业医生。他再打电话给省城的同学，让他们在省城各大医院里找专门治疗抑郁症的医院和大夫。

石海看着大家忙乱的样子，发起脾气来：“大夫都说了，我这病没什么办法治，也不用治，过些日子就会好了。”说着，站起来回屋里了。

石光荣大怒，马上又压住了，想起了大夫说的病人不能受刺激的话。看来自己这脾气得管住了，不管石海怎样，也不能冲他发火，他是病人嘛。褚琴忙跟进屋里，哄着躺在床上的石海：“好儿子，乖儿子，咱不找大夫了，你就好好养着，你想怎么着就怎么着。”

此时电话铃又响了，石林好似有预感似的，抢先把电话拿到手。电话果然是方慧打来的，让他尽早回去，说是他的工作联系得有点眉目了。石林对着话筒只说句知道了，就把电话挂断。然后对爸爸和石晶强笑道：“是方慧，问爸妈好，说工作太忙没能过来，让我替她道个歉。”

石光荣的神经已经被石海的事刺激得绷紧了，本能地意识到石林表情不正常：“就这事？她没说别的事？”

“没有，她还想跟爸妈说话的，我没让她说。她也是，早不打来晚不打来，偏偏这个时候打来，哪有心情啊。”

一转到石海的病上，石光荣也就没往深处想，何况石林从小到大独立性就强，不用父母操心。

终于回到家了。

躺在自己舒适的床上，石海感觉就跟上了天堂似的，总算逃出炼狱了。

看到家人的反应，他很愧疚，只能在心里安慰自己：实在是没办法了，只要有办法能忍受下去，我也不会选择这条路的。对不起，让你们虚惊一场。

良心上的不安须臾就消失了，作为家里最小的孩子，让家人照顾、让家人替自己担责任都成习惯了。他从自己的书架上拿起一本诗刊，翻看起来。

他此时并不想看书，倒是想找个人倾诉一下，这个人就是李文。他真想给她打个电话，告诉她自己已经成功地骗过医生，拿到了回家的通行证。只是电话在客厅里，爸妈、哥哥和姐姐兀自在沙发上长吁短叹的，电话是打不成了。同时他也在心里告诫自己，革命尚未成功，同志仍须努力，还得彻底瞒过三个月才行。若在那以前被父亲识破了，老头子会揪着他耳朵把他送回部队去，以后再想什么招也没用了。

决战在此一举，他握握拳头，又回到床上装起病来。

当初李文给他出了这个装病的招儿，他没想到能成功。他听人讲过一些故事，古代的人为了逃避政敌的打击，装疯卖傻，睡在猪圈里，在牛矢马溺中打滚，要是这样还不如咬住牙关，苦熬三年等着复员了。

李文告诉他，抑郁症不是精神分裂症，不用那么卖力气表演，只要整天装着迷迷糊糊的样子就成了，还给他带来几本关于抑郁症的书。石海看过几本书后心里有把握了，对怎样装病更是成竹在胸。根本不用费心思装，只要他整天对着人朗诵那些新流派诗人、朦胧派诗人的诗，在不懂得欣赏诗歌的人看来，就是神经病。

一个人好好的怎就会得抑郁症了？还需要一个起因。石海很聪明，就自己制造了一个坠车事故，他故意跌得很重，结果弄了个骨折还有轻微的脑震荡。在医院住了一个月，骨折好了，脑震荡应该也好了，可是他的症状却让边防团的医生们都蒙住了，最后诊断为抑郁症，在病愈前不适合继续服兵役。

他明白自己在做什么。听父亲说，在战争年代，有的人贪生怕死，为了不上前线，就把自己弄残，自己的行为正是这样。不过，他也为自己辩护，现在又不是战争年代，假如真要上战场，他保证不做孬种，第一个冲上火线。

客厅里的四个人愁眉不展地度过了整个下午。到了晚上，都没心情吃饭，还是石海又出来嚷着饿了，大家才弄好饭菜。看着石海极好的胃口，大家心里又安稳许多，也都吃起来。

吃过饭后，石晶把碗筷洗了，又坐在沙发上陪着石光荣夫妇。石林忽然想到一事，把石晶叫到她的房间，问道："你不是过两天就要结业考试了吗？"

石晶点点头："爸告诉你的？"

"是。小海这事你先别分心了，有爸妈和我呢，你集中精力好好复习，一定要通过结业考试，把文凭拿到手。咱家可就你读过大学。"

石晶见哥哥神情凝重，无限感慨的样子，笑道："哥，你不是最不喜欢读书学习吗？怎么也重视起文凭来了。"

"事实最能教育人呢。"石林叹息道，"以前是官大一级压死人，现在是文凭高一级压死人。"

"哥，你不是有什么事吧？"石晶也觉得他有些不对劲了。

"没事，我什么事也没有，就是怕你不拿考试当回事。你单位不是有宿舍吗？家里静不下心，你就在单位宿舍住，专心复习。家里有我，你就放心吧。"

"哥，你放了几天假？"

"假足够，你不用管了。"他说完，怕石晶再追问下去，就走了出去。

石光荣夫妇都回到卧室了，石林看着父母房中的灯光，出神地想了一会儿，轻手轻脚地走出去。他来到长途电话局，给方慧打电话。

电话里方慧催他赶紧回去，说是县里真有几个空缺，运动的人很多，她已经把家里的亲戚都发动起来了，可是石林不在家这算怎么回事。

石林把石海突然患病的事说了，说自己会尽快回去，但父母年纪大了，弟弟又生着病，怎么也不能甩腿就走啊。

方慧听后，默然半晌，无奈地说："那你也得快点儿回来呀，这毕竟是你的事，你不出头，我求人家都不好张口。"

"好吧。"他挂上电话。本来他想跟方慧说自己想在这边找工作，照顾年迈的父母和患病的弟弟，但想想还是没勇气说出来。不只是怕妻子在电话里吵闹，更怕的是在这里工作没法安排怎么办。父亲在军队中还有一些关系，在地方上就没什么关系了。

他愁极无聊地在街上转了半天，找个杂货店买瓶二两装的白酒，站着喝下去，然后回到家里，躺在床上就睡了。

第四章

翌日早饭过后，石晶上班走了，褚琴和石海在卧室里。石林刚收拾好厨房，石光荣就把他叫到作战室。

“你昨天晚上出去了？”石光荣问。

“哦，我出去透透气。”石林在父亲老鹰般敏锐的目光谛视下，有些慌乱。

“你没什么事瞒着我？”

“没有。我哪有什么事。”石林又镇定下来，与父亲的目光对视着。

“那就好。”石光荣叹口气，坐在椅子上，“小海这病还不知是什么光景，万一三个月内恢复不过来，咱家当兵的可就你一个了。”

石林欲言又止，他真想把一切说出来，最终还是没有勇气。他从小到大，最不缺乏的就是勇气，没想到如今却要一面瞒着父亲，一面瞒着妻子，对哪面都没勇气说出真话。

“你们爷儿俩还嘀咕什么呢。”褚琴推门进来，“咱们上午还是带小海去市里各家医院瞧瞧吧，就算没有这方面的专家，也听听人家大夫是怎么说的。”

石林道：“妈说得对。小海这病还是得主动治疗，靠他个人慢慢恢复还是太被动了。”

石林说的正是石光荣的心里话，但石海和石林、石晶不同。对于石海的事，石光荣不大伸手管，因为褚琴护这孩子就跟护着心肝一样，夫妻间以前大多的争吵都是因教育石海而起。

三个人带着石海先去了市医院，找到了老胡的儿子胡战斗。胡战斗极是热情，马上请来院里最好的神经科大夫。大夫给石海号脉、看舌苔、扒开眼睛看眼底，又弄个小锤在腿上、身上敲来敲去的。然后又开始和石海拉家常，问他多大了，在哪儿上的学等等。

石光荣夫妇和石林都在旁边睁大眼睛看着，就像看一场紧张刺激的球赛，真希望能看到结果。石海则本着“一时清醒、一时糊涂、一时迷茫”的三原则，应对着大夫的检查。最后大夫也开始抑郁了。

大夫诊断完，让胡战斗陪着石海，把石光荣夫妇和石林请到医生办公室，想了一会儿才说：“病人的病情有些特殊，我还真诊断不出，他的身体神经系统没毛病。”

“那就是说他没病了。”石光荣插话道，心里闪过一丝希望。

“不，不。”医生忙更正他，“神经系统实际分两个层面，一个是身体上的，一个是精神上的。身体神经系统有毛病通过检查是可以查出来的，但精神方面的就只能凭借临床经验来诊断了。老实说，我的专业就是身体方面的，精神方面的不是很在行。看来病人还真是精神上出了问题。”

“那就是抑郁症了？”褚琴问道，同时白了石光荣一眼，因为石光荣的话里有石海装病的意思，其实石光荣还真没这意思。

“看症状像，但说句老实话，精神方面的疾病要想诊断得十分准是很难的，我们的医学在人类神经方面的研究还处于起步阶段。”

“那该怎样治疗呀？用不用住院？”褚琴问道。

“治疗嘛……”大夫想了想，“依我看，病人还是在家疗养比较好，这种病也没什么治疗药物，顶多服用些维生素类的营养神经的药，其实用处不是很大，还是要靠病人的自我恢复。当然，这只是我的判断，我也说过，对精神方面的疾病不是很在行，你们如果急于给病人治疗，还是请专家来诊断。”

“那就是要到省里的大医院了？”石光荣问。

“医院不是大就好。”大夫笑了笑，“看病还是要找专业的医院，尤其是精神方面的。”

“那是不是说要去精神病院了？”褚琴吓了一跳。

“也不是。病人病情并不重，有两家医院的神经科还是能看精神方面的疾病的，不必去精神病医院。”大夫说着，在纸上写了两家医院和几个专家的名字。

三人谢了大夫，带着石海回去。胡战斗一直送到医院大门外，听石光荣夫妇研究着要去省城这两家医院去看，就自告奋勇，说他能把一家医院的一个专家请过来，到家里给石海看病，省得跑一趟省城。

回到家后，一家人又陷入苦闷中，只有石海精神饱满，他庆幸自己又过了一关。在屋里翻看了一会儿书，觉得没意思，就到客厅打开电视，电视上正播放知青题材的电视剧《雪城》，他津津有味地看了起来。

另外三人看着他看电视的样子，全然没有生病的迹象，心里又安稳一些。石海看电视，其余三人就看他。

石光荣在家从不看电影电视剧，他只看《新闻联播》，他认为除了《新闻联播》，其他的都是扯犊子。褚琴却最喜欢看电视剧，尤其是感伤凄凉的，看着看着，眼泪就流出来，手上总是握着一条手绢。石光荣看到她看电视剧的样子，就感到不可思议，一个人瞎编出来、一堆人瞎演的东西有什么看头，还不如看耍猴呢，每到这时候他就出去找老伙伴们下棋聊天了。

石海回来后，褚琴全副心思都在他的病上，哪还顾得上看电视剧，连宋达生和她说的谢枫的事也抛到爪哇国了。

石海看着看着不禁入了戏，等到一集完了，就忘情地跟着电视唱起片头曲来："下雪啦，天晴啦，天晴别忘戴草帽……"

褚琴眼睛都湿润了，儿子这不是好好的吗？她激动地说："老石，你看咱儿子，一点都不傻，唱起歌来字正腔圆，一句都没唱错。"

石光荣也激动起来，握着褚琴的手说："对，唱得跟电视上一样，小海这病有救，有救。"

石海蓦然醒悟过来，心里一惊，又曼声高吟："我是一个悲哀的孩子，始终没有长大，我从北方的草滩上走出，沿着一条发白的路。"愣头愣脑，满脸迷茫的样儿。

完了，刚才还好好的，怎么说不清醒就不清醒了？褚琴刚刚露出的一丝笑容还没来得及绽放就又被愁容所代替。石光荣安抚着她，说："只要他有明白的时候就好。"

石林却觉出些蹊跷来了，他在部队当的是侦察兵，而且是经过战火洗礼的。他虽然不懂医学，还是觉得石海这病太怪，怪得不像是病。

石林把爸妈劝回卧室休息。石海也借机溜回卧室，心里后怕不已，一时得意忘形，险些露了马脚，看来还是小心为上。

石海刚躺到床上，石林就进来了。石海没理他，侧过身去。

"小海，你这病究竟是怎么一个感觉？"石林搬把椅子坐在他床前，慢声细语地问道。

"就是那么个感觉，我都说过很多遍了，你怎么还问？你是想问我的病情还是什么，这架势跟审犯人似的。"石海蓦地坐直了，瞪着眼睛看着石林。

“不是，不是，你千万别误会。”石林忙解释道，“你这一会儿糊涂一会儿清醒的，我是怕你看大夫时正好迷糊了，病情就说不清，大夫诊断就不准。我是想把你的症状都了解清楚了，等大夫来时我能替你说清楚。”

“哦。”石海释然。同时心里也提高警惕，父亲当了一辈子侦察兵，哥哥也是，家里放着两个侦察兵，还真不能掉以轻心。他说了些自己的病症，都是从那些抑郁症的书上背下来的，任哪个大夫一听也是标准的抑郁症。

“是这样，我记住了。小海，你要放宽心，配合大夫治疗，争取早日康复，回到部队去。光当兵还不够，以后还要争取考上军校，有了文凭才能在军队站住脚。爸爸的理想就在你身上了。”

“咱家有你一个职业军人就够了，无须我再锦上添花，再说，部队我是肯定不能回了。”一提回部队，石海又反感起来。

石林见他很激动的样子，怕他受刺激，不敢再说，只说了句“你好好歇着吧”，就退了出来。他站在客厅里想了半天，越咂摸石海最后一句话越觉得有问题。

方才的谈话中，石海思维逻辑缜密，病情应该不会像他们想象的那么严重，可他为啥自己就料定肯定回不了部队了呢，他又不是医生。

思来想去，这个侦察兵出身的军人总觉得哪里有些不对头，却又想不出究竟哪里不对头，石海装病这是他想都不愿意想的，也不敢想的。

中午吃过饭后，石林去了李满屯家，要找李满屯的大儿子李大明，他和李大明既是发小，也是同学。其实这干休所住的各家的孩子基本都是这种双层关系。

李满屯夫妇问了石海的病情，又问了些石林部队上的事，然后才问他有什么事。石林说想找大明聊聊，自他参军后哥俩就很少有见面的机会了。

李满屯笑着说，他这儿子自从下海经商后，天天坐飞机飞来飞去的，也不知搞什么名堂，简直成飞人了。要找他很难，家里也很少能见到他的面，不过他有呼机，只要呼他，不管他在哪里，都能回电话的。李满屯从卧室里找来呼机号码，用电话传呼儿子。

五分钟后，电话铃就响了，石林拿起电话，问李大明在哪里。李大明听到石林的声音，很是兴奋，在电话里大声喊着：“哥们儿，咱们可是多年没见了，我现在在深圳。你能在家待几天？”

石林道：“还能待几天。”

李大明道：“那你等我，我过两天就飞回去，你千万等我。”

石林应了声，李大明又问：“你有什么事吧？”

石林支吾了一句：“没事，就是想看看你，找你聊聊，喝点酒。”

“好，那你千万等我，可别走啊。”

石林告辞出来，心里浮上一丝希望。对市里的安转办，他已经不敢抱任何希望了，听说李大明这些年下海经商，人脉很广，他找李大明就是想让他帮助联系个工作。看着患病的弟弟和因弟弟的病而一下子憔悴了很多的父母，他愈加坚定了留在这里支撑起这个家的信念，至于方慧怎样闹也管不了那么多了。

石海吃一堑长一智，开始谨言慎行了。他没事就窝在卧室里看书，只有妈妈进来，他才和她正常说话交流，也不忘装一装迷糊。他知道妈妈不会怀疑他，姐姐石晶素来大大咧咧的，比男人还豪放，也不用担心她会看穿自己的把戏，最要提防的就是家里这两个侦察兵。

石光荣看着石海病恹恹的样子，倒动了老牛舐犊之情，总想给儿子帮点什么忙。没事时就进来看看石海怎么样，也关心地问他什么感觉，想吃什么不。石海不敢和父亲多说，也不敢和父亲对视，说上几句就装作不耐烦的样子转过身去。石光荣老了老了想和儿子交流交流，却找不到途径，自己说话都不利索起来，想为他做些什么又不知道该做什么，就像一个抡惯了镢头的人拈起一根绣花针。

褚琴看着坐在沙发上因感到自己无能而痛苦的石光荣，又是好笑又是同情，便劝他：“小海这病就是这样，不喜欢说话，你也别往心里去。”

虽只有几天的工夫，但两人都憔悴衰老了很多。石光荣硬朗的身子也略显佝偻，褚琴和石林、石晶看了都很心疼。褚琴自己头发又白了不少，脸上多了不少皱纹。

“你说小海这病是不是还得去大医院看呢？光这么窝在家里真能恢复好吗？别再严重下去。”石光荣跟褚琴商量着。

“病来如山倒，病去如抽丝，病不是一点一点好起来的吗，光急有什么用。上次找的那个大夫就是咱们这里最好的了，再要去看只有去省城。对了，老胡的儿子不是说他能请来专家吗？怎么没动静了？等石晶回来让她打电话问问。”

中午石晶回来，石光荣就让她打电话给胡战斗。石晶马上给胡战斗打电话，胡战斗在电话里说已经请了一位专家，今天晚上回来，让他们在家等着。

听到这消息，一家四口人都松了口气，希望又在心里萌生。石海却一边扒拉着碗里的饭粒，一边筹思晚上的对策，既然是专家，想必是重量级的，可能不好对付。

褚琴看着儿子愁容满面，饭都不吃了，忙问："儿子，怎么了，是不是饭菜不可口，想吃什么妈给你另做。"

石海拿起筷子敲着饭碗，唱道："食无鱼兮出无车，士兮士兮可奈何。"把筷子一丢，回屋里去了。

"他叨咕什么？"石光荣大为不解，"吃饭没鱼，出去没车，这哪儿跟哪儿呀？"

褚琴气道："他说的话，你咬什么文嚼什么字，他就是这病，自己都不知自己说什么。"

石林、石晶对视一眼，心里都咯噔一下，石海原来胡诌的是什么听不明白，但能听出来是现代文，现在怎么连古文也拽上了，是不是病得更重了？

傍晚，胡战斗带着一位省城的精神科大夫给石海看病。石海把自己装病的本领发挥至极致，把北岛、顾城、舒婷等人的诗完全拆解开来，然后混乱无序地组合在一起，医生问什么，他就拿这些比意识流还混乱的诗句来回答。别说医生听不明白，就是北岛、顾城他们也听不懂他在说什么。

看完后，医生感到这不仅仅是抑郁症，已经有精神分裂症的迹象了，但他没对石光荣夫妇说实话，只是说这个病患的情况比较特殊，好像不太像一般的抑郁症患者，因为一般的抑郁症没有达到他这种偶尔思维混乱甚至错乱的程度，要彻底恢复正常，恐怕要个一年半载。

石光荣急了，问道："就没有快点让他好起来的办法？"

医生说："凡事都有个特殊，因人而异，也许你儿子的病也会很快好起来。"

闻此，石光荣又充满了期望，石林的心情则格外沉重起来，因为在医生进门之前他早就提醒过医生，石海的病对他父母不要全说实话，不要引起他们过度的忧虑。他知道医生前一部分是实话，后面则是按他的嘱咐行事，他尽量掩饰着自己的焦虑，安抚着父母。

石林和石晶把医生和胡战斗送出去，医生走后，石林又向胡战斗致谢，说不知怎样感谢才好，胡战斗脸红道："石林哥，你跟我还客气什么，小海不就像我亲弟弟一样吗？"他说的是他们两家亲如一家的关系。

石晶在旁白他一眼，看在他把医生从省城请来的分儿上，没拿话呛他，这时候套近乎，不是乘人之危吗？

胡战斗情知说错了话，连话都说不出，急忙离去。

石光荣坐在沙发上唉声叹气，褚琴看他这样子很不高兴，儿子又不是得了什么绝症，看过的医生都说了，这病不难治，甚至不用治，慢慢就会恢复，不过是时间长短的问题。她知道老石的心病，就是儿子能不能在三个月里病愈后返回部队，她恰恰不担心的就是这个，回不去就退役，有什么大不了的，再说石海当兵也只是权宜之计，他还是适合在文化部门找个工作。她的憔悴只是心疼儿子导致的。

“老石，”她坐在他身边，以少有的温柔语气说，“在小海这问题上你可别执拗啊。孩子病着，你急没用，催他也没用。我知道你心里怎么想的，两个儿子是你的两面红旗，是你在外面的脸面，倒了哪一面你都受不了。你这想法也该改改了，儿子这一辈子也不一定就要走咱们的老路，换个活法有什么不好的。非得世世代代都当兵才光荣？”

“男子汉就得当兵。”石光荣气哼哼地说，看老伴要反驳，忙又说，“小海这事我不急，我听你的。他就算退下来，咱们至少还有石林在部队上。”

石林和石晶刚好进门，听到这话，石林心里一声喟叹。石晶笑道：“是啊，哥哥还差半步了，升到副师就能在部队一直干到离休，像爸爸一样。哥，你也快了吧？”

石林满腹苦水，苦笑道：“这事只能听组织的。”

石晶说：“哥，我后天就是结业考试了。等我考完了，你就赶紧回部队吧，别有晋升的机会，你不在，被人家抢走了。”

石光荣也说：“对，家里有我跟你妈呢，你该回去赶紧回去。小晶该忙工作还是忙工作，我们两个身体还结实着呢，还照顾不了小海？”

石林说：“我这次假期长，小海这样，我也不放心回去。再说这些年很少回来，这次就多待几天。”

褚琴笑道：“这才对，死老头子，拼命撵儿子走是什么意思？石林，你也是的，假期这么长，怎么不把小林带回来，就算方慧工作忙，离不开，小林总能来吧。咱们这个家什么都不缺，就是缺个孩子，我可是真想我大孙子了。”说着，眼圈都红了。

“那是，老儿子大孙子，老太太的命根子。”石晶笑着说。

“你的意思是说我偏心眼是不是？”褚琴瞪女儿一眼，自己也笑了，这也不只是她，女人上了岁数都这样。

第五章

省里精神科专家走后，石海大大松了口气。心里又觉得好笑，所谓专家也不过如此，不比边防团的医生更高明。他甚至怀疑这些精神科的医生是不是根本不懂得诊断，是否也是和他一样，只是照着书本上的东西来诊断，当然他是照着书本上的东西来装病的。

精神上放松后，他开始读书、写作，这正是他最喜欢甚至可以说是唯一喜欢做的事。石光荣看他每天不是窝在床上看书，就是伏案写作，害怕他累着了，不利于恢复病情，总是干涉，石海却不听。

褚琴看着儿子读书写作的样子和正常人一样，心里倒是高兴，便跟石光荣说："孩子得的是抑郁症，他干这些是在舒缓压力。我一个同事的女儿得了分裂症，每天不打不闹的，就是织毛衣，一天到晚不停地织。他们两口子就买来各色毛线给她织，她织了三年，精神分裂症自己就好了。"

石光荣听她说得有根有据，也就不再过问了，只是看着石海整天读书写作的样子，一点病态都没有，心里浮上个问号。

石林把家里的家务都包下来，隔上一两天就去市里的安转办去问一下，每次都是丧气而归。他给中学那些同学都打电话问过了，却没人能帮上他的忙，他只能寄希望于李大明回来帮他运动了。

每次家里电话铃一响，石林和石海就紧张地盯着电话，心也跟铃声一样狂跳着。石林是怕方慧打电话，把他的事都说出来。石海则是怕李文打电话，那丫头有口无心的，什么话都敢说，别说把事说出来，就是透露了口风，也是不得了的。

只要石光荣在家，电话总是被他第一个拿到，因为他无论吃饭还是平时坐着，都离电话最近。即便他不在家，他的位置别人也不坐。这些天，石光荣忙着石海的事，石林得到了机会，一有电话响，就抢先接过来。

正应了那句话，该来的总是要来的。

这天他们正吃午饭时，电话铃又响了。石光荣伸手去拿电话，手已经放在电话上，却没有马上拿起来，而是回头用老鹰般锐利的目光扫视着石林和石海。石林已经欠身欲起，看到父亲的目光，就又坐下，把目光移开。石海赶紧把头低下，假装扒拉着碗里的饭，心里直念阿弥陀佛，心也像敲鼓一样。

“你赶紧接呀，瞅什么瞅？”褚琴瞪他一眼，没好气地说。

石光荣拿起电话，电话是方慧打来的。石光荣便问她有什么事，方慧一听是公公接的电话，说话便支支吾吾的，说是没什么事，想找石林说几句话。

从石林到家，石光荣就觉得儿子有什么事瞒着他，却没问出来，又被石海的事闹得翻天覆地的，也没工夫仔细盘问这事。听到方慧说话的语气，他愈发觉得是有事发生了。他没把电话给石林，而是先问问方慧身体怎么样，工作还好吗，孙子石小林好吗等等。把石林弄得心里七上八下的，五脏六腑都快掀翻过来。

问过这些，石光荣才说石林不在家，有什么事对他说，等石林回来他转告。

“死老头子，活到老了学会撒谎了。”褚琴嘟囔着，心里想，人家夫妻离开久了，要说点体己话，你个老公公瞎掺和啥呀？

方慧知道不该说，可是事情真的到节骨眼上了，咬咬牙便说：“等石林回来，您让他赶紧回家来。机会不等人呢，再不回来什么事都晚了。”

电话里声音很大，坐在饭桌上的一家人都听到了。褚琴这时也意识到了什么，转头看着大儿子。石林坐不住了，站起来，一把抢过电话，大声道：“我知道了，你总是大惊小怪的。你挂了吧。”

石光荣回身坐直了，指着面前的沙发，对石林道：“你坐这儿。”

石林没坐下，只是搪塞道：“爸，真的没什么事，我还没吃完呢。”

“你坐这儿，我有话问你。”

褚琴道：“你这是干吗呀，说话也不急着这一会儿，让儿子把饭吃完呢。”

“说完话再吃。”石光荣火气急剧上升，气都有些喘了。石林只好乖乖地坐在父亲指定的位置上。

石海见不是李文打来的，心里松了口气，又看气氛不对，趁机偷偷溜回自己的房间。石晶也和父亲一样，早就觉得哥哥这次回来得不同寻常，见父亲发火了，只能同情地看看哥哥。

“说吧，你究竟有什么事瞒着我和你妈？”

“没事，真的没事。”石林苦着脸说道。

“你不说是不是？你是让我再给方慧打电话还是让我打电话到你部队上？”石光荣一直压抑的脾气爆发了，拍起了桌子。

褚琴看到石林的样子，这才有些明白，急忙问道：“儿子，你有什么事就赶紧说，千万别瞒着我们，不是小林有什么事了吧。”想到大孙子石小林是不是有什么，她吓得脸都变色了。

“你究竟说还是不说？”石光荣一怒站起，把屁股下面的椅子踢出老远。当年抓舌头、审口供他都没这么光火过。

“我说，我说，您别急行不行。”石林也慌了，见父亲这架势想蒙混过关是不可能了。

“老东西，你吹胡子瞪眼干什么？有话好好跟儿子说就是了。”褚琴也火了，一拍桌子站起来，冲着石光荣喊道。三个孩子小的时候，石光荣信奉棍棒之下出孝子的信条，教育孩子他是不会的，不是动手就是抄家伙。褚琴就像母鸡翼护小鸡一样，用身体护着三个孩子。

“这事你甭管。”石光荣眼睛瞪圆了，盯着石林，“这小子一回家，我就觉得他有事瞒着咱们。一直忙着小海这事，就没腾出工夫好好审他，今儿个你给我好好交代。我是你老子，你有什么事我有权知道。”

褚琴坐在石林旁边，搂着儿子说：“儿子，你有什么事就说，千万别憋在心里。没事，妈在这儿呢，别怕那老东西。”

石林叹了口气，低着头道：“爸，是这样，部队精简干部队伍，只有本科学历以上的干部才能留下，专科以下的都得转业。”说着，他停顿一会儿，才又说，“我也被精简下来了，要回到地方找工作。”

“精简？你也被精简下来了?!”石光荣简直不能相信自己的耳朵，石光荣的儿子，已经升到团长的儿子，居然还会被部队一脚踢出来？这怎么可能？

石晶“哦”了一声，这才明白哥哥为何如此在意自己这次结业考试，叮嘱自己千万拿到文凭，原来他刚吃了学历不够的大亏。

“你怎么不早说呀，当初你在部队上知道这事就应该给我打电话。为什么瞒到现在？”石光荣火气消了不少，却真急了。

“爸，我想打了，可是您不是一直教育我们不能为自己搞特殊化吗？再说这次部队下令是一刀切，也没有通融的余地。还有一点，我是想，您和妈年岁都大了，我也想回到您和妈身边，好好尽些孝心。”

“你好糊涂。”石光荣痛心地说，“你在部队上为国家服务，就是尽了最大的孝心。我和你妈是上了点岁数，又不是不能动了，用你回来尽什么孝心？再说了，就算我们不能动了，还有组织上安排人照顾，也不用你们啊。”

“儿子想孝顺你也不对，什么人呢！”褚琴抢白他一句，然后又笑着对石林说，“儿子，我当什么大事呢，这事你做得对，就应该回来。在部队上干一辈子有什么好，我和你爸当了一辈子军人，你又当了这么多年兵，咱们家为国家服务得也不少了。回来好啊，回来多好，等着把方慧也接回来，让小林在咱们这儿上学，咱们一家人就真的团圆了，我又能天天看着我大孙子了。”

“好个屁！”石光荣怒道，“石林，这事你先别忙着定下，容我想想。”

“你想什么想呀，组织上的决定你不服从？你这一辈子挂在口头上的不就是坚决服从组织安排嘛。”褚琴还真怕他一时犯犟，把这“好事”给搅黄了。她已经在心里想象着石林一家人都回到自己身边，自己天天哄着大孙子玩儿的天伦之乐了。

“这是两码事。”石光荣白了老伴一眼，“你说精简你的理由是什么，学历不够？”

“是，国家要建设一支高素质的军队，也就需要大批高学历的人才。”

“胡扯，你老子我什么文凭也没有，怎么了，打仗比谁差了？告诉你，你老子我打败过黄埔毕业的国民党，也打败过西点军校毕业的美国人，谁说的没学历没文凭就打不好仗、就不能指挥军队？”

“你冲儿子嚷什么嚷，有本事你到中央军委，找做决定的军委领导人嚷去。”

提到军委，石光荣不吭声了，气哼哼地回卧室去了。

石晶见哥哥耷拉着脑袋，也劝道：“哥，事情已经这样了，你也别太往心里去了。妈说得也对，你回来了，一家人团团圆圆，多好啊。这些年，嫂子自己带着孩子多不容易，以后你们一家人也团圆了。”

“对。儿子，别理你爸爸。”褚琴劝儿子，“你也知道，你爸爸这辈子把部队当家了，他眼里除了部队什么都没有，好像全国人人都得当兵似的，要不就没出息，也不想想，没有人搞经济、搞生产，部队怎么养，让战士都喝西北风啊？”

“妈，你也知道爸爸就是这样，少说几句吧。”石晶笑着说。

“死丫头，你就知道向着你爸爸。人家都说闺女是妈妈的贴心小棉袄，你倒好，什么事都专和你妈作对。”

“妈，我这不是怕你和爸吵架嘛。”石晶笑着吐了下舌头，赶紧拿起包上班去了。

石光荣坐在椅子上，脑袋里轰隆隆直响，仿佛有无数个闷雷在脑子里炸开。石林转业，这打击太大了，他一时真的承受不住。他一直认为石林虽然比不上自己，和平年代没有战争年代晋升那样快，怎么着也能当上军长，至少师长是揣在兜里的事，只要当上师长，就可以在军队干一辈子了。

他真的后悔了，几年前，石林被提升为团长时，老胡就劝他在上层找找关系，为石林早日当上师长铺好路子，至少先升到副师，就稳当了，因为副师就是大校级，大校就可以干到离休，不用转业了。也因此，团长到副师是最关键也是最难升的半级。他当时很鄙夷老胡这种说法，运动关系为儿子谋晋升，这事别说做，连想想他都感到脸红。现今却悔不当初了，如果听了老胡的劝，为儿子做些铺路的工作，何至于有今天。

他一直闷坐到晚上，晚饭也只吃了几口就放下了筷子，回屋后上床躺着。石林闷头吃饭，不敢看父亲那张脸，仿佛自己做了对不起父亲对不起家人的事。褚琴对儿女们说：“大家吃，别理他，他就这样。当初让他离休他还不愿意呢，说自己身子骨还结实，还能为党工作，结果不也是离休了。”

石林三人都笑了，想起当初组织上要求到了岁数的领导同志离休时，爸爸确实是闹着不肯离休，倒不是放不下手中的权力，就是觉得身体还硬朗，怎能不工作靠国家养着，结果还是总部一位领导给他打电话才做通了他的工作。

石海通过石林这件事，给自己敲响了警钟。爸爸真是老当益壮，侦察兵没白当，自己千万不能大意了，所以从下午起，他就开始装迷糊了，总是浑浑噩噩的样子。褚琴看了更是心焦，以为儿子是被老伴吓着了，抑郁症加重了。

晚上，褚琴回屋睡觉，看着石光荣在床上翻来覆去、愁眉苦脸，既感到好笑，也有些心疼，就劝他：“事已至此了，你也别多想了。你与其想那些个没用的，还不如把心思放在如何给儿子解决个好工作上。现在可不是十年前了，部队转业的都优先保障安排平级职位，我听不少人说他们的亲戚从部队转业下来，甭说平级，根本就找不到工作。”

石光荣赌气不理她，把脸转向墙。褚琴知道这个节骨眼儿上跟他说什么都没用，索性也不理他，自己倒在枕头上睡了。想着儿子回来，媳妇和孙子也就很快能回来了，她在梦里都笑出声来。

大儿子也要离开部队了，这简直让石光荣难以接受！此刻，支撑着老石光荣后腰杆的最后一面荣誉之墙彻底坍塌了！自从他离开部队后，留在军营里的两个儿子就是他心中的骄傲和念想。可现在，一个精神出了问题，另一个即将转业，心中那份希望的光亮登时消失得无影无踪，戎马一生的石光荣留在部队上的最后一份念想断了，彻底断了！

不行，这绝对不行，这件事石光荣不能就此罢休。石海那小子另说，从小就不成器，他咋得的神经病以后好好审他，可石林是全家的荣耀，是石家顶门立柱、光宗耀祖的人，是要往副师级去的，哗啦一下就和他石光荣一样成了老百姓，这前景石光荣绝对接受不了。思考了一夜，石光荣做出一个决定，他要亲自到石林的部队去，和部队领导说说理，这么大的解放军，咋就留不下他石家一根苗。

他没告诉褚琴，情知她必然要反对。等上午褚琴到石海屋里时，他就悄悄收拾了几套衣服，又去卫生间拿洗漱用品。

这天是星期天，石晶不上班，就左一个屋右一个屋地打扫卫生。看到父亲鬼鬼祟祟的样子，就问："爸，你要做什么？"

石光荣嘘了一声，指指石海的屋，意思是说别让你妈听到。然后小声说了自己要去做什么。

"爸，这不行，没用的。"石晶急得差点叫出来。

"你少管。"石光荣板起脸，"有用没用我比你清楚。"他走到电话旁，打通干休所办公室，说是要一辆车出门。

石晶看着父亲的神态，知道他已经下了决心，自己很难劝说得动，只有母亲能拦住他，她又不愿意去告诉母亲。她向外面一看，哥哥石林从外面回来了，心里一喜，也许哥哥能让爸爸打消这念头。

石光荣怕车到家门口接他被褚琴看到，就自己出去到小车库去坐车。刚出家门，果然被石林拦住了。

"爸，您这是要出远门？"石林看着他手中拿的东西，惊讶道。

"嗯，我要到你们部队上去，问问那些当官的，凭什么不能留下你。你老子为国家打了一辈子仗，他儿子要留在部队都不行，这是什么政策？"

"爸，您别去，这没用的。我已经办了转业手续，现在就是一平民百姓了，您总不能让我再入伍一次吧？"

“怎么不能？现在要是发生了战争，征召你入伍不也就是一道手续的事。这事你甭管，我也不管有用没用，他们要是不给我一个让我满意的答复，我就到北京去评这个理儿。”说着，气哼哼大步走开了。

“爸，上级也不是没道理，上级卡的就是文凭，谁让咱们没有本科文凭的。”石林追上两步，心急火燎起来。父亲的性子他是知道的，只要认准了，就一条道走到黑，碰了南墙都不回头。这事真闹大了，可就难收场了。

“你少跟我提文凭的事。我告诉你了，你老子什么文凭都没有，一样打国民党，打美国鬼子，打的都是有文凭的，还总打胜仗。”石光荣冒火了，抡着胳膊吼道。

石林没辙了，只好回来。石晶迎着他问：“哥，你没把爸拦回来?”

石林苦笑道：“我哪儿拦得住啊，妈呢?”

“在小海屋里呢。”

“快去叫妈。”

从昨天开始，石海就装起了迷糊，整天浑浑噩噩，神志不清，听什么话也好像听不着，看什么东西，眼睛里都是一片迷茫，浑似梦游一般。褚琴认定他是让石光荣吓着了，想给他吃点管惊吓的药，又怕加重他的抑郁症。她只好坐在儿子身边，像哄婴儿一样哄着他，心里却像有一百只老鼠在抓挠。

听说丈夫要去石林部队上闹，她腾地跳起来，骂了声：“这个老不死的。”就往外跑，临到门口才指着石林喊道：“你看着你弟弟。”然后就冲出门外。石晶怕母亲跌了摔了，忙跟在后面。

幸亏褚琴行动神速，再晚一步，就拦不到石光荣的汽车了。褚琴母女二人在大院门口拦住载着石光荣的汽车，石光荣命令她们让开路，但此时的褚琴比石光荣更强硬：“你个倔老头子，在家里丢人还不够，还要把人丢到外面去！你石光荣咋了？石光荣的儿子就有特权？石光荣的儿子就不能转业？你以为你石光荣是开国元勋是不是!”

眼见围观的人多起来，石光荣脸上开始挂不住，褚琴倒更来了劲儿，说：“石光荣你要不怕丢人，你就在车里坐着，反正人已经丢在这大院里了，我绝不能让你把脸丢到儿子的部队去!”

李满屯和老胡都闻讯赶来，问清楚情况后，李满屯拉开车门，劝道：“老石，你这么干可不行。组织决定是不能违反的，你到部队上能说个什么？个人不能大于组织，不能大于党，你自己都说了一辈子，怎么老了犯糊涂了，赶紧下来。”

老胡也在旁边劝道：“老石，快下来，儿子转业又不是什么冤假错案，值得你大动干戈吗？快下来吧，传扬出去让人笑话。”

一看人丢大了，石光荣一言不发，摔下车门就走，小司机还不放心，在他身后追问：“首长，咱还走不走？”

石光荣头都不回：“走个屁，都全军覆没了，这还看不出来！”

石光荣拎着小包，愤愤地推开家门，一开门，就看到石海一脸纠结地站在屋当中，正喃喃自语：“所有的小花都会围拢，在灯光暗淡的一瞬，轻轻亲吻我的悲哀……”

石光荣的心被这接二连三突然而至的打击彻底击碎了……

没想到结婚三十五年之后，老革命石光荣的婚姻成果——三个孩子像三枚巨型炸弹，一下子把这个原本还算安顺的家炸得七梁八栋都塌了！褚琴早已顾不上与石晶理论当刑警的事，她最宝贝的小儿子石海的病情令她心力交瘁。

石光荣也着急石海，但看病历上的记载，石海的病已经不是一天两天了，再急，也得按部就班地治，眼下最让他心焦的是石林的出路问题。

当晚，石光荣与石林进行了一次长谈，虽说石林为了安抚父亲强装平和，但他眼睛里还是难以掩饰说不出口的凄惶。按照规定，石林可以在妻子方慧的户口所在地和入伍时的城市选择，安转办负责安排他在地方的工作，问题是他要是回家，在小县城文化馆里做资料员的妻子工作和户口都很难解决，他也很难找到与他的级别相当的职务；而留在小县城，他又担心家里的父母。

最后石光荣做了决定，父母还没老到需要人特殊关照的时候，一切选择都要以石林和方慧的工作为重，其他都要让步。石林表示，他会和方慧商量一个最稳妥的办法：“爸，您年龄大了，我自己的事情自己解决，您就没必要为我操心了。”

石光荣说：“我是你老子，你的事我必须管。明天你就回去，赶紧跟方慧商量以后的打算。”

石林说：“家里现在的状况我放心不下，反正转业已成事实，晚回去几天，不着急。”

石光荣急了，说：“家里有我有你妈，天一时半会儿塌不下来，就是塌下来也轮不着你出头顶着，赶紧回去！”

在父亲的一再坚持下，石林只得从命，但他依然放心不下石海，仔细叮嘱完了石海和石晶后，他才忐忑地离家。

临别，母亲追出门来叮嘱石林道：“趁机会赶紧把老婆孩子带回来，别听你爸的，能全家回来是最好的出路，我可在家等我的大孙子了!”

石光荣本想抢白褚琴几句，但碍于石林的面子，作罢。他说：“石林，一切以事业前途为重，别拿错主意。”

怀着不安，石林上路，坐上火车返回妻子儿子所在的县城。

石林前脚刚走，石光荣就和褚琴商量，说石海这样子在家待着静养，三个月肯定是好不了，还是得给他找个医院好好治治。褚琴本来不同意，可是知道石林的事给石光荣的打击太大了，他现在唯一的希望就是石海能快点好起来，回到部队上，保住他最后一面大旗，也就同意了，但有个先决条件，只能住一般医院，绝不能把儿子送到精神病院去，那样不是精神病也得整出精神病来。这条件石光荣也同意了。

因女儿不与她打招呼，就擅自做主调进公安局，褚琴一直不爱搭理石晶，现在她也顾不得那么多了，敦促女儿赶紧给石海联系医院，要最好的医院。

石晶连夜来胡家找胡战斗。见石晶登门，老胡两口子格外热情，尤其是胡婶。这位大大咧咧的大婶听石晶说找胡战斗，有事求他，就说：“晶儿，你这丫头，你说咱们两家是什么关系，你和战斗关系也不远呢，怎么平时连个门都不串，以后可要多来，别再有事求我儿子的时候才临时抱佛脚。”

老胡急忙拉开说话不分轻重的老伴，不好意思地说：“晶儿，你别见怪，你胡婶就这样，以为谁都像她一样爱串门子。战斗，你出来，晶儿来了。”

等儿子出来后，老胡又把老伴拉到自己房间里，把客厅腾给两个年轻人。

胡战斗与石晶独对，再次陷入了语无伦次的状态。石晶尽量调节气氛，讲明来意，胡战斗说：“没问题，你等着，我马上联系。”

老胡两口子躲在自己房间里关注着客厅的情况。看到儿子面对石晶时的窝囊样子，胡婶急得直跺脚，怪儿子烂泥扶不上墙。她要冲出去给儿子帮忙，老胡拦住老伴，要她不要多事帮倒忙。

胡战斗只是在面对石晶的时候才木讷蹩脚，一旦他沉浸在自己的状态中就完全换成了另外一个人。

胡战斗雷厉风行地打电话，语言清晰、简明扼要，石晶不禁觉得这个人还真是有些好笑……

石海知道后，心里慌了，缠磨着褚琴，说什么也不去医院：“妈，精神病院那是治病的地方吗？那是杀人的地方！你把我送进去，我的病不但治不好，还得加重，最后真的疯了！”

褚琴搂着他说：“儿啊，谁说送你去精神病院了？是送你去一般医院。你哥出了这事，你爸的火都顶脑门子了，这时候硬顶也没用，你就去医院住几天，等你爸火下去了，我就把你接回来。妈天天都去看你，你想吃什么就给你送。”

石海情知这次躲不过了，只好怏怏地答应了。

很快，胡战斗给石海联系到了医院，像押送犯人一样，石光荣总算是把石海送进了医院。石海在病房里透过窗户跟家人告别，大声喊着：“妈，姐，早点接我回去！”

看着小儿子凄惶的目光和可怜的模样，褚琴的眼泪落了下来，可也只得硬下心肠。

石光荣不忍心看着褚琴伤心，拉着她就往医院外走，说：“石海小时候上幼儿园不也是这样吗？没出十天就正常了，你放心，医院又不是监狱，他也是大人了，走吧。”

没眼力见儿的胡战斗也随着石光荣的话语好心地劝慰褚琴，说：“姨，您别担心，把石海交给医生是最稳妥的办法，阿姨多操心其实没有意义。”

褚琴对这事本就不情不愿，硬生生把儿子送进医院，心里直犯堵，听到这话火冒出来了，白了一眼胡战斗说：“我家的事，你多过问也无意义。”

胡战斗脸都紫了，很是尴尬。

石晶不知该如何开释这个局面，石光荣赶紧解释：“战斗啊，你阿姨最近让石海弄得肝火太旺，你千万别在意。”

胡战斗艰难而又痛苦地笑笑。

为了答谢胡战斗，也为了替母亲赔个不是，石晶极力要请胡战斗吃饭。

对石晶一向如老鼠见猫的胡战斗，实在找不到发泄的地方，一股脑儿冲石晶来上了，冷冷道：“咱俩从上幼儿园就在一个班，没必要客气，别把咱们之间纯净的关系往现在社会上吃吃喝喝拉关系的路数上走，没意思。”

说完胡战斗就走了，搞得石晶很是下不来台，但她并没生气，而是感到好笑，看着胡战斗的背影，笑道："真是泥人也有三分火气，哈哈。"

石林回到方慧和儿子所在的小县城，下火车后步行回到家，进家门时已是暮色苍茫了。妻子不知道他要回来，正在厨房忙乎着，开门的儿子见到他还是不敢和他亲热，跑回去躲在方慧后面怯生生地看着他。石林心事重重，也没心情和儿子拉拢感情。

方慧见到他就开始埋怨："你说你这是办的什么事？你自己的事，自己不上心，我整天东家西家地给你跑，这算怎么回事呀？亲戚们都问你哪儿去了，我都没法说。"

石林道："家里不是有事了嘛，我真的离不开。"

"家里？你父母家里是家，咱们这个家就不是家了？"

石林把旅行袋放到衣柜上面，没接这个话茬。若是大家小家你家我家地争辩起来，就没完没了了，也伤感情。他也明白妻子是真的着急了，不然不会这样见面就和他吵。

方慧正在煮面条，只煮了够她们母子两人的，见石林回来，便解下围裙，出去买菜，回来又忙乎着炒菜。

石林试着和儿子沟通，问儿子在幼儿园好不好，和小朋友打不打架，都学到了什么等等。石小林不再躲了，却还是怯生生的，问一句答一句，一对黑亮的眼珠骨碌碌转动着，打量着爸爸。在他心里，爸爸是种奇怪的生物，总是不知什么时候突然回来了，待不了几天，还没和他混熟，就又突然走了，然后很长时间不见人影。他每次看到别人家的孩子被父亲抱在怀里，或者一起做游戏，他的心就揪起来，眼泪都窝在眼眶里，然后掉头跑开。

石林看着儿子的样子，也能感受到他的心情，毕竟自己这么大的时候也和儿子的境况相似。他对儿子感到很愧疚，这时才想起，竟没给儿子买一点好吃好玩的。

"你们爷儿俩聊啥呢？"方慧炒了几个菜，端上桌，还拿出一瓶白酒，酒还是石林上次回家时买的。

"没啥，我就问问他在幼儿园的事。"石林给自己倒上酒，先喝了一口。

"你别怪儿子跟你不亲，你自己想想，这些年你在家一共待了多长时间？其实他心里一直想着你的，有时就问我爸爸什么时候回来，爸爸为什么不能经常回来看他，是不是他不好，所以爸爸不喜欢他，所以不想他。”说着说着，方慧的眼睛湿了。

石林的心里也是一阵酸楚，其实每个军官家庭差不多都这样，陆军空军还算好的，海军就更糟了。

“我没怪他，我小时候也是一样。”他小时候，父亲也是去了朝鲜战场，一去就是几年。

“没关系，你回来就好了，以后咱们三口人就能天天在一起了。小孩儿就这样，几天就混熟了。”

石林心又悬了起来，他这次回来其实是想和方慧说开，自己要回父亲所在的市里找工作。可是看着热切盼望天天能和他在一起的妻子儿子，这话没法说出口，他只能低头喝闷酒。

晚上，方慧把儿子哄睡着了，才来到大屋里。石林不在家时，她就和儿子在小屋那张小床上睡，只有石林回来，大屋才派上用场。

“小林睡了？”石林一个人坐在床上呆呆想了很久，究竟是留在这里和妻子儿子在一起，还是回到父母身边尽孝，两种念头在心里交锋，哪种也没占上风。

“睡了。”方慧坐在床边，沉吟一会儿，“你回家是不是也联系工作了？”

石林心里咯噔一下，就怕方慧问这个。他好半天才艰难地点点头。

“那找到了吗？”方慧慢声细语地问，一点生气的迹象都没有。

石林心里有些发毛，方慧当真和他吵，他倒未必在乎，他有的是理由，就算说服不了她，至少也能说得过去。可是方慧和风细雨地说着，他心里倒有一种莫名的恐慌。他苦笑着摇摇头：“我现在才知道还是军队好啊，什么职务什么工作都有上级安排，不用你自己操心。到了地方上，根本就没人管。”

“那你想怎么办呢？”方慧还是慢悠悠的。

“就是想不好嘛。”

“那就慢慢想吧，反正时间多的是。”

“不是，慧，你听我跟你说。”石林有些慌了，想跟她好好解释解释，耐心细致地做做她的思想工作，他虽然不是政工干部，这种工作也常做。

“不用说，我知道你心里是怎么想的，也知道你想说什么。”方慧凄然一笑，“你在部队上，就说自己是军人，肩负国家使命，对党对人民都有义不容辞的职责。转业到地方，你又要说是家中的长子，对家庭同样有不可推卸的责任。这我都懂，早就懂了。可是我就不明白，在你眼里，咱们这个家算什么？我和小林算什么？是空气吗？”

“慧，你别急，听我慢慢说。你这样想是不对的。”

“对，你那样想是尽职，是尽孝，我那样想就是胡搅蛮缠，对吗？”

“不，我没说……”

“你是没说，可意思就是这个意思。你在部队上，一年就回来那么几天，我挑你什么说你什么了？没有。从认识你，决定要嫁给你的时候，我就知道什么样的生活在等着我。这么多年来，我一个人带着儿子过，也没觉得什么。儿子问你的时候，我就说爸爸在为国家站岗放哨，免得坏人进来打咱们。连儿子都懂了，还为你感到骄傲。”她忽然哽咽了。

石林眼眶也湿了，想说什么却没说出来。

“你转业了，我是真的高兴，天天跟儿子说，以后他夜里睡觉不会害怕了，因为爸爸回来了，永远都不会走了，永远都陪着他。你为国家尽了忠，现在又要跑回家里尽孝，这是对的。可我们娘儿俩怎么办，是孤单单地这样过，还是毫无希望地等着你回来？你在部队上一个月还能打回几个电话，可你回家去了这么多天，给家里打过一个电话吗？我给你打个电话，你竟恶声恶气地说我，你说我容易吗，我都是为了谁？我们娘儿俩在你眼里究竟算什么？是外人，这个家就是你的免费旅馆、饭店和中转站？”

她含泪说着，犹如机关枪打出的一般。这些话憋在心里很久了，一打开头，就倾泻而出。说到最后她说不下去了，站起身走出去，来到厨房，扶着窗子站着，大口喘息着，吞咽着即将喷涌而出的哭声。

石林羞愧万分，对妻子儿子他始终感到愧疚，只是从没说过，觉得一家人说这个有些虚伪。妻子说的这些，几乎每个军官家庭都有这本难念的经。见得多了心里也就感到轻松多了。

他脑子有些眩晕，好像大脑缺氧，过了十几分钟才清醒过来。他来到厨房，站在妻子后面，请罪似的说：“对不起，我知道对不起你跟儿子，实在是没办法。其实我也想留在家里，跟你和儿子天天在一起，我怎么会不想天天和老婆儿子在一起呢？可是你也知道，我和父亲有过十几年的误解，是我误解了他，后来还赌气和他断绝父子关系。十几年后我才明白了父亲的心，我对他也感到惭愧，总想做点什么来补上。他已经是七十多的老人了，虽然身子骨还硬实，可我却总怕他一场大病后就突然走了，我就没有补报的机会了。这次转业本来是能想办法留下的，我却没有，就是想回到家，侍奉父亲几年，我到那边找工作，也是想等找到后再想办法把你的工作也调转过去，把你和儿子接过去，我不是没有考虑你和儿子。我总是想，我既然回来了，咱们在一起的日子多着呢，也不在乎个把月的，当然，这话我早该和你说清楚，这是我的不对。”

方慧叹息一声，回头拧开水龙头，洗了把脸，然后说：“随你怎么想，随你怎样做吧。”

“我回来时，爸爸说了，让我就留在这里找工作，让我留在你们身边。”

“那你妈是不是说儿子赶紧回来，把我大孙子也领回来？”

“嗯，妈是说过。”石林不会撒谎，点点头。

“是啊，我这个儿媳妇回不回去都不要紧了。”

“你怎么这么说，妈不是这个意思，儿子回去了，你当然回去，还用说吗。”石林急忙辩解。

“没说的都是不用说的，也就是不需要。”她冷笑一声，从石林身边挤过去。

石林忽然抱住她：“你别这样想，妈真的没这意思。我答应你，明天开始找工作。”

“你找不找和我没关系，放开我，我没心情。”

“别闹了，好吗。其实我是什么样的人，我心里是怎么想的，你不都明白吗，还用得着我说吗？”石林不放手。

方慧挣扎两下没挣脱，脸慢慢红了，身体里也慢慢热了，僵直的身子也就慢慢软下来。

第六章

石晶在新单位并没有如愿以偿地实现当刑警的愿望，领导研究了她要去刑警队的请求，鉴于她初来乍到，对公安系统的工作还不是十分了解，他们希望石晶暂时在机关的档案室工作，以后再做安排。

石晶虽然不满，但也只能接受领导的安排。

档案室里的工作并不忙，在爽朗又快言快语的同事杨花花的帮助下，她很快就熟悉了环境，静下心来，等着领导们的下一步安排。

为了给父母分担压力，石晶成了家里的勤务员，每日洒扫洗涮，像个家庭主妇。因为不满石晶调入公安局的事，褚琴对石晶的态度一直是不阴不阳的。为此，石光荣很是心疼女儿，也劝褚琴不要跟孩子耍性子。褚琴说："这丫头主意大，她眼里既然没有我这个母亲，我对人家那么关心干啥？"

石光荣碍于褚琴连日来为了石海心力交瘁，不想跟她理论，他更不忍心女儿受累，多次劝石晶不必为家里的事付出太多精力，她刚刚调入一个新单位，要把时间和精力多用在工作上。石晶说，家里现在就她一个孩子，等石海病情好转以后再专心工作也不迟。

第二天石晶要离家上班时，石光荣拿出一个旅行箱给石晶，说让她整理衣物。石光荣说他已经做了决定，从今往后，石晶还要像以往那样住单位宿舍，专心工作，不要顾念家里。石晶不无感动地看着父亲，不想接受父亲的命令。石光荣说："你还想让老爹亲自给你收拾行李不成，走，赶紧走！"

石晶无奈地离家，她叮嘱父亲有事一定要打电话给她，否则她放心不下。石光荣爽爽朗朗地笑了，做了几个伸胳膊踢腿的动作后问："你真觉得你爸老了不中用了？还没到那时候，闺女，奔自己的理想去吧，等你爸妈真的到了动不了那天，少不了麻烦你们……"

石晶眼圈有些红了，搂了搂老父，走了……

褚琴和石光荣几乎每天都去探望石海，石晶也隔三岔五地往医院跑。渐渐地，他们发现石海的病情并没有多少好转，反而越加沉郁了。医生劝他们不要每天都来，这样不仅会干扰对石海的治疗，还会给他增添不必要的精神影响。抑郁症患者大多都异常敏感，还是让他安静一些为好。

褚琴要跟医生辩白，石光荣赶紧拦住，他谢过医生，拉着褚琴回家。

回到家里，石光荣劝褚琴恢复原来的生活状态。一连多日她的那些老姐妹都来电话找她，问她为什么不去参加活动。褚琴说："你就跟她们说我没心情。"石光荣说："你还是该去唱歌就去唱歌，该去模特儿队就去模特儿队，不要把自己搞得跟个病人似的。"褚琴急了，说："我还哪有心情唱歌，亏你想得出来。"石光荣说："你这样下去，整天愁眉苦脸的，等石海好了，你也进去了。"

褚琴不想搭理石光荣，独自一人进了卧室。

石光荣见劝说无效，只得去买菜了。

石光荣刚出门电话铃就响了，是石林来电话打听家里的情况。

褚琴总算找到说话的人了，说："小海的病不仅不见好转，反而越来越不愿意与人交流了，我正琢磨着赶紧把他接回来。可是你爸说什么也不让。知道你转业了，他就非得逼着小海回部队，他就顾着自己的脸面，心里根本没有你弟弟。"

石林感到了母亲心情的沉重，只好劝道："妈，爸也是想小海快点好。你和爸的身体如何？"

褚琴哽咽着说："还算行吧，只是近些天被石海闹得又犯了失眠的老病，血压也一直高，吃药也下不来。"

石林说："妈，你不要着急，我很快就会回去帮你们。"

褚琴问道："你的工作落实了没有？你也不用惦记家里，落实工作最重要。"

石林说："我们一切正常，您就不要操心我们了，自己多保重，有事就给我打电话。"

晚上，石晶兴高采烈地拿着一张表格回家向父亲报喜，她说领导鉴于她在档案室的表现，已经口头答应，用不了多久她就要调到刑警队了。

石光荣急忙示意她小声些，别让躺在屋里的褚琴听到。然后低声说："祝贺你，不过暂时不要把这个消息告诉你妈，她现在为石海已经操碎了心，就不要再惹她动气了。她要是听说你进了刑警队，晚上更睡不着觉了。”

石晶会意地点头，父女俩悄悄地干了两杯白酒以示庆贺。

石林和母亲通过话后，已能想见家里的情况，又有些坐不住了，可他联系工作的事正在节骨眼儿上，也没法回去。

方慧父母死得早，亲戚还有不少。她领着石林带着名酒名烟，去了几个亲戚家，求大家帮忙找路子。有个亲戚是在县政府办公室，方慧已经找过他，带石林来既是为了听信，也是表示感谢。

这位亲戚告诉他们两口子，石林命好，县里还真有个副县长的职位空着，许多人都盯着呢，外面市县也有要空降来的。他已经和县里几位领导说了石林的情况，几位领导都很感兴趣，说是军队的干部那都是高素质的，接收军队干部也是地方拥军的政策。只是这事需要市里同意才行，所以还得听信。

这位亲戚没说的是，他和县里那些领导胡吹，说石林父亲是军区警备司令——这倒是真的，说石林父亲虽然离休了，可从中央到省里，都有很过硬的关系，如果石林在县里当领导，以后县里需要到省里甚至中央办事的时候就方便多了。石林就是因为妻子儿子在本县，才要到本县来工作，要不然直接在省里安排了。这后面有的是半虚半实，有的纯粹是虚的。

县城就是这样，本县出过什么名人大领导，或者谁家亲戚在中央、在省里，都是一清二楚的，方慧的老公公是原军区警备司令，这也是众所周知的。这些人都听得一愣一愣的，也都想着能有一个高干子弟在本县任职，那以后不论是对县里的经济发展还是领导的个人出路，都是大有好处的，所以也以拥军的名义，极力向市里申请。这些话这位亲戚没和石林和方慧说，倒不是因为他知道自己说的不都是实话，而是这样说有自己高攀石林家门的嫌疑。

两人听了也都很高兴，再三致谢，告辞回家。出门时，那位亲戚又说：“这事十有八九是成了，就是得等市里同意才能正式任命。你们放宽心等着就是，一有消息我就通知你们，石林就等着走马上任吧。”

回家的路上，方慧挽着石林的胳膊，身子靠在他身上，想到石林要当副县长了，她心里都要乐开花了。在她眼里副县长可是很大的官，比石林那个正处级团长高多了。再说这只是开始，石林还年轻，将来还会晋升的。

虽然副县长比正处级低一档，不过石林倒没计较这些。他心里想的还是家里，对父亲把石海送到医院去，他理解却不赞同，不是送医院不好，而是把弟弟送进医院会要了母亲的半条命。他真的有些为母亲担心了。

“怎么了，不高兴？你别以为当副县长委屈你了，跟你说，我的一个同事的亲戚在部队是正营级教导员，转业回来，待了半年多，找了许多人，最后才找到一个工厂保管员的工作，咱们这就是有得力的亲戚，才有这么好的机会。你还埋怨我催你回来，你说你不回来，这么好的机会放过去，上哪儿再去找呀？”

“是，你说得对，我没想这些。”

“那你想什么呢？家里，又有什么事了？”

石林把弟弟被送进医院，还有母亲高血压又上去了而且下不来的事说了。

方慧听后，也陪着叹息一声，苦笑道：“妈也是的，太疼老儿子了。你说你当年和家里十多年不联系，妈也没怎么样，小海这只是住进医院，她就受不了了。”

“那不一样，小海这次病得稀里糊涂的，我都担心，别说妈了。看着是不重，可谁知什么时候好，最后能不能好，这种病最让人揪心。”

“好了，你在这边多操心也没用，等工作的事办妥了，你上了班，稳定一段后就回家看看，我领儿子陪你一起去。”

石林感激地搂搂她，方慧真是天底下难找的温柔贤淑的媳妇，他始终感到娶到方慧是他一生最大的福气。

这些天，石光荣也打过几次电话，问石林的事，石林把情况说了，石光荣也很高兴，告诉儿子一定要把握住机会，如果需要他帮忙找路子，就开口。石林一问家里的情况，石光荣就说：“家里都挺好的，你妈那是老毛病了，吃些药好好养养就行。小海在医院也挺好的，家里你别惦记。石晶还进了刑警队，为了不影响她的工作，让她搬到宿舍去住了。我身体好着呢，照顾你妈没问题。”

石林心里轻松些，他回家后闲不住，把家里的活儿都干了，还接送儿子去幼儿园。石小林和他熟了一些，没事时石林就教儿子识字，也陪他做做游戏。只是时间一长，石小林就像害怕似的，跑开去找妈妈。有时石林一个人躺在床上，儿子就又偷偷进来，一点点走近，像研究什么似的仔细看他，等他看向儿子，儿子就又突然跑开了。

大约过了半个月，他忽然有些心惊肉跳的，怎样也安不下心来，就给家里打电话。电话却没人接，他感到有些不妙。到了晚上打，还是没人接，他开始坐不住了，到了深夜，他又打一次。褚琴接的电话，听出是他，就大哭起来："石林，你快回来吧，小海丢了，你弟弟丢了。"

石海住进医院的前几天，爸爸妈妈天天来看他，陪他说话，还给他带各种好吃的，他觉得还能过。自从医生下了禁令，不许这两人来看病人，石海不但见不着人，连吃的也没了。

医院食堂里的饭菜吃到他嘴里，就像吃进异物一样难咽，他原想坚持住，再熬上几天，妈妈就能把他接回去了。他知道妈妈也有难处，自己就少给她添点儿麻烦。

愿望是好的，可坚持着做就难了。本来好好一个人住进病房里就会有一种压迫感，这里又没有书可看，医生也不让写东西，一天到晚只能呆怔怔地望着天花板。上午下午他都去院子里晒太阳，可同样没意思。

虽然没诊断出他是哪种抑郁症，医生还是给他开了几种药，每天吃三次，而且是护士拿来药，倒上水，看着他吃下去才离开。石海每次吃药时都有种恐慌感，这些药或许是治疗抑郁症的，可他没有抑郁症，吃下去会有什么后果呢，会不会真的得上抑郁症，甚至变成白痴？所以护士前脚一走，他就跑到卫生间，手指挖着嗓子眼儿，硬把药吐出来。这一招他还是从日本电影《追捕》里学来的，杜丘就是这样避免当白痴的。

吐过几次后，再吃药不用那么费事呕吐了，喝进去没两分钟就条件反射似的开始反胃，一张口所有喝的药和水都吐出来了。

护士告诉了医生，医生以为是这几种药对肠胃刺激太大，就换了几种。

可石海服下后还是一样呕吐，护士又去告诉医生，医生觉得根本不可能的事，他没在石海身上找问题，而是骂护士没好好教石海服药的方法。护士也恼了，服药就是这么种服法，甭管你是白求恩医大毕业还是护校毕业的。她一生气索性不报告了，把药拿来，放在病床的床头柜上，转身就走。石海也省事了，她刚一走，就把药扔进马桶里冲走。

然而副作用出来了，他吃饭竟也和吃药一样产生反应了，好不容易吞咽下去的东西还没在胃里消化，就全吐出来了。

三天后，石海觉得自己要死了，要饿死了，他每天三顿饭照吃，可留在胃里的没多少。这天中午，他在院子里嗅到远处飘来的饭店炒菜的香气，终于忍不住了，在饥火焚烧下，做出一个不管三七二十一的决定：逃。

他回去后悄悄把衣服穿在里面，然后把医院发的衣服穿在外面，走了出去。医生们看到也没人在意，住院的病人病得轻的出去买点东西是很正常的。

石海出去后，转过一个巷子，这才把病人的衣服脱下来，扔到垃圾箱里，然后大摇大摆地走了。住院部附近有很多饭店，他不敢在附近停留，走出很远，才找家饭店走了进去。

晚上医生查房时，没看到石海，一问才知石海下午就不见了。医生慌了神，先和几个人在住院部找遍了，又在附近找了很长时间，都没找到，就要通知家属，可是病人病历上却又没有家属的联系方式。直闹到第二天下午，胡战斗联系的那位医生上班，才拿到了胡战斗的电话，告诉他，他介绍来的病人不见了，自己逃出了医院，不知去向。

胡战斗也慌了，忙打电话给石晶。石晶听后，魂儿都快吓掉了，好半天才镇静些，心想小海会不会自己回家了。

她向领导请了假，慌慌张张跑了回来，一进门她就楼上楼下地寻找着什么，老两口问她找什么，她只得实话实说：医院给她来了电话，说石海最近几天的行为特别反常，出现了轻度精神病患者的躁动和暴力倾向，还经常呕吐。昨天中午开饭之际，石海趁乱跑了，至今未归，医生们希望他们家协助寻找石海。

褚琴闻此，被没咽进去的饭噎得憋红了脸，待她能说话之后第一句话就是："还等什么呀老石，赶紧找啊！"

一家三口出去找了一夜，也想不出石海会去哪里，只好漫天撒网地找。早上，三个人空手而返，眼珠都凹陷进去了，眼睛里更满是恐慌。

褚琴担心石海病情加重跑出医院后会出意外，不断地做着各种意外的猜测，搞得一家人更是心事惶惶。

在褚琴的要求下，石光荣不得不求助干休所的人员帮忙。这还不够，褚琴还给李满屯和老胡打了电话，请他们帮忙……

消息不胫而走，人们以讹传讹，一时间整个干休所都知道了石光荣家得精神病的儿子从医院逃跑了，肯定出事了等等。

一天两夜寻找未果，次日，石晶报了案，街道、派出所也参与寻找。褚琴亲自到报社登了寻人启事，石海的照片上了报纸。

一连几天，参与寻找的人都累得筋疲力尽。渐渐地，有人已经丧失了希望，老胡甚至建议石晶到一些相关部门的尸体认领处看看，说不定那里有石海的下落。老胡此话一出，褚琴就险些晕厥。

人们一连找了三天，还是不见石海的踪影，褚琴急得犯了心脏病，让石光荣给石林打电话回来一起帮忙。石光荣拒绝，说石林正在关键的时候，轻易不要打搅他。褚琴长吁短叹，大有活不起的样子了。

不放心父母的石林给家里打电话，家里没人接，直到深夜，才听到母亲接电话，褚琴没说一句话就对电话哭开了，说："石林啊，家里出了大事，你弟弟丢了……"石林安慰母亲："别急，慢慢说，到底怎么回事？"褚琴如实相告。石林心焦地说："妈，我马上回家。"

石林放下电话就开始收拾东西，方慧不让石林走，说："我也担心家里，但是你必须到县政府办完报到手续再走，也就差几天的事。"

石林不肯，方慧说："你不是不知道，这个副县长的职位不知道有多少人盯着呢！你这一走，还不让人抢了去？"

石林根本不顾方慧的央求，吼道："我弟弟丢了，生死不知，家里急得快出人命了！都这个时候了，你还工作工作的，我走也得走，不走也得走。"

方慧失望地哭了。

石林刚出家门，就听到里面石小林的哭声："爸爸，爸爸，我不让你走！"

方慧哄着儿子说："儿子，别哭，让他走，他愿意去哪儿就去哪儿，没有他，咱们娘儿俩也活了这么多年了。"

石小林哭喊着："不，不，我要爸爸！"

石林眼泪夺眶而出，咬咬牙，还是迈开大步走了出去，在清凉的夜风下流着泪水，一边流，一边又被风吹干。

该想的办法都想到了，该做的努力也都做了，还是不见石海的下落。褚琴高血压心脏病都犯了，痛不欲生，浑身乏力，面色苍白，连连责怪石光荣不该把儿子往医院送。石光荣也心急如焚，他并不想在褚琴难以支撑的情况下与她争个理长理短。褚琴见石光荣不作声，以为他理亏，愈加唠叨，要石光荣给她赔儿子。

石光荣豁出老脸，在第四天头上再次央求大家协助寻找，说最后一次请大家帮忙，如果今天再找不到，就不麻烦大家了。说这话时，石光荣几乎哽咽，看不得老伙计这番模样，李满屯两口子带头，跟着石光荣再次投入到寻子的战斗中去了。

深夜，当人们汇聚在市区的繁华处汇拢情况时，李满屯的老伴突然发现了什么，她指着街对面一个餐馆的窗户，“呀”的一声喊了起来，她张大嘴指着窗户说不出话来。众人吃惊，问怎么了，她喊着：“石海，那不是在里面吗！”

当大家来到餐馆时，石海正闷头大快朵颐，他的桌上还摆放着一张刊载寻找他的启事的报纸。报纸旁边，摆着梅菜扣肉、松鼠鳜鱼、糖醋里脊，满桌子的好饭菜让这些还没顾得上吃晚饭的人垂涎欲滴。

石海没停筷子，只是抬头望了望众人，示意大家一块吃。此时的石光荣火气已经烧到了脑瓜顶，他拽起石海就往门外拖。褚琴很明白接下来会发生什么，奋不顾身地抢救石海，央求着石光荣：“老石，你松手，石海是个病人，你就饶了他吧。”

餐馆里的人被这突发的情况搅扰，走出门来围观。

石光荣强忍着火气，对低着头的石海说：“你跟我说实话，你是清醒还是糊涂？”石海没做反应。石光荣想了想，和缓了语气再问：“医生说你病情加重，如果是真的，你现在就回医院，如果不是，你跟我回家。”

石海连忙说：“不是。”

石光荣一脚踹到了石海的腿上，让他跪下。石海不跪，石光荣指着周围的人们说：“你抬眼好好看看这些叔叔阿姨，看看你妈，都多大岁数了，饭不吃觉不睡满大街找你，你就忍心？”

石海被石光荣震慑，不知该如何作答。石光荣强按着石海跪下，而后自己给大家鞠躬，说：“各位，我石光荣教子无方，让大家受累了。念咱们的交情和他是个病人的情面，今天就饶他一回，我和这个浑蛋给大家赔礼了。”

此时石海也感受到了他给大家带来的麻烦，心怀感念地给大家磕了个头。

李满屯笑道：“老石，你也别生气别上火，也别埋怨孩子。他还是个病人。人找到了就好，咱们就都安心了，大家说是不是？”

大伙也都纷纷开释石光荣，说人找到就好，别那么客气。

石晶和褚琴说着感激的话送走了大家，石光荣则还对着跪在地上的石海喘粗气，命令他必须回医院。石海说：“你不是说我要是病没加重就可以回家吗？”石光荣说：“我要是不诈你，你小子能说实话？跟我说，为啥逃跑?”石海想了想，几句实话几句虚话地说，医院实在待不了，每天都吃很多药，不吃就强灌，灌完了就吐，胆汁都快吐出来了……还有那饭菜，简直就是猪食，连部队上的大锅饭都不如。

褚琴央求石光荣把石海带回家，石光荣不干，说这是原则问题，有病就要住院。石海见母亲说不动父亲，只得领命。

此时，餐馆的老板拿着一块手表走了过来，说：“这是他押在这里的饭钱，现在归还，谁来结账?”石晶跟老板去结账。

回医院的路上石光荣问这顿饭花了多少钱，石晶不敢说，石光荣命令她说，石晶说三十七块八。石光荣闻此，越加光火，呵斥石海道：“你小子真是大方，一个人吃这么多钱，你几个月的津贴都不够。你给我听好了，这钱记在账上，以后你必须还!”

院方迫于石海出逃的情况不敢再收留他，石光荣左求右央都不好使，无奈，他们只好连夜带石海回家。

一听回家，石海难以掩饰内心的喜悦，连走路的节奏都加快了。

石光荣狐疑地看着石海，觉得这小子行为甚是奇怪，以后真得好好观察。

刚进家门，石光荣就看到了赶回来的石林。当石林看到精疲力竭的父母、妹妹和依然如故的弟弟时，他心里很不好受。

石光荣问石林为啥突然回来了，石林说不是弟弟丢了吗。石光荣一下子恼了，积压几天的火气一下子迸发出来，他责怪褚琴私自做主惊动了石林。褚琴委屈连连，说人都急出毛病来了，谁还顾得了那么多啊……

石林忙劝父亲：“爸，您别发火啊，这是大事，我当然应该知道。”

“狗屁大事，他嫌医院伙食不好就自己逃出来了，我说你是去治病还是去享福啊?”石光荣说着，又冲石海挥着拳头。

褚琴迎上来怒道：“老石，在外人面前我给你点面子，你还抖起威风来了。小海是病人，脑子不清楚，他就算做点出格的事怎么了?还要动武，你冲我来呀!”

石林拉住爸爸，石晶拉着妈妈。石林笑道：“爸，妈，你们这是何苦，有话好好说嘛，不都是为了小海好嘛。得，得，天儿已不早了，你们这几天也受苦受累了，还是早点歇着。小海没事就好，咱们可别给自己找事了。”

石晶也是两头劝着，褚琴看着吓得不知所措的石海，又心疼了，拉着儿子进屋了。

石光荣叹口气，他真是恨铁不成钢啊。又对石林说：“家里没事了，你明天就给我回去，这节骨眼儿上，你往回跑干什么。”

石林说：“爸，市里正研究这事呢，也不是三天两天就能决定的，得班子集体讨论通过才行。回去等着和在这里等着不都一样吗？”

石光荣又累又是生气，浑身筋骨都疼，实在没有力气了，就回屋躺下了。褚琴和石光荣赌上气，不回两人的卧室睡，要睡在石晶的房里，石晶只好睡沙发了。

石林回自己的屋里收拾一下，出来想和妹妹说说话。一连多日没有休息好的石晶已经靠在沙发上睡着了，看着头发凌乱面色憔悴的妹妹，石林内心最软弱的部分被触动了，他擦了擦眼角的泪花。

石晶睡梦中还在不安地说着什么，突然她一下子站了起来，喊着：“石海，石海！”

石林知道她还没从寻找石海的紧张状态中完全释然，把石晶安放到沙发上，安抚她睡下，给她盖好毯子，哽咽地说：“哥再也不离开家了。”

第二天一早，石林就偷偷出去，到长话局给方慧打电话，他先说了家里的情况，告诉方慧自己已经做出决定了，要留在这里工作。等他工作定下来后，就着手把她的工作也调动过来，让她和孩子一起过来。

方慧沉默有顷，才淡淡道：“我说过，随你怎样想、怎样做。这边都已经联系好了，你却中途变卦，先不说这么好的工作你放弃了可惜不可惜，你说说让我怎么去跟人家解释，你心里是不是除了你自己和你的家，就再没有别的，根本就没有我和小林？”

“你不能这样说，原因我都跟你说了，也不再重复。”石林语调很正式，仿佛跟什么人正式谈判似的，“我是家里的长子，长子就有长子的责任，这是我必须尽的。我离开家十几年了，没给家里做过什么，父母老了，弟弟又这样，妹妹是早晚要嫁人的，还能指望谁？只有我跟你了，所以我必须回来，你也得回来。”

“打住。”方慧道，“我说过你想怎样就只管去做，别捎带我们娘儿俩。”

石林感到巨大的裂隙在脚下出现了，却也无话可说，连他自己也承认，自己做得太过分了。对他而言，这样做是正确的、唯一的，可是对方慧呢?

“家里乱糟糟的，爸妈心情也都不好，这些天你不要打电话到家里找我，这事也不要让爸爸知道。”

他还没说完，方慧就挂上了电话。

第七章

石光荣起来，没发现石林，就问石晶，石晶也不知道，就说可能是晨练去了。石林自小就晨练，到部队后这习惯就变成规矩了。

“嗯，很好，不管什么时候，身体总是最重要的。”石光荣点头说，“晶儿，你以后也要注意锻炼身体了，你那个工作可是更需要好身板的。”说到“工作”二字，石光荣下意识地左右看看，唯恐褚琴听到。

这时电话响了，石光荣拿起电话，是方慧打来的。她说了石林给她打电话的事，然后说：“爸，他不让我给您打电话，怕我给您添麻烦。我也没想打，不过想想还是给您打这个电话。不是为了我们娘儿俩，说真的，这么些年，他不在家，我和小林也过得很好，可是这事我真觉得对他将来很重要，他这样做是在毁了自己的前途。所以我想让爸好好做做他的工作，让他回来，等工作落实了以后，他想怎样做都可以了。”

石光荣连声道：“方慧，你做得非常对、非常好，我要谢谢你，这事对他是非常重要，我真的不知道这浑小子居然瞒着我这么做。你放心，我就是轰也要把他轰回去。方慧，你也别怪他，他就跟我一样，死心眼儿，什么事认准了就很难转弯。你和小林在家等着吧，让他回去后把工作落实了，你们三口人好好过日子，我这里都挺好的，根本用不着他。”

“那就谢谢爸了。”

石光荣挂了电话，脸色阴郁下来，真没想到石林竟敢这么干，他这是自毁前程，难道自己就不知道吗？还说什么要照顾家，负起家庭的责任，这个家用得着他来支撑吗？

石晶看着爸爸面色不善，小心翼翼道：“爸，哥这也是好心，你也别太凶他。他性子也不好，你们别又吵起来。”

石光荣笑道：“不会，我知道他的心，就是用错了地方。你说家里哪块用他？我身体硬朗着呢，你妈的身体那是小海闹的，小海好了，你妈也就好了。再说了，就算我们真的动不了了，不还有组织上吗？也不用你们这些做儿女的呀。”

正说着，石林进来了，最后几句话他听到了，就明白是方慧打了他的小报告。

石光荣看他进来，就说：“正说你呢，你过来给我坐下，这事咱俩可得好好谈谈，不过先跟你说，你要真有这份孝心，首先要记住一点，要听老子的话，这才是孝顺。”

石晶帮腔说：“哥，这事我都不赞成你，你还是听爸的吧。爸说得对，再说家里不是还有我吗，也不是非得你放弃那面的好工作回来。”

“您不是说过吗，人这辈子有许许多多选择，但一定要在每次选择之前把他人先想在前面，这样才不会做一辈子后悔的事。当年，您的老战友和老部下不都是这样的吗？为了您牺牲的小通信员，为了掩护大部队牺牲的小德子叔叔，到现在您不是还常跟我们念叨他们？爸，我的事您就不要管了。”石林站在父亲跟前，望着父亲深情地说。

“你说得对，可现在是在家里，不是在战场上，你别瞎攀比。”石光荣沉着脸说，“都说不养儿不知父母恩，说的是什么？就是说不养儿就无法体会到这份做父母的心情。我先不说我，就说你吧，等你老了，却还没到动不了的程度，小林把自己工作辞了，把自己前程毁了，回来非得在床头侍奉你，你是夸他孝顺呢，还是要骂他？”

“这不一样。”

“胡说，什么不一样。”石光荣真的火了，“搁到你身上就不一样了？你也不想想，你要真这样做了，我和你妈天天看着你在跟前孝顺，却要想到这是儿子牺牲了自己的前程、牺牲了他一家人的幸福换来的，我们怎么想？你这不是孝顺，是忤逆！你痛快给我回去，一天都不许待。”

石晶怕哥哥执拗，和爸爸吵起来，急中生智，说道：“哥，家里真的用不着你，有件事我忘了说了，前几天领导又找我谈话了，说目前公安系统又出了新规定，暂时不批女刑警的入队名额，至于什么时候进刑警队，还得等精神。我得继续待在档案室，正常上下班，家里有我就够了。”

石光荣狐疑地看着石晶问：“你是说你当不上刑警了，这不是白调工作了吗？”

石晶笑了笑说：“也没白调，公安系统的机关工作对我来说是小菜一碟，一天八小时准时上下班，业余时间相当有保证。所以，有我在，哥你就放心地回去吧。”

石林觉得石晶的话有些蹊跷，说：“当刑警是你多年的理想，你不要为了哥哥牺牲自己的理想。”

石晶说：“你别臭美了哥，我这事跟你没关系，谁让我命不好撞到了新政策的枪口？我想好了，不就是等等吗，说不准明年或者后年我就能实现理想了。”

石光荣心眼儿实，也就信了，对石林说：“你看见了吧，家里有你妹妹呢，不用你回来给我们添乱，赶紧回家去。”

石林点头说：“好，我听您的，今天就回去。”

石光荣笑了，拍拍儿子的肩膀：“石林，你这么大了，也是有儿子的人了，应该懂得父母的心了，父母对儿女有什么盼头？不是养儿防老，那都是老观念了，而是希望看着儿女们个个有出息，个个生活得幸福，那就是当父母的最大的幸福。”

石晶看看表，上班时间到了，就说：“哥，我上班去了，你上午赶紧回去吧，嫂子在家等着呢。工作落实了就来个电话。”

她正要走，石海从房间里出来，一脸迷茫地说：“姐，你回来时给我开点维生素，我可能是口腔溃疡。”

石晶答应了一声走了，石海看也不看爸爸和哥哥，又回到自己屋里，在桌子上写起来。

石光荣说：“你收拾收拾就赶紧走吧，我也要出去遛遛腿脚。”

石林把自己的东西收拾好，忽然觉得石晶的话里有文章。他拿起电话打到市公安局人事处，咨询是不是最近出台了禁止女同志当刑警的政策。对方说：“没有啊，这不是在公安系统搞性别歧视吗？过去没有，现在没有，将来也不会有。”

石林挂上电话后无限感慨，来到妹妹的房间，看着石晶身穿警服英姿勃勃的照片，他下了决心。

石林这次回来对石海格外和气，极尽大哥的厚道和关爱，看着石海在写东西，石林疼惜地让他歇歇，希望他在养病期间多加休息，不要再让父母多操心了，有什么事可以跟哥哥说。石海点头说：“你离我那么远，怎么找你呀？”石林说：“现在是太远了，以后不会远了……”

上班后，石晶向领导言明了家里的情况，她感谢领导对她的信任，在极短的时间内就满足了她的愿望进刑警队，但碍于家里的状况，她恳请领导再留任她一段时间，一旦弟弟病情好转，她马上进刑警队。

领导同情石晶，也感念她的孝顺，答应了她的请求，但领导提醒石晶，她们这一批是最后一批无须考核就能上岗的女刑警，下一次，男女警员都必须经过严格的考核才能进队，他们希望石晶考虑考虑再下决心。石晶想了想说：“就这样吧，我会努力的。”

回到办公室，活泼开朗的同事杨花花祝贺石晶调到刑警队，问她要喜糖吃。石晶说这次她不调了，杨花花不解地问为什么，石晶说，女刑警的工作没有节假日更没有私人时间，她没办法腾出时间和精力来照顾家里。杨花花对此深感惋惜。

石林来到单位找到石晶，怪妹妹欺瞒了他和家人。石晶否认，石林说：“我都跟你们单位人事部门咨询过了，根本没有暂时不让女同志当刑警的新政策，你是为了哥留在原地当副县长才骗人的。”石晶只得说骗人她不忍，但眼看着大哥一个正团级干部为了家里的困难牺牲自己的前途，以后在一个小单位里屈就，她心里更不忍。毕竟哥哥是个男人，男人要以事业为重。

石林说：“还轮不到你为了家里委屈自己，赶紧去办手续。”石晶说：“哥，来不及了，我已经找了领导，我现在只能在机关待一阵子了。”

闻此，石林后悔自己动作太慢，他对石晶说：“你再跟领导说说，兴许还有挽回的余地，一定要听我的话！”

石晶还想说什么，石林根本不愿听，再次叮嘱石晶赶紧找领导后，匆促地走了。

当天上午石林就回去了，他没回自己家，而是直奔县委的人事部门，但他并不是如父亲和方慧所希望的那样去报到，而是回绝此事，搞得县委的人很是不明就里。

方慧得知此事，十分气恼，为此，夫妻俩大吵一架。她埋怨石林不跟她打招呼就私自做了决定，让她白费苦心还搭了不少人情。石林说：“我要是跟你商量，只有一个结果，但现在的事实是我必须回家。”方慧说：“照顾老人理所应当，我完全赞成，但方法并不是只有这一种，比如说由咱们出钱给他们找个保姆什么的。”

石林说：“保姆怎么能跟儿女相比，到时候还是不放心。”方慧说：“就算你想回去，也不是你一个人的事，这关乎咱们家三个人，你为什么不跟我好好合计合计，再做最后的决定呢？”石林说：“都商量了那么多回了，我知道你的态度。”方慧说：“这次的本质问题不是你到哪里工作的问题，而是心里根本没把我当回事！”

石林觉得方慧太过矫情，不再和她理论。方慧被激怒，说：“既然这样，要回你自己一个人回，反正你也没把我和孩子的前途放在心上，你就一个人回去当你的大孝子吧！”

事后，石林也觉得自己对老婆的态度过于武断蛮横，几次暗示方慧自己错了，希望她留个台阶给他下。方慧不搭理石林，不无揶揄地说：“你越来越像你爸爸的脾气了，但我不是你妈，我才不愿意跟你打一辈子嘴仗受一辈子大男子主义的气呢！”石林觉得方慧在背后臧否父母很不礼貌，表示以后不许她再这样出言不逊。方慧说：“我不会像你妈那么矫情，所以你休想像你爸那样对我专横！”

石林再一次被激怒，要带着儿子回家看爷爷奶奶。方慧坚决不答应，说：“你走我不拦着，但儿子是我带大的，你休想带走！”

心里还留着夫妻吵架的余味，石林带着转业手续再次回转。

石林没有直接回家，而是把手续拿到了父母所在城市的安转办，希望办事人员尽快给他消息，以便他跟父亲有个交代。对方说：“您的情况比较特殊，上次您来我们已经解释过了，正团职转业干部目前在我市不太好安置工作，您的事一时半会儿解决不了，您就在家等通知吧。”

石林突然回来，引起石光荣的警觉，问他是否已经在县政府报了到，石林谎称接收单位突然因为他学历浅没有大学文凭变了卦，接收了一名有大学学历的正团级参谋长担任副县长，而他只好回来找工作了。

石林说得坦诚，言之凿凿，石光荣信以为真。他一边安慰石林，一边劝他做好方慧的安抚工作，让她不要为此事太着急，还有爸妈给他们做后盾呢，凡事总会找到办法。

石晶下班回家，一脑门子就扎进了厨房准备做晚饭，当她看到正在做饭的石林后十分惊讶，问：“你怎么这么快就回来了，到县政府报到了？”

“让人家给顶了，谁让咱没有大学学历呢？”石光荣替石林回答。石晶逼问哥哥是不是真的，石林低头说绝对是真的，他问石晶的事怎么样了，石晶说单位不是自由市场，朝令夕改，想干什么干什么，领导那里没那么好通融。

兄妹俩各自怀着对对方的猜测对视着，石光荣不知道这其中有何原委，问：“你俩这是咋了？”石林和石晶只得掩饰着，说没啥。

石光荣刚走，石晶和石林就互相指责对方说了假话，埋怨对方。几句激烈的言辞过后，石林来到石晶身边，揽住妹妹的肩膀说：“别怪哥刚才说话不留情面，我实在是不愿看着你为了我委屈自己。”听着石林的话，石晶心有戚戚。石林说："下次有机会千万别再放过了。"石晶问："那你呢？"石林故作轻松地说："我，啥事能难倒我呀，慢慢找工作呗！"

此时，石光荣推开厨房门进来，石林、石晶都傻眼了。石光荣满脸复杂地看着自己这对儿女，先是拍了拍儿子的肩膀，而后又抚了抚闺女的脑袋，感叹着说："这才是亲人啊……我刚才偷听了你们的话，爸都明白了，都明白了……可是你们都做错了，错得不能再错，好了，事情已经到这地步了，啥也别说了。"

说完，石光荣红着眼圈走了……

石海的病情还算稳定，既不见好转也没见恶化，每日里埋头在书桌上写东西，人倒是安静了不少。虽然如此，褚琴还是放心不下，每日里围着石海团团转，成了石海的专职陪护。石海对此并不领情，嫌妈妈干扰他的写作，让她不要离他那么近。褚琴只好作罢，拉来一张椅子，守在石海的房门前，好像生怕再把儿子丢了。对此，石光荣很不赞成，劝褚琴以平常心平常态面对石海，这样对褚琴自己和石海都有好处，褚琴不接受，依然故我。为此，老两口儿常常拌嘴。

自从石海生病后，石光荣和褚琴间原来保持的那份相濡以沫的关系就失去了平衡。尽管石光荣对褚琴还在努力绥靖着，但他清楚，即便他再努力，他们之间也回不到原来的那份平衡状态了。

石林开始寻找工作，但一直都没有着落。既然自己已经回来了，他不想再影响石晶的正常生活，亲自把妹妹送回单身宿舍，希望她努力工作，争取早点进刑警队。石晶很感激哥哥的照顾，希望他也如愿以偿地找到合适的工作。

石晶每次回家，石海都问她要维生素C，这让石晶很是不解，她劝石海不要食用过量的维生素。石海说："我的身体我知道，你就尽管给我开药就行了。"

石海偷偷地把医生给他开的治疗抑郁症的药倒在一个空茶叶桶里藏起来，把维生素C换到药瓶里，每次石光荣和褚琴敦促他吃药，他就会装样拿出来吃几片，很是听话，其实药没有喝下去，而是压在舌头底下，趁人不注意时就吐出来。一连多日，石海在医院呕吐、恶心的症状不见了。褚琴很是欣慰，觉得这是让石海回家调养带来的好处，多次在石光荣面前提及此事以证明她的决策之英明。

石光荣也觉得石海的病有所好转，因而不计较褚琴的矫情。他心里打着算盘，不到一个月石海就有了变化，再等上个把月，说不定石海就痊愈了。到时候，他又可以高高兴兴地送儿子回部队了。

石海有了好转，石光荣就把心思集中到石林身上了，见石林的工作一直没有结果，他决定亲自出马，给儿子联系单位。石林希望父亲不要为此操劳，石光荣表面答应，暗地里开始了行动。

这天晚上，石光荣把石林瞒着他把家里联系的工作辞了要回来照顾父母的事对褚琴说了。褚琴这些天心里就只有一个石海，看着石林进进出出忙乎着，却全然没去想他工作的事。

石光荣感慨道："你说这浑小子整的是啥事？他尽孝心了，可咱们怎么对得起方慧和小林？他们三口人分居了十多年了，本来能团圆在一起，却又要分居几年。我这心里有愧啊。"

褚琴和他观点不一样，说："儿子这是孝顺，是咱们的福气，你有什么可抱怨的。石林的工作能解决，方慧的工作就不能解决了？他们一家人都迁到这儿来不一样团圆吗？现在你知道分居的苦了，那些年你在战场上，我不也是一样。现在好歹是和平年代，还不用担心什么。那时候你在战场上，分分秒秒都有生命危险，我在家里是什么样的心情你知道吗？好容易盼到你回来一次，不是看我不顺眼，就是打孩子。"一想到那段岁月，褚琴的眼圈又红了。

石光荣忙道："得，得，咱们这是说石林的事，咋又整到那些老皇历上面去了。"

褚琴说："还不是你的话勾起的。石林和你一样，一辈子尽为别人考虑，就是不为自己、不为自己的老婆孩子着想，到头来谁吃亏，不还是自己的老婆孩子？你说石林在部队上时，别人劝过，我也跟你说过多次，找找人，拉拉关系，让孩子尽快升上去，也尽早把方慧的工作调过去，让他们一家三口人团圆，嘴皮子都磨破了，你听过吗？那时候你但凡听我一句，能有今天吗？现在你都离休了，着急有什么用？早干什么去了？"

石光荣被说得无言可对，他一辈子没干过以权谋私的事，想都没想过，石林转业到地方，他也没想过要帮石林拉关系找工作，现在觉得欠了孩子一笔债，这才想要动用自己的关系，这是不是以权谋私呢？

沉默半天，他才说："你说得对，以前的事我也不后悔，这次不一样，就是豁出老脸也得让儿子有个合适的单位。"

褚琴问："要不我也帮你找找？"

石光荣把胸脯一拍："不用，我一人够了，好歹咱也当过这个警备区的司令，你管好石海就行了。"

褚琴呵呵笑了："就你那个破司令，整个一个孤家寡人，你有啥能耐给儿子联系工作？"

石光荣说："那你就看我的吧。"

褚琴不再谈这个话题了，又专心致志地卷自己的头发，这些天没去美发厅美发，头发乱糟糟的，真得好好卷卷了，不然怎么出门。

石光荣看她把头发卷得蓬蓬的，嘟囔道："有什么好看的，整得跟鸡窝似的，你要在头发里养鸡呀？"

石光荣雄心勃勃，但事情却非他想象那么简单，几天过去，电话打了无数，石光荣还是没能给石林联系到合适的单位。

石光荣一改以往的做人原则和桀骜的脾性，把能托的老战友关系都托到了，石林的工作还是难以解决，不是因为石林资历不够，问题恰恰是他级别太高。一个地级城市，书记市长才是正局级，到哪里给石林这个县团级干部找合适的位置？

父子俩都怕给对方添负担，在家里闪闪躲躲地避免谈及工作问题。

晚上看到大儿子屋里的灯一亮就是大半夜，石光荣心焦。

第二天，他再也不靠电话联系了，亲自出马，拜访、求助、相托，但还是收效甚微，因为石光荣在任时从来不懂拉关系这一说，除了部队上来往的上下级，地方上的关系基本是零，现在他的状况是提着猪头都找不到庙门。

石林也是挨个筛选他以往的中小学关系，筛来筛去，他的同学们不是当兵的，就是老三届上山下乡返城后在城里还没落稳脚跟的人，只剩下李大明这个同学目前还算是个社交广泛、能力颇强的。石林几次打电话联系李大明，总算等回来了这个身材中等、一脸精明的"大老板"。

石林想请李大明吃饭，按照自己的经济条件左挑右选总算寻到了一家物美价廉的餐馆。

李大明按他说的地址找到餐馆，还没坐下就把他拉走了："哥们儿，走，这是什么地儿，咱们换个地方。"

李大明拉着石林钻进一辆皇冠车里，石林笑着说："哥们儿，也是有车阶级了。"

李大明满脸不屑："哥们儿，这算什么，你在军队待得太久了，现在回来就好了，不是哥们儿忽悠你，你在地方干上两年，你也有，比这强多了，我是满天飞，也不讲究这个。”

“你这还不算讲究，你想买飞机呀？”

“你还别说，那就是我下一步的目标。”

两人嘻嘻哈哈笑着、说着，又回到以前天天泡在一起玩儿的时候了。

李大明把石林拉到一个门面装饰豪华的海鲜餐厅，还直抱歉：“哥们儿，咱们这破地方，也实在找不出高档饭店，就先将就在这儿给你接风吧。”

石林看着饭店门脸就有些心虚，等到入座后，服务员拿来菜单，李大明让他点菜时，看到菜单上的价目，他腿都有些发软，他兜里的钱怕是不够消费一顿酒菜的。

“大明，还是你来点吧，我也不知道哪些好吃哪些不好吃。”

“那就挨个尝尝吧。”李大明笑了，他把餐厅经理叫来，把一沓十元钱往桌上一放，“刘经理，就按这些钱给我上酒上菜吧，什么都要最好的，别替我省钱。这些钱要是不够，我外面还有辆车呢。”

刘经理是位三十多岁、仪容端庄的女人，一眼看上去就是眼观六路、八面玲珑的人物，她笑道：“李哥，今天什么日子呀，大出血呀？”

“大出血？你太小瞧你李哥了。来，我给你介绍介绍，这是我发小石林，我们两个的老子在战场上并肩战斗，都是肯替对方挨枪子的交情，我们两个是从小一起撒尿和泥玩儿的交情。我这哥们儿是团长，打过仗、流过血，是战斗英雄，为了响应国家发展经济的号召，回到地方工作，今天也是给你介绍介绍，以后你就等着做你石哥的生意吧，明白了吧？”

“明白，明白。”刘经理原本不相信李大明的忽悠，但看石林的样子，倒信了，“石哥，今天认识了，以后您可得常来呀。”

石林被弄得面红耳热，只得尴尬地点头。面对李大明的这份豪气，石林自觉在心理上已经比人家矮了半截。

酒菜上来，刘经理先来敬了两人一杯酒，又说了许多客气话，才走了。

两人喝了几杯，先叙了阵旧，石林便委婉地提到自己转业，要求李大明帮忙落实工作的事。李大明干了一杯白酒，拍拍胸脯：“我明白，不就是解决工作问题吗？就凭咱两个老子加上咱俩发小的关系，这事包哥们儿身上了！”

石林怀疑地看着李大明，没想到问题这么容易就解决了。他问李大明什么时候给他消息。

李大明说："快，这事不难，你就安安稳稳回家等我电话吧。"

面对从小一起撒尿和泥长大的朋友的承诺，石林既踏实又高兴，也就放量喝起来。

微醺的石林回家后把这一好消息告诉了父母，褚琴很是欣慰，说："爸妈老了，就盼着一家老小能团团圆圆，这下好了，你工作落实了，他们娘儿俩的事就好办了。"

石光荣却没这般乐观，对李大明这些年的事他最清楚了，就提醒石林："李家的这个大小子从小就精怪，他爸说他现在神出鬼没的，一天到晚做些不着调的事。虽然靠倒腾买卖早就成了万元户，但是这人我总觉得不踏实，我看他的话不太牢靠。"

石林笃定地说："我们从小就是同学加朋友，这么大的事，他不会乱说的。"

石光荣说："既然说到这儿，我提醒你儿子，你从小就在部队的环境里长大，这些年又在部队这样单纯的环境里工作。离开军营，外面的社会到底是个啥样子，你还不了解，慢慢适应吧，地方可比军队复杂多了。"

石林痛痛快快睡了个踏实觉，很长时间以来，他都没有这样安稳的睡眠了。

第八章

石林的事情有了眉目，石光荣就要重点解决生病的石海了。他要让石海在限期内把病养好，返回部队去，坚守他最后一面旗帜。他上了岁数后，做事和年轻时不一样，以前都是强攻硬拼，攻克敌人坚固的防线一般，而今却学会了游击战，从侧面出击。

面对病弱的儿子，老石光荣突然变成了一个鞍前马后的慈父，当牛做马般侍奉着儿子，事事小心谨慎地细心呵护着他。他要让儿子感受到自己的父爱，心情完全好起来，这样病情自然也会很快好转。褚琴看到这情形，一时也反应不过来，这可是她一辈子都没见过的光景。

面对着都变得令她不认识的一老一少，褚琴心里既酸楚又难耐，她对石光荣的用心也没多想，还以为他老了后对儿子自然也就疼爱多了。这样想也没错，但石光荣最想的还是让石海尽快病愈归队。

每日见小儿子趴在桌上奋笔疾书，石光荣很是心疼，劝石海以身体为重，不要太累了。石海对父亲的殷勤父爱也很感动，父亲不能说不爱孩子，只是如此露骨的爱确实从未体会过，他心里那条警戒的线放松了。

石海的病似乎有了好转，人安静了，不再呕吐，说话神态也近乎常人，这让石光荣充满了信心：三个月后，他家又有一个戎装在身的军人了……

褚琴日渐苍老疲惫，石光荣很是心疼老伴，他和石林都劝褚琴外出透透气，缓解缓解。

石光荣几次三番劝褚琴回合唱团去会会老朋友，调节一下情绪。褚琴禁不住劝，叮嘱完如何照顾好石海的种种细节后方才要出门。

石光荣拦住老伴，说："换换衣服，再做个头发，要不，他们还以为我老石怎么你了，这一个多月，你变化不小。"

褚琴不用照镜子，也知道自己现在的形象，老境日迫，心里也有些感伤："我知道，其实你也是这样。"

石光荣笑着说："我都多大岁数了，老就老了，你不行，你可是团里的大人物，好好捯饬捯饬再走。"

褚琴心里涌过一阵暖意，到底还是老伴想着自己，收拾停当，拿着石光荣早就给她准备好的包包、钥匙、太阳伞等什物出门。

石光荣叮嘱她说："高兴了就在外头多玩会儿，家里头有我，你放心吧。"

已经为人夫的石林对父亲的这番举动很是感动，说："爸，你对我妈真好。"

石光荣坦然地说："老婆自己不疼谁疼，学着点儿。"

石林笑了："我们小时候记得您经常跟我妈吵架，没想到现在您完全变成了另外一个人。"

石光荣感慨地说："可惜我明白得太晚了。所以石林，早把方慧接到身边吧，一个男人安身立命，除了事业理想，不能委屈了老婆孩子。我当了一辈子军人，没办法，你现在转业了，以后要多想着点老婆孩子，这不算没出息。"

石林点头答应着，心里感叹着，此次回来，父亲的变化真是不小啊。

褚琴参加的合唱团是市里一些离休退休的喜欢文艺的人，不甘寂寞组建起来的，原来也都是各文工团、文艺团体的，相互之间很熟悉，组建起来也不难，聚会地点就在市文化宫。

她坐车赶到时，大家已经练上了。见褚琴归队，老朋友们都很高兴，问这问那，让褚琴应接不暇。大伙说："我们万事俱备，就等你这个领唱来了。"

褚琴想到自己家里的事，很难正常参加合唱，就表示此次不愿担任领唱一职。大伙说："没了你，怎么演出？你必须参加。"

此时，合唱团的负责人柳大姐拿着一件新颖的演出服让褚琴看，说她以前在部队文工团干过服装，请她鉴定鉴定。褚琴觉得这件衣服无论色彩还是款式都很不一般，颇有设计感，连声夸奖很好，问是出自哪家服装厂，柳大姐说："你还不知道，这是我们请新来的艺术指导夕枫老师给设计的。"

夕枫？褚琴觉得脑子里似乎有一道闪电划过，却又不够清晰，只是觉得这个名字很耳熟，好像在哪里听过见过，她快速搜索着记忆，突然想起了老宋给她的那些文稿。于是，褚琴问这个艺术指导的名字是哪个夕哪个枫，柳大姐说夕阳的夕、枫叶的枫。褚琴一惊，问男的女的，姓什么。柳大姐说男的，六十出头。褚琴再问他姓什么，柳大姐说："人家是艺术人士，好像就叫这个名字，没听介绍有什么姓。"褚琴追问："他长什么样？"柳大姐不无赞赏地说："瘦高的个子，清清爽爽文文气气，很是儒雅，他的气质就像他设计的服装，一流！"

闻此，褚琴更是好奇了，问他现在人在哪儿，柳大姐说："人家这次来是给咱们排练，演出的时候当指挥，平时不来，再来就是合练了。"

褚琴有些失望。柳大姐问："听说你不想来领唱了？"褚琴连忙说："谁说的？"柳大姐说："我亲耳听到的。"褚琴说："那是人家谦虚，这都听不出来？"柳大姐说："我当时见你说得认真，还以为是真的。你可想好了，如果家里真有什么难处，我现在得赶紧找人替你。"

褚琴连忙笃定地说："我来，我一定来。"

柳大姐十分不解褚琴的变化。褚琴又忙着追问什么时候可以见到夕枫指导，柳大姐说，下次合练。褚琴说如果在下次合练前夕枫指导临时来团里，一定要通知她。柳大姐说："看起来你对这个指导老师还挺关注。"

褚琴有些不好意思地掩饰着说："我耽误了好几次排练，想提早见见指挥，赶紧追上大家。"柳大姐笑了，说："这才是我们的褚琴，绝对认真负责。"

怀着一种忐忑不安的心情练完歌，她在回家的路上，就找个电话打给老宋，把这个消息在电话里告诉了他。老宋也很是兴奋，说："照你描述这个夕枫很像谢枫，如果真的是他，我的作者也就有下落了，到时候千万别忘了通知我！"褚琴答应了。

等了一个礼拜，李大明那边还是没有音信。石林耐不住了，给李大明打电话，他不好直接催问工作的事，倒是李大明挑明了话题，爽快地约石林再见面详叙。

在李大明宽敞豪华的办公室里，石林开门见山就问工作联系得怎么样了。李大明笑了，没回答，而是指指自己办公室的布置："怎么样，我这个地方还说得过去吧？"

石林笑道："岂止说得过去，你太谦虚了，告诉你，我们军长的办公室也没你这么豪华。现在做买卖真是这么发财？"

李大明说："开窍了吧，我没给你电话，本来是想让你踏踏实实地好好歇歇，你要是着急，明天就来上班！"

石林问："给我安排什么单位，什么职务？"

李大明笑开了："哥们儿，都什么年代了，改革开放，全国搞经济建设，还什么单位职务的，傻不傻？你能不能换个思路？在我看来，生意场就是单位，钱的数额就是职务，有小钱的，你混个小老板；有大钱的，你当个总裁、总经理，名片随便印，你就是想当个跨国公司的老板我也能满足你！"

石林越听越不明白："大明，你究竟什么意思？"

李大明笑着说："我是想请你到我的公司来当个经理。凭你的聪明，咱哥们儿一起下海挣钱并肩作战，就像当年咱们老子一样，只不过咱们不是为了打仗，是为了做买卖发大财。"

石林一下子呆了，连说："不用麻烦你了，谢谢。"

李大明还想再跟石林扯下去，石林挥挥手说："不用了，下海经商我不是那块料。"说完转身就走。

李大明追上前来解释道："什么料不料，只要心眼活泛路子野，没有谁干不了！你看哥们儿也就是三五年的工夫，车也有了钱也有了，自己的车想啥时候用啥时候用，咱这车可是外国进口的，不比咱们老子们干休所的车强？咱老子都是三八年以前的干部，论待遇，咱不比他们原警备区司令、副司令高？石林，你就改改你那铁板一块的部队脑瓜子吧！"

依然对部队怀有深厚情感的石林对于李大明对军人颇有微词不太满意，话不对题，他不想久留。李大明见劝说不奏效，善意并很有远见地说："哥们儿，你以后肯定会后悔的。"

"为什么？"

李大明笃定地说："不是我有先见之明，这个社会已经注定了发展方向，你迟早会走到我们这条道上来，可那时候局面就不一样了，到时候可别怪我没早提醒你啊！"

石林看着志得意满的李大明，只能苦笑笑，离开了。

李大明望着石林的背影遗憾地摇头："挺聪明一人，怎么在部队待成这样了……唉，就这死板的脑瓜子，你到了什么单位都有受不完的罪……"

石林回家后没有对父亲讲明这个情况，但石光荣看他兴冲冲而去，垂头丧气而回，也就明白了。再说这结果他已经料想到了。

他微笑道："大明那边不成吧？没事，我早料到了，你看你老子的吧。”

他开足马力，把自己那张关系网都用上了，没有直接恰当的人，就让这些人再去找别人。最终，关系托关系，给石光荣传来了消息，市里目前唯一合适的空缺是市工商行政管理局空着一个副局长的位子，虽然才是正科级，但这已经不容易了。拐弯抹角，石光荣找到了和局长认识的人，介绍人牵线，给石光荣和工商局的唐局长安排了一次会面。对这次会面，石光荣很是重视。

褚琴终于等到了柳大姐的电话，说夕枫指导明天上午来团进行第一次合练，她希望褚琴早点儿到。闻此，褚琴的心神飘忽起来，她心里既渴盼又有些害怕这次见面，假如这个夕枫并不是她挂念了一辈子的谢枫，这种打击不亚于听到谢枫死讯的打击。虽然从各方面她都感到这个夕枫就是谢枫，但万一不是呢？她也想过，即便真是谢枫，又能如何，她反复在心里问自己，最后才明白，自己什么也不为，只为谢枫能真的活着，而且好好活着，这样她就能放下横亘在心里一辈子又无法对人言说的负疚。

刚好，第二天也是石光荣与工商局领导会面的时间。一大早夫妻俩梳洗停当，各自怀着期冀换上平日不多穿的衣服。

褚琴给石光荣定做的西服派上了用场，虽然穿着不舒服，但为了儿子，石光荣忍了。褚琴的穿戴今天格外仔细，淡淡的妆容，时尚又不失庄重雅致的衣服，总之很是妥帖。看着镜中的自己和老伴，石光荣笑了，他突发奇想，说：“你看咱俩打扮得像不像回娘家的新姑爷新媳妇？可惜呀，那时候打仗，也没顾得上多陪你回娘家，我这个姑爷当得不够格。要是能重来一遍，我石光荣一定好好伺候你爸你妈。”

一句话说得褚琴怅惘起来，看着近前头发已经发白的老伴，想想自己今天刻意梳妆打扮所为的那份隐秘的期冀，褚琴自觉有些不安起来……

石光荣抖擞精神，拉着老伴出了门。

干休所的路上，他们引起了一行人的关注，正在下棋的李满屯和老胡惊讶地看着一身西装的石光荣。

老胡说：“看起来这家人又站起来了，好啊，站起来就好。”

李满屯也说：“真为这个老家伙高兴，又恢复元气了！”他心里是真高兴，一半是为石光荣，一半是为自己。石光荣两口子精神了，就说明石海的病快好了，不然他们哪来的心思。他闺女李文三天两头来电话询问石海的事，他又没话说，只能支支吾吾。

他俩当然不能放过跟老伙计逗乐子的机会，迎上来跟褚琴和石光荣打哈哈，老胡问："穿成这样，去补拍结婚照啊，现在都兴这个。"

石光荣说："别胡咧咧，孙子都上小学了，整啥景啊。"

三人斗了会儿嘴，石光荣着急去工商局，就拉着褚琴走。两人走出干休所就要分头走了，这时褚琴才想起问石光荣穿成这样去干啥，石光荣不想让给儿子找工作的事烦褚琴的心，大咧咧地说："溜达溜达，风光风光，别白瞎了这身衣裳!"他问褚琴去干啥，褚琴遮掩着说："合唱团的事，去看看。"石光荣从兜里掏出一盒药说："每年这个时候你们都有演出，润喉片，早给你准备好了。"

褚琴接过还带着老伴体温的药，嘱咐了他几句后怀着复杂的心情离去。

石光荣看着褚琴仍能算得上窈窕的背影慨叹道："丫头，你还不老……"

随后，石光荣迈着军人的步伐走远。

登记后，石光荣进了工商局的院子，他抬眼看了看这座小楼，精神抖擞地走了进去。

听说来人是警备区离休的司令，唐局长自然要给几分面子，他绕过办公桌，和石光荣一起坐在沙发上谈起来。两人正谈着，进来一个人把唐局长叫出去，说是有事需要局长处理。

石光荣起身来到窗前伸伸胳膊腿，他往窗前一站，就站出问题来了，对面窗户内一年长的矮胖男人和一个梳着爆炸头的青年男子正头挨头密语着什么。不一会儿，爆炸头把几摞人民币塞给矮胖男人，矮胖男人假意推脱了一下，连声道着谢笑纳了，把钱锁进了抽屉。石光荣愣了，警觉地想听他们接下来说些什么，对方十分之低调，听不清，最后那矮胖男人与爆炸头热情地握手，爆炸头说："以后还请主任多关照，我就全靠主任罩着了。"矮胖男人一连点头："好说好说。"

矮胖男人送爆炸头出门，石光荣继续关注在院子里道别的矮胖男人和爆炸头的举动。此时，唐局长回来了，石光荣把他请到窗前，指着楼下的人问："那胖子是谁?"

唐局长笑笑："老赖，我们工商局办公室赖主任，工作能力很强，里里外外我全靠他了。"

石光荣再问："那个鸡窝头呢？"

鸡窝头？唐局长一下子没反应过来，转瞬明白过来，又笑了："高广志，本市十佳文明经商户，今年刚评上的。"

"他们俩是亲戚还是朋友？"

"普通客户关系。"

石光荣皱了皱眉头，又问："你们办公室主任还管财务？"

唐局长有些不耐烦了，可是看到石光荣的脸色，又警觉起来，说："不管，您问这干吗？"石光荣说："那我就明白了。"他真的明白了，这些年听说地方上自从开放搞活后，社会风气败坏许多，没想到自己亲眼见到了。一股火气从石光荣心里升腾起来，他本想言归正传谈儿子的话题，但左思右想还是压不住恼火。于是，他把方才看到的情景向领导做了汇报，最后说："你们这工商局咋能容得这等歪风邪气？"

听了石光荣的汇报，唐局长脸上变了颜色，表示此事一定要追查，一旦发现情况属实，要严加整顿。局长之所以变色，石光荣并不明白，那办公室赖主任虽然职务上是唐局长的下级，但两人关系特殊，很多时候唐局长都要听赖主任的。此刻，赖主任的行为被石光荣看了个正着，这老头看就看了，还反客为主瞎吵吵。有其父必有其子，想来这些从部队上出来的人都是这样既警觉又眼里不揉沙子。外表一派敦厚老实的唐局长表面上应承着石光荣，心里却是另一番打算。

最后唐局长打了一个电话，语气严厉态度认真，他让赖主任到他办公室来一下。赖主任一进门，唐局长就把石光荣介绍给了他，说这是咱们警备区的老司令员，今天是来指导工作的。接着质问老赖，刚才高广志是不是给了他一大笔钱，那钱到底是怎么回事。

望着同样一脸严峻的石光荣，老赖笑了，不慌不忙地解释说：前几个月高广志的爸爸生病住院，需要交一大笔医疗费，当时小高刚进了一批货，手头的现金周转不过来，他是小高的联系户，得知这个情况后就劝老婆把家里的存款拿出来借给小高交治疗费，人命关天，哪能不帮？再说唐局长多次教导工商局的干部要急客户所急想客户所想，现在国家不是大力提倡鼓励私营经济的发展吗，他做的这点事不算啥，就等于是帮局里扶持一个个体私营业主了。唐局长板着脸说："你们个人间的金钱关系，就要在工作之外解决，为啥在办公室里还钱？难道忘了局里的规章制度吗？"

赖主任说："小高来了几次我都不在，这不一时疏忽就把不在办公室与客户发生现金来往的规定给忘了，我一定写检查进行自我批评。"

唐局长面色稍缓，说："这还差不多，以后注意，检查写好了我亲自审看。"

赖主任认真地说："小高还没走远，要不我把他找回来当堂对质，把情况搞清楚？"

唐局长看着石光荣，请他做指示。石光荣虽然对赖主任的言辞并不完全相信，但见他的态度认真严肃，也不好过分逼迫，毕竟这是人家内部的事，事情又明摆在那里，再继续下去，如果事实如此，他也没台阶下了。于是他摆摆手，表示不必了。

赖主任走上前一步，热情地握住石光荣的大手说："看来还是老领导老革命的思想觉悟高，及时发现、及时指正了错误。我要以此为教训，好好学习、认真反思，提高思想和认识水平。"说着说着，赖主任竟红了眼圈，激动地说，幸亏发现的人是老领导，要是被同事们指责，他还真不知道该怎么解释了，到时候还不知道闹出多恶劣的影响来呢，就他们唐局长秉公守法、不漏一丝缝隙的严格管理原则就够他老赖喝一壶的了。"感谢，万分感谢老领导。"说完老赖一再向石光荣鞠躬，石光荣被一脸真诚的赖主任搞得不知所措。

老赖走后，两人又坐在沙发上继续谈石林工作的事，了解了石林的各种情况后，唐局长表示石林是个难得的好同志，部队把这样的人才输送到他们系统，他作为局长十分欢迎。

唐局长把石光荣一直送出大门外，还不停地说："感谢老领导的教导，希望今后有时间多来指导指导，石林同志的事我们一定努力相帮，如果上级人事部门没什么阻力，将来石林就是我的同事了。"

石光荣对地方上的事根本不清楚，没想到自己已经把儿子的工作彻底砸了，反被唐局长拍得晕晕乎乎，哄得妥妥帖帖，怀着热切的期待离去。

唐局长回到办公室后，老赖正等着他，气急败坏地说："这老头子来干什么，他都离休了还管咱们的闲事？就算他没离休也管不到咱们头上啊。"

唐局长没回答，从办公桌里拿出一盒石林烟，开封后拿出一支点上，才说："石林烟还是很好抽的，可要是一个人就很难说了。"

老赖满脸迷茫，不明白局长什么意思。唐局长就把石光荣的来意说了，老赖当即否决："不行，这老头子的儿子咱们绝不能要，老子这样，儿子也好不到哪儿去。"

"所以我说石林烟好抽，作为人就难说了。"唐局长嘿嘿笑道。

“那你拒绝了?”

“没有。介绍他来的人跟我有交情,我不能一点面子不给。”

“你答应了?”老赖吓了一跳。

“也没有。”

老赖心领神会了:“研究研究再说。”

“对头,研究研究。安排一个副局长,这是多大的事,不好好研究个一年半载的哪行。”

褚琴来到合唱团的活动现场时,看到一个瘦高个子的男人正被一群人围拢着,回答问题。单是那背影就已经让褚琴感到似曾相识,此刻她既盼这男人转身又怕他转身,如果真的是谢枫,她该怎样与之面对?想着这些,褚琴竟产生了要躲开的念头。

柳大姐看到她,就走过来说:“来,我给你们介绍。”

就在褚琴犹豫之际,那个男人转回身来,望着她们这边。褚琴看清了那人的面容,还是当年那份清瘦的模样,还是以往那种文静略带书卷气的面庞,是他,谢枫!霎时间无数往事涌上心头,她感到一阵头晕目眩,眼泪也涌出眼眶。她回转身擦擦眼睛,刚要离开,那男人向她们走来,柳大姐热情地走过来搀扶谢枫,边走边道:“夕枫老师,我来给您介绍我们的领唱!”

谢枫过早地伸出双手,笑着说:“你好。”迎了过来。

褚琴的脚步并没有移开,她定定神,再次回过头来,大方地朝谢枫走去。

柳大姐介绍说:“夕枫老师,她就是我们的领唱褚琴,褚琴,这是夕枫老师。”

那个男人的脚步突然停下了,他伸出的双手停在空中,愣愣地望向褚琴,仿佛他们之间竖起了一道看不见的墙。

褚琴怕别人看出来,急忙掩饰着,来到谢枫面前,主动握住他的手道:“你好,我是褚琴。”

听到褚琴的声音,谢枫顿了顿,他的脸部有了些许并不强烈的变化,他平淡地握了握褚琴的手后迅即缩回,尽量用平和的语气说:“你好,褚琴同志,我来帮助合唱团排练,希望你这个领唱多指教多配合!柳大姐,如果没什么事情,咱们开始吧!”

柳大姐说:“好,大家注意了,现在开始。”

褚琴讶异地看着谢枫，没想到三十多年分别再重逢后，谢枫竟是如此平淡，甚至是公事公办。她也马上调整了自己的情绪，说："您多指教，我会配合您的工作。"

合练的第一首歌是电影《英雄儿女》的插曲。作为领唱，褚琴刚唱出了"烽烟滚滚唱英雄，四面青山侧耳听"几句，就被纷乱的心情搞得失了声色。指挥谢枫叫停，问褚琴怎么了。褚琴压抑着内心翻滚的情感，说："对不起，好久没唱，嗓子拉不开了。"谢枫说："没关系，你找找感觉，准备好了，咱再开始。"褚琴低头想了一会儿，重新开始。

当凝重激越的钢琴伴奏弹到最高潮处、女声部的哼唱动人心魄时，褚琴再也压抑不住自己的感情，一任泪水流出，正在指挥的谢枫在她眼中渐渐模糊，她的脑海里再次映现出谢枫赴朝参战前与她道别时的情景……

再度轮到褚琴领唱时，她的神思依然没有回来，谢枫敲了敲面前的乐谱架子，说："休息一会儿，看来领唱同志被这首歌感染得太强烈，入戏太深了。"

休息时，褚琴巴望着谢枫走过来与她相谈，畅叙别情，然而谢枫却一直没有离开指挥的位置，他在平静地研究乐谱。褚琴越加难耐，难道谢枫把过去的一切都忘了？他是怎么从战场回来的，他这些年又是怎么过的？

怀着这些疑问，褚琴主动来到谢枫面前，低声道："老谢，我们找了你很久，后来都以为你牺牲了……你是怎么过的？现在住在哪里？"

谢枫没有回答褚琴，还是低头看着乐谱，反问道："你还好，老石还好？孩子们都长大了吧？"褚琴不断地点头。谢枫说："的确，我负重伤已经濒临死亡，所以，以前的那个谢枫已经死了。我现在叫夕枫，已经退休了。对于我过去的那段历史，几乎没什么人知道，我也希望你从今往后只把我当作夕枫，我们并不熟悉。"他的语调很生硬，一副公事公办、拒人千里之外的架势。

褚琴愣了，连声问为什么。

谢枫淡淡地说："我在青春时代，活着是为了理想和情感，从战场归来后，我的生活是为了尊严、感恩和忘却。褚琴，希望你尊重我的愿望。"

褚琴越加疑惑，但看到谢枫不容置疑的表情，不敢再追问下去了。

排练结束后，大家纷纷道别，褚琴想再跟谢枫单独聊聊，孰料谢枫只淡淡地说了声"再见，褚琴同志"，就跟着送他的人走了。

褚琴怅惘地看着谢枫走下台阶。谢枫的脚步虽然缓慢但沉稳从容，丝毫没有回头再看她一眼的意思。就在他迈下最后两级台阶时，竟踏空了，一个踉跄险些摔倒。褚琴连忙奔过去要搀扶他，谢枫淡淡地一笑说：“人老了，步子不坚实了。”说完，谢枫不无尴尬地笑笑，离去。

褚琴怀揣着一连串的问号，望着谢枫有些苍凉的背影渐渐消逝，心里却是五味杂陈，同时还有许多疑问。

第九章

褚琴没有回家，而是去了老宋的单位，找到老宋，和他说了自己见到谢枫的事。

“真是谢枫，他还活着？”

“活着，只是身体差了些。”

“上岁数了，身体哪还能像年轻时那样。”老宋感慨了一句，“他活着就好，当初听到他牺牲的消息，真是难过了好一阵子才缓过来。”

听完褚琴和谢枫见面的情形，老宋又糊涂了：“谢枫这是怎么了，跟咱们打起哑谜来了。战争结束二十多年了，他这些年都在哪里生活？为什么不来找咱们？难道真的把咱们都忘了？”话未说完，老宋已经明白了，谢枫是在逃避，逃避褚琴，为什么要逃避，他就不明白了。

“老宋，他说现在活着是为了尊严、感恩和忘却，这是什么意思？”褚琴找老宋就是想要破解这个谜。

“这个就难说了，这么多年没见了，也不知道他是怎么过来的，都经过了哪些事。对了，你知道他的住址和电话不？咱们最好当面锣、对面鼓地问问他。”老宋明白尊严正是谢枫要逃避褚琴两口子的原因，感恩就很难索解了，感谁的恩？是正话还是反话抑或指别的事？忘却当然就是要彻底忘掉他和褚琴那段刻骨铭心的爱恋。这些无论明白的还是不明白的，他都不能说出口，只能让谢枫自己说。

“不知道，我没来得及问他。”褚琴说，其实是谢枫那种冷漠的态度让她没法问。

“那就先打听到他的地址和电话再说吧，我也正在找他呢，不是为了稿件，是真想他啊。”老宋叹息一声。

把褚琴一直送到单位外，老宋才支支吾吾、欲言又止地说：“褚琴，咱们也是一辈子的交情了，谢枫还活着对你对我都是天大的好事，可是，你可要想明白呀。”

褚琴苦笑道：“你是怕我犯错误，这不用担心。我孙子都有了，哪有那份心思。只是希望他活得好好的，幸福快乐，就是我最大的愿望了。你也知道，他去朝鲜战场就是为了我……”说着泫然欲泣，说不下去了。

“那就好，当我没说。”老宋连忙劝解，“你也甭总是苦自己，他活着回来了，你这心里的负担也该去掉了。”

褚琴点点头走了。她漫无目的地徜徉流连在大街小巷里，这里那里还保留着他和谢枫过去的时光，她脑子里时时浮现出当初他们两人携手并肩走在街上、走在小巷里的情景，耳边似乎又响起两人充满青春气息的欢声笑语……

褚琴很晚才回到家，石光荣和石林正等着她回来开饭。看到她疲惫的样子，都有些奇怪。石海等不及，先吃过饭，自己上床睡了。褚琴进屋看看他，出来吃了几口饭，就说太累了，回卧室休息去了。

石光荣好生纳闷，对石林说：“你妈怎么了？我是让她出去放松放松，这怎么出去一天，倒累成这样？”

石林笑道：“爸，您也别担心。妈这阵子为了小海的病折腾得不轻，身子自然差一些。她这么多天没出去过，出去又是坐车又是走路的，当然会累了。”

石光荣说：“也不一定，也许是碰到什么事了。你妈就是这样，太情绪化，就是看一本小说或者一部电视剧她都会深陷其中，跟个林黛玉似的，特别好动感情，情绪也经常受影响爱波动，她一波动就闭门不吃不喝。我看他们这次排练的都是老歌，说不定又受波动了，不碍事，明天就好了。”

父子俩哪里知道此时褚琴心里的隐痛和疑惑，与谢枫重逢后他的种种表现令褚琴既不安又惶然，心里不是滋味……

翌日，褚琴依然打不起精神，面对丈夫和儿子，只能刻意掩饰着自己的情绪。等石光荣和石林都出去后，她给柳大姐打了电话，探问夕枫指导的联系方式。柳大姐说这位老师人很怪，从来不让司机到他家接他，每次都是约在市文化宫见面。褚琴问有电话吗，柳大姐说没留，每次都是当面约好下次排练的时间，从来没给他打过电话。褚琴失望了。

终于等来了工商局的消息，石光荣怎么也没想到，传来的消息是，石林到工商管理局的事还要再做研究，换言之，能不能去还是个未知数。这消息让石光荣傻了眼，自己费了那么大劲，却换来个研究研究，老石光荣内心郁闷不已。

李满屯和老胡对石家的事也很关心，每次见到都要问石林的工作、石海的病。石光荣把石林工作的事说了，老胡当即觉出了问题，又追问石光荣去工商局怎么和人家谈的。等石光荣说完，老胡就明白了，又气又笑道："老石啊，你去谈石林的工作，谁让你多管闲事了，你以为自己是谁？你是去求人家还是去检查工作呀？不用说，石林的工作让你自己办砸了。"

经他一说，石光荣也明白过来，真是悔之晚矣。不过，他也明白，就凭自己的个性，就算明白后果，也不会保持缄默。

老胡半是好笑、半是怜悯地说："老石，你在部队上是呼风唤雨，到了地方上就成了睁眼瞎了，就你那套办事方法，在地方上是寸步难行。行了，这事我帮你办吧。"

"你有办法？"石光荣惊喜道。

"他有办法？在地方上人家老胡可是手眼通天，办法多着呢，比咱们强多了。"李满屯有些讽刺地说。

"这可真太感谢你了，我得怎么报答你呀？"石光荣握着老胡的手，激动地说。

老胡把眉毛一扬："咱哥儿俩谁跟谁呀，再说咱们都快成一家人了，咱俩就是亲家，你说是不是？"

石光荣登即哑然，他明白老胡的意思，也一直回避这事，没想到老胡直接跟他交易上了。

"霸王硬上弓，小人伎俩，老胡，你这可不咋的呀。"李满屯说。

"你胡说什么，你问问老石，他和我的心思是不是一样？"老胡盯着石光荣问。

石光荣知道没有回旋余地，只得硬着头皮说："是，是，我和你心思一样。"

"一言为定？"老胡追问道。

"一言为定，当然，我是一家之主嘛。"石光荣吞着苦水说。

第二天晚上，老胡就来电话，说事情解决了，让石林明天早上就到安转办拿调令，然后去市工商局报到，走马上任副局长。

"这么快？"石光荣都有些不敢相信自己的耳朵，不知老胡是怎样办到的。

“快？不快能叫雷厉风行？哈哈。”老胡在电话中既得意，又不无含意地说，“老石，我这个人就是说到做到，像你说的一言为定，你说是不是？”

石光荣晕头涨脑地应了一句：“一言为定。”

“什么一言为定呀？”他刚放下电话，褚琴问道。他便告诉她石林工作已经安排好的事，说是老胡帮的大忙，可是私下许诺女儿的婚事就不敢说了。

“哦，老胡真有路子，平常没瞧出来。”褚琴也很高兴，说了一句，心思又转到别的地方去了。石林更是兴奋，总算熬出头了，工作解决了，不但自己有了立足之地，也省得父母为自己操心。

第二天上班时，石林就赶到安转办，从笑眯眯的办事人员手中拿到调令，他理解办事人员那种颇为暧昧的笑，意思是他在上面有人。他拿着调令马上去了工商局，组织关系则要按照正常渠道转到市工商局人事处，然后才能办理户口什么的。

唐局长已经接到了省局人事处的电话，同时知道这事是局长亲自批的，心里想着：看来来头不小啊。他又打了两个电话，想弄明白石林究竟是运动了上面什么关系得到这张调令的，却没能查探明白，越是这样，他心里越是没底。

无法挡住石林进来，他还有一个办法，就是不让石林负责任何业务，架空起来，养起来，同时又不能得罪石林。最好石林只是在这里镀镀金，过个一年半载的就飞到高枝上去了。想明白后，等石林来报到时，唐局长不仅热情接待，而且召开全局各科室头头的大会，算是欢迎副局长莅职，同时给他介绍各位同事，场面既正式又隆重，弄得石林心里暖融融的，有些手足无措。

等他来到给自己分配的办公室后，心里却凉了半截，这是最靠近厕所的一间办公室，里面只是新摆了一套办公桌椅，卫生还没打扫，墙角尚有蛛网缠绕。

唐局长连连解释，因为石林报到得太快了，来不及为他调办公室，先将就用这间吧，以后再给他调好一点的。石林倒不在乎环境好不好，只是有种被人打入冷宫的感觉，他笑着说：“这没关系，我是军人出身，多艰苦的环境都待过，局长，您还是先安排我的工作吧。”

“不急，不急，石副局长，今后你是要负责全局工作的，所以我的意思是不要分管一片，而是先熟悉局里各项业务，然后再统筹全局工作。这得慢慢来，急不得。”说完，唐局长笑眯眯地走了。

石林回到地方上时间虽不长，经历得却不少，从唐局长的话里和笑容里，他已经明白自己确实是刚进来就被打入“冷宫”了。不过这也不要紧，有了立足点，一切就可以慢慢做起了。他出去找了水桶和墩布，先给办公室打扫起卫生来。

这些日子在忙乎石林的事的同时，石光荣也没放松对石海的“照顾”。他热心而且体贴地伺候着儿子，真是俯首甘为孺子牛，连褚琴看了都直感动。他越是父爱绵绵，石海心里的警惕性越高，父亲在屋里的时候，他不是写东西就是看书，尽量不跟父亲交流。石光荣不论问他什么，他都一律以朦胧诗回答。弄得石光荣如坠五里雾中，这前阵子不是好多了吗？和他妈在一起时也是有说有笑的，怎么一和自己在一起，就不会说人话了？石光荣心里阴云密布，同时也疑窦满腹，愈发紧紧地盯住石海，不让他须臾离开自己视线。石海心里是说不出的苦，褚琴倒很高兴。

石林下班后，石光荣就问起儿子上班的事，石林只是说：“爸，您放心吧，我会努力工作，不会丢您的脸的。”

“这我放心，把你放到哪儿我都放心。对了，最近给家里打过电话吗？”

“打了，几天就打一次，他们都挺好的，还每次都问爸妈的身体和小海的病情。”

“嗯。”石光荣点点头，“你的事有着落了，下一步就是要解决方慧的工作了，然后把他们娘儿俩接过来。”

“慢慢说吧。”石林知道为了解决自己的工作费了多少周折，调动方慧的工作也不是件容易事，毕竟现在哪个单位都是人满为患，得有空缺才行。

“依我说，方慧的工作一时半会儿解决不了也就先放着，先把小林接过来，咱们这院里就有幼儿园，我和你爸都能接送他。”褚琴插了一句。

“你就知道想你的大孙子。人家方慧和小林多少年来可是相依为命，你忍心把他们拆散？”石光荣抢白她一句。

褚琴正想顶他两句，电话铃响了，原来是合唱团柳大姐打来的，说是明天上午要合练，特地通知她一声。褚琴的心思立马转到谢枫那里去了，合练就能见到他了，这次不论他怎样，一定要问出他的家庭地址。

石林收拾着碗筷，心里却沉甸甸的。他这些天惦念着妻子和儿子，几次往家里打电话都遭到了方慧的冷遇，三言两语就结束了通话，除了按照惯例探问父母的身体、石海的病情，对石林个人的事一句都不提，搞得石林很不舒服。他知道方慧还在生他的气，只得耐下心来，嘘寒问暖。见不奏效，他不得不写了封长信给妻子，希图得到谅解，但方慧一直没给他回信。这些事他就不能对父母说了。

褚琴第二天上午来到排练场所时却发现，指挥已经换成了柳大姐，她问柳大姐夕枫指导怎么没来，柳大姐说他已经写了信请辞指挥的工作，褚琴问为什么，柳大姐说他还有没完成的创作任务，前几天下乡采风去了。

褚琴意识到谢枫不是采风去了，而是在躲避着自己。她情绪低落地完成了合练，出来后打电话给老宋，告诉了他关于谢枫的事情。

老宋说："看起来谢枫是决意不跟咱们这些老战友们联系了，我觉得他是在逃避、在隐藏自己。你觉得呢？"

褚琴说："这事我也一直犯思量，可能是不想见我吧。所以我才犯了愁，他要是真想躲避我，再也不来指导合唱了，还真就找不到他。"

老宋笑了："这你就过虑了，他既然在本市，找到他也不过是时间长短的问题，你也想想办法，我也来找一下，一定能找到他。"

听了老宋的话，褚琴心里密布的阴云又散开一些。二人约定，一旦谁有了谢枫的电话，即刻通知对方，因为老宋正筹划一个老战友聚会的活动和一本名为《曾经戎装在身》的纪念专辑，以纪念他们的军旅生活和难忘的军人情怀，褚琴对老宋的筹划很是支持，表示如果需要自己做什么，只要通知一声就行。

这天，石光荣以难得的细致态度帮助石海整理卧室，最近褚琴总是心事重重的样儿，石海的卧室也不经常收拾了。他发现石海那套军装压在一堆书本下，皱皱巴巴的，这可触动了他那颗老军人的心。他最见不得军人穿着皱巴巴的军装，就算是挂起来也得板板正正的。他动手整理起来。

石海见到军装心里就添堵，但愿一辈子见不到才好，就说："不用再管那身绿皮，我早就穿够了。"

这句话可是触到了石光荣最敏感的神经，他不高兴了，说："你老子从离开蘑菇屯就一直穿军装，军装咋了？"

石海一时情急，忘了装病了，直言："对于你们来说，这身军装意味着光荣的历史和许许多多的荣誉，然而对于我，它只是捆绑和束缚。"

"放屁，没有几百万穿着这身军装的军人浴血奋战，就没有现在的共和国，就没有你们现在的幸福生活！”

于是，一场激烈的争辩在父子俩之间爆发，石海总的立场是他在部队这些天得到的全是命令和约束，当兵的人只能做命令的坚决执行者，毫无个人意志和自由可言。可是现在都什么年代了，改革开放，人们已经可以放飞自己的理想和心灵了，人人都在寻找自我，人人都在给自己建造精神的家园。

石光荣觉得石海的言辞简直就是浑蛋，他说：“寻找自我心灵自由，你也配！”石海不想恋战，坚定地说反正他不愿意再回部队过完自己的一生。石光荣问：“这些混账道理是从哪学来的？”石海指指书架上的文学书籍说：“是它们告诉我的，文学就是人学，可惜你不懂……”石光荣怒不可遏，小儿子的这番话不仅是对他一生追求的亵渎，而且是对这个军人之家的整体侮辱。要不是褚琴出来调停，石光荣都有对石海动棍棒的可能。

总算平息了战火，褚琴劝石光荣不要再跟石海较真，他一个病人，你当什么真呢？石光荣忽然醒过闷来了，说：“我终于研究清楚石海这小子咋得的病了，都是你那文学，被你那文学搞成神经病了！”褚琴满脸愤怒：“石光荣，孩子都病成这样了，你还在这儿说风凉话！文学能把人搞成神经病？全世界爱好文学的人多了，没听说谁因为文学成了神经病！”

听着隔壁父母的争吵，石海摇头叹气，轻轻叹道：“我也不想伤害你们，可是我实在忍不住了。”

第二天石海随褚琴外出溜达，当他们回到家，石海突然神经质地从自己房间里跑了出来，带着哭音喊着：“妈，出大事了！”褚琴连忙问怎么回事，石海说：“我的那些书，最重要的是我的手稿都不见了！”褚琴看着空空如也的书架，十分明白这是谁的动作。

褚琴来作战室找石光荣讨要石海的书稿，石光荣掏出一把钥匙晃晃，指指墙角的两个大木箱子说：“查封了，怎么着吧？”褚琴问什么时候还给石海，石光荣说：“那要看他自己了，他什么时候病好，什么时候不说混账话乖乖回部队了，我再如数交给他！”褚琴觉得石光荣做得太过分，石光荣说：“褚琴，这几年我一直对你妥协让步，在别的任何事情上我都可以让着你哄着你，但在原则问题上，我石光荣决不让步，坚决不能！”褚琴发现，那个武断、刚愎自用的石光荣又回来了。

褚琴气呼呼地回来劝慰儿子，说：“咱不理那个老家伙，书可以再买，妈给你买。”

石海绝望地说：“那我的稿子呢，字字都是我的心血呀……为了写这些文字，我半夜里躲在被窝里打着手电写，为这个，我们部队说我不遵守作息时间犯了条例，大会小会批我整我，你说我容易吗？我能不抑郁吗？我这病就是那时候落下的。”

褚琴安慰着儿子说：“你放心，妈一定给你搞回来。”

为了石海的书稿，老两口又起了争执，石光荣近几年对妻子已经是爱护体贴加容让，可是这次却像坚守阵地一样，任凭褚琴怎样狂轰滥炸，就是寸步不让。

石林下班回来知道后，这边劝妈妈和石海，那边劝父亲，谁知两边都咬定条件，石海就是不要回书稿不成，父亲则是怎样劝也不肯交还石海的书稿。搞得石林很是狼狈，只得另想办法，平息这场风波。

星期天上午，石林和石海偷偷出去，到了新华书店，石海一见到琳琅满目的书籍仿若变成了另外一个人，他寻看书籍的目光既兴奋又饥渴，什么萨特的《存在主义》，什么《厚黑学》《第三次浪潮》等等，都是石林闻所未闻的。石海足足买够了两大旅行袋才肯罢手。

见父亲不在家，石林才敢把拎着旅行袋的石海引进家门，他把书放在自己床下藏起来，让石海一本本来换着看以躲避父亲的再次查抄。

石海叹息着说：“这是个什么家呀，连我一张安静的书桌都放不下，哥，你不觉得压抑、不觉得痛苦吗？”

石林劝他：“小海，你喜欢文学，哥不反对，还支持你。可是哥得跟你说，文学价值究竟多大我不知道，可在咱家里，爸妈的身体健康是最有价值的，一个家庭和谐的关系是最重要的。爸执拗了一辈子，你也不是不知道，有些事咱们做儿女的也要让着点，不然妈在中间也很难。”

石海嘟囔着：“这我都懂，要是拿走了我的书，还能买，可是我那些手稿……”

“你都写出来了，总不会全忘了吧，再写出来就是，只是别再让爸看见了。”

石海对哥哥很领情，也就不再坚持要回手稿了，他听从了石林的建议，每天趁父亲不在屋里的时候，偷偷在纸上重新写自己以前写的东西，权当修改一遍吧。

第十章

石林工作解决后，老胡就经常上门来讨人情了，没事儿晚上就来坐坐。石光荣情知他是为什么来的，既怕他口无遮拦，一下子全抖搂出来，又没理由不让人家说，只能陪老胡坐着，天南地北地胡侃。老胡似乎也明白石光荣的难处，绝口不提自己的来意。

褚琴对老胡的异常举动很奇怪，他和老石、李满屯常混在一起，都是在外边，来了也是叫人出去，并不经常串门子，这是唱的哪一出？只是她最近心里烦得很，一是没法联系到谢枫，二是没要回来石海的手稿，还天天和石光荣冷战，也就没往深里想。

石光荣明白自己这是捂盖子，这盖子早晚得揭开，他只是能拖一天是一天，都不敢想盖子揭开后的情形。

他每次看到女儿回来，都感到心里愧得慌，自己这是整的啥事，为了儿子的前途把女儿搭上了。可是转念一想，胡战斗只是没当过军人，除了这点，他不比石林差，没到三十就已经是外科主任了，将来前程大着呢，闺女跟着他也错不了，这样一想心里又会好过些。女儿是从小就不喜欢胡战斗，但人和人之间，相处久了也就生出感情了，比如他们两口子不也幸福地过了一辈子吗？

为了弥补心中的愧疚，石晶回来，他都要亲自下厨，烧两道石晶爱吃的菜。从小就集家中宠爱在一身的石海不免吃醋了，明明不喜欢吃专给姐姐做的菜，还是大口夹着吃，还怪话连篇：“姐，你以后多回来几次吧，你回来我们还能沾点儿光，吃点儿好的，你不知道你不回来时我们过的是什么日子，那真个是苦大仇深、水深火热。”大家听了都不理解，只是以为这是抑郁症的表现，也没人在意。

但很快石晶就觉出异常了，因为不仅老胡经常来，胡战斗也借口看看石海的病情来串门了。他这个借口太拙劣了，连实心眼的石林也一眼就看出他是冲着妹妹来的。老胡一来就缠着石光荣夫妇聊天，儿子则哈巴狗似的跟在石晶后边，有话没话地说着。石晶感到又可气又好笑，还不好意思太不给面子，只能虚情敷衍，胡战斗还误以为是自己攻坚有了成果，乐不可支。

每日里石林准时上下班，石海沉醉在自己的文学世界里。褚琴看守着小儿子，渐渐地，把联系不到谢枫的事也淡忘了，家里的气氛好似又恢复了些宁静的味道，褚琴和石光荣的关系也有了好转。直到有一天石晶拉着胡战斗来质问父亲，这份宁静再一次被打破。

原来石晶实在忍受不了胡战斗缠绵的追随，直接打电话给他挑明他俩没戏。胡战斗不解，说出了石光荣已经私下里答应了婚事的真情。

石晶万万没有料到最疼爱自己的老父亲会为了哥哥的调动包办了她的婚事，她简直不敢相信，所以把胡战斗拉来当面对质。

她责问父亲是谁给了他包办的权利，石光荣哑口无言。石晶说："爸爸简直连杨白劳都不如！"不解风情的胡战斗说："我爸爸不是黄世仁。"石晶说："这里没有你插嘴的份儿。"然后不由分说，把胡战斗推出去了。

石林不明就里，劝说妹妹不要对父亲不恭敬，石晶急头白脸地说："还不都是为了你，我都让爸给包办了！"

石林狐疑地看着石光荣，问到底是咋回事。石光荣说："没你啥事，你和他俩的事一码归一码，别听你妹妹瞎说。"石晶没想到一向办事小葱拌豆腐——一清二白的父亲会如此狡辩，她一怒之下回了单位宿舍，一连多日既没给家里打电话，也没有回家。

石林就到了石晶宿舍，追问石晶到底怎么回事，石晶如实相告，石林深感歉疚。

他回家后就对父亲说："爸，我明天就去单位辞职，这样你也不用欠老胡家的人情了，把妹妹的亲事退了。我就算跟李大明下海经商，也不能因为自己让妹妹受委屈。"

石光荣早已气急败坏了，他从这次给石林找工作已经体会到了，过了这村就没这店了，为了儿子就算委屈闺女也得这样办，所以咬牙坚持说："这跟你没关系，我话已经说出去了，人得讲究个信字，无信不立。你就算辞职，这门亲事也退不了。"

一直在屋里照顾石海的褚琴出来了，冷笑道："你真是霸道啊，你说了就算了？闺女是我生的我养的，还轮不到你来做主。"

石光荣索性强硬到底，梗着脖子说："我是一家之主，我说了就算。再者说胡家大小子哪点不好？"

褚琴平心静气地说：“我没说胡家大小子有什么不好，倒是你整天嫌人家没参过军当过兵，不算真正的男子汉。论家庭、论人品、论工作能力，这小子都不错，可是这事不是你我能做得了主的，只有闺女自己做主，她自己心里愿意才成。”

石林说：“爸，妈说得对。”

“她说得对什么？”石光荣火了，“我跟你说过了，这事你不要管，也不要掺和进来，跟你没关系。就说我和你妈吧，我们也没恋爱过，不认识也不了解，经组织介绍，不也成了夫妻了，不也过了一辈子？”

褚琴的火气一下子爆发出来：“你还有脸说咱们，当着孩子的面我不愿意提过去的事，我就因为自己的遭遇，才坚持孩子的婚事不能由咱们也不能由任何人做主，只能让他们自己做主，也许他们并不会一辈子幸福，但至少是他们自己选择的。你还不知道我的意思吗？就是不让孩子遭受我受过的二茬罪。我告诉你，这事我没吐口，谁说了都不算。”说完，回到石海屋里，把门咣当关上。

一直埋头写作的石海抬起头来说：“这是封建余毒啊，怎么还没肃清啊？”一句话倒把褚琴逗笑了，把儿子的头揽进怀里，心情好了许多，笑道：“什么封建余毒，整个就是个老封建，还以为在旧社会呢。去，当儿子的不许这样说爸爸妈妈的事，老实看你的书吧。”

第十一章

石晶离开家后，就一直住在宿舍里，既不回家也不打电话。石光荣和褚琴也闹到快决裂的地步，褚琴坚持让石光荣退婚，石光荣就是不肯，被褚琴唠叨烦了，索性搬到作战室去住。只有石海像逍遥仙似的，整天我行我素，仿佛家里这一切都和他无关。

石林负疚最深，这一切都是因他而起，他知道父亲其实最疼爱的就是妹妹，却为了自己的工作不惜牺牲妹妹的幸福，这委实是浓浓的父爱，又让他感到难以承受。

他想了几天，想做通爸妈的工作是不可能了，只能从妹妹身上做文章，来把这个家重新弥合到一起。他上班后坐了一会儿，就来到公安局，在档案室找到了石晶。

石晶和杨花花一个办公室，杨花花看到石晶的脸色，就知道她家里出了大事，却怎么问也问不出来，再看到她哥哥来找，更认定了自己的感觉。杨花花借口有点儿事，和石林打个招呼就出去了，把办公室留给他们。

石晶阴沉着脸问道："你来干什么？"

"你还是回家住吧，什么事咱们一家人慢慢商量。"

"商量？爸爸那个态度是跟你商量吗？他的脾性你不知道？什么事都是独断专行。以前他和妈吵架，我还总是向着他，认为妈妈无理取闹，现在才明白。"

"小晶，你也别这样说，爸爸其实是最疼你的。你也知道，我从小到大挨了多少打，小海有妈护着，少挨些，可是从小到大，爸爸一次都没打过你。"

"没打过，对，我承认。可是攒到一块，把我一次就卖了。够了，你不要再说了。说什么疼我、宠我，到头来怎么样，不还是像卖猪一样把我卖了？"石晶眼睛都要喷出火来。石林说的都是实情，正因为如此，这次的“出卖”给她的打击太大了。

“小晶，你也别这样说爸爸，这事哥哥对不起你，但事前我真的一点儿都不知道。现在爸妈为这事都闹得分居了，再闹下去这个家就四分五裂了。你先回家住好不好，这事我会想办法解决的。”

“你？你还好意思说你。这一切还不都是为了你？你说你一个好好的副县长不当，硬是跑回家来干什么？尽长子的责任和义务，把妹妹卖了换取你的工作也是你要尽的责任和义务吗？还是说这是我这个当妹妹的必须要为哥哥尽的义务和责任？”

这番话像刀子似的刺痛了石林的心，他无力说话，也什么都说不出来了。他踉踉跄跄站起来，走出去，差点倒在迎面走来的杨花花身上。

“大哥，你怎么了？”杨花花赶紧扶住他。

“没什么，谢谢啊。”石林说了一句，又醉酒似的摇摇晃晃走出去。

杨花花不解地目送着石林，回到办公室，看到石晶伏在桌子上抽泣，愈加摸不着头脑，到近前小声道：“喂，怎么了，是家里有人得了绝症还是怎么的？”

“你家里才有人得绝症呢。”石晶抬起满是泪花的脸，笑骂道。

“那是有什么过不去的坎儿了？你别怪我多嘴，我刚才在走廊里看到你哥哥也是哭着走出去的，这都怎么了？我这人就这样啊，心直口快，心里不能装事，看到什么不弄明白就憋得难受。”

“也没什么，就是觉得委屈。”石晶和杨花花性格差不多，也是心里装不住事的人，就告诉杨花花父亲为了哥哥的工作，硬是把她的婚姻包办了。对方是她的同学，两家关系也特别好，人也不错，可她就是不喜欢。

“就这点儿事？”杨花花不屑起来，“你整天嚷嚷着要进刑警队，就这点水平，我劝你还是在这儿好好待着吧。”

“咦，我进不进刑警队跟这事有什么关系？”石晶急了。

“当刑警可是要和犯罪分子做最坚决的斗争。”杨花花说着，做了两个很夸张的擒拿动作，“你呢，满脑门子心思要当刑警的人，遇到这么点儿破事，就知道哭鼻子、抹眼泪，还诉什么委屈，老实说我真不同情你，而是瞧不起你。”

“这是两码事。”石晶急了，“这是家庭矛盾，又不是犯罪行为。”

“我没说是犯罪行为，可你连这点家庭矛盾都解决不了，怎么打击犯罪行为？大姐，考验你的时候到了。”

石晶听得云山雾罩，这都哪儿跟哪儿呀，可是隐约觉得杨花花说的不无道理。爸爸是包办了自己的婚姻，难道自己就没有反击的手段？只能哭闹着，最后还得乖乖从命？假如真是这样，就说明自己还真不是当刑警的料了。可她又想不明白该怎样反击，反击父亲那是不可能的。

“喂，那你说我该怎样办？”

“这也要我告诉你？饭都做好了还要我喂你？”

“你不是心里装不住话吗？还挺能憋的。”石晶激她一下。

“哦，敢情饭做好了放在你跟前你没看见。谁是我们的朋友，谁是我们的敌人，这是革命的首要问题。这话是谁说的？”

“毛主席。你这都扯到哪儿去了？”

“扯到哪儿？是告诉你主要矛盾在哪儿了。你爸爸为什么要给你包办婚姻，因为你招人疼，有人死乞白赖地要娶你，这不就是矛盾所在吗？你把这个矛盾解决了，一切不都迎刃而解吗？”

“哦。”石晶有些明白了。

“就是要娶你的那小子，你把他拿下了，让他最后看到你就落荒而逃，他还敢痴心妄想娶你？他不敢娶你，这门婚事自然就没了。”

“花花，你真有办法。”石晶跳了起来，搂住杨花花，“你太有才了！”

“哎，那个要娶你的究竟是个什么样的人，哪天给我介绍介绍，你不喜欢，或许我还喜欢呢。”杨花花笑着说。

“去你的，就知道取笑我。”

两人正打闹着，有人敲门，两人赶紧分开，装作整理档案的样儿，喊声进来。来人只把头伸进来，然后喊道：“石晶，局长让你去他办公室。”

石晶去了局长办公室，局长告诉她，她可以准备去刑警队了，不过政策改变了，这次必须经过考核，文化考核和业务考核，考核很严格，让她好好准备一下。

石晶高兴起来，这正是她等待的好消息，不过文化考核也不容易，业务考核她倒不放在心上，这些天就要在宿舍里挑灯夜战了。

石林回到单位，陷入极度苦闷中。家里不顺心，单位的境况更令石林难耐。从小在部队大院长大，成人之后又直接去了部队基层，他的成长环境可以用单调来形容。早已习惯了垂直执行命令、言语行动整齐划一的石林根本不习惯一张报纸一杯茶的松散型工作习惯，更不适应唐局长营造出来的机关人际关系，石林觉得到了地方工作，几乎处处缩手缩脚，一切都要从头开始，自己几乎成了毫无一用的人。

石林不想把自己的不顺心带回家里，父母因为弟弟已经够操心的，因为妹妹的事又闹到决裂的边缘，他不想让他们再为自己付出，每每父母询问工作的情况，他都是报喜不报忧。

平素有了什么心事，石林都是找方慧倾诉，即便妻子出不了什么主意，但几句安慰的话语足以令他慰藉。而现在妻子不在身边，石林不觉有些苦闷，经常思念妻儿，但迫于方慧迟迟不给他回信，他只得独自承受着新工作环境给他带来的种种不安和苦楚。

想起回来已经有些时日，妻子独自承担着小家庭的负担，石林心里不是滋味，他开始琢磨给妻子调动工作的事情，没事就四处托人打听有哪些单位缺人，却没有回音。

他每天按时上下班，回家后就做家务，不论心里多苦闷，工作多不顺利，他也必须忍受着。这天，他在收拾石海屋里时，意外发现了垃圾筐里石海扔的治疗抑郁症的药片。他登时警觉起来，脑子里浮现出一个可怕的想法。

他看看正躺在床上看书的弟弟，想说什么，却没说，他想再观察几天，然后和弟弟作番长谈。

无独有偶，石光荣也发现了一件奇怪的事，这两个月的电话费直线上升。他没打多少电话，石林给家里打电话都是出去到长话局打，电话费怎会这样多？他警觉起来，开始盯着电话。很快就发现石海经常在夜里把电话拿到自己卧室里，然后在被窝里煲电话粥。

“这小子给谁打？”石光荣在心里打个问号，他到总机那里去查，竟然都是打到新疆戈壁的一个野战部队的文工团。他恍然明白了，石海一直在偷着和李满屯的闺女通话。两人自小就要好，李文那丫头还为了石海跑到大西北，两人通通电话也是正常的，可是为什么偷偷摸摸的？石光荣凭借老侦察员的嗅觉，嗅出了这件正常事的不正常之处，不由得勃然大怒：难怪石海成了这样，一定是那野丫头教唆的。这俩瘪犊子凑到一起能有什么好事？他故意不动声色，还放松了对石海的监视，让他尽情活动，自己却像捕鼠的猫般守候着。

这天晚上，石光荣早早回到作战室，把灯关了，做出已经上床睡觉的假象，却从门缝里盯着电话机。

果然，等了不到半个小时，石海蹑手蹑脚地走出来，把电话拿回自己屋里，还左右看着，唯恐被别人发现。石光荣等他回去后，才悄悄出来，把耳朵贴在石海屋门上听。不听则已，一听老石光荣气得鼻血都快喷出来了，原来石海再三感谢对方给他提供了装病的好主意和装病需要参照的医学书籍。石海不无得意地说自己的计划骗过了老侦察兵出身的父亲，再有十天半个月他就可以结束装病的生活，因为那时候已经过了三个月，他爸妈就是再有本事也不可能把他退回部队里去了。

石光荣火冒三丈，连声骂李满屯不是个东西，他的女儿竟毁了自己钢铁长城的一角！这俩瘪犊子玩意儿还是扯到一块儿去了！

石光荣憋足了气，大声嚷道："石海，你给我出来！"

听到父亲的声音都变了调，石林意识到了什么，扔下手里的活计，冲到了客厅想阻拦，孰料石光荣等石海昏头涨脑打开房门，就把他推进去，自己走进石海的屋子，把门锁上了。

石林听到里面父亲大骂石海装病，石海也不出声反驳，就知道大事不妙，赶紧去找母亲褚琴出来救援，褚琴问发生了什么，石林只能把石海装病的事情和盘托出。

褚琴意识到了事态的严重性，三步两步来到客厅，敲着房门让石光荣开门，但无论如何门就是叫不开。

褚琴焦急地说："石林啊，赶紧想想办法吧，石海这回肯定要遭罪了。"

石林也喊着："爸，你先出来，妈在这儿呢，有什么话出来好好说。"

里面却没有回音，也没有石光荣和石海的声音，两人不知道里面在做什么，门又叫不开，只能焦急地听着。

石林和褚琴密切关注着石海房间内的动静，听来听去，里面并没有什么激烈的动作。褚琴刚要松一口气，门内便传出来棍棒打在皮肉上的声音和石海凄惨的喊叫。褚琴哭喊着，求告着，让石光荣住手，但石光荣哪里还顾得上这些，他追打躲避的石海。

石林他们这下子听得真切了，石光荣边打边让石海承认错误，石海就是不服，他为自己辩解，说装病是出于无奈，如果他生活在一个民主自由的家，有自己选择实现理想的权利，就根本不会装病骗人！石光荣说："你还有理了？"石海说："你以为我骗人很高兴，对不对？不对！我石海是个精神上有洁癖的人，我憎恶一切虚假和丑陋，我也觉得自己很龌龊，但这都是你们给逼的！"石光荣说："我打死你这个小兔崽子！"石海说："你打吧，你可以伤害我的躯体皮肉，但破损不了我追求自由的决心和高贵的文学理想！"

索性，石海不再躲避父亲的棍棒，更不再辩白，他高声朗诵起了高尔基的《海燕》。“在苍茫的大海上……让暴风雨来得更猛烈些吧……”石海的声音赛过了石光荣的。打着打着，石光荣罢了手，他被石海的阵势给搞得无所适从了，愣怔地看着这个他从小就没抱过什么希望的小儿子。终于，他扔下了棍子，开了门。石光荣气喘吁吁，体力不支了。毕竟不比年轻的时候，他已经没有力气连续作战了。

石林跟着父亲来到作战室，石光荣不理会石林，低头沉默着，石林体贴地给他端来一杯水。

褚琴冲进屋抱住了还在大声喊着“让暴风雨来得更猛烈些吧”的石海，哭着检查儿子的皮肉之伤。她边哭边责怪着石海，说：“你怎么不知道躲避逃跑呢？”石海说：“躲得了一时躲不了一世，这个问题总该有个结束。”褚琴说：“你这不是等着挨打吗？”石海说：“屈原可以为了坚持理想投汨罗江，我这点皮肉之伤算得了什么？”褚琴说：“傻儿子，屈大夫虽死，但他留下了不朽的《离骚》，你挨了打，又能留下什么？”石海笃定地说：“你等着看吧妈，将来一定会在你身边站起一个文学巨人，一个能让你自豪的作家。”褚琴说：“我不要文学巨人，儿子，妈只要你平安幸福！”石海说：“文学是我的灵魂，妈妈，没了灵魂，我就死了，何谈幸福……”

看着倔强的小儿子，褚琴突然从他的脸上看到了谢枫年轻时的表情……他们虽然没有任何关联，但神情却惊人地相似。

石光荣沉默了一会儿，不想听石林的劝解，再次来到石海的房门前。他不容置疑地说：“你很崇拜高尔基是吧？人家高尔基从小离家走上了社会大学，石海你给我听好了，如果你真有种，你就给我离开这个家，活出个人样来！”

这分明是要把石海扫地出门啊，这还了得？

石林抢先央求父亲留下石海，说：“爸爸，就把石海留下吧，等他歇几天就可以回部队了。”石海不满地看着石林，石光荣则坚决不同意石林的建议，说：“部队是好男儿磨炼意志的地方，他再也不配与部队发生任何关系了，他回部队只能给部队和这个家丢人！”

褚琴为儿子百般辩解，说千错万错都是她的错。当年石海参军都是自己一厢情愿，不怪孩子受不了罪想招数回家。石光荣肝火大动，让褚琴住嘴。褚琴还想为石海求情，孰料石海却脖子一扬道：“我早就受够了家里的军阀作风，这个家里没有自由，没有民主，没有自我，是一个监狱！”石光荣被气得直哆嗦，石林劝弟弟不要口出不逊，石海断然道：“哥，你从小就挨打，最后还不是乖乖地就范了？表面上他是为了咱们好，实际上他是要用我们的血肉之躯继续成就他的军人梦想！”石林说：“石海你越说越不像话，住口！”石海继续道：“哥，家里有你一个殉葬品就够了，你做你的孝子贤孙，我不会，因为我不愿成就一个老人的自私和愚昧！”

石林没想到弟弟会如此不懂事，如此出言不逊，他本想去劝说弟弟给父亲道歉，孰料石海却指责他愚忠、愚孝、帮倒忙。

石光荣问：“你刚才说什么？”

石海说：“你自私，你愚昧，你把儿女的理想当成了你个人目标的殉葬品！”

石林也越听越气，情急之下，动手打了石海。

石海怒道：“石林，这一巴掌把咱的兄弟情分打没了，从此，我没有你这个哥哥！”

这是石光荣有生以来所面对的最令他恼怒的一次挑战，他万万没有想到，这挑战来自于他的骨肉至亲，他最小的儿子……

石光荣沉默良久，突然爆出一个字：“滚！”

石海背着他的那些文稿和文学书籍愤然离家出走……

褚琴追出门，但没有拦住石海。

石海离开家，却没地方可去，想来想去还是去找姐姐，暂时在她的宿舍里住一段时间，这个家他是永远不想再回来了。

正在灯下复习文化考核资料的石晶，打开房门，看到背着个大袋子、灰头土脸、脸上还带着伤痕的弟弟，惊呆了，好半天才说：“怎么了，你这是要到哪儿去？这脸上的伤是哪儿来的，被人打劫了？”

“没有，慢慢再跟你说。”石海从姐姐身边硬挤了进去。

“哦，你被爸打了，这是要离家出走？”石晶有些明白了。

“我和他决裂了，他把我赶出家门。就算他不赶我，我也不想在那个让人窒息的家里待下去了。姐，我没地方去，先在你这儿待一段时间，你放心，我不会赖在这儿的，我会找工作养活自己，也能找到住的地方。”

在石晶的追问下，石海把事情说了一遍，对自己装病的事也直言不讳。

“你可真是胆大包天，这种事你都敢做？”石晶倒抽一口凉气，想到因为他装病惹出多少乱子，给家里人添了多少麻烦，真想好好骂他一顿。可见他一副落汤鸡、丧家犬的样儿，又不忍心说了。妈妈自小偏疼弟弟，她和哥哥也经常忌妒，埋怨母亲偏心，可单独面对弟弟时，她才意识到自己对弟弟的疼爱并不比母亲差。

“我不是没办法嘛，但凡有别的办法，我也不会这样做，你以为我愿意天天装病呀？”石海坐在姐姐的床上，还一脸委屈的样子。

“这你可怪不到别人，是你自己要求参军的。”

“是我自己要求的，可是我参军后发现自己错了。毛主席都说了，知错就改是好同志，我发现自己错了就要改正，而不是一错到底，这不是遵照伟大领袖的教导嘛。”

“得，得，你甭跟我扯大道理。”石晶知道他无论做得对还是做得错，歪道理都是一套一套的，嘴皮子功夫无敌。

石晶告诉石海，在这儿住没关系，找不到工作也不要紧，她的工资够他们两人花的，不过她这些日子要挑灯夜战复习。石海一笑，说要熬夜没人比得过他这个夜猫子，他正好和她一起熬夜读书。又百般央求姐姐千万不要把自己在这儿的事说出去，不然老头子非得追杀过来不可，对任何人都不能说，连哥哥和妈也不能说。石晶答应了，她也怕万一爸爸知道了，再过来收拾石海，弟弟可真就无处容身了。

她把屋里一张放杂物的床收拾出来，把自己铺床的毯子铺上，又拿出一条被子，把石海安置好。虽然被轰出家门，石海却像挣脱了枷锁似的，感到无比自由快活，身上的伤痛都不觉得了，他躺在石晶为他铺好的床上，看起书来。

石海在石晶的宿舍里过起了逍遥赛神仙的日子，不用装病，不用再提防谁，可以尽情地读书写作，也没有任何人来唠叨自己，一天三顿饭都由姐姐从食堂打来或是从外面买来放在桌子上，这正是他一直向往的生活。至于出去找工作，他想都没想过，有时怕姐姐唠叨，就说自己出去找工作，实际是去市图书馆看书。石晶自己已全副心神投入复习中，只是照顾弟弟的起居饮食，别的一概不管。

三个月的期限在不知不觉中过去了，石海全然没想过这个，倒是因复习文化考核资料弄得晕头涨脑的石晶在过了三天后想起来了。她让石海赶紧回部队把手续办了，把档案拿回来。理由很充分，她说：“你找不找得到工作我不管，我能养得起你，也愿意养你，可是你不能把档案扔了，那样你就成了没户口的社会‘黑人’。”

石海没找理由推托，从姐姐手里拿过路费，就买票回到了部队。部队首长询问了他的病情，听说还没好彻底，就劝他说，在部队还是在地方都是为国家建设出力，首要的是养好身体，列宁说过，身体是革命的第一本钱，没有一个好身体什么都无从谈起。

石海三个月前是一名新兵，现在却成了客人，因为他的“病”尚未痊愈，部队还专门指派一个人陪护他。手续很快就办好了，石海也买了回去的车票，这时才想起还没去看看李文。他满怀希望地到李文的文工团去，李文却下最边远的哨所慰问演出去了，要十几天才能回来，电话也无法联系，他只能怅惘地回来。

拿着办好的手续走出军营时，他忽然感到自己对军营还是很热爱的，竟忽然间涌上一种眷恋不舍的情感，这个三个月前被他视为地狱、发誓自己只要有一口气就要不择手段地爬出去的军营，而今竟充满了魅力。

他回望军营很久，然后向站岗的士兵敬个军礼。站岗的士兵也本能地回了一个军礼，刚想过来问他有什么事，他却摆摆手，回头走了。走出很远，他才意识到自己哭了，却不记得自己上次哭是在什么时候。

回到石晶的宿舍已是夜幕降临的时候了，他推开宿舍的门，发现一个大眼睛、圆脸短发、嘴巴也略大的女孩子坐在自己床上，正和石晶聊得火热。见他进来，两人眼睛都盯在他身上。

石晶先问他事情办得怎么样，知道一切顺利，这才说：“小海，我给你介绍介绍，这位是姐姐的同事杨花花。花花，这是我弟弟石海，我跟你说过的。”

杨花花大方地伸出手：“久仰啊，大作家，你姐姐天天跟我说你，你可是她的骄傲，刚才还正谈着你呢。”

石海礼貌地笑笑，伸出手只是碰了一下杨花花的手就缩回去了：“你好。”

杨花花的眼睛一直盯在石海身上，她自己也知道，并不掩饰这一点，而是仔细打量着他。石海在她眼中是：大约一米八的个头，并不强壮，而是略显单薄，但他身材匀称，清秀文雅，坚挺的鼻梁显示着与这份清秀不符的傲气和坚毅，眼睛深处却有一种女性的温柔和感伤。她脱口而出：“石晶，你弟弟真帅气，难怪你这么喜欢他。”

石晶笑着说：“俺家我哥长得像我爸，我弟弟长得像我妈，就属他最好看，从小就是这样。我呢，是继承了我爸妈的缺点，最丑了。”

“那我哪天得去你家看看，你继承缺点都长得这么漂亮，要是把优点都继承了还了得？”

“那你看我弟弟就成了，他就是继承了全部优点。”石晶毫不掩饰自己对弟弟的喜爱和那份自豪。

石海被两人弄得很尴尬，他皱皱鼻子说：“姐，我还没吃饭呢。”

石晶说：“我马上出去给你买。”

杨花花似乎觉出点儿啥，忙说：“对了，你也一定累了，那我先走了，你好好歇着。石晶，要买什么我去给你买，再给你送回来，你在这儿照顾你弟弟吧。”

石晶说：“不用，还是我去吧，他的嘴刁着呢，我也不知道要买什么，出去给他找找吧。”

两人穿好衣服出去了，临出门时，杨花花又回头看看石海，似乎想道个再见，石海却已经躺在床上了。他不是累，而是被一种莫名的感伤包裹住了。当石晶在街上转了好大一圈，好不容易买了估计石海一定愿意吃的食物回来时，石海已经在床上睡着了。

第十二章

石海离家出走后，石光荣和褚琴原本有些缓和的关系再次降到冰点。褚琴看到他就像啥都没看到，石光荣主动和她搭话，她也不理。

石林晚上下班回家，做好饭后，褚琴出来吃了一口，就回到卧室，紧闭房门，晚上也不出来看电视剧，屋里也不开灯。石光荣也是吃完后就回到自己的作战室，再不出来，只是灯一直亮着。

石林叹口气，把厨房收拾干净后，又收拾了客厅和几个房间。一家人出走的出走，闹分裂的闹分裂，他谁也劝不了，只能把苦水往肚里咽。

那天，一直到深夜，石海还没回家，石林有些着慌了。他原以为石海只是一时负气，到了晚上没地方去自然就回来了。本市他们没有亲戚，关系最要好的基本都住在干休所里，石海不会躲在这些人家里，否则这些家早打电话来了。

他想出去找找，看到父亲的作战室里灯还亮着，看来父亲也为此烦着呢。他推门进去，劝父亲早点歇着，石光荣却感叹一句："睡不着啊。"

石林看着满脸愁容的父亲，自责起来，说弟弟这次出走全怪自己，要是拉着爸爸，也就不会有这事了，可他反倒火上浇油，打了石海一巴掌，事情才闹得不可收拾，是他当时太不冷静，伤害了弟弟，也伤害了母亲的感情。

"你坐下。"石光荣看着儿子笑了笑，"石林，当初，我打了你那么多回，你恨我吗？"

石林想想说："当时恨，恨得不得了，所以才多年没和您联系。几年后也恨，后来就不恨了。"

石光荣问为什么。

石林说："您的打骂把我逼上了绝路，我下决心必须努力活出个样来给您看。"

石光荣笑了，说："你不恨我，说明你还是个男人，有希望成块好料。

我得感谢你，如果没你这巴掌，石海永远会窝在你妈的胳肢窝底下长不硬实……所以……”

“所以您要把他赶出家门？”

石光荣点点头，说：“他能挺住了不怕打，还瞪着眼跟我叫嚣，言论和思想虽然有问题，但看得出来，石海的骨头还是硬的，是我石光荣的骨血。骨头硬就好，作为男人，如果连这点儿起码的素质都没有，那就真成废物了。”

石林问：“你就放心他一个人在外漂着？”

石光荣说：“没事，不吃点苦受点罪，难成气候。”

石林突然觉得面前的父亲睿智起来，连声说：“就怕妈受不了。”

石光荣说：“父母各有各疼孩子的方法。对石海，现在这招最有效。不过老大，你要吃些苦头，石海懂事之前会记恨你，你妈也会恼你，为了石海成人，担待吧……”

石林觉得此时的父亲身上散发着一股令人敬佩的力量和温暖，人到中年的他突然觉得以往对父亲是那么陌生，自己好像刚刚才认识父亲。

果然石海一夜未归，褚琴着了慌，不但怪罪石光荣，连石林也恨上了，她不和这父子俩说话，看着他们两人的眼光中充满怨怼。两人只能相视苦笑，石海就是她的命，她这样的反应也是再正常不过了。褚琴早饭也不吃，抓起电话就开始打，把他们认识的和石海比较要好的同学伙伴家都打过了，却没有石海的消息。她没给石晶打电话，她是想假如石海去了石晶那里，石晶一定会给家打电话的。孰料石晶因自己也是离家出走，和弟弟不免同病相怜，站在一条战线上了。

褚琴吃了口早饭，就出去了，石光荣和石林知道她是出去找石海。石林上午在办公室也是把自己知道的石海可能去的人家都打听到了，没电话的就写在纸上，准备晚上去问问。只有石光荣稳坐钓鱼台，既不打电话，也不出去找，脸上更没有担忧的神情，饭后还是出去和李满屯、老胡他们在一起喝茶、下棋、聊天。褚琴找了两天毫无结果，看到石光荣这种态度，愈加愤怒，她在心里打定主意：假如儿子真的找不回来，她也不和这个老东西过了。

石林白天打电话、晚上出去找，也是没找到石海的任何消息。他心里焦急忧虑，表面上还不敢露出来。父亲说的让弟弟自己在外面闯，长成一个真正的男子汉，他倒是赞同，可是想到母亲天天这个样子，她还能挺几天？

这天，褚琴从外面回来，看到石光荣和李满屯、老胡正在下棋，她也不打招呼，径直而过。李满屯和老胡脸上都有几分诧异和不满，因为褚琴看到他们总是乐呵呵地打招呼。李满屯倒没说什么，老胡心里不自在了。前些日子他带儿子经常去石家，帮儿子展开爱情攻势，褚琴就有些不耐烦，他也看出来了，没想到如今连见面都不打招呼，就阴阳怪气地说："老石，你家褚琴这是冲你还是冲着我们啊？我们没得罪她呀。"

石光荣脸上有些挂不住，连声说："跟你们没关系，这两天在和我怄气。"

李满屯问道："为啥？你都快把她捧到天上了，她还有什么不满足的。对了，石海这几天怎么没看着？"

他这一问倒提醒了老胡，他也问道："也是啊，这几天也没看到石晶那丫头。老石，这是怎么回事？"

这两人真是哪壶不开提哪壶，石光荣就怕人提到自己这对儿女身上，他坐不住了，站起来说："你们俩先下着，我还有点儿事，回家一趟。"

他回到家里，急头白脸地说："你对我不理不睬也就算了，干吗对人家也那样？"

褚琴正一肚子怒火要找个时机对石光荣发泄，没想到他倒自己找上来了。

"我凭啥理你睬你，好好的一个家都快被你拆散了，你自己做的什么事都不知道了？我对他们不理不睬？你让我对他们说什么？把你干的这些好事都抖搂出来？我跟他们说，你石光荣多有能耐，把儿子硬生生打跑了，还包办婚姻，把闺女逼得离家出走？"

"谁让你说这些了，我是说你再怎么生气，在外面也别带出来。"一提到石晶的事，石光荣心虚了，他一辈子没做过亏心事，这事的确亏心。

"别带出来？我没带出来呀。我要是带出来，就要问问老胡了，他还是人吗？趁咱们有难处，就趁火打劫，亏他还口口声声说什么一辈子的交情。是，这事不怨人家，你说你，石林找工作的时候我就说过，你找不到人我来找，可你大包大揽，办不了还把闺女做了交易，婚姻法你不懂啊！"

石光荣本是要兴师问罪，却被说得无地自容，他上楼想躲个清闲。褚琴还没说够，哪容他走，追上去从后面拉住他："你别走，我还没说完呢！"

石光荣又恼又急，胳膊一甩，想挣脱褚琴，没想到他用力过猛，一下子把立足未稳的褚琴仰面摔了出去，从楼梯一直骨碌到下面，动弹不得。

石林慌了，连忙叫救护车把褚琴送到了医院。到医院拍了片子，褚琴的右臂手腕和左腿大腿骨出现了骨折和骨裂，很快医生给褚琴做了手术，开刀接骨并在医院留观。

石林不想影响石晶备考，叮嘱父亲和前来探望的胡战斗对石晶隐瞒母亲的病，说待石晶通过考试后再告诉她。

一周之后，褚琴遵医嘱回家静养。

石林请假和父亲轮换照顾母亲。石光荣知道自己闯了祸，侍奉起老伴来格外殷勤，每天在床头赔着笑脸说话，问她疼不疼，想吃什么等等。褚琴对他一律冷脸相对，话也不说，有什么事让石林在中间当传话筒。石光荣是任劳任怨，任褚琴怎样对待自己，还是一样地送温暖送绥靖，真是只管耕耘，不问收获。

石林看到父母间的关系也是头痛，他更担心父亲如此忙碌，身体吃不消，就跟父亲说让石晶回来和他轮换侍候母亲。

石光荣坚决反对，说这是他酿的苦酒，就得自己喝，不管褚琴怎样给他脸子，他也得受着。褚琴对这次受伤也没埋怨石光荣，她最恨他的还是石晶和石海的事，这是绝对不能原谅的。石晶的事她还有些把握，只要她不同意，石光荣答应什么也是没用，老胡家借他一千个胆子也不敢把闺女抢去。她最焦急忧虑的还是不知踪影的石海，晚上总是做噩梦，所以她忍着身上的疼痛，催石林出去找石海。

石光荣暗地里不许石林去找，说石海这小犊子好容易有了点骨气，要让他在外面闯荡一番才行，现在要把他找回来就前功尽弃了。他说自己心里有数，石海不会有事，这小子聪明着呢，他完全可以把自己照顾得很好，不会冻着饿着。

两人截然相反的态度弄得石林无所适从，再说他能找的地方都找遍了，再要找上哪儿找去？只得应付着母亲，但也不是完全不找，而是没事的时候就在街上乱转，希冀能找到弟弟。

三个月的期限过去了，石林又担忧起石海来，算起来弟弟在外也有十多天了，他是怎么过的？即便不让弟弟回家，也该找到他给他些钱，接济一下弟弟的生活。还有，石海到底怎样打算的，就算他不能再回部队服役，也该办理复员手续，否则档案和各种人事关系怎么处理，总不能变成一个没有户口没有组织关系的“黑人”吧？想到此，瞒着父亲，石林开始托朋友加大力度寻找石海的下落。

几经寻找，都无石海的踪影，他找到了石晶，话到嘴边，他还是没有说母亲受伤的事情，只是拜托妹妹帮他寻找石海。碍于石海保密的请求，石晶也对哥哥隐瞒了实情。石晶说，弟弟有手有脚又是个聪明人，混口饭吃总该是没问题的。她劝石林不要过度担心石海。

石林见寻找无果，决定去部队代弟弟办理复员手续，他先打电话给石海的部队，问关系如何办理，对方说："石海已经办完了，你不用来了。"

弟弟很安全，而且至少还对自己的将来负责，这让石林心里踏实了不少，寻找石海的焦虑减轻许多。

他晚上回家后，先把消息告诉了母亲。褚琴听说石海自己去部队办了复员手续，这至少说明石海还生活得好好的，心里的担忧也减轻了，流着泪说："这些天他都怎么过的，他走时身上根本没钱，他去部队在哪儿弄的钱？都是你爸这个老东西造的孽，把小海逼到这份田地。"

褚琴精神好了很多，晚饭也多吃了些，看石光荣的脸色都温暖许多。石光荣看到她的变化，盯着石林看，想弄清这是怎么回事。石林却是顾左右而言他。

石林饭后才来到作战室，和父亲说了石海去部队办理复员手续的事。

石光荣这才明白老伴情绪好转的原因，笑着说："怎么样，我说得不差吧，他有手有脚，脑子又聪明，没了依靠，在哪儿都能活得很好。这不连自己的事都办了，他不糊涂，以前就是我们为他的事做得太多了。"

"爸，这些天你和妈的关系好些没有？我看还没邦交正常化呀。"

"邦交正常化暂时是别想了，睦邻友好都谈不上。不过你别担心，不管怎么说也是一衣带水的关系，打不折，扯不断。"石光荣呵呵笑着说。

"妈天天给你脸子看，时间长了你能受得了？"

石光荣说："要是搁我年轻的时候肯定不行，现在我想通了，两口子就是一辈子的冤家，不打不闹不是日子。"

石林问："你这么让着我妈，就真的心甘情愿？"

石光荣说："老婆嘛，有的时候就得把她当成孩子，而且还是一个不能打骂的娇气孩子。男人有的时候让步服软，不是没骨气，这正是男人体现大度、胸襟和智慧的时候。儿子，跟老婆处理好关系，不亚于打一场持久战，巧着打那才是本事。"

石林不无异样地看着老父，觉得父亲越来越值得他琢磨。

石光荣感慨道："我得那场大病前也不懂这些，人就是这样，在阎王殿门口绕一遭之后再回来，会明白很多事。可惜我醒悟得太晚了，若是早点明白就好了。我说的这些可都是用命换来的，你也要记住，多想想。”

石林说：“我懂了，爸。”

石光荣突然道：“方慧比你妈思想朴素，也没那么矫情，好哄。你凡事多跟她沟通交流，别跟她计较太多。如果我没猜错，你俩最近是不是邦交也不太正常？”

石林低头不语。

石光荣说：“这话我早就想说了，石林，大家是家，小家更是家。你妈我们俩都是黄土埋到脖子根的人了，将来跟你时间最长的还是老婆孩子，千万不要为了爹妈欠人家方慧太多，你自己的工作差不多踏实下来了，赶紧忙活方慧的调动吧！”

没想到自己的事父亲一直记挂在心上，而且是那么体贴入微！望着一脸柔和的父亲，石林心里十分感动。是啊，方慧的调动是该提到议事日程了。

为了不影响石林的工作，石光荣托那些老朋友帮他雇位保姆陪伴照顾褚琴。老胡一连介绍来好几个，却因为褚琴的洁癖和个人嗜好，几个保姆都没留下，只有一个叫林谷雨的二十二岁的姑娘颇得褚琴的好感。

要面子的褚琴不愿在新来的林谷雨面前显示出家庭不和，暂时性地与石光荣恢复了一般性交流，但话语极少，态度淡漠。石光荣了解褚琴的心态，他不失时机地越发关照褚琴，送温暖送绥靖。褚琴不睬石光荣的加倍努力，依然故我地保持着相对的距离……

渐渐地，林谷雨对这老两口之间的微妙关系已经有了觉察，也尽可能地暗中调停。

石海去过安置办，给他安排的工作不是工厂的保卫部门就是一些基层单位的八竿子打不着的职务，他对此不满意，索性把档案和人事关系放到了人才交流中心，这意味着石海今后的一切就要靠自己了，他已经自愿放弃了国家对一个复员军人的一切照顾和安排。这一切石海都是自作主张决定的。在那个年代，这可是很勇敢的行为，也是很多人不理解的。

当石晶得知了石海的行为后十分着急，她觉得自己担不起这个责任，坚决要求石海回家跟父母商量后再作考虑。

石海说：“晚了，姐，一切都木已成舟。”

石晶问：“那你为什么要这样做？”

石海说：“咱们全家都是过着依靠国家安排、单位承载的生活，你不觉得这一切都太顺理成章、太过于刻板了吗？我不愿意像你们一样，我渴望自由，渴望绝对的自我空间，现在正好是个机会，所以，我把自己给放逐了。”

石晶不想听石海不着边际的空想，拽着石海就要往家里走，说要不回家，她也不容留他。

石海见她急了，连连打躬作揖地求情，对姐姐保证，在三个月之内一定把自己给安置了，所以现在就不要让他回家去再受二茬罪了。

石晶问：“你有把握给自己找到工作？”

石海拍拍胸脯：“大男人说话算话，我一定能养活自己！”

石晶看着石海信誓旦旦的样子，不再逼迫他。

石海才没有心思找工作去呢，他满脑门子心思都在写作上，他从部队回来后，突然萌发灵感，要写一部描写军营生活的中篇小说。

以前很少来石晶宿舍的杨花花，突然间来得勤了。不是向石海借书，就是把自己买的一些文学书籍拿来给石海看，两人间很快就找到共同话题，很是谈得来。杨花花原本也喜欢文学，还认识不少搞文学创作的人，就把石海介绍给一些文学社团的朋友。石海只是晚上回到石晶处住宿，拿着姐姐给他的供给，不是泡图书馆看书就是参加一些文学社团的活动。在文学的世界里，石海感到了从未有过的幸福和释然。

每每石晶问他工作落实了没有，石海都会认真地说：“姐，我现在每天不是在寻找工作的路上就是在接洽单位的办公室里，你给我点时间。合适的工作也不是现成的。”

石晶知道石海是个自尊心极强的人，从小她就疼爱并宠着这个比她小七岁的弟弟，在石海面前，石晶俨然是一个小母亲，一个对孩子溺爱有加的小母亲。她只是怕弟弟误了前程，会落爸妈的埋怨，才经常提醒他找个合适的工作，也不忍心逼他。

石晶这些日子发现杨花花有很大也很奇怪的变化，两人在档案室里办公时，杨花花经常出神，一会儿笑，一会儿又满脸通红。石晶看在眼里几天了，终于忍不住问她：“花花，你这些天怎么了？”

杨花花被她问得发愣：“我怎么了？我没怎么呀。”

石晶便把这些天她那些不寻常的变化说了，杨花花还以为石晶已经看破自己的心事，忸怩道：“你都知道了还问人家，你真坏。”石晶又愣住了：“我知道什么呀？”杨花花看了她一会儿，忽然满脸羞红地捂住脸，趴在桌子上，用细若蚊鸣的声音说：“石晶姐，我爱上你弟弟石海了。”

她声音虽细微，石晶听来却像闷雷一样，尤其是她第一次叫自己姐。可是这怎么可能？石晶不是没注意到杨花花最近总是找机会和石海在一起，或是共同谈论文学问题，或是一起出去参加各种文艺社团的活动，但她以为这两人不过是有共同的爱好。她没往这方面想还有一个原因，在她眼里，弟弟还是个小屁孩，离谈恋爱什么的远着呢。再说花花是自己同事，和石海自然也是姐弟关系。

“花花，你没搞错吧？我弟弟……”石晶大张着口，怎么想这也有些滑稽，就像她在心里怎么也没法把弟弟和二十多岁的大小伙子画上等号。

“我没搞错，人家从第一次见到他就喜欢上他了。”杨花花抬起头，她看看石晶的脸色，又惴惴地说，“石晶姐，你不会反对吧？”

“这是你们两人的事，我反对什么。”石晶又叹口气，叹完气才忽然觉得自己有些像妈妈了，“花花，可是你要知道，我弟弟从小在家娇惯成性，就是一个没完全长大的孩子，他怎么可能谈恋爱？”

“那有什么，他喜欢读书写作，立志要当伟大的作家，他志向多远大啊。石晶姐，他在你们家人眼里可能是永远长不大的孩子，可在我眼里，就是最完美的男人。我知道他现在没工作，他也不喜欢工作，没关系，他喜欢这样就这样好了。我都想好了，我以后也要像你一样照顾他，让他安心写作，就算他不工作，我的工资也够两人花的了。”

石晶哭笑不得，弟弟的命倒是真好，又来一个抢着当妈要养活他的。“你要真这么想，我回去跟石海说明白，你们正正式式地谈些日子。”

“别，石晶姐，这可不行。这事不能捅开，要慢慢地培养感情，讲究水到渠成。石海是感情细腻的艺术家，感觉最敏锐了，我就是要用我的感情、我的爱情慢慢地打动他，这事一定要水到渠成。”

石晶觉得自己都不认识杨花花了，这女孩子平时比自己还豪放泼辣，竟也有如此细腻、如此文艺腔的心思，倒和石海差不多。

第十三章

石晶听了杨花花的表白后，对石海的未来又十分忐忑起来。她可不希望弟弟一辈子靠谁养活，想来想去便到工商局来找石林，谎称最近意外地见到了弟弟石海。石林一把抓住石晶的手说："他还好吧，他现在在哪儿？"石晶说："看起来他还好，最近正在找工作。"石林说："你赶紧带我去见他。"石晶摇头叹息道："找不到，这个石海，来无影去无踪，谁知道他现在在哪儿。"石林问："那我怎么能帮他呢？"石晶说："以后再说吧。我这次来只是想告诉你一件事，石海把自己的关系转到人才中心了，他说不想到安置办给安排的地方上班，他要自由。"

石林闻此急了，说："关系放到人才中心，这不意味着他彻底放弃了国家机关或企事业单位的正常编制了吗？就像那个李大明，这跟下海或者待业青年有什么差别？"石晶说："我劝他了，可他不听。"石林激动地说："不听，不听你为什么不把他给我带来或者赶紧告诉爸？你呀，糊涂，不，是纵容，你明不明白，这下子石海就再也没有单位了，成了一个标标准准的待业青年！"

石晶被石林的一通责怪搞得很是委屈，但觉得哥哥说的又句句在理，她不再为自己辩解。石林说："你什么时候知道的这件事？"石晶磨叽道："最近，不，前几天。"石林突然异样地看着石晶问："你骗我了，你和石海一起在骗我！说，你知道石海的下落对不对？"石晶不敢再面对哥哥的目光，点了点头。

石林不由分说地决定去见石海，他跟同事打了招呼，拽着石晶就走了。

石林推门走进石晶宿舍时，石海正在爬格子，他没看到哥哥进来，还以为是姐姐回来了，头也没抬，连声招呼都没打。石林尽量稳住自己的情绪，想和石海好好谈谈，就柔声叫道："石海。"

石海听到哥哥的声音，就像稿纸上突然多出条响尾蛇，腾地站起来，见姐姐站在哥哥身边，就知道姐姐出卖了他，于是再看石晶时的目光也充满了怨怼。

石林问石海为什么对大家、对自己的前途那么不负责任，竟不跟家人打招呼就擅作主张，石海很不以为然地说："我自己的事情自己做主，这是我的权利，与他人无涉！"

石林急了，说："与他人无涉？你这是什么混账话，石海，你知不知道妈妈、爸爸还有我和你姐多为你担心？我们是谁，是你的亲人，怎么就与你无涉？你也太没情意了吧？"

石海沉默了良久，咬文嚼字地说："是亲人没错，但是即便是亲人也不能用亲情绑架对方的意志和自由！我很感谢你们的关心，但以后请不要对我再继续付出了，我受不了也担待不起这份所谓的亲情！"

石林火冒三丈，情急之下再度向弟弟扬起了手臂，石晶连忙劝阻。

石海眼中闪着怒火，显然上次挨的一巴掌他并没忘，冷冷地说："这就是你口口声声说的亲情，恼了骂，急了打，你简直跟石光荣如出一辙，一样的没有思想和灵魂的武夫！"

石林被气得直哆嗦，石晶也觉得弟弟太过分了，就说："小海，亏你是搞艺术的，不能这样出言不逊、如此口无遮拦地辱没父亲和哥哥。"

石海对石晶说："我原来觉得你是咱们家除了我之外第二个有可能觉悟的，没想到你也成了他们的帮凶，我可怜你石晶，你都被包办了，怎么还执迷不悟呢！"

一句话戳到了石晶的痛处，她没话反驳石海了。

石海说："话不投机半句多，我还有安排，恕不奉陪！"说完，石海径自出门走了。

石林要去追石海，被石晶拦住。她说："哥，我觉得石海说的话也不是全没道理，今天你就别再理他了，以后再说吧。"

石林发火了："以后再说，你知道找一个合适的单位有多难，现在这小子连人事关系都不要了，他怎么这么胆大？这让我怎么跟爸爸交代？"

石晶说："我去跟爸爸解释。"

石林说："你解释又有什么用？当初你就不该容留石海，即便容留也应该及时通知我们，石晶你知道你犯了什么错误吗，你包庇石海，就是姑息纵容！"

石晶也急了，说："我不容留他又能怎么样，把他拉回家，再让他被爸打得浑身是伤？要不我就把他赶到大街上，看着他一分钱没有，没吃没喝？哥，要是你，你会这么狠心吗？”

石林无从回答，只是说：“反正你有问题。”石晶回答：“好，我有问题，我们都有问题，这个家里，就你跟爸爸步调一致，一贯正确，好不好！”

石林无语，石晶负气地说：“我还有工作要加班，哥，你走吧。”

石林心里怀着窝憋和委屈离开了石晶的单位，路上，他到一家小酒馆喝了些酒。微醉之时，石林恍恍惚惚地来到长话局，鬼使神差地给方慧打了个电话。电话里，醉酒的石林把埋在心里的不快和郁闷都说给了方慧听，方慧听着，不觉间也流出了眼泪。这些年，石林一个人在部队上苦是没少吃，可这些委屈却从没有过。她真的很同情他，也就忘了心中的记恨了。

最后，方慧柔声说：“你也别太苦着自己，石林，还有我，我一定回到你身边，你再等等，等小林这学期结束我们就回，我们也想你。”

电话那头的石林已经听不清方慧在说什么，他晕晕乎乎地不断地重复着：“方慧，我想你，想你们……”

从长话局出来，他跌跌撞撞地走进干休所的大门，他已经无力支撑自己回到家里，在小树林里睡了一夜。

翌日，清醒过来的石林回想起了醉酒后的事情，他调整好情绪才走进家门。石光荣和褚琴都十分担心地问石林昨晚去哪儿了，为什么彻夜不归。石林轻描淡写地说单位加班，怕影响父母休息，晚了就没回家。

褚琴说：“你不回来也没关系，来个电话啊，我跟你爸几乎一晚上都没睡，等你。”

石林很是愧疚地说：“我一忙就忘了，以后我记着，爸妈对不起，让你们为我担心了。”

石林回屋洗漱换衣服，对兄妹三人的事情只字没有向父母提起，他默默地独自承担着弟弟的怨恼和妹妹的不解，他不想因为他们之间的矛盾影响了家里刚刚恢复的平静气氛。

装作一派淡然的石林吃完早饭赶紧去上班，石光荣觉察到石林还是有些不对头，对褚琴说：“我觉得老大最近有点不对劲儿，以后咱也得对他上上心了，这孩子从回家就忙着家里的大事小情，咱们谁都没在乎过他。”

褚琴也同意石光荣的话，说：“从小我就对石林用心少，总觉得他皮实，又是男孩子，没啥大事。”

石光荣说：“你这才说了真心话，你呀，心眼都偏给石海了，到头来怎么样，还不是没用?”

一提石海，褚琴的怨恼就又被勾了起来，引出了她对石光荣一连串的责难。石光荣见势不好，赶紧转移，褚琴兀自不依不饶。

第二日，石林便到单位的人事部门了解咨询把人事关系放到人才中心后会是什么后果，是否还能挽回。对方说以现在的政策只是得不到应有的工作安排，不过将来要是有接收单位肯留用，关系还是可以续上的，但是提级和工资目前只能是冷冻期，将来会受一定的影响。听完这番阐述，石林心里的不安得以缓释，他决定暂时放弃给方慧办调动的事，当务之急，是先给石海找到一个落脚点。

几天后，石林给石晶打电话说了石海的事还有希望，劝石晶不要再担心自责。石林向妹妹承认错误，希望妹妹不要跟他计较。石晶说：“以后你别再发火了，对人对己都不好。”石林连声说对。石晶说：“哥，你真该想想自己了，我也觉得你现在越来越像以前的爸爸，我可不想嫂子和小林将来也像妈和我们一样。”

虽然石晶嘴上接受了他的道歉，但石林分明觉得妹妹的话语少了些往日的温暖，而且妹妹向来是站在爸爸这边的，而今公然和石海一道唱起反调，这让他不安起来。

石晶的日子也不好过，她发现石海自打石林来过之后对她话不那么多了，目光中也透露出几许陌生和距离。虽然石晶极力讨好石海，但石海再也不像以往那样对她敞开心扉了，敏感的石晶知道弟弟在刻意与她拉开距离，毕竟她“背叛”了石海，她心里觉得很不是滋味。

石晶终于迎来了考核的日子，由于有在部队上的磨炼，转业后她又学过几年跆拳道，一路考核下来，射击、擒拿、越野、驾车、近身搏斗等等武科全都顺利通过，但就是在口试的当口，蹦出来一个新近调来的副大队长高扬。自始至终高扬都没拿正眼看过石晶，他的几个艰涩问题问下来，一向嘴皮子很是给力的石晶就败下阵来，高扬一句话“不合格”，就把石晶拒之刑警大队门外了。石晶就是为了当一线女刑警才调到公安局来的，遭到拒绝，石晶的理想破灭了。她强忍住眼泪，当众发誓道：“一个月之后，再来!”

自此，石晶恨透了这个行为怪兮兮、总是戴着副大墨镜，逢人不说半句话的高扬。败下阵来的石晶并不怵骄傲的高扬，每每相遇，她都会故意趾高气扬地在高扬面前晃来晃去以表示威，更令人想不到的是有一次在食堂打饭，石晶故意撞上拿着汤盆的高扬的肩膀，热汤烫了高扬。石晶不但不道歉，反而鄙夷地揶揄道："就这反应，你们刑警大队什么素质？"

很长时间没看到石晶，老胡夫妻也觉得有些不对头了，老胡阴阳怪气地提醒石光荣，亲事不会变卦吧。石光荣说："我石光荣说的话，就是打铁钉钉，不会变。"为了表示诚信，他给老胡留下了石晶单位的地址和电话号码，鼓励胡战斗再接再厉去找石晶。按照石光荣的逻辑和经验，世上没有培养不出来的感情，褚琴对他不就是这样吗？三十五年走下来，不照样生儿育女？

在父母的催促下，胡战斗按照地址找到暂时在档案科工作的石晶，面对客人，石晶不好马上动怒，有一搭无一搭地应承着。在此当口，高扬为了一个新案子调用一个有前科案底的犯罪嫌疑人的资料，石晶没好气地刁难高扬，让高扬足足等了一个多小时。

次日，领导找到石晶谈话，要石晶安心于本职工作，不要好高骛远地总想往刑警大队调。最后领导口气很重地提醒石晶不要在工作时间谈恋爱。石晶知道是被高扬打了小报告，她对领导发誓，这辈子只要高扬还是刑警大队的领导，打死她她都不会往刑警大队门口走半步。

石晶忍不下这口气，到处找高扬要一问究竟：是不是高扬给她打了小报告。

几次石晶都堵住了高扬，还未容石晶开口，高扬就说："是我打的小报告，怎么样吧？"石晶问为什么，高扬不再理睬石晶，他以公务在身，没时间聊天为名抽身走掉，气得石晶鼓鼓的。

杨花花和石晶的感情越来越好，已经把石晶当成自己的大姑姐了，看到石晶受欺负，心里也是不忿，就给石晶出了个招，整整高扬。

高扬下班，就在他发动了摩托车准备离去时，石晶拦在了他的车前，她熄掉了摩托车的火，拔下了钥匙。高扬见势不对，摘下了大墨镜，盯着石晶问："什么事，用得着这么剑拔弩张？"石晶说："你别跟我装蒜了，我跟你无冤无仇，你凭什么跟领导打小报告告发我？""这么说你已经被领导批了？"高扬问。石晶说："少废话，说，为什么？"高扬笑笑又戴上了大墨镜，人一下子又变得冷傲、不可捉摸起来。

他问石晶讨钥匙，石晶说："你不说明白，我就是不给。"高扬不慌不忙地从衣袋里又掏出一串钥匙道："你怎么知道我没有备份？"说完他打着火，想离去。石晶突然笑道："你要是不想活命，就走吧。"高扬回头看石晶，石晶拿着一个轱辘的气门嘴说：“你怎么知道我没备份？”高扬看了看后轱辘，果然，它已经瘪得一塌糊涂。

高扬惊讶地张了张嘴巴，下了摩托车。他径直走到石晶面前，贴近她，近到能彼此触到鼻息。石晶慌了，不知如何是好。此时高扬不慌不忙地说：“你抬头看看，周围有无数目光在看着咱俩，你就不怕他们觉得你在纠缠着我谈恋爱？我看你这架势死打烂缠，还真的有点像。”石晶慌了，忙不迭地把气门嘴丢到地上，抬腿便跑。高扬笑了，对石晶的背影喊道：“哎，我说，我想起来为什么打你小报告了，想不想听？”石晶连头都没回，喊道：“你不要脸！”

看着落荒而逃的石晶，高扬咧了咧嘴角……

石晶回到宿舍，一屁股坐到床上，恨恨地骂道：“不要脸！”心里还在埋怨杨花花给自己出了个损主意，整人没成，倒把自己整得够呛。

正在写稿子的石海问：“怎么了姐，谁不要脸了？”

石晶说：“那个刑警大队的高扬，走着瞧，我石晶可不是好欺负的！”

虽然石海与姐姐产生了嫌隙，但毕竟是骨肉相连，他此刻早已经把姐姐的背叛忘得一干二净，满脑子都是如何替姐姐出气。石海腾地一下子站起身来，丢掉笔说：“还走着瞧干吗，现在我就找他算账去，走，姐！”

石晶看着虽然单薄但一脸正义之气的弟弟，纳闷地问：“算什么账？”

石海说：“我替你报仇，高扬不是欺负你了吗？”

石晶看着石海，笑了：“写你的文章吧，即便报仇也不用你出头，姐自己能行。”

石海不解地坐下，问：“到底高扬是什么鸟人，怎么欺负你了？”

石晶想了想：“你就别管了。”

石海不放心，向杨花花打探高扬的情况。杨花花说：“即便高扬一身本事，可怎么能欺负你姐呢？你姐那身手，可不是个好惹的人……对了，是不是他对你姐……”

石海问：“对我姐怎么了？”杨花花说：“我不敢说。”石海逼问，杨花花心有顾虑地说：“他不会对你姐动手动脚了吧？”石海一听就怒了。杨花花说完就后悔了，说据她了解高扬是个品质不错的人，刚才她说的只是猜测，让石海千万别认真。

晚上，石海独自找到了在办公室看资料的高扬，他推开门就径直来到了他的面前，高扬抬头看了看石海，只是问了声：“你谁，找我有事吗？”

便接着看他的资料。

石海问："你是高扬？"高扬点头。石海再问："你认识石晶？"高扬再点头。石海不由分说地抓住高扬的衣领，把他揪住，道："我石海从来不打人，但今天，我的拳头不听话了！"说完，石海的拳头便抡向高扬。高扬不动声色地反转身，反擒住石海道："我不想伤害无辜。"

石海被高扬反擒着双手押解到了石晶的宿舍，看到两人这副模样，石晶好生没有面子。

高扬不咸不淡地对石晶说："姐弟情深令人羡慕，看好你弟弟。他虽然勇气可嘉，但身手太差。你们姐儿俩都好好练练吧，练好以后再找我寻仇，那样我会觉得更有面子！"说完，高扬扬长而去，气得石晶直跺脚。她责怪石海鲁莽行事，石海问："他到底对你动手动脚了吗？"石晶茫然地问："什么动手动脚？"

石海明白了什么："那他怎么欺负你了？"石晶说："打小报告，向领导告我的状。"石海说："我最恨这种人了。姐，虽然我现在打不过他，但不意味着我将来不行，我肯定帮你报仇！"

看着弟弟被高扬攥红的手腕，石晶既心疼又感动，她劝说石海千万不要再冲动行事，要动手她的本领不比谁差。

石海的介入，使得石晶更加没面子，这下她算是与高扬结了梁子。以后每次相遇，石晶都不会饶过高扬，一句话都不说上来就动粗，不是脚下使绊，就是恶拳相向，搞得不明就里的人还以为他们是练习格斗呢。高扬对这个古怪但行动力极强的姑娘很是纳闷，也不跟石晶真的过招，好男不跟女斗嘛，所以每次都是以高扬吃亏告终。

高扬虽然手下留情但嘴上却始终占上风，每次他都在打斗的时候重复一句话："石晶，我就是看不上你那德行，看着你就来气，所以就给你打小报告，让领导也觉得你讨厌，省得以后你被领导高看，调到我手下让我天天堵心！"

石晶越听越气恼，手下就更不留情了。几番拳脚下来，石晶信心大涨，什么劳什子副大队长，花拳绣腿！

两人从此成了冤家，公安局里的人都知道这两人只要见到就要对掐。石晶整治了高扬几次，气也出了，本想就此收兵。孰料高扬倒上了瘾，像狗皮膏药似的黏着石晶，他不跟她对掐，而是给她制造各种各样的麻烦，让石晶烦不胜烦。

胡战斗被石晶不冷不热地推挡回去后，老胡两口子又不放心了，老胡几次追着石光荣问：“别光嘴上练把式，拿出点真格的，把我那块心病给解决了。”

石光荣对老胡说的那块心病心知肚明，也只能说：“别急，快了，快了……”

老胡好哄，可胡婶不好糊弄，这个热情又心直口快的大婶终于熬不住了，几次来家找石光荣和褚琴，让他们抓紧儿子胡战斗和石晶的事，石光荣怕这件事缠磨褚琴，他就大包大揽，说这事包在他身上。

胡婶约石晶周末到她家去吃饭，而且必须由石光荣亲自出马去找石晶。这就是向石光荣叫板，石光荣作难了，但他咬咬牙，决定过几天亲自去找石晶。

这天下午，石晶先是接到了领导要查找几宗案子资料的任务，而后高扬就拿着一份领导特批的条子，让石晶给他调看十几份老案子的卷宗。虽然有目录和索引，但刚接手档案工作不久的石晶还是有些焦头烂额，尤其是面对高扬提出的许多令人头疼的要求，她越发显得分身乏术。

石晶已经忙得不可开交，高扬好像是故意来看她的热闹，一会儿指东一会儿指西，弄得石晶团团转。就在石晶一筹莫展的时候，她突然想起了一个办法来对付高扬。

石晶把领导特批的条子举到高扬眼前道：“看好了，剩下的卷宗都属特级保密，你有特权查阅，可我作为一个一般档案员还没得到领导的批准接近它们，现在请你出去等等，等我拿到了批示再来。”

说完石晶把高扬轰出档案室，锁上门，径自走了。

高扬好像并不生气，他坐在门口抽烟，等着石晶归来。

没多久，石光荣在门卫的带领下来找石晶，见石晶不在，门卫请石光荣到大门外等，说没有会见人的签字，来客是不能进入办公区的。石光荣很尴尬，说：“我是来找闺女，又不是坏人。”高扬看老人实在是很疲劳了，就代石晶签了字，对此，石光荣很感谢。于是，两个等待同一个人的男人攀谈开了。

石光荣对这个干练的小伙子颇有好感，听说石光荣是军人出身，高扬也越发尊重这个老军人。

攀谈中，高扬不动声色地了解了一些石晶的背景，石光荣觉得这是同事间出于关心，竟一一作答，包括这次来找石晶是为了让她回去到未来婆婆家吃饭的情况。高扬说：“打个电话不就行了，还特意跑一趟？”石光荣说：“闺女不同意这门亲事，我也没办法不是？”

石晶归来时，见父亲和高扬相谈甚欢，她百思不得其解，这两个人怎么聊成这样了？她与父亲打过招呼后，不耐烦地把钥匙交给高扬说：“你自己去找吧，里面的那间屋子第五个柜子。”

高扬并不急着离去，石光荣说：“你忙，咱以后到家里好好聊。”

高扬进门，石晶问爸爸干什么来了，石光荣迟疑半天才说：“闺女，你看，人家老胡两口子想请你去吃顿饭，我都答应人家了，这礼拜天……”石晶不高兴地说：“我很忙，爸，星期天我们加班。”石光荣说：“那我就跟人家说换个日子。”还没等石晶回答，高扬就来到门口说：“石叔叔，我们单位周末不加班，真的。”石晶急了，说：“这有你什么事，你们刑警队不加班不意味着我不加班。”高扬说：“石叔叔，档案室是保密重地，没有特殊情况，节假日是不开放的，所以她不会加班。”石光荣感激地看着高扬说：“那就好，也许石晶记错了。”石光荣还想说什么，高扬连忙道：“石叔叔，这个地方特殊，访客不能久留，我给您签的会客单，现在时间到了，您请回去吧！”高扬一边挤眉弄眼示意石光荣快走，一边说，“您走好，不送啊……”

石晶看着紧忙活的高扬，真不知道他这出又是为了什么，简直是越俎代庖！石晶气愤地来到高扬面前，说：“我前辈子倒霉欠你什么了，你这么跟我作对？”高扬说：“你父亲人不赖，要是有可能，我会跟他成为忘年交。”

石晶说：“痴心妄想！别说忘年交了，这辈子你也休想接近我爸半步！”

石晶回屋，高扬拿着手里的小条笑了，那是石光荣给他留的家里电话和地址。

石晶周末就开始翻腾起自己的衣服来，专找破破烂烂的旧衣服，石海看得莫名其妙，问她：“这是要下乡支农吗？”

石晶闷着头找衣服，说是要相亲去。石海明白了，冷笑着说：“你还真孝顺，让你去就去。牛不饮水强按头，这是什么作风，军阀！”

石晶没心情和他谈论这些，给他留些钱让他自己买吃的，然后穿了一身破烂衣服回去了。

回到家，刚一进门，石晶就被眼前的景象搞蒙了。

石晶做梦也没想到，高扬此时正端坐在她家的客厅沙发上，与石光荣和胡战斗的父亲在下棋，那情形，就像是常来常往的老友，一点都不生分。

高扬见石晶进门一点都不尴尬，只说："我陪两位叔叔玩玩。"就自顾自地走棋。

石晶倒显得有些多余起来，她也不愿跟这个不知羞臊的高扬扯什么，把高扬拖到院子里，咄咄逼人地看着他，一副即将开战的样子……

高扬笑嘻嘻地说："不用问，我自己招。你是不是想问我怎么会在你家，我来是什么目的？"石晶不理他，依然逼视着他。高扬不紧不慢地回答："你爸爸请我来的，我们成了忘年交，包括你未来的公公胡叔叔，我们很谈得来……"

他竟然连胡战斗的事情都知道了，不愧是个搞刑侦的出身。石晶不想再跟高扬费口舌，转身想走。高扬说："这身衣服可不咋样，品位也太差了，真给咱公安局丢人。"

石晶正想挥拳回应高扬的恶言恶语，石光荣出来了。石晶愤愤地径自进屋，去看褚琴了，毕竟好久没见妈妈，她很想妈妈，尤其是在她受到父亲胁迫不得已要去胡家吃饭的当口。

孰料母亲的屋子是空的，哥哥也不在家，父亲说："你妈被老宋约出去了，一大早就出门了。"

石晶不想再回客厅面对那个讨人嫌的高扬。她很是无聊地听着客厅里你来我往的交谈声，心里在琢磨着这个高扬究竟是何种动物，他怎么这么无耻，无耻到了不知好歹看不出好赖脸的地步。

棋还没下完，胡婶子就打来电话叫老胡他们赶紧过去吃饭。高扬告辞要走，老胡挽留，说："既然赶上了就一起吃饭，你是石晶的同事和上级领导，都不是外人。"高扬过意不去，执意要走，老胡说："这局棋还没下完，吃完饭咱再接着来，一块吃吧！"

石光荣虽不是请客的主人，但也一再挽留高扬，因为他心里有小九九，老胡家的饭这么一吃，老胡一家人当着石晶单位的人这么一表示，不就等于昭告天下人石晶已经有婆家了吗？闺女是个要脸面的人，这么一来，生米已经蒸得半生不熟，以后的事情就好办了……于是石光荣也不让高扬走。

高扬不再推辞，随着老胡先走了。石晶越加气恼，她去老胡家吃饭本来就已经很尴尬，如果这种尴尬再让高扬看见了，那岂不是……

石晶越想越气，迟迟不肯出门。石光荣来到石晶面前说："走吧，闺女，给你爸留点儿面子，尤其是你单位的领导还在……"

"什么领导，他算哪门子领导，我承认了吗？"

石光荣说："怎么说人家也是刑警队的副大队长吧？"

石晶无奈，只得随父亲出门。路上她问父亲高扬怎么来了，石光荣说："我请的，这是第二回了，小伙子人不错，他跟你李叔叔、胡叔叔都成棋友了！"

石晶丈二和尚摸不着头脑，真不知道这个高扬葫芦里到底想卖什么药。

来到老胡家，胡婶对石晶很是热情，又是让水果又是剥酒心巧克力糖给石晶吃，搞得石晶很不好意思。令石晶很意外的是，平时高傲矜持的高扬今天一反常态，不但对长辈彬彬有礼，对胡战斗也格外热情，就像个自来熟。不一会儿工夫，就与胡家的人搞得很是热络，令石晶这个大主角倒是受了冷落，除了胡婶围着她转，家里的男人都围在高扬身边有说有笑。

高扬跟胡战斗也拉上了关系，两人相谈甚欢。石晶更加生气，这个高扬到底想干什么？

饭菜摆好，大家上桌吃饭，石晶被安排坐在胡战斗身边，胡战斗在胡婶的提醒下不断给石晶夹菜，石晶不断地说谢谢。胡婶说："谢啥，这才哪儿到哪儿啊，不就是夹菜吗，以后等你俩结了婚，我儿子还给你打洗脚水呢，你就等着享福吧！"

石晶红了脸，低着头，不敢看大家的表情，高扬却一边陪老人们喝酒，一边饶有趣味地看着她，像是在研究什么。

在胡家吃完饭后，高扬与大家道别，老胡一家人真诚地欢迎石晶的领导再来做客，高扬道谢。

按照石光荣的嘱托，石晶送高扬。

高扬说："胡战斗小伙子人不错，挺配你的，两个人一柔一刚，互补，多好！"

石晶要他少管闲事，高扬说："你是我的同事，关心同事的婚姻大事怎么是闲事？"石晶说："以后不要再来我家。"高扬说给他个理由。石晶说："理由就是我讨厌你，我家不欢迎你。"高扬说，语出不实，据他理解，她的父亲、胡叔叔、李叔叔包括她的准男友胡战斗都很欢迎他。

石晶怎么也想不出高扬竟如此厚颜无耻，她转身想走，高扬突然变了语调，正色道："石晶，你很幸福，你爸爸这么爱你，我很羡慕，你真应该好好珍惜这份亲情。"

说完，高扬骑上摩托车走了。石晶看着他的背影，恨得直咬牙，却又无可奈何。她本想回家等妈妈回来，但她怕父亲继续唠叨胡战斗的事，索性也踏上了回单位宿舍的路。

石晶来到车站等车，丝毫没有发现躲在不远处的高扬正在观察她的举动……

石晶回到宿舍后，觉得从胃里向上泛苦水，真是哑巴吃黄连——有苦难言，在那个年代，男女青年处朋友，无论是自由恋爱还是经人介绍，一旦与父母同去男方家里吃了饭，而且没当着双方老人的面公开表示反对，这就意味着两个年轻人的事情算是有眉目了。面对胡战斗的缠绵，石晶很是难耐。

石晶不是个糊涂人，知道胡战斗很无辜。她想，要说也不怪人家胡战斗，要怪就得怪那个多事搅事的高扬。那天石晶是做了充分的准备，决定当面挑明她不接受这桩婚事才去吃饭的，谁知道冒出来个高扬来。要不是他在场，无论如何石晶都会言明她对这桩婚事的立场，她不想蒙骗老胡叔叔和胡婶子，更不想耽误人家胡战斗。

第十四章

林谷雨推着坐在轮椅上的褚琴，来到了和老宋约定的地点，位于城郊的市文化馆的一个活动站。褚琴十分纳闷老宋为什么会约她到这里来，正在跟林谷雨抱怨时，就发现老宋远远地在跟她招手。老宋没想到褚琴会坐在轮椅上，一路小跑过来，帮林谷雨推褚琴。

老宋问褚琴怎么受的伤，伤势重不重。褚琴含糊过去了，追问老宋为啥约她来如此荒僻的地方。老宋看了看林谷雨，有所忌惮地支吾着。褚琴说："没事，自家人，你说吧。"

老宋说："我终于找到了谢枫，前边不远就是他的家。"

褚琴愣了："他的家，这么荒凉的地方？"

老宋点头，说："自从上次你再度与谢枫失去联系后，我就委派我们出版社创联部的同志来寻找那个叫作夕枫的作者。由于出版社也经常发生稿件寄失或者与作者失去联系的事情，所以创联部的同志们会经常与邮局派出所打交道，找寻作者的踪迹。有时凭着一个邮戳或者一个街道名，他们就可以找到人，虽然费时间，但往往结果不错。这次他们也是凭借夕枫寄稿信封上的邮戳按图索骥找到他的。"

褚琴格外惊喜，一连多日的等待和期冀即将变成现实，她连声感谢着老宋。老宋说："当年共同战斗的老战友在世的不多了，能找到一个就是一份胜利。"

当褚琴他们拐过狭窄的街巷，按照老宋手里的地址终于找到杏园新村22号的门牌时，不由得十分惊诧，眼前这低矮陈旧的房子和周围的环境令他们难过，难道这就是他们的艺术家夕枫的居所？

敲开门时，一身家居打扮的谢枫站在他们面前，褚琴叫了声谢枫，就不知道该如何往下说了。通过声音，他认出了面前的褚琴，感觉有些慌乱，轻声道："怎么是你……你怎么找到这里来的……"

看着谢枫虽然整洁干净但已然十分陈旧的衣服，褚琴感到了谢枫真实生存条件的艰辛，她鼻子一酸，抹起了眼泪……

谢枫并没有请他们一行进门的意思，只是停在门口，尴尬地相对。谢枫在打量面前的老宋，老宋握住谢枫的手道："我不会老到你认不出的地步了吧，谢枫，是我呀，宋达生！"

"宋达生，老宋，真是你，我们的大笔杆子？"谢枫激动地拥抱老宋。

老宋道："咱们不能就在这儿站着吧，你不想让我们进去？"

谢枫不好意思地拉着老宋进了院子门，老宋帮林谷雨把褚琴也抬了进去。

房屋虽破，但院子收拾得倒还干净利落，还栽植了北方地区并不多见的竹子、紫藤等花草，小院呈现出一派清宁雅致的风韵。

褚琴一眼就在院子里发现了一株蓬勃茂盛的丁香，那是她年轻时最喜欢的花，为此谢枫还写过一首赞美丁香的小诗送给她，说褚琴人如丁香，雅致清芬……

老宋观赏着这些，连声道："还是文人品位，宁静淡泊，有竹有藤有丁香，格调不俗啊。"

谢枫连声说："破屋陋室，何谈格调？你们别笑话。"

一旁的褚琴一直在观察谢枫，她敏感地发现生活中的谢枫背有些驼，听人说话时耳朵会侧向说话者，好像在仔细分辨着什么。

谢枫搬来几个小凳子，请老宋他们坐，他还是没有请他们进屋的意思。谢枫说："不知道来客人，完全没有准备，家里很凌乱，就在院子里委屈你们了，请坐吧。"

褚琴感到了藏在谢枫心里的一份过于敏感的自尊，也就没再请求进屋。

待谢枫进屋准备茶水时，老宋走到褚琴身边说："咱们的老谢看起来不太如意，今天你千万少说话，别问太多，以后慢慢来。"

褚琴点头，说："看他活得这么不好，我心里实在不舒服……"迫于老宋的叮嘱，褚琴没敢多提问，只是静静地听着看着谢枫与老宋攀谈。

一直沉默不语的林谷雨静静地观察着这一切，虽然她是第一次见到谢枫，但一见面就对这个虽然生活窘迫但谈吐气质十分耐人寻味的老者很是敬重。

林谷雨要帮谢枫斟茶，谢枫谢绝。但就在他往茶杯里倒茶时，褚琴发现了问题，谢枫的茶壶嘴并没有对准茶杯，茶水外溢。

谢枫遮掩着自己行为上的疏漏，尴尬地笑着，说："老了，干点儿啥都不成样子。”

褚琴觉得谢枫的眼睛问题并不像他自己轻描淡写的那样，否则，刚才在门口面对老宋时，他怎么竟没认出来呢，况且老宋与年轻时比，变化并不明显。为此，褚琴越加仔细地观察起谢枫来。

一阵初见面的寒暄过后，老宋和褚琴都发现，谢枫并不想把话题往过往的时光引，即便老宋提及，他也是拐弯抹角地牵回来，所以，他们的谈话便在原地打转，根本没办法做深层次的交流。

期间，居委会的人来代收水电费，谢枫回屋拿来一把毛票，看着他一张张把毛票清点过交给来人，褚琴心里不是滋味。

老宋问：“弟妹孩子不在家？”

谢枫说：“孤家寡人，哪来的弟妹孩子？”

老宋一惊：“这些年一直一个人？”

谢枫说：“我年轻时就喜欢清静，习惯了。”

褚琴心里像是被蜂子蜇了一样，阵阵发紧发疼……

老宋把谢枫发表的文章和稿费一并交给他，问他为何不用真名、不留地址。谢枫说：“我现在就叫夕枫，户口本上的真名实姓。至于不留地址，那是因为我对自己写的稿件没有信心，不留地址就不会接到退稿，我只管写，不问发表。”

老宋笑道：“还真没见过你这样的怪人，放着老朋友不用，藏着隐着的，搞得跟地下工作者似的，害得我们一通好找。”

谢枫也笑了，说：“你们的刊物我一直阅读，上面有你宋达生的大名，我不想借老友之便发稿子。”

老宋与褚琴对视了一眼，问道：“这么说你知道我们的情况？”

谢枫说：“知道一些。”

老宋问：“那你为什么不联系我们？你知道我们，特别是褚琴这些年多么怀念你吗？要不是那稿子，我们还真把你当成亡人凭吊了。”

谢枫感叹说：“那正是我的愿望……”

褚琴还想再追问什么，被老宋拦住。老宋说：“今天咱只是个接头见面，找到你这个人就好了，以后见面的机会还有，今天就到这吧。”说完，老宋在留下他们的地址和电话后示意褚琴走，褚琴不情愿地与谢枫道别。

谢枫只把他们送出门就开始说恕不远送，其余的客套全部省略，连“欢迎再来”“常联系”等平常关系的人都要说的告别语都没有。

老宋知道，这是谢枫能说的唯一告别语。

回来的路上，褚琴实在憋不住了，问老宋：“这个谢枫是不是脑子出了什么问题，要不然他为什么对咱们那么有距离，看我坐在轮椅上，从头到尾都没问过一句，不关注也不关心，这不是原来谢枫的性格呀！”老宋也说：“我也觉得他处处奇怪。好了，别多想了，联系上就好了，以后他就再也躲不开咱的视线了。”

临进家里大门前，褚琴叮嘱林谷雨说，如果家里人问，就说她参加老战友活动了，去哪儿见过谁，特别是这个谢枫叔叔都不要提起。林谷雨点头，褚琴才放心地进家门。

林谷雨做好饭请褚琴吃，褚琴没心情，林谷雨开解道：“阿姨，世上万事万物都有它自己的轨迹，我们谁也左右不了身边的任何人该做什么不该做什么。我看这个谢叔叔是个知情知意的好人，今天咱们突然去他家，可能很让他意外，我觉得咱们已经不太礼貌了，打扰了人家的生活。至于他为啥对你和宋叔叔不太热情我不知道，但从心里说，我觉得这不是他的本意，他一定有啥原因。你就别再多想了，吃饭、休息，我想这也是你的老战友们希望的，他们希望你过得好。”

褚琴惊讶地看着林谷雨，这番话是连自己的亲闺女都不曾知心知肺地跟她说过的。褚琴看着林谷雨眼巴巴地等着她吃饭的目光，不忍拂了姑娘的好意。

石光荣从老胡家回来后心情格外的好，对自己留下高扬赴老胡家宴的主意更是十分得意，饭桌上石晶果然没有出格做出让大家不快的举动，这全仰仗着高扬这个领导在场震慑着天不怕地不怕的石晶，否则，面对胡婶子露骨的表示，石晶摔盘子打碗拂袖而去的可能都有。要是真出现这种状况，他的脸面可就直接摔在地上了。

想着想着，石光荣竟高兴地哼起歌来：雄赳赳，气昂昂，跨过鸭绿江……

躺在床上正为谢枫的表现郁闷的褚琴，此时听着石光荣跑调的哼唱简直就是噪声。她喊林谷雨，叫外面那个卖唱的人停停，说没人给他钱。林谷雨不敢直言，劝石伯伯别唱了，石光荣正在兴头上，哪管这些，把哼唱改成了大声喊唱，震得褚琴耳根子直疼。她忍无可忍，对着门口大声喊道：“石光荣，就你那破锣嗓子，别再叫唤了，可怜可怜我们的神经吧……”

石光荣听出了褚琴言语中的火药味，问林谷雨：“这又搭错哪根弦了，我没惹着她呀?”

林谷雨说:“阿姨外出跟老战友聚会,累了,可能想睡会儿。”

石光荣问:“老战友聚会,除了老宋还有谁?”

林谷雨说:“我不认识。”

石光荣说:“要睡觉就直说,说那些不中听的干吗?”说完石光荣解嘲地走到了院子里,拿着他那大号茶缸子,咕咚咕咚喝起茶来。酒足饭饱,不一会儿,石光荣就在和暖的阳光照耀下起了困意,他偏过身,想在躺椅上眯上一觉。

正当石光荣惬意地即将睡着时,褚琴的房间里传出了《梁祝》凄婉悲怆的旋律,一下子把他的觉搅和没了,他气哼哼地叫了起来:“有这样的吗,只许州官放火,不让百姓点灯!”

房间内的褚琴欲让林谷雨推她出去与石光荣理论,被林谷雨劝解。褚琴叹息着,随着旋律再次沉浸到她的自我世界中去了。

晚上石林回家,石光荣把去老胡家吃饭的情况讲给石林听,信心百倍地说:“这下好了,你妹妹总算是有个婆家了,胡家那小子既仁义又知礼,把石晶给他,我放心。”石林问妈的态度如何,石光荣说:“你妈,能有啥态度?石晶都二十七八了,你妈这个岁数都生了石晶了,如果再拖下去,石晶就成了老姑娘了。你妈也一直替石晶的事着急,她不会反对。”

“谁说我不会反对?石林,你跟那个独断专行的老家伙说,闺女是我生我养的,她嫁给谁不嫁给谁,没我的意见,绝对行不通!”说完,褚琴摇着轮椅走了,连理论的余地都不给石光荣留。

石光荣恼火,要追褚琴辩解,石林拦住说:“爸,妹妹出嫁不是一天两天的事,我看咱们还是从长计议,最关键的是石晶对这事到底是啥态度。”

石光荣说:“她连人家的饭都吃了,还能有啥态度?”

石林说:“我再去问问石晶,我妈那里您先别跟她争论。”

石光荣也只能叹息一声。

石林去找石晶,了解她对胡家婚事的态度。石晶说:“我的态度很简单:不同意。”石林说:“你再想想,我看爸爸的态度挺坚决。”石晶说:“哥,都啥年代了,我怎么能同意一桩包办婚姻,更何况我根本就没想过要嫁给胡战斗的事,我们俩是同学,是哥们儿,不可能成为夫妻!”

得到石晶的态度,石林迅即告知了父亲。石光荣不干了,说:“既然不同意她早干什么去了，为什么还要去吃饭，还当着她领导的面去的？”

“领导？什么领导？”石林诧异地问父亲。于是石光荣讲了高扬的事情。石林问那领导啥态度，石光荣说：“我看他挺赞成，跟人家胡战斗都快成朋友了！”

石林灵机一动，领导赞成？妹妹石晶是最有组织观念的一个人，如果她的领导出面劝劝，这不全好说了？石林赶紧跟父亲讨要高扬的电话。

石林给高扬打电话，自报家门之后，想请高扬出来吃顿便饭，说有要事相托。电话那头的高扬说：“吃饭就不必了，我最近挺忙，如果有什么事您来我办公室谈，我晚上正好加班。”

晚上，石林没有通知石晶，到办公室来找高扬。

石林的到来令高扬很是高兴，刚刚转业的石林依然没有脱掉一个职业军人的气质和行为特点，他那爽爽利利端端正正的做派很是得高扬的敬佩。寒暄过后，石林也没客套，就直奔主题，讲明家里的实际情况和他想要相托的事情。

高扬闻此，笑了笑，说：“目前最关键的问题是石晶的想法，以我对她的了解，无论是父母还是兄弟，都左右不了她个人的意愿，石晶不是个寻常的姑娘，更不是一个轻易就会被说服的人。”

石林犯难了，说：“为了这事父母态度不一，父亲已经很上火了，他不愿意对老战友言而无信。”

高扬说：“我很理解你作为兄长的心情，我奉劝你赶紧从这件事的旋涡中撤离，否则会越陷越深，不仅解决不了问题，还会推波助澜，把事态扩大化。”

石林万万没想到高扬是这种态度，他问高扬为何如此判断，高扬说：“据你告知的情况分析，你们这个家庭的每个成员都是个人立场和主张十分鲜明的人，说服谁都不是件容易的事。如果我是你，就撒手不管，还是让事情回归它的本来面目，自然来，自然去，让当事人自己解决最稳妥，这也是开解你父母最好的途径。”

石林没想到这个年纪轻轻的高扬竟会如此处理，不禁对这个小伙子另眼相看起来。石林问：“听你说话很有经验，你也来自一个大家庭吧？”

高扬笑笑说：“我没那个福气。父母早亡，我没有兄弟姐妹，所以我特别敬重爱家护家的人，比如你……”

石林恍然道：“原来是这样，如果你不嫌弃，欢迎你常上我家来，我也愿意跟你交个朋友。”高扬说：“谢谢，我很愿意跟你这样军人出身的人做朋友。”

石林临别时又再次感谢高扬并希望他对石晶将来进刑警大队的事多加关照，说自从转业回家后，当上女刑警就一直是石晶的理想，上次要不是为了自己的工作，石晶也不会自我牺牲放弃机会。对此，他这个当哥哥的很是愧疚。

高扬说：“我相信有志者事竟成这句话，对于石晶的未来工作，我无权对你做出承诺，毕竟理想和能力不是一回事，但我会在摸清她的个人素质后做出判断，如果她真的具备这方面的素质，我会帮她往这条路上走。”石林万般感谢高扬，他们彼此都给对方留下了好印象。

石林回来后，石光荣问石林到底会怎样处理石晶与胡战斗这件事，石林说：“爸，我劝您不要再为此事劳心费力，让他们俩自然相处，合理解决吧，毕竟我们都是局外人。”

石光荣对石林的态度很是纳闷，这是石林归家后对他的立场第一次持反对意见，虽然这反对的声音并不十分强烈，石光荣还是觉得心里不是滋味。

请石晶来家吃过饭后，老胡两口子放心了，虽没言明这就是订婚宴，实际上谁都知道，吃过这顿饭后婚事就算订下了。可胡战斗却没这样乐观，他几次打电话约石晶出来，都被石晶不冷不热地借口工作忙推掉了。

胡婶子知道儿子的心思后，就以送土特产为由来探探虚实。褚琴接待表示感谢。胡婶子说：“亲家母，都是一家人，还客气个啥？”

褚琴对此不认同，说：“怎么就成了亲家母了，我怎么听糊涂了？”

石光荣连忙解围，说：“褚琴最近生病，闺女的事还没有跟她通报。”

褚琴并不给石光荣留情面，说：“怎么没通报？当着大儿子的面我不是发表意见了吗？我不同意！”

胡婶子问为啥不同意，褚琴说：“不管为什么，只要是包办的婚姻我就坚决反对！”

眼见着胡婶子变脸，石光荣抹不开面子了，连声道：“弟妹别生气，褚琴是因为腿病给闹的，心烦，过几天就好。”

褚琴吼道：“我过几年也好不了！石光荣你听好了，我再说一遍，我坚决不同意！”

石光荣被逼急了，大声喊道：“你不同意又能怎么样，这事我做主了，谁也改变不了！”

褚琴对胡婶子说："你看看，吵了闹了一辈子，到老了他还是不把我放在眼里，你不想让你儿子也过这样的日子吧！"

胡婶子无趣地离开，石光荣想再与褚琴争出个青红皂白来，褚琴根本不理他，关上门，听她的《梁祝》去了。

石光荣有气没地方撒，愤愤地出门。石光荣来到小凉亭，李满屯正闲极无聊地在那儿喝茶看报，见到石光荣，一把扯住，留他下棋。

石光荣哪有这份闲心，执意不下。李满屯问："咋了，一脸丧气样？"

石光荣没好气地说："关你屁事？"

李满屯说："咱们谁跟谁呀，说说，心里就舒服了。"

石光荣说："家家有本难念的经，孩子小的时候吧，盼他们长大，长大了以后吧，又为他们的婚事操心，唉……"

李满屯说："听老胡说，你家石晶跟他儿子不是已经定了吗，他让我等着喝喜酒呢！"

石光荣说："定是定了，麻烦也不少。"

李满屯说："有啥麻烦的，儿孙自有儿孙福，休为儿孙做马牛，你是瞎操心。我要是你，啥都不管，就等着抱外孙了。"

石光荣说："你别在那儿念秧儿，等你闺女走到这一天，还不知道咋样呢。"

李满屯暧昧地一笑，说："我闺女？我闺女的事用不着我管，人家自己心里早就有谱了，就看石……"

石光荣敏感地想起了石海给李文打的电话，于是拦住老李的话，起身便走。老李喊他，石光荣说："我得买菜，一家老小张着嘴等着吃呢。"

李满屯不满地唠叨着："话都不让人说完，你现在别牛，等我闺女几个月后一退伍，你儿子石海就乖乖跑我家干活儿来了，到时候咱谁比谁牛还不一定呢。"

胡婶子回家把石光荣家发生的争吵告诉了老胡，老胡问："最后老石啥态度？"胡婶子说："老石说这事他定了，谁也改变不了。"老胡说："这不就结了，石光荣只是这几年过分宠着褚琴了，才把她惯得无法无天。要搁前些年，就老石那脾气，哪有她说话的份儿？我看这个老石关键时刻还是雄风不减，没事，你把心放肚子里，老石坚持的事准没跑！"胡婶子问那告诉儿子不，老胡说："你少说话，告诉儿子干吗？"

褚琴和石光荣的关系再次恶劣，到了不能见面、不在一张桌子上吃饭的地步。

褚琴让林谷雨把饭给她端到房间里来吃，以免和石光荣面对面，她还把石光荣的被褥亲自放到了作战室，以示跟石光荣彻底断交。

为了避免摩擦，石光荣也不想再跟褚琴发生近距离的接触，从此，这个家又成了个哑剧的舞台。

不知情的石林正在多方接洽给方慧联系接收单位，寻找对调的对象。有林谷雨在家照料父母，他可以放心地晚回家忙妻子的事情了。因此，常晚回家的石林并不知道父母已经僵到了如此地步。

一日晚上，石林发现父亲睡在作战室，问怎么不跟妈住了，石光荣想想，道：“最近我呼噜打得山响，你妈失眠，烦我，我就搬出来了。”

石林见父亲说得真诚，未作他想。于是，这个家又处于一种假象的平静中了……

胡战斗并未因石晶的冷淡而放弃对褚琴的关照，只要一有时间，他就会来查看褚琴的病情，搞得褚琴于心不忍，总觉得对不住人家孩子。石林也常劝说胡战斗不要再对他家多费心神，胡战斗说，他来不光是为了石晶，即便没有石晶的事情，他也会来，毕竟叔叔阿姨都是他敬仰的长辈。这令全家人都十分感动，更令石光荣不安。

褚琴自从上次见到谢枫的生活境况后，一直怀着一份不安和愧疚，如果不是因为她褚琴，谢枫绝对不会过这种寒酸清苦的日子。为此，褚琴最近不仅再度失眠，而且血压也经常不稳定，即便吃了药也很难控制。褚琴知道这是愧疚和亏欠的心理在折磨自己，于是，她不愿再躺在家里犯寻思，她要去看望谢枫，把自己心里的这些愧疚讲出来。

褚琴这次并没有带林谷雨，而是单独去看望谢枫。谢枫对她的到来依然十分淡漠加客套，搞得褚琴越加伤感。

来到谢枫的房间，他生活的清苦展露无遗，这完全印证了褚琴的猜测。看着简单的家具和洗得发白的毛巾衬衣，褚琴的眼眶再度湿润，谢枫对褚琴的表情并没有在意，一边客气地交谈，一边收拾他的稿子。

看谢枫并没有和自己多作叙谈的意愿，褚琴悄悄地在谢枫的桌上留下三千元钱离去。

褚琴还没出大门，谢枫就追赶出来，他把钱交还给褚琴说：“如果你真的还念及我们过去的一份友情，就请你把这钱带回去。”

褚琴说：“看着你受苦我受不了。”谢枫说不必。褚琴急了，说：“怎么不必？如果不是为了我，你可以早早就到地方的院团发展；如果不是因为我，你也不会上朝鲜战场！都是我害了你，你就给我个机会还还账吧。”

谢枫说：“褚琴你完全错了，你过高地估计了自己的影响，也过高地估计了我对感情的信仰。我的现状是命运的安排，是我自己的选择，跟任何人都没有关系。褚琴，如果你真的想帮我，真的想让我愉快，就请你给我留下最后一点尊严，一切物质上的赠予和情感上的怜悯，对如今的夕枫来说，都是轻慢和没必要的怜悯，你请回吧，以后也不要再来了，你的腿不方便。”

褚琴还想说什么，谢枫说：“想必你是瞒着老石出来的，我觉得这对你对老石都不好。也许你不知道，老石在我心里一直是一座不可逾越的山峰，我敬重他佩服他，尤其是在朝鲜战场上经历了硝烟战火的洗礼后，这份敬重和佩服就越加浓重了。也许你不理解，这是一个男人对另一个男人发自心底的敬礼。褚琴，我说得已经够多的了，请回吧。”

带着更深的内疚和怅然，褚琴离去。

回来的路上，褚琴反复回味着谢枫的话语，她知道，谢枫所强调的一切，正是他要回避、不愿承认的现实。因此，褚琴越加执意相信，是她褚琴影响了谢枫的生活，这个账她必须还，否则，她未来的时日将无法安眠。

谢枫回到了小屋后，难以平复纷繁的心绪，他从抽屉里拿出一张发黄的、边角已经被烧去一部分的照片，费力地看着上边年轻的自己和褚琴，说：“褚琴，不是我太薄情，过去的应该过去了。”谢枫收起照片，但他的眼睛已经被泪水模糊……

回来的路上，褚琴摇着轮椅特意到商场选了件衬衣和家用的杂什，即便谢枫不愿再见她，她也不会不管他，她要把这些东西交给老宋，托老宋转给谢枫。老宋恰好不在办公室，褚琴只得带着东西回家。

第十五章

石晶终于从胡战斗嘴里得知母亲曾经受伤的事情，她忙不迭赶回家里探望母亲。石光荣讪讪地上前与闺女搭话，石晶只是彬彬有礼地回应几声，就钻到母亲房里说悄悄话去了，留下石光荣一个人在客厅里愣怔、泛酸，他知道石晶还在记恨自己答应老胡家亲事的行为。

褚琴对石晶言明自己的立场，坚决反对胡家的婚事，她还说自己的态度坚决，为此她已经跟石光荣分居。善良的石晶劝母亲不必因为自己的事跟父亲搞僵，她自己的事自己处理。褚琴说：“那不行，闺女是我的，我必须管。”石晶十分清楚地意识到了父亲目前过的时日之艰难，不禁对父亲产生了一份怜惜。

石晶特意来到父亲房间，知冷知热地跟他交流，石光荣发现，虽然姑娘心里还有他、还关心他，但他们之间的嫌隙已经很难弥补了……

石晶通过交流也丨分接受林谷雨这个说话做事都很得体的姑娘，找出来几件新衣服送给林谷雨，林谷雨执意不收，石晶说：“我现在是警察，便装很少穿，你就拿着吧……”

褚琴唉声叹气地谈到石海的事情，搞得石晶心里很不是滋味。石晶看母亲的气色和状态都不好，以为她还在为了自己和弟弟的事犯愁。

石晶不忍心，把弟弟的事和盘托出。

褚琴喜出望外，决定马上去探望日思夜想的小儿子。

面对涕泪涟涟的母亲，石海很是不知所措。听着母亲的絮叨，他才搞明白，自己的装病竟给这个家带来了如此不堪的局面。石海心有戚戚，对母亲说：“对不起，妈，都是我不好，我让你们替我操心了……”

对于小儿子的道歉，褚琴格外享受，她执意让石海跟她回家。石海说：“妈，你要是想我了就到这里来。我不能回去，男人都是有尊严的，我不愿在石光荣面前颜面扫地。”

褚琴问：“难道你一辈子不回家了？”

石海说："当然回，等我有一天混出了人样，等我能平等地站在石光荣面前不被他小看的时候，我就回去。"

褚琴又哭了："都是这个霸道的石光荣，害得我们母子离散，害得我儿子连家都回不去。"

石海说："妈，你想错了，不是他害的，这是我的选择。我不相信我石海会庸碌无为，我一定会干出名堂来！"

娘儿俩又哭又笑地说了好长时间，最后石海说："妈，我最近在写一个中篇，时间很紧，如果您真疼我，现在少来，等我写完了以后，咱们再见面行吗？"

褚琴虽然不舍，但还是答应了石海的请求。

好不容易终于熬到褚琴快拆石膏了，林谷雨接到老家的电话，突然惊慌失措地说家乡的父亲病重，她必须回家照顾父亲。褚琴留了几张家里的照片给姑娘做纪念，千般不舍地告别了林谷雨，相约待她父亲病好了以后再回来。林谷雨答应了褚琴的请求。

为了表达对姑娘的感激，石光荣额外给了林谷雨一百元钱，算是对她父亲的慰问。林谷雨说石大叔一家的恩情她永世难忘，将来一定会来报答。

林谷雨回到家乡，才得知父亲浑身骨关节疼痛的老毛病又犯了，她在悉心照料父亲的时候，向父母讲述了石大叔一家对她的种种好处，还把褚琴送给她的照片拿出给父母看，当父亲看到照片上的石光荣时，突然脸色大变，严令女儿绝不能再回到石家做事。母亲林婶和林谷雨不解，父亲却不解释，闭口不谈阻拦的原因，母女俩煞是纳闷……

第十六章

坐了很长时间的冷板凳，石林终于有了一个出差的机会。

唐局长经常向省局汇报工作，局里有时就问，新分到你们局的那个石林工作状况怎么样，工作能力如何，等等。唐局长至今不明白石林在省局究竟有哪条线，也就不敢造次回答，只是说石林同志工作能力很强，局里也非常重视，列为重点培养对象，没分管具体的业务，而是尽快熟悉全局业务，将来他退休了，石林同志完全可以胜任局长的工作。

时间长了，上面也有疑惑，这个石林怎么总是在熟悉业务，这要熟悉到哪年？唐局长是精明人，听得出话中的不满之意，于是就告诉石林，让他陪同自己到各基层单位视察一下，这也是熟悉业务的最好途径。

石林很高兴，终于能有点儿事做了，却又担心起家里的事：母亲的骨折虽然快好了，石膏还没拆，需要人伺候。林谷雨回家后，基本都是由他来伺候，母亲对父亲的伺候一概不理。他要是走了，谁来照顾母亲？

他回家后跟父亲商量，石光荣铁定地说："当然去了，我们俩没事，你放心。"

石林说："谷雨姑娘走了，家里没人照料，你跟我妈又是这样老死不相往来的关系，我能放心吗？"

石光荣笑着说："你放心，我不会跟你妈计较，我肯定主动跟她说话，现在就去。"

石光荣走进卧室，大声说："你看儿子还在担心咱们老两口的关系，连出差都不敢去了，说是他走了，你不愿意让我伺候。你说他不是瞎操心吗？"

褚琴当然不愿意影响儿子的工作，就笑着说："儿子，你该干吗干吗去，家里有他就够了。我们两个是狗皮帽子没反正，这一辈子就是这么过来的，你还真别往心里去。"

石光荣故意当着石林的面，给褚琴拿东拿西，说话也透着十分的热情，褚琴也不冷不热地应付着石光荣。

石光荣对石林说："你看，多大点儿事啊，这不都解决了吗？你就放心走吧。"

石林也笑了，一日夫妻百日恩，他早从自己和方慧身上体会到了，父母间也没有太大的隔阂，他也不信一起过了几十年的父母之间还会有什么解不开的疙瘩。

石林前脚刚走，端水果给褚琴吃的石光荣就遭到了冷遇。褚琴只是做做样子给儿子看，儿子不在了，她根本不想搭理石光荣。石光荣无趣地端着水果，快快而退。

褚琴不愿意让石光荣照顾自己，执意要去医院拆除石膏，去掉石膏她就能自理了，何况她还有太多的事要做。

听说她要去医院，石光荣自告奋勇要推着她去，褚琴却不领情，而是打电话给石晶，让石晶请假陪她去。石晶推着母亲来到医院，在走廊里碰到了胡战斗。胡战斗去找来医生，顺利地给褚琴拆了石膏，医生叮嘱褚琴，不要掉以轻心，腿伤还不算痊愈，要坚持锻炼慢慢康复，切不可劳累过度。褚琴总算是卸下了身上的负累，身心愉快，拽着闺女就回了家。

回家后，石光荣很关心褚琴的腿到底是什么状况，不断向石晶询问。石晶看到父亲那份忐忑很是同情，说："你自己亲自问问我妈不就行了？你们俩总是这么别扭也不行啊。"石光荣不说话，回自己屋了。

褚琴并没有把医生的话放在心上，她哪里有心思锻炼身体，全身心地投入到给儿子石海安排工作上去了。

石林对单位的机构和全盘业务终于有了全面的了解，特别是通过此次陪同唐局长下基层调研视察的机会，对基层各单位的职能和业务有了清晰的了解。他发现，随着人们生活质量的日益提高，他们职能范围内的管理产品质量，特别是食品质量的工作越来越重要。于是，他打了报告，想尽早结束在机关里的清闲，到市场巡查监督管理科去工作，但又遭到了唐局长的否决。他的理由是，通过一段时间的了解，觉得石林是他不可或缺的左膀右臂，局长的工作离不开石林直接的辅佐。冠冕堂皇的几句话就把石林打发了，他只得再次坐回了有名无实的副局长位子，每日里只负责机关日常事务性工作。

出差回来后，石林就得知母亲知道了石海的情况。既然母亲已经知晓了石海的下落，石林决定也把这件事告诉父亲。

晚饭后，石林来到作战室，对父亲说了石海的事，同时也替石晶向父亲道歉。

石光荣听后，笑着说：“你和石晶都没必要觉得对我歉疚，我知道你们隐瞒的好意。其实，我早就知道石晶把石海给安顿了，要不然石晶为什么那么长时间都很少回家？她是个特别顾家的孩子，从小对石海就很疼爱，像个小妈妈。石海走了，她提都没提起他的事，照石晶对石海的感情，这正常吗？要是她不知道石海的下落，准保连饭都吃不下、觉都睡不着。可是，石晶没这样，为什么？所以我一直就没顾及石海，有石晶在他身边，比把他放你妈身边我还放心。你告诉石晶，爸不生她的气。”

听到这番话，再看到父亲的成竹在胸，石林再一次被震惊了。他想了想，问道：“爸，那你对石海的将来有什么打算？”

石光荣说：“石海跟你不一样，他有他自己的路要走，他目前干什么工作都不重要，重要的是，一个下决心搞文学的人目前最需要的是把自己扔到生活里去泡，泡透了才能写出像样的东西。”

石林惊讶地说：“没想到爸爸对文学创作还挺有想法，总觉得你很讨厌文学的。”

石光荣笑着说：“没吃过猪肉，还没见过猪跑吗？我所知道的作家哪个不是有真情实感才搞创作的？高玉宝、曲波，还有写部队生活的那个魏巍，那文章写得叫好！《谁是最可爱的人》，当年感动了多少志愿军官兵啊。我讨厌的是那些扯犊子、胡编乱造的东西。”

石林被父亲再一次折服，又问道：“那我要不要把石海叫回家来住？”

石光荣说：“石海回家以后这段时间我想了很多，也对他花了不少心思。现在我终于想明白该怎么对待他了。你不用让他回来，让他野着过吧，从小他就没吃过什么苦，野着苦着点儿对他有好处。小鸟倦了迟早要归林，至于什么时间归林，让他自己选吧。”

石林觉得父亲的话有道理。

最后石光荣掏出一百元钱交给石林，说：“这几个月石海肯定糟害了石晶不少钱，你把这个钱给你妹妹，补补她的经济亏空，她的工资也不高。”

石林推托着说：“爸，我有，我给就是了。”

石光荣把钱塞到他手里，说：“石海的责任是我和你妈的，不该转嫁给你和石晶。再说以后方慧母子来了以后，你们还有自己的小日子，留点儿钱给孩子老婆吧。”

面对如此周到地替儿女着想的父亲，石林说不出话来了，只觉得一股暖流在心里升腾。

石光荣说：“我知道你在想啥，儿子，记住，你是老大，以后我和你妈都不在了，弟弟妹妹的事就摞你一人身上了，你担子不轻啊。”

石林的眼睛湿润了：“爸，你放心，无论到啥时候，就算我委屈自己，也不会委屈他们姐弟俩。”

石光荣点点头：“我相信你。”

褚琴跑断了腿说破了嘴皮子，终于在老战友宋达生介绍的市日报社副刊给石海找到了份实习记者的工作，虽然有三个月的试用期，但褚琴已经很是满意了。石海从小就喜欢舞文弄墨，当年他填报的高考志愿全都是中文系。

褚琴把这个好消息告诉了石晶石海，石晶为弟弟高兴，石海则不以为然，他说目前最需要的是自由创作的时间，眼看着小说就要杀青了，他不想去上班。褚琴一再劝说儿子，最后大家商量的结果是：小说一旦脱稿，石海就去上班。

小儿子的事情有了眉目，轻松下来的褚琴来到了合唱团参加排练，再次遇到了谢枫。这次，褚琴没有与之过多地交流，她尊重了谢枫的意愿。

再次排练的时候，褚琴趁没什么人注意，把她给谢枫买的衣物悄悄交给了他，谢枫当时没表示态度。褚琴很高兴，能为谢枫做点什么是让她心里变得安宁的一剂良药。

排练期间，谢枫对褚琴依然客客气气。临别，谢枫却把东西拿出来，当着大家的面交还褚琴，说：“褚琴同志，这东西应该是你落下的，你带走吧。”

褚琴看着谢枫一脸公事公办的样子，没再多说什么，当着大家的面，她也只能说：“谢谢您的提醒。”

褚琴带着衣物回家，心里不是滋味，她觉得谢枫的做法太不近人情，为什么刻意要在众人面前跟自己划清界限。她忽然觉得自己不再了解谢枫了，这也很正常，自己对他从上战场一直到现在这个时间段的事毫无所知，看来以后还是要好好了解了解。然而谢枫一直对她保持固定距离的态度，却让她预感到想充分了解他很难。

由于腿伤没能跟大家一起排练，褚琴落下了很多，她不想让谢枫看到自己的落伍，回家后经常拿着歌篇练习。

石光荣听褚琴唱歌，还以为她心情多云转晴了呢，他一直在寻找一个恰当的时机跟褚琴搭讪，最后决定一定要办一件最让褚琴高兴的事作为礼物，来缓解他们之间的矛盾。

主意已定，石光荣开始思谋起来，却犯愁想不到什么事能让褚琴高兴。很快机会来了。

石光荣通过褚琴给老宋打电话时透露的消息——一周后要在文化宫演出，他大喜，知道自己该送什么礼物给褚琴了。

他先是把自己的计划告诉了石林，石林听后说："好，到时候我一定去。"他又电话联系了石晶，告诉了石晶自己的打算。石晶很是高兴，说："爸你这样做太对了，到时候我妈一定高兴！"

石光荣心里有了底，着手为这一时刻准备。他一连几天翻箱倒柜地寻找合适的衣服，当他在衣柜里发现原本褚琴买给谢枫的淡蓝色衬衣后，如获至宝，还以为那是老伴给他买的呢，他把衬衣穿在身上，对镜照了照，虽然有点瘦，颜色也太嫩了点儿，但也还好，毕竟是人家褚琴的一片心意。他高兴地唠叨着："褚琴这个丫头，还跟我倔，衣服买了也不告诉我一声！"

褚琴回家，看见石光荣穿着新衬衣在她面前走来走去，故意显摆着，一副志得意满的样子。褚琴认出那是她给谢枫买的衬衣，此时的褚琴像被他人揭了短的孩子，气急败坏地喊道："脱了脱了，我让你穿了吗？"

石光荣愣了，问："不是给我买的吗？脱什么呀，穿着挺好。"

褚琴再度发火："你怎么知道那是给你买的，我说了吗，我说过吗？"

石光荣越加不解地看着褚琴，说："那是给谁买的？石林穿着瘦小，石海穿着肥大，当然是我的喽。"说完，自以为是的石光荣觉得褚琴是在跟他矫情，不紧不慢地照镜子去了。

褚琴急了，她追上来，不由分说地脱掉石光荣身上的衬衣之后，抱着衬衣就回了自己的房间，搞得石光荣很是不解。他以为，这次矛盾的时间拉得过久，褚琴可能一时半会儿还没倒过劲儿来。石光荣暗想，给她点儿时间，女人嘛，矫情矫情才是女人。于是，会错了意的石光荣未作他想，继续准备自己的计划。

石海的名为《戈壁逸事》的中篇小说终于脱稿，他送给了一家期刊，静等消息。褚琴来看石海，问他何时上班，石海说："小说已经脱稿，我明天就去。"

褚琴得知石海已经送了稿件后说：“你怎么不早说呀，守着宋叔叔你不给，给别家干吗？”

石海说：“妈，文学是圣洁的，我的处女作小说也是最珍贵的，我不想胜之不武，不想让她的问世跟靠关系走后门沾边。”

褚琴看着意气风发的石海说：“有志气，儿子，你一定能成事。”

石海说：“妈，您记着，我以后的文学创作之路要靠自己，这关乎我的尊严，一个男人的尊严，也是一个未来作家的尊严。”

褚琴听到小儿子与谢枫如出一辙的语言，不禁感叹着：“石海，你真不像石光荣的儿子，你倒是像他……”

“像谁？”

知道自己口误，褚琴连忙收口，掩饰说：“没谁，一个过去的老战友。好了，明天就要上班了，妈陪你上街，给你置办一套衣服吧。”

当下不由分说，褚琴拉着石海去了商场，从里到外、从头到脚给他买了全套服装鞋袜，还一再嘱咐他，报社这种地方，个人形象是很重要的，一定要注意保持，不能邋里邋遢的。

从商场回来，杨花花正在门外等他，见他两手提着衣服袋子、鞋盒子，就上前来帮他提。

她是听石晶说石海已经完成了小说的创作，特地找石海来讨要文稿，想一睹为快。石海不给，杨花花不高兴了，说：“你真小气，还是哥们儿呢，不够意思。”

石海解释说：“不是我不够意思，是不好意思。这部小说是否成功还很难说，等有了眉目再看也不迟，你要是想看就等着看铅印的文字吧，散发着油墨的香味，那感觉会大不一样。”

杨花花痴痴地看着石海说：“石海，我对你有信心，你一定能成为一个大作家。”

石海说：“谢谢你的鼓励。”

杨花花站起来：“走吧，咱们出去吃饭，我请客，庆祝你的小说完稿。”

石海说：“还是等我拿到稿费再请你吧，这几个月没少麻烦你，要道谢的是我。”

杨花花不高兴了：“你跟我还分那么清楚干吗？”

石海正色说：“当然要分，现在我是一个待业青年，不挣钱，花姐姐的钱我已经很没脸面了。如果再拿姐姐的钱请客吃饭，我自己都瞧不起自己。”

杨花花无奈地说：“没想到你外表文气，骨子里还挺硬！”

石海笑笑说：“我爸说，男人最重要的就是长一身硬骨头！”说罢，石海自己竟莫名其妙起来，他怎么张嘴就说出了父亲的话呢？他不是处处拒绝父亲吗？石海摇摇头，为自己的行为叹息。杨花花不解，问石海摇头啥意思，石海说：“没啥，我是觉得自己有的时候挺好笑的。”

杨花花走后，石海感觉到了什么。他和她也相处很久了，从未想过什么，认为杨花花是姐姐最要好的同事，自然和自己的姐姐差不多，两人相处得好，也是因为有文学这个共同爱好。所以他接受杨花花的帮助，就像接受姐姐的帮助一样。可是最近，他却从杨花花的眼睛里、神色中觉察到了什么，可是细想想，又觉得自己是太敏感了。

第二天，石海在母亲的陪同下来报社上班，他所在的部门是日报社的副刊，虽然一开始还接触不到处理稿件的业务，但那种文学氛围已经令石海心醉，他像一个寻到了乐园的孩子，喜不自禁。褚琴要石海跟她回家住，石海以尽快熟悉业务为名，要搬进单位的集体宿舍。褚琴情知儿子这是和他爸爸的疙瘩还没有解开，不愿意回去，也只能叹口气同意了。

中午，石晶来电话，说哥哥想和他们两人晚上小聚一次，石海正在兴头上，也就答应了。

晚上，三人聚齐在一家餐馆，酒桌上石林主动承认自己因为种种原因对弟弟妹妹的态度不好，向弟妹道歉，石晶善解人意地接受了，而石海依然不表态。他心里对父亲和哥哥依然有嫌隙，看到哥哥以老大自居的样子，活脱脱就是霸道的父亲，连石林诚心的道歉，他都认为是在作态，心里很反感，面上不阴不阳的。

石林以兄长的身份劝说弟妹经常回家看看，父母老了，需要温情。石晶心有所动，而石海却说，他不想说假话。石林问他怎么想，石海说，作为独立的个人，他不需要被别人呼来喝去地生活，他是自由的。石林再次被激怒，聚会不欢而散。

临别，石林硬留给石晶一百元钱，让她交给石海，来贴补尚未领取工资的弟弟。

石晶不接钱，说她有。于是，石林说这钱是爸转交给石晶的，他说爸一直都在关心着他们的生活，还把石光荣跟他的谈话讲给了石晶听。石晶听后默默地哭了，说：“没想到爸爸是这么能承得住心事的人，为了我们，他操碎了心。”石林说：“是啊，其实咱们都不太了解爸爸，包括妈妈也好像不太了解他……我们以后应该多顺着他一点儿，他老了，有权利享受来自儿女的那份孝顺和温情。”石晶点头说：“放心吧哥，我会好好对爸的……”

二人最后商定一定帮父亲实现他给母亲送礼物的计划，到时候也叫上石海。

回到宿舍后，石晶仔细回味着哥哥跟她讲过的话，心里越想越不是滋味，最后她决定不再跟父亲计较胡战斗的事情。谁知道交往后的结果是什么呢？反正现在也没发现胡战斗身上有什么她不能接受的坏毛病，为了父亲，她决定跟胡战斗交往。

杨花花来找石海，这才发现石海的床已经空了，知道石海已经去日报社副刊上班的消息后很落寞，连声说：“这个石海怎么不告诉我一声呢，真不够意思。”

看着平素里大大咧咧、张扬爽利的杨花花变得如此怅然若失，石晶感觉出了什么，笑着说：“花花，你还没挑明呀？你们处的时间可不短了。”

杨花花羞涩地说：“本来有两次想挑明了，可话到嘴边就是不敢说出来。我就怕万一说了把他吓跑了，我就一点儿希望都没了，不说至少还能有这个希望。”

石晶说：“花花，你素来是敢做敢为的，怎么小家子气了。要不要我帮你挑明？总这样也不是办法。”

“不要。”杨花花忙说，“我也想明白了，哪怕一直这样子也不错，以后的事慢慢说吧。你知道他的地址和电话吗？”

石晶想了想，他们两人这事真得好好问问石海了，至少要知道他的态度，就说：“我现在也没有，等我见到了石海问他要，然后一定告诉你。”

杨花花叮嘱：“石晶姐，你可别忘了，要来后一定马上告诉我啊。”

石晶来到报社单身宿舍找到石海，看到他的宿舍虽然四个人一间屋，却也足够敞亮、整洁、干爽，这才放心。

“姐，你就甭看了，这儿不比你们那儿，都是一人一间房。”

“小海，你这就要过集体生活了，要注意和同寝的同事搞好关系。”

“没事，我又不是没住过，在部队上我住的还是大通铺呢。”

“所以你受不了就装病跑回来了。”

“哎，姐，你能不能不提这茬。我可不是因为睡通铺才回来的，你比妈还唠叨。”

“好，好，不提就不提。”石晶笑笑，然后问他为啥不告诉杨花花自己已经搬走了。

石海说：“姐，也许我太敏感，从那丫头的眼睛里我感受到了灼热。你知道吗，那种被正午的太阳照耀的灼热，也许我太敏感了。”

石晶说：“别用你那些文学通感说话，实在点儿。”

石海说：“杨花花是个好姑娘，热情大方开朗，不过我觉得这份热情太激烈了，来得也太迅猛了，目前我有些消受不了。”

石晶笑了，没想到这个被她一直当作小屁孩的弟弟如今已经长大了，对姑娘啊情感啊开始有自己的感觉了。

“姐问你，你喜欢什么样的感情方式？”

石海顿了顿，说：“静默的，润物细无声的那种，不经意地自自然然地来临，朴朴素素地生长，完全是心有灵犀而又淳朴细腻的那种。我不喜欢电光火石般的光耀夺目，那种感情虽然璀璨，但没有味道。”

石晶连说：“你小子还一套一套的，好像挺有经验。老实交代，谈过几次恋爱了？”

石海鼻子一哼：“亏你也是当过兵的人，野战部队，哪有机会谈恋爱，即便有合适的对象，还有条例限制呢！”

石晶倒纳闷了：“那李文算怎么回事，听说就是她帮你出的馊主意装病。”

石海说：“哥们儿之间相互帮忙罢了，我跟她很少见面，没你想象的那么邪乎。”

石晶追问：“那你喜欢哪种类型的女孩子？”

石海说：“我现在还说不太好，反正是那种纯净、简单、美好的就行。”

石晶摇摇头：“太虚了，我想象不出来。”

石海说：“等我遇到了，第一个通知你。”

石晶已经明白了石海的感受和情感理想，想想说：“既然如此，那你就别再往深里招惹人家姑娘。她可是我同事，要是你做什么对不起人的事，我可不轻饶你。”

石海笑着说：“姐，你放心，我不是那种拈花惹草处处留情的男人，我对自己的交往有把握有分寸。”

石晶叹口气："人家帮过你不少，大大方方地告诉她你的电话住址不就得了，毕竟是哥们儿嘛，你这样不明不白地走了，让人家怎么想？"

石海连忙点头，说："好吧，我给她打电话。"

石晶回去的路上，心里泛着淡淡的忧虑，这两人一个有情、一个无意，这样相处下去，会是怎样的结局？旋即又想到自己和胡战斗的事，更是难以解脱，也就淡漠了石海和杨花花的事。

第十七章

石光荣一直盼望的时刻终于到了：褚琴参加的老年合唱团要在市文化宫正式演出，时间就是周末，也就是今天晚上。他要给褚琴送的礼物就是一家人都去现场看她的演出，这种事石光荣先前想都不会想，他认为这种事就是整景。如今为了打破他和褚琴之间的僵局，缓和两人的关系，他决定这么办了。

石光荣在石晶的帮助下，仔细梳理着装，特意穿上了褚琴为他置办的那套西装，里面还想穿上被褚琴抢回去的那件淡蓝色衬衣，可他整个柜子都翻遍了，就是没有找到。石光荣只好找了件白衬衣穿上，最后他还特意系上了领带。

石晶直夸父亲很帅，石光荣仔细照了照镜子，猜想着褚琴见到他这番模样时的表情。石晶说："挺好，爸爸，今天我一定跟你一块儿走，挎着你胳膊走，让所有的人都知道这个帅哥是我爸爸！"石光荣有些不好意思，说："还帅哥呢，都七十的老头子了……"石晶说："那你就是老帅哥！"

石林捧着一束精心包扎的紫色花朵走到父亲身边，说："爸，花拿来了，紫色的，你要的颜色。"石光荣说："好，那咱们走？"

石林说等等石海。石晶说石海直接去礼堂了，他们副刊对今天的演出有报道任务，就不等他了。

石光荣被一对儿女簇拥着，怀着一份期冀出门。一身簇新的装扮和手里的鲜花搞得石光荣很是不自在，抬腿迈脚都有些不太自然了。在小凉亭里下棋的老胡和李满屯见父子三人，笑了，他们使了个眼色，想逗逗这个跟新郎官似的老石。

老胡绕着石光荣看了一圈儿，咂着嘴道："快来瞧瞧，老李，人家老石如今是高级毛料制服，还有花领带，那电视里广告咋说的来着：金利来，小花代表爱慕，圆点代表关怀……石光荣，你这花领带代表爱慕还是关怀呀？"

石光荣红了脸，打岔道："什么小花圆点的，闺女给买的，咱就戴呗。"

李满屯说："不对吧老石，这领带可是褚琴在你们结婚三十五周年那阵子给你买的，你嫌这领带跟上吊绳子似的不舒服，还抱怨过呢，怎么今天就成闺女买的了？"

石光荣挠挠头，说："我也搞不清谁买的，下你们的棋，我还有事呢。"说完石光荣抽身就想走。老胡不依不饶地说："我可告诉你老石，咱闺女儿子办喜事的时候你也得照这样给我穿，别拿几十年前的行头糊弄我。"

石光荣看了眼为这话低下头的石晶，答非所问地说："我真有事，以后再扯。"石晶也把眼睛望向别处，好像没听到这话。

爷儿仨继续上路，石光荣被他们说得一会儿拽拽领带一会儿又扯扯衣角，越加不自在起来。细心的石晶说："爸，自信点儿，挺好的。"

就在这爷儿仨要走到市文化宫的礼堂时，作为今晚合唱的领唱，褚琴还在做最后的准备。她化好妆后来找谢枫，再次拿出那件淡蓝色衬衣和其他物品，说："谢指导，谢谢你对合唱团的贡献，我是受大家之托来感谢你的，请你务必拿着。"

谢枫迟疑着，褚琴又说："对了，上次去你家送这些，我也是受大家委派，我忘了告诉你了。"说完褚琴就要走，谢枫还想拒绝，褚琴回过身来说："老谢，除了维护你自己的尊严，你也替我和大家想想，毕竟在一起排演了这么久，一份感激，一份人之常情，你就别活在象牙塔里不食人间烟火了。"

谢枫无言以对，褚琴说："你那件衬衣已经旧了，今天演出应该对观众有份起码的尊重。"说完，褚琴离去。手捧着那件衬衣，谢枫心绪有些乱，再三想想还是把身上那件旧衬衣脱下来，穿上褚琴送来的这件。旁边几个演员凑趣道："夕老师，你真有眼光，选了这件衬衣，穿上年轻好几岁。"谢枫苦笑而已。

柳大姐来找谢枫，说是报社来了记者，要采访指挥和领唱。谢枫连连推辞，说自己言拙，还是找别人吧。柳大姐急了，说："人家点名要采访合唱指挥和领唱，这能找人代替吗？"把他拉到休息室，褚琴已经在这里了。

当柳大姐把记者们领来并介绍给他们时，褚琴十分激动，因为她的小儿子石海被作为实习记者一并介绍给了他们。石海示意母亲不要挑明他们的母子关系，褚琴暗地里享受着儿子给她带来的荣耀。

在采访中，石海发现母亲和这个指挥十分默契，尤其是讲到演唱这些老歌的情怀时，情绪和思想竟是那么一致。

原本褚琴想在采访结束后单独把石海介绍给谢枫认识，因为在她的意识里，这两个人有许多相似之处，但谢枫并不想跟记者们久谈，没给褚琴这个机会。

紫色的大幕徐徐拉开，报幕员报出了老年女子合唱团演出的曲目，坐在下面的石光荣一直在合唱团里寻找褚琴的身影。一旁的石晶说："爸，我妈是领唱，得单独上场。"话还没说完，一身曳地长裙的褚琴便缓缓地步上舞台，来到了指挥左侧的位置，她那台风那气质那神态一下子令大家关注，包括看呆了的石光荣。他张着嘴，毫无顾忌地小声说："你妈，真行!"说着，有些忘形的石光荣鼓起掌来，随后，其他观众也跟着鼓起了掌。

石晶笑了："爸，还没开始呢，您鼓什么掌啊?"

石光荣还是那句话："你妈，真行……"

一曲曲老歌把观众带进了那难忘的岁月，也引起了人们情感的共鸣。当褚琴她们唱到《英雄儿女》的主题曲："烽烟滚滚唱英雄，四面青山侧耳听……"石光荣再度回到了抗美援朝的前线，他的脑海里出现了炮火纷飞的景象……

褚琴动人的歌声也感染着台上的指挥谢枫，他的眼睛里含着泪水，视线模糊了……

谢枫也想起了他难以忘却的画面：

谢枫在坑道前演出，敌人开始炮击，指挥员指挥大家隐蔽，谢枫被扯进了一处隐蔽处，炮弹不断在他们身边炸开。怀抱小提琴的谢枫突然想起了什么，他抬起头寻找着，终于，他发现了小提琴盒子。谢枫要去拿盒子，被一个看演出的战士拉住。此时炮弹在琴盒的不远处炸开，小提琴盒子被炸得抛向了天空，藏在里面的一张旧照片在炸飞的尘土和碎片中飘舞着，那是他和褚琴的合影。谢枫不顾一切地冲了过去，要抓住那张照片，那个小战士奋不顾身地跟上他。谢枫刚刚抓住照片，又一发炮弹呼啸着落地，那小战士扑到了谢枫的身上。当谢枫清醒过来时，手里还紧紧地攥着那照片，他浑身是伤，而那个小战士为了掩护他牺牲了……

一曲唱毕，台下又响起了雷鸣般的掌声，石光荣在石晶的敦促下离席，来到后台。

面对观众们的掌声，谢枫转过身来，缓缓地向观众鞠躬。此时，有人跑上台向合唱团献花，褚琴把手里的鲜花分赠给团里的成员和指挥谢枫。

在儿女们的鼓励下，石光荣也走上台，给褚琴献花。他不好意思地用花束挡着脸，来到褚琴面前。当应接不暇的褚琴正想礼貌地把花束交给谢枫时，却听到了石光荣激动的声音："真好，丫头，唱得真好!"

褚琴愣了，她的手停在半空，谢枫接花的手也同样停住了。

"老石?"谢枫惊叹了一声。

石光荣抬眼看到了虽然年老但依然风度翩然的谢枫，谢枫藏青色西装的里面穿的正是褚琴那天从他身上扒下来的淡蓝色衬衣。

石光荣只觉得一阵晕眩，身子晃了晃，说了句："这衬衣原来……"话没说完，石光荣就慢慢地退了下来。褚琴和谢枫尴尬得不知该如何是好，谢枫想上前追石光荣，被褚琴拦住。他们默默地走到了后台的一个僻静处。

站在侧幕后敏感的石海目睹了这一切，他意识到了什么。

在后台出口等待好消息的石林和石晶却不知道发生了什么，追问神思恍惚的父亲怎么了。石光荣故作平静地说："没什么，见到了一个熟人，一个老熟人……走，咱先回家。"

石林说："等会儿我妈，一起走吧。"

石光荣说："他们一会儿还有事，她让咱们先走。"

路上石晶十分兴奋，一再追问："妈接到花是啥表情?"石光荣却答非所问："他穿着的确比我好看……"

石晶很是纳闷，问父亲说什么呢。石光荣笑笑说："没啥，你妈看到花以后特别高兴。行了，这件事办得很好，石林、石晶你们回单位，忙你们的吧。"儿女们都说没事。石光荣有些不耐烦了，说："没事找点儿事干!"

石林和石晶都想跟石光荣回家，孰料石光荣说："懂点儿事儿，忙你们的，让我跟你妈单独待会儿，冷战了这么长时间，我们得有个重新开始，对吧。"

听父亲这样讲，石林石晶只好照办。

石光荣独自一人在大街上走着，他脑子乱成了一锅粥，一会儿是那件蓝衬衣，一会儿是谢枫和褚琴尴尬的脸……

原来是这样，是这样……石光荣猜想着，他们是什么时候联系上的？抑或是褚琴在这几十年里一直跟他隐瞒着这个秘密？石光荣越想越难过，他不知道褚琴是用什么办法做到滴水不漏的。相濡以沫了几十年，他的妻子竟守着这么大的一个秘密！

石光荣觉得心里一阵阵发凉，凉得彻骨。他不愿也不敢再往下想了……

走了很久，他感到累了，蹲下身，坐到了路边的栏杆上，愣愣地看着路上的车水马龙。夜风吹拂着他的衣角和鬓边的白发，郁郁寡欢的老石光荣越发显得孤独寥落……

面对这次意外，石海竟十分冷静，他一直躲在一旁，静静地观察着褚琴和那个夕枫指导。他已经感到了这两人和父亲之间一定有什么难以言说的纠葛。所以当他看到母亲和夕枫一起走出来时，就毅然跟了上去。

从石光荣当时认出他的神色和语气中，谢枫已经清楚了这次意外的重逢对于石光荣和褚琴来说意味着什么。看着表面平静的褚琴，谢枫执意要跟褚琴去她家里，当面开释石光荣的误解。

褚琴坚决不同意。她说："我们只是战友重逢，你想得太多，老石那里不会有什么。"谢枫说："那我也要去跟他解释解释。"褚琴说："我了解他，这么多年的夫妻了，如果连这点儿信任都没有，那我们就白在一起生活了。"

最后褚琴拗不过谢枫，他还是陪她一起回家。

路上，褚琴把心里的疑问一股脑儿地抛向了谢枫，问他从战场上怎么回来的，这些年都是怎样过的，为什么这么多年不跟他们这些老战友联系。谢枫都没有作答，翻来覆去只是一句话："过去的事了，我不想再提及。"

来到了家门口，褚琴还是拦住了谢枫，说："我到了，你回吧。今天就别进去了，如果需要，我会找你跟他解释。"谢枫只好离去，就在他走向灯光晦暗的林荫路时，并不熟悉路况的他脚下失去平衡，摔倒在地上。

褚琴连忙回身，搀扶谢枫。谢枫说没啥，眼睛不太好，没看清路。褚琴逼问谢枫的眼睛到底怎么不好。谢枫说，左眼已经几乎失明，右眼的视力 0.5……

褚琴说："所以咱们第一次见面，如果不是我自我介绍，你根本没认出我？见老宋那次也是？"谢枫点头。褚琴再问："你生怕别人看出来，一直在装作正常?”谢枫说:“你知道我是一个追求完美的人,我不想让别人知道我的眼疾。”

褚琴哭了,说:“你怎么还是像原来那么固执,那么在乎完美的形式?你为什么不早告诉我们?走,我送你回去。”

谢枫说:“不必,这么送来送去的,何苦呢?我能行。再说已经很晚了,如果你再不回去,老石会多想了。”

褚琴正左右为难之际,石海走了过来,他搀扶住谢枫说:“妈,你回去吧,我来送夕叔叔!”

“石海,你怎么在这儿?”褚琴惊讶地问。

石海说:“妈,今天的一切我都看到了,在后台……对不起妈,我怕出啥事,一直跟着你们回来了。”

褚琴感动地看着石海,说:“谢谢你儿子,去送叔叔吧。”石海搀扶着谢枫,送他回家。石海静默地陪着谢枫走路,既不多言也不多语,只是在路不平处体贴地搀他一把。谢枫觉得身边的这个小伙子非常懂事体贴,那眉眼和神态也颇像年轻时的褚琴。

石海一直把谢枫送到家,临别,石海轻声问道:“叔叔,如果我没猜错的话,您不叫夕枫而叫谢枫,是我妈文工团的战友。”

谢枫说:“对,你怎么知道?”

石海说:“我家有您的照片,小时候也听我妈讲过你们文工团的故事。还有,您虽然年岁大了,但神态气质没什么变化,所以我今天一见面就认出您来了。”

谢枫说:“今天你父亲可能对你母亲有些误解,如果有可能,我想当面澄清。”

石海说:“那是你们上辈人之间的事,叔叔,我现在不想多说什么,您好好休息,再见!”

石海走了,谢枫觉得褚琴的这个小儿子说话办事十分得体。

褚琴回到了家里,石光荣留着饭菜在等她。褚琴原本以为石光荣会发作,至少也会刨根问底,但石光荣没有,平静地吃饭,还祝贺演出成功。

褚琴被这意料之外的情景搞得不知道该说什么,石光荣说:“累了一天,吃完饭早点儿歇着,有事以后慢慢说。”

之后,石光荣闷头吃饭,不再说话。偌大的客厅今天显得格外冷清,灯光下只有她和石光荣的身影投射在墙壁上,显得十分苍凉。

看着沉默不语的石光荣，突然间褚琴觉得石光荣老了，他背弓了，动作迟缓了，头发越加稀疏发白。不光是身形姿态，褚琴觉得石光荣脸上的每条皱纹里都盛满了悲伤。这哪里是那个跃马扬枪的大英雄石光荣，那个扯着脖子跟她争吵的生龙活虎的石光荣到哪里去了？这么多年来，褚琴都没像今天这样仔细观察过老伴的变化。

看着笼罩在一份凄凉氛围中的石光荣，褚琴不禁一阵酸楚涌上心头，她站起身，抹抹眼泪，离开了。

翌日，褚琴想主动跟石光荣解释什么，石光荣说，昨天他想了一晚上，能从炮火硝烟的战场上生还的老战友本来就不多了，谢枫能活下来，真是庆幸。褚琴说："其实我们……"

石光荣说："别再说了，褚琴。"说完就走了出去，留下褚琴站在家里。她原本想把与谢枫相逢的事从头到尾告诉石光荣，但是石光荣竟不想听，连一个解释的机会都不给她。

褚琴心里不是滋味，她不想让谢枫和石光荣解释，就是怕这事越描越黑，这也怪她，早点儿告诉他谢枫还活着的事就好了。她心里并无愧，毕竟她和谢枫间是清清白白的，但如果不解释清楚，岂非对谢枫太不公平了。

无奈，褚琴来到老宋的办公室，把昨天发生的事原原本本地告知老宋。

老宋听完说："糟了，连文工团的战友都知道你和谢枫的故事，那个老石更是心知肚明。这还不算什么，关键是那件衬衣，你说你……你这办的什么事？"

褚琴说："我也没想到老石会来看演出。"

老宋说："也怪我忘了提醒你，其实你第一次见到谢枫以后就应该把这事告诉老石，也不至于搞到今天这个说不清的局面。"

褚琴说："我们俩不是一直在冷战吗，平时连话都不说，要是突然提起这件事，我也怕他误解。"她情急之下找到理由。其实就算没有冷战，她也不会把消息告诉老石，为什么？连她自己也说不清楚。

老宋感慨地说："人和人之间的沟通最重要了，这下得费多少口舌？老石表面没啥，心里不知道多复杂呢。这下他的日子难过了。要不我替你们解释解释？"

褚琴说："我找你就是这意思。谢枫要自己去说，我没让，还是你出面对大家都好。"

老宋说："不过他现在正在气头上，还是等他冷静冷静我再过去，那样对大家都好。"

褚琴点头，然后把谢枫眼睛有病的事情告诉了老宋。

老宋说："难怪咱们上次去时，他的举动有些奇怪，原来是这样。既然咱知道了谢枫的眼睛有病，就不能任由病恶化下去，他那么一个有天赋有艺术感觉的人，怎么能生活在一片朦胧模糊的世界里呢？不行，我得先给他想想办法。我这两天就去找他。"

褚琴说："那我也跟你去看望谢枫。"

老宋说："关键的时候，你还是回家吧，别再惹得老石犯猜忌了。"

褚琴只好作罢。

褚琴走后，老宋处理了些稿件和社里的公务，心里还是放不下褚琴说的这些事。石光荣和褚琴他都清楚，石光荣是个犟头，褚琴又太矫情，两人之间未必能把这件事说清楚，谢枫出面那是火上浇油，自己还真得赶紧把这事办了，一旦晚了谁知又冒出什么事来。

他坐车来到谢枫的家，要谢枫如实告诉他这些年来所经历的一切。谢枫不想说，老宋急了，说："你再不说，我怎么去跟老石解释，难道你愿意看到他们就此误会下去？"

谢枫说："我自己去说。"

老宋说："你说什么？对我都不愿意说的事你能对老石说？你如果不说明白老石能相信你？老谢，你就别犟了，就算是为了褚琴吧。"

谢枫无奈之下，如实相告了他在抗美援朝前线是如何受伤的。老宋听后一阵唏嘘，说："你这个秀才呀，还是忘不了褚琴，就为了那张照片，命都不要了？"

谢枫说："是啊，为这事我也后悔不迭，不是因为自己的身体和眼睛受伤，我是为了那个掩护我牺牲的小战士悲伤。他为了救我，牺牲了自己，我宁愿他牺牲在与敌人肉搏的时候，那样他就是英雄，而不仅仅是个普通的烈士了。"

老宋说："这也不能全怪你，毕竟，那张照片是你和褚琴的唯一纪念，我知道它在你心里的分量。"

谢枫又接着讲，从前线归国后，他做的第一件事就是去看望小战士的父母，那时小战士的父母生活得并不富裕，哥哥又在外地工作，他就留下来，替那个小战士照料他的家。

说完谢枫把老宋引到了里间屋子，那里有两张老人的遗像，旁边是一个小战士阳光灿烂的照片，他开心地笑着。谢枫说："这就是他，夕明远，牺牲时刚刚十九岁，还是个大孩子。"说着他流泪了，默默地擦拭照片。

老宋说："我要是没猜错的话，从那以后你就没有离开过这个家，也改姓了他们的姓。"

谢枫点点头："我要像亲生儿子一样替夕明远尽孝、给老人送终，这是我的责任。"

老宋问："那他的哥哥没有回来过？"

谢枫说："回来过，但身体不好，照顾不了老人，前些年也去世了。"

老宋心里发酸，说："难为你了，老谢，没想到，这些年你是这样过来的。但是老谢，你自己的眼睛为什么不治？"

谢枫苦笑着说："全家就靠我一个人的工资，治眼睛要花很多钱，许多药都是不能报销的。原来是为了节约开支，后来老人没了，我自己的生活也不需要太多的什么，眼睛也就无所谓了。"

老宋说："你糊涂！你是在战场上负的伤，你为什么不用伤残军人证明去治病？"

谢枫说："别人的伤残军人证明都记录了他们的光荣历史，而我的，记录着悔恨自责和一个年轻生命无谓的逝去，我不想再看到它，领证当天，我就把它撕了。"

老宋连说："你呀你呀，还是那么文艺气质，还是那么精神理想地在云彩里过日子，这是何苦呢？"

谢枫淡然地说："我这个人一辈子就这样了，如果改变了，自己也不舒服。"

最后老宋执意要带谢枫去治眼睛，谢枫却说要考虑考虑，还叮嘱老宋，千万不要把他受伤的原因告诉褚琴。他说："我了解褚琴，不知道这个事她还对我心怀愧疚呢，如果她知道了，后半生会度日如年，褚琴是个干净善良的人。"

老宋叹息道："你们俩呀，一对儿书里的人，都活得很累。"

这两天石光荣和褚琴之间的冷战变了味儿，原来是石光荣拼命讨好褚琴，褚琴不理不睬。而今却是褚琴几次主动要和他搭讪，想解释一下自己和谢枫的事，石光荣不是打断她的话，就是直接走开，总是那句："啥也别说了。"褚琴最后也赌上了气，不想听就拉倒，反正清者自清，自己脚正不怕鞋歪，索性不解释了。

石光荣话更少了，每天只是闷头做家务。褚琴知道他心里憋着事，就等他自己发泄出来。她也该干什么就干什么，两人之间好像根本没有任何误解。

第三天上午，她又去找老宋，问他找没找谢枫谈。老宋便把谢枫是如何受的伤和伤好后的生活和盘托出，听后褚琴不禁哭了，说："这个谢枫，那张照片算什么，你为什么去找它呢？"

老宋说："我也生气过，可回头一想，他如果不这样做，就不是我们的谢枫了。"

褚琴更觉出自己对谢枫的伤害，她说："老宋，其实这几天我想了好多，谢枫也好，石光荣也好，我们之间的事都是因为我年轻时的软弱造成的，我觉得我才是个元凶。我既对不起谢枫，也对不起石光荣，因为对谢枫心怀愧疚忘不了他，我一直都觉得老石挺可怜的，他对我越好我越觉得对不住他。尤其是这几天，我看见他的老态，心都揪着疼，老石实在太可怜了。"

老宋叹息着："谁都年轻过，谁都不能再回到从前。褚琴你想得太多了，多想无益，我奉劝你从愧疚和自责中拔出脚来，还有很多事等着我们解决呢。"

褚琴在心里暗暗发誓，一定要帮谢枫把眼睛治好。她回家后，想和石光荣摊开来说，石光荣还是不给她说话的机会，褚琴只好暂时不把她要给谢枫治眼睛的事告诉石光荣，怕再度引起他的敏感。

褚琴先是来到医院，亲自去找了胡战斗，请他帮助联系一个最好的眼科大夫，说要给一个老战友看病。胡战斗答应后，褚琴又去了谢枫家。

褚琴表明来意，谢枫执意不肯，他说："这个老宋，真是多事。"

褚琴急了，说："谢枫，请你设身处地地替我想想，这些年我的心里有多沉重，你知道吗？当我找遍了能找的医院，最后认定你已经牺牲以后，我一连半年多都没睡好觉，落下了失眠的毛病。那时候我在想，要是能够重新活一次，我一定好好还账，还欠下你的所有账。"

褚琴哭了，谢枫想去安慰她，但走了几步，又停下了脚步。

褚琴说："你的一切都是因为我当初的选择，谢枫，求求你，就让我替你做点儿什么，那样，我心里能好过一些。"

谢枫看着已经不再年轻但情感表达方式和内心依然如故的褚琴，笑笑说："褚琴，记忆是个魔鬼，我已经把它驱走了，费了很多努力，希望你不要重蹈我的覆辙，这是我对你最大的希望。”褚琴说：“可我忘不了，忘不了……”

谢枫说：“以我对你的了解，你现在是个矛盾体，一边顾及着我，一边又觉得对不住老石。斯人已逝，现在站在你面前的不是谢枫，是夕枫。好好对待老石吧，如果我的判断准确，老石这三十多年以来一直都像当初一样爱你、疼你，尽管这爱和疼惜的方式不完全是你心仪的，但老石的感情是真实的，而且热度在一点点升温。这一点不是所有的男人都能做到的，至少我不能……”

褚琴问：“你怎么知道石光荣对我的感情？”

谢枫说：“如果老石不爱你，能抱着鲜花跑上舞台吗，这行为是那个最讨厌磨磨叽叽小情小调的石光荣能做得出来的吗？他刻意做这些都是为了什么？只为一点，那就是让你高兴……褚琴，别在人生的暮年再欠下另一笔账。”

褚琴惊诧地看着谢枫，分别几十年，他还是能那么准确地把握她内心的律动。不管谢枫如何拒绝，褚琴执意要带谢枫去看病，谢枫发了脾气，下逐客令。

褚琴索性在椅子上稳稳坐下：“如果你不去，我今天就不走了！”

第十八章

石晶的单位每年都要集体去做体检，今年也不例外。就在体检前的几天，石晶与高扬相遇，石晶故意不理他，想擦身而过。孰料高扬一把扯住石晶的胳膊说："过几天体检，你不管有什么事都得去，这对你很重要。"石晶不想理他："什么大不了的事，不就是个例行体检吗，搞得那么兴师动众干吗？"高扬再次叮嘱："体检前一天不要吃红肉，不要吃油腻，早晨起来一定要空腹，不光要空腹，前一天晚上十点以后就不要再进食喝水了，听见了没有？"石晶腻烦地说："婆婆妈妈的，我的事不用你管！"说完石晶抽身便走，高扬对她喊道："我是严肃的，没跟你开玩笑！"

这个高扬，做事就像个永远不停变换的万花筒，谁都不知道他下一刻以何面貌、何种方式示人。原本高傲矜持、冷面对人，今天又装好人，不厌其烦地关心她体检要注意的细节，真让人费解。石晶不愿再琢磨他，大踏步地走了。

要去体检的医院就是胡战斗工作的那家，由于体检的人多，走廊里站得满满的，排号等着医生叫进去。石晶做完前面的体检，来到四楼眼科门诊，这是最后一项了。刚走上楼，她恍惚看到一个人背影很像母亲，只一闪就不见了。她正想跟过去看个究竟，却被医生点名，让她进去体检。

高扬在体检室外等候的人群中没见到石晶，有些焦急，到处找着，直到看见了正在测视力的石晶，他才放了心。他走过去问医生："怎么样？"

医生说："2.0 的视力，双眼，不多见。"

高扬满意地笑了笑，没理睬石晶，转身离去。石晶对他故作神秘的举动已习以为常，也不加理睬。做完体检，她走出了医院的大门，高扬又鬼魂般突然出现在她面前，说："还不错吧？"

石晶冷冷地说："跟你有什么关系？"

高扬神秘莫测地笑了一下："有没有关系你我说了不算，我倒是希望不跟你产生关联，省得你拳打脚踢。"

石晶刚想发火，忽然看到了褚琴搀扶着一个男人在前面行走，褚琴给那男人整理衣服，样子甚是亲昵。

“妈?!”石晶小声地喊了一声，被高扬听见，他顺着石晶的目光，看到了褚琴和那个男人的背影，显然那个人不是石光荣。

石晶的脸色有些异样，她紧跑几步追上了褚琴。褚琴看到了石晶，下意识地放开了搀扶谢枫的手臂，谢枫也尽量与褚琴拉开了一段距离，尴尬地看着石晶。

石晶问：“妈你怎么来医院了?”

褚琴诧异道：“你怎么知道我在医院？你是来接我的?”

“不是，我哪儿知道。”石晶斜眼看看谢枫，心里别扭得很，“我们每年都在这儿体检一次。”

“哦。”褚琴连忙介绍身边的谢枫道，“这是你谢枫叔叔，妈妈的老战友，我是来陪你谢叔叔看病的。”

石晶十分惊诧地说：“谢枫？他不是早在朝鲜战场上牺牲了吗？你和我爸都跟我们这么说的。”

褚琴说：“的确，我们都曾经这么认为，可是后来，你谢枫叔叔还是活着回国了。”

石晶突然想起了父亲与她的对话：这些年我一直都在想，其实要不是我要组织上出面硬要娶你妈妈，你妈就嫁给那个谢枫了，人家是个大知识分子，懂感情有才华，可是当年我不知道他们俩相互喜欢，组织上也不清楚……老谢是个好人，可惜呀，他在朝鲜战场上牺牲了。

石晶没听清楚母亲的解释，她慌乱地猜想着，惊讶地看着母亲，不知道该如何处理眼前的偶遇。她问道：“我爸怎么没来?”

褚琴说：“我没让他来，他得跟老胡他们下棋。”石晶呃了声，褚琴还想解释什么，石晶已经转身走了。

谢枫笑着问：“是石晶?”

褚琴说：“对，这个丫头越大越不懂礼貌，连个叔叔都不叫。”

谢枫说：“我看她不叫我是另有原因，这么大的孩子了，什么事看不出来。褚琴，我不是说你，孩子都这么大了，有些事不能像年轻时那样任着性子来。就说你非得逼我来医院这事吧，事先应该和老石说一下，他也未必不同意。我和他之间的误会也该找个机会好好谈谈了，不能总这样下去。咱们没什么，让孩子们怎么看?”

褚琴劝道：“你先别想这些了，我送你回去好好养着，老石那里我会跟他解释通。跟他做了几十年夫妻，这点儿信任都没有，不是太悲哀了吗？孩子们也都会理解的。”说完，不顾谢枫反对，还是一直把他送回家。

离开母亲后，石晶心里像打碎了五味瓶，回到了单位宿舍。

那个谢枫还活着？爸爸一定是不知道，否则他为什么说谢枫已经牺牲了呢？如果爸爸不知道，那就是妈妈骗了他，妈妈为什么欺骗爸爸？难道是因为她跟那个谢枫还一直……石晶不愿意接受自己的分析结果，但她自己又觉得承受不起如此巨大的家庭变故，思来想去，傍晚，石晶急切地给哥哥单位打电话，对方说石林已经走了。

石晶此时特别想回家看望父亲，就骑车回到了家里。

石光荣已经做好了饭菜在等褚琴的归来，看到女儿回来，很是高兴，问她吃没吃过，石晶没心情吃饭，就说吃过了。石晶问父亲最近过得怎么样，石光荣一个人喝着小酒说：“不错，有酒有菜有孩子有老婆，知足了，爸爸心情不错。”

石晶发现父亲并没有动桌子上的饭菜，只是干喝酒，便心疼地说：“吃点儿菜爸爸，不用那么在乎我妈，她回来有吃的就行了。”

石光荣说：“那哪行，我们俩从来都是一起吃饭，我这是闲着没事，喝点儿酒。”

石晶不禁鼻子酸了，心想：爸爸，您真的是好可怜……石光荣好像觉察出了什么不对头，问：“你咋跑回来了，有事？”

石晶说：“没事，就是想您了。爸，您老了，以后我会对您好，我会听您的话。我过几天就去找胡战斗。”

石光荣笑了，说：“你回家来就是为了告诉爸爸这个？”石晶点头。石光荣说：“那孩子不错，爸爸不会看错人，闺女呀，你也老大不小的了，别再让爸爸跟你操心了。”

石晶不忍再看父亲的模样，拐弯抹角地问妈妈为什么不在家，石光荣遮掩着说：“去合唱团排练了。”石晶又问：“今天报纸上刊登了我妈他们演出的报道，上面还有照片，您看了吗？”石光荣说：“看了，写得不错。”石晶试探地问：“那照片上的指挥我好像在哪里见过，您看他像不像谢枫，就是我妈他们文工团的那个谢枫。”石光荣一愣，笑笑说：“别胡说，他怎么会是老谢？如果是，你妈早告诉我了，还用等报纸报出来？”

石晶不再问什么，心怀怜惜和同情地看着父亲，帮着父亲干了会儿家务，饭也没吃，就走了。

刚回到宿舍门口，就看到了在此徘徊的高扬。石晶推开高扬，要开门，说："躲开，好狗还不挡道呢！"

高扬并不生气，平静地问："谁又惹着你了？"

石晶正在心烦的时候，不想搭理高扬。高扬叫住石晶，说请她一块出去坐坐，领导有任务交代给他，他必须跟石晶谈谈。石晶不信，高扬说真的有要事相谈。石晶见他少有的一本正经的态度，也就信了。

两人在附近一家饭店找了一个安静的包间，高扬与石晶对坐，高扬点菜，并没有急切地要开始谈话的样子。石晶说："我不饿，简单点儿。"高扬说："我尽量。"

高扬给石晶倒了酒，满满一大杯，然后是自己的，他看了看石晶，先喝掉杯中酒说："听说你们当过兵的人都是拿大瓷缸子喝酒，我们当警察的使用大号啤酒杯，大小差不多，我喝了，该你了。"

石晶坐着不动，看着高扬既挑衅又善意的目光，问道："你不是说有要事相谈吗？喝酒干吗？"高扬又喝了一杯说："有些事不喝酒谈不成。"

石晶只好喝酒。高扬平静地开了场："我今天做了件跟你有关的事，你可能要骂我，还想听吗？"

"跟我有关的事？少卖关子，你再不谈正题我就走了。"石晶作势欲起。

"少安毋躁。"高扬摆摆手，"我今天用了九个小时，了解清楚了一件事，你们家的事，严格地讲是你妈妈和那个谢枫的事，一清二楚。你想听吗？"

石晶惊诧到了极点，老话说家丑不能外扬，这个高扬怎么如此不知道分寸，竟调查起了他们家的隐私。

石晶脸羞得通红，站起身说："你凭什么了解，谁给你的权利？"

高扬不慌不忙地掏出警官证放在桌上道："它，它给我的权利。既然我们单位的女警官已经对谢枫和他的老战友的关系产生了疑问，甚至影响到了她的心情，我就去调查了。"

石晶愤然要走，高扬不慌不忙地说："如果你不想知道实情，不必客气，马上就走。"石晶犹豫了片刻，又坐下了，说："你说吧。"

高扬于是把跟踪谢枫褚琴回到谢家，知晓了谢枫的名姓和住址后对他的身份做了一番详尽调查的事说了一遍，为了确认情况属实，他傍晚还又跑回谢枫家与之谈话。石晶虽然怨恼，但还是佩服高扬的办事能力和谨慎作风。

高扬最后对石晶说："没错，你母亲和谢枫的确是曾经未来得及示爱的初恋情感对象，后来你母亲因组织上出面介绍，嫁给了你父亲，谢枫一直都没忘记过你妈妈，你妈妈一直觉得亏欠谢枫。他们也是最近才相逢的，只是你妈妈没来得及告诉你爸爸，所以才有了种种误会。事实是，三个人都没有错，即便有些情感遗留问题，那也是那个特殊的岁月造成的，与三人无涉。在我看来，世上本无事，心里有事的是你们这些不明就里的局外人。你看看你今天对人家谢老的态度，有失风度啊……"

石晶不知道该不该相信高扬的话，忐忑地问："你为什么干这件事？"

高扬说："为了我自己，为了未来的工作。"

"什么，你跟这件事有什么关系？跟你的工作有什么关系？"石晶追问道。

高扬神秘地笑笑说："无可奉告。现在关键的问题是，我想知道作为家里的长女，你想如何处理这件事？你的态度和立场又是什么？"

石晶有些慌乱地说："我？我……无可奉告！"

高扬说："那我很失望，连这点儿决断力都没有，你令我很失望。"说完，高扬又喝完了一杯酒，离席。关门前，高扬回头说："对不起，我骗了你说要谈单位的事，但是那是出于无奈，否则你不会听我讲话。石晶同事，今天是我为你办事，账应该你结。"说完，高扬走了。石晶独坐，不禁开始思考起高扬的问题来：是啊，作为长女，自己又该怎么办呢？

褚琴晚饭时没有回家，她是被小儿子石海打电话约到他的宿舍去了。石海同寝的几个记者都到外地采访，屋里只有石海和褚琴娘儿俩。

自从石海送谢枫回家后，虽然这一路上没谈什么话，但石海隐隐约约地感受到了自己对这个男人的亲近。凭他一个要当作家的人的想象和分析，母亲跟这个人的关系是一个中篇小说都涵盖不了的故事，一个漫长复杂的故事。于是，石海耐不住好奇，也出于对母亲的关心，约母亲到他的宿舍来说说话。

面对石海简洁但主题明确的开场白，褚琴不禁惊诧了：这个她最疼爱的小儿子已经独立，如今以一个鲜明的个体身份来触碰她内心的隐秘了！此时的褚琴喜忧参半，不知道该如何作答。

"妈，我不是想窥探你们的隐私，而是对你们之间的事真的很感兴趣，这是我的职业特点。另外，我知道了也就能明白该怎样帮你了。"

褚琴笑笑："都是多少年的陈芝麻烂谷子了，并没有什么见不得人的，你也是大人了，告诉你也没什么关系。”话题一拉开，褚琴就陷入对往事的回忆中，竟对小儿子敞开了心扉，说起了前尘往事……

石海听完母亲的故事，说：“妈妈，你跟我说实话，你现在到底是爱石光荣还是爱谢叔叔？”褚琴叹息道：“儿子，人都到这个岁数了，情感的问题非常复杂，不是一句爱谁不爱谁就能说清楚的。我的确没忘谢叔叔，但也感激你爸爸这些年来对我的感情，我们是老夫老妻了，而且你们都已经这么大了，还谈什么爱不爱的，有些事你要到我们这个岁数才能明白的。”

与小儿子谈及过往的故事和情感本来就是褚琴的无奈之举，如果不是石海见到谢枫，如果不是他节节逼问，作为一个母亲，她怎么会把自己内心真实的感触和打算和盘托出呢？毕竟石海还年轻，尚属不太更事的年纪，于是，褚琴就没有把目前自己对谢枫的真实情感——早已没有昔日的那份男女之爱，现在对他主要是愧疚的情感焦点详细地告知石海。鲁莽的石海却以他所谓的人性的视点观照母亲所讲的故事，依他看来，褚琴就是觉悟前的安娜，出走前的娜拉……

石海不再听母亲说什么，站起身来，冲动地说：“妈，我明白了，原来你也一直生活在石光荣的高压控制之下，和我一样，你没有过自我，没有！我石海在家里从来没办过大事，这回，我来。”说完，没等褚琴表态，石海就已经走了。

褚琴急切地喊道：“石海，你干什么去，你回来！”

石海说：“妈，您就放心等我的消息吧，别走，一定等着我！”

石林下班后，刚走到干休所门口，就被离开石晶后一直守候在这里的高扬拉走了，说是有要事相商。

当高扬把他对石晶讲述的一切原原本本告诉石林时，石林难掩错愕。

高扬说：“石林，作为晚辈调查长辈的过往隐私并跟你谈及这些，实在是有些失礼，因为这不是作为晚辈该掺和的事情。但正是因为我知道了他们这些故事，特别是当面听谢枫叔叔说了他的态度之后，我觉得有责任把这些事情告诉你，这责任来自于我对他们这代人的敬佩，对于他们情怀的礼赞。如果你觉得我所说的这一切有伤你的颜面或感情，请你谅解。”

看着这个懂事知礼的年轻人，石林连声感谢，他说：“不是你告诉我谢枫叔叔他们的情况，我这个做长子的还被蒙在鼓里。谢谢你兄弟。”

一句兄弟叫得高扬倍感亲切，他叮嘱石林说：“我感觉石晶有些吃不消了，情绪很激动，如果可能，你也别忘了安抚安抚她。一个女孩子，尤其是对父亲感情特别深厚的女孩子，一旦遇到这种事，会很伤怀的。”言毕，高扬向石林道别。

石林突然说：“你做这些事，应该还有另一个理由，但你没告诉我。”

高扬诧异地看着石林问：“什么理由？”

石林说：“你想帮石晶。”

高扬笑笑，没有作答。因为他连自己都没有意识到这个，帮助石晶？我有那么好心吗？

突遇如此大的变故，石林一时没有理出头绪，他在干休所的树林边徘徊着，思忖着自己该如何面对。

石光荣喝了半瓶白干，没等到褚琴，倒等来了老宋。

他站起来笑道：“稀客，来，咱俩喝两杯。”说着，又进厨房拿了一个杯子，倒满酒。

老宋就是为了消除他们夫妻之间的误会来的，原想和石光荣褚琴三个人坐在一起，好好把这件事说明白。见褚琴不在，就开门见山，把他所了解的关于谢枫的事对石光荣说了。最后说：“老石，褚琴为这事也很上火，她一直想跟你说明白，可是没找到合适的机会，又怕你不信她。老石，你还信得过我吧？”

“当然，我信。”石光荣说，“这么说来，谢枫是为了那张他跟褚琴的合影照片才负伤的，又因为那个替他牺牲的夕明远才改姓、照顾了夕家老人一辈子？”

老宋说：“是啊，这情况他本来不愿意讲，是被我硬逼着说的。”

石光荣说：“我明白了，老宋，谢谢你。如果不是你及时告诉我这些，我可能会做出一辈子都后悔的事，谢谢你，老宋。还有，谢枫的眼睛……”

老宋说：“他的眼睛状况不好，但也不是太糟糕。就是他不肯住院治疗，因为费用太高。我下午劝了他两个钟头，也没能说服他。慢慢说吧，我先想办法把这笔费用凑齐，然后再想办法送他去医院手术。”

石光荣想了想，说：“老宋，这也不是你一个人的事，我们也来想想办法。”

送走老宋后，石光荣感慨颇多，谢枫的经历让他感到很震撼，他明白谢枫当年要上战场就是不服气褚琴被他抢走，所以主动要求到前线去，就是要和自己比个高下。石光荣下意识地比比自己和谢枫，竟觉得自己已被谢枫比下去了，他为了那张跟褚琴的照片不顾生命危险，这是情；他改名易姓，替那个因他而牺牲的战友尽了一辈子孝，这是义。自己居然还怀疑褚琴和谢枫之间有苟且行为，真是羞愧啊。

他拿出纸和笔，凝想一会儿，喃喃道："老谢，你赢了。"然后开始在纸上写起来。

冲动的石海一口气跑回家时，石光荣正独坐在餐桌旁，饭菜已冷，酒杯已空，他手里拿着那个装有褚琴和谢枫照片、他亲手制作的相框愣神。见石海回来，石光荣一愣，连忙把照片反扣在桌子上问："吃饭了吗？"

石海看着这个显得有些老态龙钟的老人，他原来身上的那份雄狮般的斗志和豪气荡然无存，与街边遛早买菜的老头别无二致。石海突然觉得这个他应称作父亲的人变得十分之陌生了。

石海说："我刚跟我妈谈过，你们的事，我都知道了。"

石光荣平静地说："知道了也好，你是不是为这事回来的？"石海点头。石光荣说："那到我屋里来吧。"

石海随石光荣来到了作战室，石光荣不紧不慢地说："说吧，我听着。"

看着平静如一尊雕像的石光荣，石海不知为何突然感到了一种无声的压力，他那端坐的姿态，安静甚至显得有些安详的表情，都有一种难以言说的尊严。石海慌了，不知道该如何开口。石光荣说："今天咱们是以两个男人的身份谈话，放松点儿，想说什么就说什么。"

石海清了清嗓子，拉开了话题：先是母亲被胁迫放弃了美好的初恋下嫁给了石光荣，而后是一个知识女子与文化不高的人没有共同语言和共同志趣，再有就是漫长的三十多年母亲忍受着强压苦挨岁月，个性和人性都得不到张扬。那场婚姻不仅断送了一对革命青年的美好情感，还让他们成了情感的牺牲品，导致了男方后来残破的命运和女方凄苦的情感生活。

石光荣听着，既不表态也不插话，只是认真地听着。原本石海料想他与父亲的这场谈话一定是场暴风骤雨，于是一路上给自己蓄足了勇气和语言抗暴的火气，但石光荣竟如此静默，甚至连还击解释的姿态都不做，把石海这支蓄势射出的箭裹到了一个软棉花团里，让他产生了一种很不适应的感觉。

看着石光荣依然平静的态度，石海再次鼓了鼓勇气说："所以，为了大家都能在人生的暮年不失去最后的机会，请你……”

石光荣接过石海的话说：“我替你说吧，所以请你石光荣靠边站，放我妈一马，给谢枫腾出个机会？”

石海诧异地看看石光荣，点点头。石光荣突然站起身来，想了想，疾步走到石海跟前，扬起手。石海下意识地闪躲着，以为石光荣又要开打了。孰料，石光荣把手放到了他的肩膀上，用力地抓了抓，说：“行，肩膀果真硬实了不少。”

石光荣从书架上拿出一瓶好酒，又找来个茶缸子，倒酒。石海莫名其妙地看着石光荣，说：“喝酒干吗？要打，你现在就打，我保准不还手也不躲，让你打个够！”

石光荣盯着他问：“你的意思是我打完了，咱们就两清了，我也就答应你放你妈一马了？”

石海慨然道：“当然，只要你放了我妈，我就是让你打得半死也受着！”

石光荣突然朗声笑了起来，说：“过来，喝酒，两个爷们儿喝一杯！”

石海再次惊诧，指了指自己问：“你是说咱俩？”

石光荣说：“你看屋里还有别人吗？”

石海说：“你说我是爷们儿？”石光荣说对。石海说：“我从来不喝酒啊。”石光荣说：“今天开始喝，我批准的。”

石海乖乖坐下。石光荣先喝干了一杯，然后倒了酒，递到石海面前，示意轮到他了。石海往后退缩，被石光荣一把抓住，道：“说话算话，该你了！”

石海看着石光荣已经变得锐利而又富有挑战意味的目光，接过酒，喝干。不顾石海被酒呛得咳嗽，石光荣再次斟满酒杯，于是，一杯又一杯，爷儿俩拼完了一瓶白酒。看着面色通红红到了耳根子的石海，石光荣开了腔：“你现在清醒吗？”

石海说：“再来一瓶都没事！”

石光荣说：“有种！石海，你刚才说了那么多，现在轮到我了。”

石海梗了梗脖子说：“行，这公平，你说吧。”

石光荣说：“你刚才说的一切都有事实依据，但你只知道事情的表，不知道事情的里。事实是，我当时不知道你妈跟谢枫已经有感情，当时我爱你妈，真心实意，爱到了饭吃不好觉睡不着，整天她的大辫子就在我眼前晃，我石光荣没了自己，没了脾气，没了办法。”

石海看着石光荣，没想到他会如此真诚地向自己道出了往事。石光荣说着，眼睛里又泛出了年轻时的神采，他看着石海说：“虽然在战场上经历过几次生死，但是我不懂啥叫死去活来，直到遇见你妈，那个时候才知道这个词的意思。所以，爷们儿，我那时候对你妈的感情和谢枫一样真，一样深，只不过他在暗里，谁都不知道，甚至连你妈都知道得不多……你说，我有没有资格和谢枫竞争竞争？”

石海被感染，点头。

“后来，当然了，我通过了组织出面，那做法用你们的话说叫胜之不武，我娶了你妈。可在结婚前，你妈和那个谢枫完全可以向组织澄清事实，讲明他们已经恋爱，我都不会娶。可是他们没有！你说，我错了吗，我错在哪儿？”

石海听后，竟无语以对。

石光荣说：“我知道你妈委屈，我也在后来使劲地弥补。没错，我不懂知识分子的那些花花草草、眼泪情书什么的，可是我石光荣用我的行动在写情书，用了一辈子的时间只爱你妈一个人，我有理由说，我对你妈的感情不比当年的谢枫少！你承认吗？”

石海再次点头，想了想，突然问：“那你为什么压制她，让她的灵魂和精神不得自由？”

石光荣凄楚地笑了，说：“这也是我最近几天思来想去最后悔的事，可是再后悔，我也达不到你妈希望的那样，变成她肚里的蛔虫，她一笑一哭我就知道她是怎么想的……我没做到，也根本做不到。石海，我问你，你这些话是你一个人的意思，还是你妈让你替她说的？”

石海迟疑了片刻说：“都算吧……”

石光荣说：“我觉得你妈不应该提出这样的要求，凭我对她对谢枫的了解，对我们那辈人的了解，他们都不会这样做，你妈不会，谢枫更不会！就因为他们不会，所以，我才写了这个，替他们开了口。”说完，石光荣从抽屉里拿出了一张写有离婚书的纸，递给石海看。

石光荣说：“我们那代人跟你们不同，想自己很少，想别人很多。”

石海十分意外地看着离婚书，问：“你真打算这样？”

石光荣说：“对，我真实的想法，一言既出，驷马难追。不过石海，我已经答应了你的请求，也请你帮我一次，这才算爷们儿之间的来往。”

石海点头说：“你说吧。”

石光荣道：“明天一大早，你带我去老谢的家！”

石海："你去他家干什么，你不会去找人家……"

石光荣说："既然咱喝的是爷们儿之间的酒，你必须带我去……"

石海没有直接回宿舍，而是带着酒意来找石晶，把他略带英雄豪气的壮举告知石晶，十分得意。孰料石晶听后半天没说一句话，石海得意地问："怎么样，全服了吧？别看我平时不哼不哈，只要我一出手就一鸣惊人，怎么样，我把妈妈晚年的幸福和自由给抢夺回来了吧！"

"滚你的幸福和自由！"石晶随着吼声，一巴掌扇在了石海的脸上。石海捂着脸不知所措地问："你干吗打人？"石晶再次吼道："石海你真是个浑蛋，滚！"

石海委屈地回到宿舍，本想把委屈和胜利的消息一并告诉妈妈，但人去屋空，妈妈走时留下一张字条说，等不及石海回来，先回家了。

石海像泄了气的皮球，不愿再想纷繁复杂的事了，心里也隐约觉得是干了一件蠢事。

石晶不放心父亲，给石光荣打了电话，说石海年轻幼稚，请父亲千万不要在乎他的一派胡言，不要把他的话当回事。石光荣说："石海回来我很高兴，我一点儿都不生气，反而觉得很自豪。"石晶不解其意问怎么回事，石光荣说："以前的石海说话办事都是为了自己，凡事都从自己的利益出发，今天我发现他有担当了，有了为别人说话干事的能力和愿望，这说明他成长了，虽然还很幼稚，观点也不见得都对，但他开始往一个合格的男人的路上走了……"

石晶没有料到父亲如此面对石海的无礼和不恭，有如此的襟怀。她说："爸，你真的令我感动，你是最好的人。"石光荣说："别夸了，哪有闺女这么夸老子的？"

第十九章

石海冲动地回家，褚琴就知道不妙，这爷儿俩非有场大冲突不可。她急忙往回赶，回到家时，石海已经走了。褚琴见家中一切井井有条，不像有过冲突的样子，便问石海回来过没有。

石光荣笑着说："回来了，我俩喝完酒他就走了。"

褚琴疑惑地问："光喝酒？没干点儿别的？"

石光荣一边给褚琴热饭菜一边笑笑说："没有，吃完饭早点儿歇着吧，我明天起早有事。"饭菜端上来后，他就去卧室了，说是要早点儿休息。

褚琴疑窦满腹，不知这爷儿俩之间究竟发生了什么。吃完收拾完后，她回到卧室想再问问石光荣，石光荣已经打起了鼾声。

石林在外面走了很久，原想去看看石晶，可是时间太晚了，只好回家。父母的卧室已经熄灯了，他也就回屋睡觉了。

翌日早上，褚琴还没醒，石光荣就起床了，他先叫了车，然后到干休所的门口等。不一会儿，石海来了，两人坐上车去了谢枫家。

来到谢枫家门口时，看见了早就等在那里的老宋。石光荣很是纳闷，石海说："是我约的宋叔叔。"

原来夜半酒醒之后，石海把见父亲的整个来龙去脉想了一遍，尤其是那张离婚书和父亲昨晚与往日大不相同的表现，这一切都使他有些害怕，他怕石光荣来谢枫家之后发生不测，于是连夜打电话请宋叔叔增援。

老宋听完石海的讲述，气得直骂："你这孩子，真是帮倒忙啊，你以为能写个小说就算懂事了？差得远呢……你哪里了解我们这代人，哪里了解你的爸妈和谢枫？"

老宋也是不敢大意，一大早就来到谢枫家门前等候石光荣。他顾不上客套，拉住石光荣的手就说："老石，冷静，不管谢枫那里说什么，你都要保持冷静。"

石光荣笑笑说："把你给惊动了，不好意思。放心，我有谱。"

褚琴起床后，发现石光荣没有在家，她在客厅的餐桌上看见了那份离婚书和石光荣留给她的字条：褚琴，饭在锅里热着，我去办该办的事了……

褚琴愣了，急忙打电话给老宋，老宋不在单位，再找石海，石海单位也说他请假了。褚琴快速地想着什么，慢慢地跌坐到了沙发上，而后先喊了石林，又给石晶打了电话。

石林看到了父亲的字条和那份离婚协议，也是不明所以，安慰着母亲说："别急，妈。"

当石晶慌张地回到家，褚琴哭着把离婚书交给她看，石晶咬牙说："都是这个石海干的，我绝对饶不了他。"

石林问石海干了什么，石晶说："他跟爸爸谈了话，希望爸跟妈离婚。"

石林急了："这小子真是没有分寸！这不是乱弹琴吗？"

褚琴焦急地说："先别管石海，关键是你爸爸，他说他去办该办的事了，我怕他真的去找谢枫，就他那脾气，不会干仗吧？"

石晶想想说："应该不会的，妈，你别太小看我爸爸了。"

褚琴说："都三十多年了，谁比我更了解这个倔老头子，快点儿，跟妈去谢叔叔家！"

当褚琴带着石林石晶来到谢枫家的院门口时，里面的情景令他们大吃一惊……

此时，石光荣和老宋正一人架着谢枫的一条胳膊往房间外走，石海跟在后面。

谢枫执意不肯去医院，石光荣急了，放下谢枫的胳膊说："老谢，我跟老宋的嘴皮子都磨破了，你怎么还是一口一个尊严一口一个不麻烦别人？你好好看看，站在你眼前的都是什么人？战友，亲人！我想，自从那个夕明远为救你牺牲以后你最应该明白战友和亲人是啥意思了！如果你还是把我们当成别人，我可真生气了！"

谢枫连忙说："我不是你那意思，老石，真的不是！"

石光荣黑着脸说："那是啥意思？你的意思是，你还在怪我，当初抢了褚琴，让你一辈子受伤，所以我是个外人，甚至是个敌人，对不对？"

谢枫也急了，说："老石，你别侮辱我！"

石光荣说："如果你不是这个意思，就把我当成战友，当成可以在战场上相互挡枪子舍命的亲人！"

谢枫的眼睛湿润了，说：“老石，我怕以后没办法回报你们，真的，我无能力回报你们！”

石光荣说：“如果你的眼睛治好了，就好好对待自己，对待自己未来的日子，这算是对我老石最好的回报了！石海，还愣着干什么，把谢叔叔背车上去！”

石海恍然，背起谢枫就走。石光荣笑着说：“这还差不多，大小伙子，该出力的时候不出力。”

看着这一切，褚琴哭了，石晶石林满怀敬意地看着父亲。褚琴示意石林石晶离开。此刻，石光荣发现了他们，喊道：“来搭把手，帮帮石海！”

石光荣和儿女们把谢枫安顿进车里，然后石光荣也上了车，车子直奔医院而去。老宋感叹地说：“这个老石，我低估他了……啥也比不过老战友啊！”

褚琴流着泪拿出石光荣写的离婚书说：“可是，他要跟我离婚。”

老宋笑道：“这个老石啊，真有他的。”两人也在路边拦了一辆出租车赶往医院。

在医院里安顿好了谢枫后，石光荣留下褚琴，叮嘱她：“老谢目前最需要的是情绪稳定，我写的那张东西先不要告诉他，等他手术后再说不迟。”褚琴想解释什么，石光荣说：“人家胡战斗还在眼科主任办公室等你，你再找医生继续谈谈，尽早把手术方案和时间定好。”

石光荣走出病房，就把站在走廊里的三个儿女一齐叫上回家，说是要开个家庭会议，有大事商量。

回到家，他就在作战室召开了这次家庭会议。开宗明义，以一个不容置疑的家长的姿态出现在孩子们面前。他说：“现在咱们家有两件大事要办，第一，就是全力配合医院治好谢叔叔的病；第二，就是我跟你妈的事，我已经给她写好了离婚书。”

三个孩子都不作声，默默地看着石光荣。石光荣说：“原本这是我们上一辈的事，应该在我们之间解决，不该事先跟你们打招呼，但我后来还是想了想，既然都是这个家的一分子，你们有权知道。还有就是，我不想让你们猜来猜去地费心思，然后掉过头来对你妈和老谢有意见，听明白了吗？”

石晶第一个站起来反对，说：“爸爸，您已经做得仁至义尽，凭啥离婚？是不是都是石海这个小子给闹的？”

石光荣说："闺女，我是那种能被什么人轻易左右的人吗？这与石海无关。"

石林问石海："你跟爸都说什么了？"石海不吭声了。石晶愤愤地说："他还能说什么，逼爸爸跟妈离婚呗，否则爸爸就是个自私自利、强迫婚姻的元凶，毁灭进步青年情感理想和幸福的刽子手！"

石林听后就急了，怒视着石海说："你有什么权力这样评判父母的感情？你有什么道理让父母离婚？石海，你就是小说读多了，读出了毛病！"

石光荣替石海解释说："这不关石海的事，我自己做的主。细想这些年，我跟你妈，我的确没给你妈带来她所希望的幸福。作为男人，我很挫败；作为一家之主，我很失败。现在告诉了你们我的决定，意思就是这事已经定了，你们不要对你妈还有谢叔叔不恭不敬，以后要更尊敬、更孝顺，这是我找你们来费这番口舌的根本目的。"

石林和石晶还想说什么，石光荣不愿再听，他说："谢叔叔手术后我会排好值班表，到时候你们按照排序值班，不得请假推诿。"说完，石光荣要走，石林问："爸，你去哪儿？"石光荣说："当然是医院。"

石光荣走后，留下了三个孩子。于是，一场立场不一、理由不同、出发点相去甚远的争吵爆发了。

一开始是石林、石晶一致讨伐石海，接着是石晶和石海联合起来批判石林在大是大非面前瞻前顾后不做决断，再下来就是石林和石海共同反对石晶的计划——去找谢枫谈话。最后，三个人已经分不清各自的初衷，越吵越激烈……

最后石林以长子的身份说："尊重爸爸目前的想法，给谢叔叔治病是头等大事，其余的往后放。"石晶急了，说："家都快散了，还往后放什么？"

石林不再说话，自己上楼去了。石晶石海也各自回宿舍，路上，姐弟俩谁都不说话，仿佛已经泾渭分明了。

石林来到医院，探望了谢枫后，就和母亲单独说话，表明自己对此事的态度：作为长子，他既不想让父母离婚，也不愿母亲跟谢叔叔再度失去机会，他希望大家都好。

褚琴看着儿子，笑道："你放心吧，这件事妈妈一定能处理好。"

石晶石海两人也轮流来探望，谢枫很是感激。石晶也找机会对母亲说："您真舍得我爸，舍得这个家？"

褚琴纳闷地看着石晶说："我没做什么决定啊，有什么舍得舍不得的。我要舍什么？"

石晶带着情绪说："我觉得除了我爸，这个世上你再也找不到像他这样对您好的人了，我不干涉您的决定，但我有权利提醒您，石光荣是个一等一的好人。"

褚琴笑了，她体味着石晶的话语，说："好孩子，别瞎想了，妈不是什么也没说吗？"

石晶说："可是，爸都……"

"他写了离婚书我们就离婚了？他说什么是什么？他还让你嫁给老胡家的儿子呢。跟你说，只要妈没说话，他说什么做什么都不算数。"

石晶糊涂了："妈，您的意思……"

褚琴说："妈知道你偏着你爸爸，妈跟你说，妈这一辈子跟你爸打闹了这么多年，可是以前没有、以后也不会做出任何对不起你爸爸的事。"

石晶有些明白了，心里安稳许多。

为谢枫做过全面检查后，胡战斗告知石家，谢枫的眼病很复杂，需要一笔数字可观的手术和治疗费用，因为考虑到手术材料和治疗的药物大多数都是进口，不是一般单位能给报销的，特来跟家属谈谈，以便他们做出选择。

石光荣说："不用商量，用最好的，单位不能报销的我们来承担，院方不必有顾虑。"

胡战斗说："那好，你们就筹集费用吧，一个星期后手术。"

石光荣拿出了家里的积蓄交给褚琴，让她先给老谢交一部分医疗费，说剩下的，他再继续想办法。石林把转业费也拿出来给了母亲，老宋也拿出了两万元给褚琴，说这是代表文工团的老战友们给谢枫的……

费用还是不够，胡战斗把谢枫要做手术缺钱的事情讲给了父母，父母听后，说："老石为这事发愁，咱不能不帮！"接着老胡打电话给老李，老李又去了邻居家……

老胡首先贡献了五千元，接着是老李和干休所得知此情的其他人，一下子，石光荣他们下棋的小凉亭成了临时募捐场所。当石光荣手捧着这些钱时，他给大家鞠躬，说："都是居家过日子，大伙的钱不富裕，能拿出来帮一个不相识的战友，我老石这里给大伙鞠躬了。这钱我一笔笔都记上，以后我跟儿女一起还给大家。"

大伙说不需要还，都是当兵打过仗的人，出这点儿力应该的。

石晶和石海石林也在积极想办法，石晶从同事那里借了些钱，石海刚参加工作，和同事不熟，也没有什么办法，石林却觉得大家都忘了一个最重要的事，谢枫作为国家伤残退役军人，国家应该是有政策的，所以他就从民政局下手，一连跑了好几天。躺在病床上的谢枫也多次问过手术费用的事，医生们都被预先叮嘱了，告诉他只是做个普通的眼科手术，没多少钱。

几天后，眼看就要到手术时间了，钱还是不够，石光荣在家里急得转腰子，他仔细看着家里的东西，盘算着该拿哪件出去卖钱。最后，他把目光锁定在了他最珍爱的战利品——那把日本战刀上了。石光荣抽刀出鞘，磨叨着："老伙计别怪我，实在是没辙了。"这还是他打小鬼子时的战利品，不是实在没办法，他绝对不会有动它的念头。

他拿着战刀往外走，石晶问："爸，你拿战刀干什么去?"石光荣说："你李叔叔要借去玩两天。"石晶也就没往别处想。

石光荣走后没一会儿，石林急匆匆来找石晶，手里拿着一张崭新的伤残军人证明。石晶问："什么意思?"

石林笑着说："这是我跑了几天，开了各种证明后到民政局给谢叔叔补办的特级伤残军人证明，有了它，医疗费就全解决了!"

这个意外让石晶惊喜，连说："不愧是老大，哥哥你真棒！你怎么想到这个办法的?"

石林说："毕竟咱曾经当过兵，了解国家对伤残军人的一些政策，谢叔叔是在朝鲜战场上负的伤，他应该享受医药全部免费的特殊待遇呀！所以我才想到去民政局。"

石晶说："还是哥哥行，遇事不乱，我怎么就没想到呢?"

石林说："你才当过几年兵，哪了解这些。快走吧，估计爸妈都急疯了。"

石晶石林出去找石光荣，刚好碰到卖完军刀回来的石光荣。石晶把证件交给石光荣，石光荣很是意外，问："这漂亮事谁干的?我怎么没想起来?"

石晶说："我哥。"

石光荣不无赞叹地说："好儿子，遇事不慌，临危不乱，比你老子强。"

石晶拿着那张特级伤残军人证去了医院，石光荣和石林回到家。家里只剩下了石林和石光荣，石林就问："爸，除了离婚，您就没有其他办法了？"

石光荣突然问："你是结过婚的人，我问你，如果是你碰到了我遇到的情况，如果你也同样疼你的老婆，你会怎么选择？"

石林想了想道："爸，我也会放弃婚姻。"

石光荣问："为什么？"

石林说："自打有了儿子，说实话，我跟方慧的感情慢慢地变了，虽然温度不像当年谈恋爱刚结婚时热，但是她在我心里的位置越来越重，老婆就像是长在自己身上的一部分，她要是有个头疼脑热，我自己也跟着疼。"

石光荣赞赏地看着石林道："这就对了，老婆越来越像是亲人对不对？"

石林说："没错，亲人，像是有血缘关系的那种打断骨头还连着筋的亲人。"

石光荣说："既然是亲人，就不忍心看着她因为自己的问题不幸福不如意。"

石林说点头："爸，我懂了，我理解你为什么写离婚书了。"

石光荣说："你们三个当中，石晶毕竟是个姑娘家，还有些感情用事，石海还很幼稚，唯独你结过婚，爸爸希望你这次能支持我。"

石林说："爸，虽然在观点上我理解您，但是，毕竟我是这个家的长子，一想到将来这个家也许不再完整，我就心里揪得慌。再说，我到医院和妈谈过，妈好像没有想和您离婚的意思。"

石光荣说："揪得慌也得决断，石林，你就别再劝我了。你妈当然不忍心，她是为我着想，可是我也得为她、为你谢叔叔着想是不？当我听到他甘愿替那个夕明远赡养老人，替他尽一辈子孝，自己宁愿默默无闻，甚至连姓都改了，我真的很感动。他当年就是要和我争个高下，没想到这场比试持续了几十年，我承认，我输了，也就爽爽快快地认输。"

特级伤残军人证交到院方，院方很重视，马上和民政部门取得联系。民政部门也派人来办了相关手续，谢枫住院及手术的所有费用全额报销，手术可以进行了。

术前，医生让直系亲属签字，大家彼此望望，不知道该谁出头。此时石光荣接过医生手里的告知书，大笔一挥，写上了自己的名字。医生问：

“您是……”

石光荣说：“兄弟，亲兄弟，不行吗？”

医生说：“他姓谢，您姓石，怎么是兄弟呢？”

石光荣说：“你不知道，打过仗的军人彼此都是兄弟，过命的兄弟，说不定谁就在下一次替谁舍命挡枪子了呢。”

听了这话，医生都被感动了，说：“请放心，我们一定尽最大努力把手术做到最好的效果。”

“谢谢您了。”石光荣拉着孩子们给医生鞠躬。

老宋和谢枫当年的一些战友也来了，大家一齐守候在手术室外，焦急忧虑地等待着。手术做了三个多小时，手术室的灯灭了，大家的心也都咯噔一下，虽然医生说过不会有生命危险，大家还是替谢枫担心，毕竟上了年岁了。

略显疲惫的医生从手术室走出来，对第一个迎上来的石光荣说：“手术非常成功。”

第二十章

石海一直在盼望着出版社的回信，千等万等总算等来了，却是一沓厚厚的退稿和一张语言简洁的退稿信。石海把全部希望都寄托在这次投稿上了，他以为稿件能被接受，很快发表，甚至能一举成名，顺利走上职业创作的道路。这沓厚厚的退稿就是当头一棒，一连多日，他陷入懊丧无法自拔的情绪中。

杨花花选了个最不适宜的时候来找石海，上来就问小说怎么样了。石海说："全军尽殁。"杨花花又问："什么尽殁？"石海没好气地说："就是完蛋了，你非让我说退稿了是不是，你成心啊？"

杨花花哪里受过这委屈，转身含泪走了。回去找石晶哭诉一番，石晶却为石海担心了，再转告他人，家里人都知道了石海处女作触礁的事情。家人想尽办法让他高兴，但石海就是摆脱不了沉郁的心情。褚琴不无担心地说："石海这回不会是真的抑郁了吧。"

谢枫知道后，对褚琴说："你别担心，等石海来时，我开导开导他，我对文学还有个一知半解。"

褚琴笑了："我怎么没想到，总觉得这孩子和你有些地方很相似，你们好像也很投机。"

谢枫说："有时想想，我当年不也和石海一样，聪明但也自负自傲，有点成就尾巴就翘到天上，受点挫折就好像活不了了。人呢，总得真正经历过苦难才能明白生活究竟是什么。"

褚琴伤感地说："这些年你是吃了太多的苦了。"

"没什么。"谢枫淡淡一笑，"我要说的是石海，不是我。从第一次见到他，我就很喜欢他，总感到他身上有什么东西吸引着我，到后来想想才明白，我当年像他这么大的时候和他实在很像，我在他身上找到了自己年轻时的影子。"

两人都不禁回忆起那些风华正茂的岁月，不胜伤感，却也很甜蜜。

谢枫术后，石林、石晶和石海三人轮班全程守护，石光荣和褚琴也每天都来，只是他们年纪大了，不能当主力。

轮到石海值班照顾谢枫，谢枫问了句他的小说的事，石海也向谢枫流露了自己的绝望心情。谢枫说："如果你愿意，能不能把你的小说原稿给我读读？"

石海说："都退稿了，一文不值。"

谢枫说："你错了，作家们都是从自己的退稿围城中突围出来的，有几个文豪是一次投稿就成功的？你下次来时把手稿拿来，读给我听听，也许我能给你些建议。"

石海答应了，虽然谢枫是搞音乐的，石海却知道他的文学功底很深。等到下次轮到他来时，就把扔到一旁的手稿拿来，坐在病床前读给谢枫听。

石海平声静气地读着，眼睛上裹着纱布的谢枫仔细听着，石海读得入神，没发觉石光荣在身后看着他们。

听完，谢枫说："没想到你的文字基础这么扎实。石海，你在文字上有种天生的嗅觉，这不是每个人都有的。"

石海沮丧地说："您别安慰我了，谢叔叔，如果我真的还行，就不会退稿了。"

谢枫说："现在最重要的不是退不退稿，而是要琢磨人家为什么退稿。依我看，你这篇小说的问题出在情怀和写作态度上了。我觉得，你的这篇小说写得既不像小说也不像散文，文字虽然清新流畅，结构也还算灵巧，但情节链条疏松无力，最关键的是，你对部队生活的情感出了问题……"

"什么问题？"石海问，站在他背后的石光荣也在认真地听着。

谢枫说："你从情感深处就没认同过部队生活，但你为了主题需求，又在伪饰主人公对大漠军旅生活的留恋，作者的情不真，主人公便会意不切，你说，你的主人公和由他派生出来的一切能真实感人吗？石海呀，恕我直言，你若想搞写作，还是多在生活中积累些真情实感，那时再起步也不迟。"

谢枫说着，石海静静地听着。看着素来骄傲自满、从来都是听不进他人意见的石海能如此谦逊地接受谢枫的指点，石光荣颇为欣慰。

自此，石海每次来，都把自己以前的一些习作拿来，让谢枫给他挑毛病、找问题。两人还在文学上进行了广泛的探讨。几天后，石海深深折服，对母亲说："谢叔叔若是搞文学，一定会成为大作家。"

褚琴叹道："他本来能成为一个大音乐家的，只是没走这条道。"

就在谢枫拆线的那一天，老宋、石光荣、褚琴和孩子们都来了，他们急切地等待着结果。石海把谢枫推进处置室，医生们开始拆除他眼睛上的纱布，其他人都在旁边紧张地看着。当最后一圈纱布除下时，石光荣急切地来到谢枫面前，问："咋样？"

谢枫用手遮挡着明晃晃的日光，过了一会儿，他仔细地盯住石光荣，感慨地说："老石，你一根黑头发都没有了，咱都老了，老了。"

石光荣激动地握了握谢枫的手道："好，太好了，我这下就可以彻底放心了。"说完，石光荣离去。褚琴感觉不对，从屋里出来，追上了在楼道里抹泪的石光荣，一把拉住了他。石光荣说："等老谢出院，我就陪你去办手续。"此时，三个孩子也都跟了出来，看着父母。

褚琴一下子把石光荣推了个趔趄，石光荣刚站稳，褚琴就低声骂了起来："你什么东西呀，石光荣？你这么多年怎么还是那么霸道不讲理？当年你就自己做主把我包办了，今天你还想自己做主把我包办给老谢，你也太过分了！"

石光荣说："我是……"

褚琴说："离婚，休想！"

石光荣说："你别激动，我是为了你们……"

谢枫也觉出不对了，让护士把他推出来，褚琴指着谢枫说："为了我们什么？你知道老谢是怎么想的，你知道我跟老谢重逢后的真实感受吗？你凭什么就私自决定了，你以为你伟大，你高风亮节对不对？你这是对我和谢枫的亵渎！"

褚琴从兜里掏出那张离婚书撕得粉碎，而后，她说："石光荣，看在孩子们和老谢的分儿上我不跟你计较。你走吧，别在我眼前晃来晃去的，让我心烦！"

褚琴回病房了，被一通臭骂的石光荣愣了会儿醒过闷来了。他咧了咧嘴角儿，对围过来的孩子们和谢枫解嘲道："这丫头，脾气见长啊……"

在谢枫的开导和指点下，石海仿若换了个人。他依据谢枫的指点，以父母和谢枫乃至小战士夕明远的故事原型，写就了一部名为《烽火情缘》的中篇。

在写作这部中篇的过程中，他才真正体会到了什么是情怀、情感。谢枫说一个音乐家要想写一部好音乐，需要灌注全部的情感，写小说也差不多，作家不但要对作品灌注自己的情感、感悟，更要以父母爱孩子的心情来塑造小说中的人物，这样才能成功。

谢枫对往事的回忆不仅翔实，而且栩栩如生，听他讲着，石海已被带入那个战火烽烟的战场上，他仿佛看到每个人物都在自己眼前晃动，每个人在做什么、怎样想也都清清楚楚。通过这些事迹，他更体会到了什么是情感。他写得很快，几乎是忘我，还在谢枫住院期间，他就把这部中篇写完了，然后读给谢枫听。谢枫提了几条意见，他修改后，把稿件寄给了期刊社。这次不光是石海，谢枫也在期待着这部中篇的消息。

一周后，谢枫出院，石光荣叫车把谢枫直接接到了家里，他对孩子们说："以后别再谢叔叔谢叔叔地叫，多费劲儿，直接叫叔，我听着痛快！"

老宋说："好你个石光荣，这么一来，老谢就成了你的亲戚，我们这些老战友都靠边站了？"

石光荣说："我这么做是有私心的。"大家疑惑地看着石光荣，石光荣把石海推到谢枫跟前说："兄弟，我这个小儿子走的是完全不同的一条路，我知道凭我的能力已经给不了他什么了，以后我就把他交给你了，既是儿子又是学生，石海的文学之路就靠你帮他走下去了。"

谢枫连连推辞，说："不敢不敢，我那点儿东西，帮不了石海。"

石光荣说："你推责任是不是，褚琴，你说，他该不该收下石海？"

褚琴连忙说："老谢，你就答应了吧，一来让石海跟你学些东西，二来也方便石海照顾你。"

石光荣对石海道："愣着干吗，还不给你的义父、老师敬茶？"

石海连忙敬茶，他动作笨拙，洒了茶水，尴尬得不知该说什么好，把大伙都逗笑了。

晚上，褚琴把石光荣的被褥搬回卧室，石光荣说："我现在呼噜打得太响，还是一个人睡吧。"

褚琴矫情道："你还来劲儿了，是不是？"

石光荣躺在老伴身边，感叹着："谢枫是个好人呢……"褚琴没接话，石光荣故作不经意地问，"说实话，要是当年没我，你肯定嫁给老谢了吧？"

褚琴愠怒地打了石光荣一巴掌说："没完没了了，是不是？"

石光荣连说："不问了，再也不问了，我石光荣是谁？跃马扬枪，好歹也是个英雄不是?”

褚琴不再搭理他，说：“你就得意吧，小心点儿啊，小心我真休了你。”说完褚琴偷偷地笑了。

家里的气氛出乎意外地和谐。这期间他们也给方慧打过电话，询问母子俩的生活。褚琴说：“方慧呀，石林正在忙着给你办调动，再等等，很快咱们就团聚了。”

老两口儿催问石林方慧的事办得怎么样了，石林说，正在进行。石光荣和褚琴说：“都好几个月了，如果一时半会儿办不成，还是先回家看看他们娘儿俩吧。”

石林也很想念妻子儿子，只是家里一直不消停，抽不出身，如今家里总算难得地平静下来，也就请假回家看望方慧母子。儿子这次见了他很亲热，从方慧那儿知道儿子虽然淘气，但功课还跟得上。见妻子因操劳眼角明显地出现了皱纹，石林觉得歉疚，说：“再给我点儿时间，我会尽早把你调回来。”

方慧问家里的情况，石林说：“自从石海装病回来，家里就没消停过，好在都过去了。”方慧说：“石林，你瘦多了。等你帮我调过去就好了，我回去了，可以好好帮你。”石林经过父母的离婚风波后，对婚姻感情的认识大不同以往，他说：“老婆，对不起，这段时间让你独自支撑着这个家，我以后一定好好弥补。”

探亲这几天，石林买菜做饭打扫卫生，尽量多帮方慧干活儿，令方慧心生感动。

带着对再次团圆的期冀，方慧送石林回去，看着石林坐的车走远了，她心里却有一丝歉疚：有件事她始终没和石林说，她在日本有个伯父，托人多次联系她，说是让他们全家移民日本，接过伯父手中的产业，将来继承财产。这是绝好的机会，可是她太了解石林了，他绝对不会移民日本，要去，只能是自己和儿子去，可她又真的舍不得石林。假如工作迟迟得不到解决，她也只好走这条路了。

石林走前提醒石晶，说高扬在这段时间帮他家不少忙，一定要好好谢谢人家。石晶说：“是他自己多事，我又没求他。”石林说：“不表示感谢不合乎人情，如果你不去，那我就亲自出马了。”石晶只好去找高扬，可高扬不在。

连续一个星期，石晶都没在单位遇到高扬，几经探问，才得知高扬带领一个特别行动组办理一个特案去了。不知为何，石晶一下子觉得缺了点儿什么。

为了父亲的意愿，石晶还是跟胡战斗保持着一般性的交往。每次胡战斗来找她，她也礼节性地接待，仔细想来，除了对胡战斗没有电光火石般的激情，人家也没什么不好，只是性格太过于让人不好接受罢了。虽然石晶曾经为了胡战斗的事情怨恼过父亲，但她多么希望胡战斗是父亲年轻时候的样子，敢说敢为顶天立地。哪怕他身上有半点父亲石光荣的影子她也就将就了。石晶被婚恋的问题缠得大脑短路，对胡战斗的感情一直原地踏步不前。至于杨花花给她出的那些馊主意，她也不忍用在善良的胡战斗身上。

其实自打石晶答应了与胡战斗相处之后，石光荣和石林的心里都不好受，他们觉得亏欠了石晶。

石光荣最近感觉到老胡对他的态度越来越生分，他觉得是因为儿女亲事一直未果。石光荣主动与老胡谈心，劝他耐心等待。老胡阴阳怪气地说："我不是稀罕你那金枝玉叶的闺女，而是心疼自己不争气的儿子，怎么就吊在了你家石晶这棵歪脖树上不肯下来呢？"

爱子心切，石光荣理解老胡，只得小心地赔着不是，于是棋盘上原来的厮杀格局就发生了强烈的变化。李满屯发现，一段时间以来，一向骄矜难伺候的石光荣对老胡低眉顺眼地尽显绥靖。

石光荣一辈子都不愿欠别人的人情，更何况人家老胡有恩于石家。左思右想，他通过石林约石晶回家好好谈谈。

石晶归家，石林作陪，石光荣历数人家胡战斗的种种优点以及他对家里所做的贡献。石晶明白了父亲的心思，直截了当地问："是不是胡战斗的父母又催了？"

石光荣点头。石晶又问哥哥："如果这事要是换成了你，你会怎么办？"

石林说："我是长子，我必须先考虑家里的需求，我无条件自己选择。"

石晶强忍住泪水说："那好，我尽力跟他相处吧。"

迫于压力，石晶很艰难地跟胡战斗保持接触。她心里其实很矛盾，每当她面对胡战斗因对自己过分的爱意和崇敬变得毫无男人力度的脸庞时，都会心生恻隐。石晶既不想过分伤害胡战斗脆弱的心，也不想再继续耽误他，于是，她找到了石海诉说心事。

石海弄清了姐姐的态度后，完全支持她。对于一个浪漫的文学青年来说，岂能姑息没爱的“爱情”？于是，石海给石晶出了个主意，说：“此招一出，保准胡战斗知难而退，他放弃了，他父母就不会找咱爸的麻烦，那你不就释然了。”

石晶听完了石海的主意，怎么想都觉得石海的主意是馊的，搞不好还会赔了夫人又折兵。石海瞧不起石晶，说：“你不是天不怕地不怕一人吗？”无奈，石晶从了石海。

石晶主动约见胡战斗，约会地点在她的宿舍。石晶一改以往的矜持和距离感，变得热辣大胆，对胡战斗投怀送抱，搞得腼腆的胡战斗惊慌失措。石晶说：“其实你不了解我，我就是这样一个人，外表冷静，内心炽热，典型的暖水瓶性格。”说完，石晶做出解衣的态势，热辣地看着胡战斗。胡战斗一时难以接受这突如其来的热情，又羞又臊地夺路而逃。

此后，一连多日都没有胡战斗的电话和人影儿，石晶庆幸计谋得逞。

一天，褚琴打扫卫生时发现原来挂战刀的地方空了，逼问石光荣战刀哪里去了，石光荣不说，褚琴再三逼问，他只好说当时谢枫的手术费不够，他把战刀当了。

褚琴不由分说，带上钱拉着石光荣出门，来到卖战刀的地方，褚琴说要赎回，营业员说，迟了，刀已经被人买走了。

一路上褚琴都在埋怨石光荣，说：“钱不够你倒是跟我说，我那里还有。”石光荣也是后悔不迭。

三个月后，石海的小说《烽火情缘》发表，大家聚会以示庆贺，把谢枫和老宋也请来了。石海端着酒杯说：“要感谢爸爸和妈妈，还有谢……爸。”虽然认义父很久了，叫谢枫爸还是很勉强。说完，石海回屋拿出了那把日本战刀递给父亲，说：“爸，是我哥告诉我您的战刀没了，我们猜想您一定是为了给谢爸凑手术费时给当了，于是我找遍了所有的当铺，还好，还给您。”

石光荣诧异道：“你哪来那么多钱？石林给的吧？”石林连说不是。

石海说：“稿费，我的处女作稿费。我当时没钱，就拿着期刊社采用我稿件的信给当铺的人看，要他一定给我留着，等稿费一到就去赎。那人挺好的，还真一直给我留着。”

石光荣捧着失而复得的战刀，一时激动得无语。

石晶坐在石海身边，伸头低声耳语道："看在你办了件漂亮事的情面上，我饶了你逼爸爸跟妈离婚的事。"

石海笑着说："不是一件，是两件，我帮你摆脱了胡战斗。"

石光荣没听清，敏感地问："石海你刚才说什么？"

石海忙打岔说："没啥，我在跟我姐说胡战斗。"

石光荣说："你劝劝她，人家胡战斗不错，哪里能挑出什么毛病来。"

石海说："对，爸，我姐正努力呢！"

石晶嗔怪地在桌子底下狠狠拧石海一把。

安生的日子没过多久，石晶的面前再次出现了胡战斗颀长消瘦的身影。与往次不同，胡战斗不知哪儿来的勇气和口才，一口气对石晶表达了三层意思：其一，他是个既自尊又尊重他人的人，他不想死乞白赖地缠着石晶，他已经跟父亲挑明，石家不再欠胡家任何东西，父亲与胡伯伯的约定已经解除；其二，凭他对石晶的了解，上次石晶是在演戏，目的是吓跑他；其三，他不会再干涉石晶的个人感情，在石晶没有结婚对象前，请再允许他照顾帮助石晶，兄长加朋友式的。

面对胡战斗的告白石晶既感动又觉得无奈，人家并无非分之想，她只得点头答应，从此石晶对这个书呆子刮目相看，在心底里把他当成了最好的哥们儿。

第二十一章

这天，杨花花通知石晶说局领导请她到领导办公室，有要事相谈。石晶急忙赶去，进了领导办公室才发现，同在的还有久未见面的高扬。石晶出于礼貌，同时念在高扬曾帮过她的分儿上，主动热情地打招呼，孰料高扬又恢复了原来的那副德行，连大墨镜都没摘，只是点了点头。石晶一时转不过弯，不知高扬缘何故态复萌。

领导开门见山，说决定让石晶参与刑警队的一项贩毒专案侦破工作。任务是做卧底混进贩毒团伙内部，摸清情况后与刑警队及外市同行们里应外合，一举端掉这个刚刚转移到南方某市躲避的已经作恶多年的重大贩毒团伙。

石晶喜不自禁，不敢相信自己的耳朵，自己可是连刑警队都没进去，这天大的好事怎会落到自己头上？

领导还说："为了这个案子，高扬同志已经做了详尽的准备工作，包括暗中追访、调查了解与你相关的所有情况。"

石晶纳闷地说："调查我？我怎么不知道？"

高扬说："这下你该知道我为什么忍受你的拳脚，结识你的父亲哥哥，参加你不愿出席的家宴，叮嘱你必须去参加体检，想尽办法了解你在家庭风波中的作为和表现了吧。"

石晶错愕地看着高扬，说："我说呢，你那么热心掺和，原来是为这……"

领导说，高扬同志的做法是经过局领导慎重考虑并同意的，所以他此前的一切作为都属工作需要，如果在这期间给石晶带来了不便和麻烦，还请她谅解，毕竟结果是好的。经过高扬同志的全面考察，石晶被推荐为第一人选。也就是说，目前局里具备参与这个案子能力的女同志只有她一个人，所以领导最后征求石晶的意见，现在就等她表态。

石晶想都没想就立刻高喊："没问题，坚决完成任务！"参与侦破案件，这是石晶的理想啊！特别是领导高调表达对她的信任与认可，这让石晶在高扬面前赚足了面子。

领导还交代，这次任务极具特殊性，石晶在正式参与行动前，必须经过一段有针对性的特殊训练。

石晶问："谁来训练？"

领导说："教练就是此次'猎熊'计划的总指挥兼卧底搭档高扬！"

石晶愣了，无论如何她也不想跟这个人搅和在一起，更何况要深入虎穴共同战斗？高扬看出了石晶的迟疑，还没等她开口反悔，就替她表态他们一定会精诚合作，请领导放心。说完，他不由分说地把石晶拖拽出了领导办公室。

出了办公室，高扬便盛气凌人地先开了口："第一，任务已经开始；第二，忽略高扬这个浑蛋本人是谁，只把他当成合作伙伴；第三，任务艰巨，属特级危险，如果你现在退出，以畏缩怕死论断；第四，训练工作立即开始，十分钟后，机密档案室见。"

望着高扬越发显得桀骜冰冷的背影，毫无退路的石晶几乎晕厥，只有低声骂"你真是个浑蛋"的份儿了。

石晶回到档案室，高扬已经在等着她了，而且他不知用什么办法把杨花花支走了。他拿出一大沓厚厚的资料，得意地笑道："看看吧，这些是绝密，连档案室都不能存档的。"

"你就臭美吧，小心哪天得意过头了，你就……"石晶想说句狠话，还是没能说出来。

两人坐在一起研究了两个小时的材料，高扬对这些材料很熟，主要是给石晶讲解。通过研究资料，石晶才明白：这次她与高扬搭档做卧底，是经过组织周密设计和部署的，除了专业技能的训练，还得伪装成一对刚刚得到贩毒巨款后到南方某市消遣，同时预订新货进行交易的新婚夫妻！

高扬告知她，他们必须迅速培养起新婚燕尔的浓稠情感，至少是演戏演到逼真的程度。不管石晶的态度，高扬就抛出了一连串的问题：谈过几回恋爱，和恋人交往的程度，仅限于拥抱接吻还是性爱。天啊，他怎么可以这么不要脸问一个大姑娘这么难堪的问题？正当石晶脸红耳热地不知该如何作答时，高扬不屑地说："你不会说你连正式的恋爱都没谈过吧？"

石晶的沉默证实了高扬的判断，他眉头紧皱，摇摇头道："原来是根木头……"

"你骂人！"石晶觉得高扬是在羞辱她，一下子又举起了拳头。这回高扬没让着她，一把攥住了石晶的手，问："那你说我该怎样对你下定义？"石晶一时无言以对。高扬借故又问："你跟那个胡战斗，真的什么……都没有？"石晶急了，说："没有。"

高扬说："这个胡战斗，我原来以为你最近已经在他那所学校毕业了呢，至少也是进中级班了。"石晶恼了，说："你胡说什么呢？"高扬说："嗐，我也是个猪脑袋，怎么没往这方面想呢？如果知道你跟他都是木头，我可能会考虑别的人选了。"

石晶急了，说："执行任务跟这个有什么关系，你别欺负人！"

高扬说："关系当然大了，你可是我的'新婚妻子'，就你这样，怎么能装成新婚妻子？"石晶鼻子一哼说："这有什么难的。"

高扬打趣地说："那就看你的了，老婆！"说完，高扬向石晶靠去，做欲吻状。眼看着高扬的脸就要碰到自己，石晶一个巴掌抡出去，掴到了高扬的脸上。

高扬没急，揉了揉脸说："这巴掌权当是对我考察不彻底选人不当的惩罚吧。"说完，高扬走了。

在与高扬"迅速培养感情"的这段日子里，石晶简直是处于水深火热之中，别说新婚燕尔了，就是与高扬相距三米之内，她都会感到一种说不出来的慌乱和难堪。几次，高扬都试图走过来抱抱她或是来个近身亲昵的动作，石晶都逃掉了。望着石晶一脸窘迫，高扬叹息着。

为此，高扬想了许多办法，希望石晶能从心里放下他们之间的障碍，小礼物、体贴的关怀不断，甚至连自行车高扬都亲自给她擦洗，石晶虽然接受了，但依然像个木头人，倔倔地面对高扬。

眼看着情感训练科目毫无进展，高扬心急如焚，石晶如果真的不能进入角色，不但这次筹划已久的任务要砸锅，他们两人命也难保，贩毒分子不单是穷凶极恶的亡命徒，反侦察能力也很强。

无奈，高扬安排了一次郊游，以便能全身心放松，跟她好好谈谈。但这一次高扬的努力再次失败。看着离自己八丈远的石晶，高扬终于忍无可忍了，问："石晶同志，难道我就那么让你讨厌？"石晶白了他一眼，没吭声。

高扬又问："难道你连起码的职业水准都没有？"

石晶冷着脸说："职业水准我当然有，但那要看对象是谁，至于你讨不讨厌，你心里明白。"高扬急了，说："我不明白！都多长时间了，即便是块石头也该烤热了，更何况我们是为了任务在演戏，你怎么一点都不入戏呢?”

石晶也很着急，训练眼看就要结束，可她在心理上还是拒绝高扬，为此领导找她谈过话，说如果实在有心理障碍，他们可以考虑换人。

想着未来被换掉的后果，石晶急得快哭了。她咬咬牙，喊道：“来吧，我做好准备了!”说完，石晶像一个即将奔赴刑场的女地下党员，挺胸昂头地朝高扬走了过去，把高扬弄得啼笑皆非，他连连后退着，直摆手。

石晶纳闷地看着高扬，问：“怎么了?”

高扬说：“有你这样的吗?你见过谁像你这样雄赳赳地投入爱人的怀抱的?”

石晶急了：“那你说，怎么办，我怎么做才对?”

高扬说：“你看着我，对，就这样看着我，不对，不是直勾勾的，是心里充满了柔情蜜意的那种。”

石晶尽量让自己变得柔情蜜意，不料，看着石晶那种难堪的模样，这回高扬差点哭了……

终于，高扬实在没办法了，他走近石晶，说了声：“对不起了，姑娘。”说完，高扬就冷不防地把石晶拥在怀里，做欲吻状，石晶再次伸出巴掌打在了高扬的脸上。

高扬这次有点急了，他低下头，笑了笑说：“事已至此，特事特办吧。”于是，高扬不管石晶再做任何反抗，强制性地把她紧拥在了怀里。石晶挣扎，高扬用一只手抚着她的头，不断在她耳边轻声说：“安静，好姑娘，安静……”

不知是高扬的声音带着魔法还是他的怀抱产生了魔力，渐渐地，石晶不再挣扎，身体也渐渐地由僵硬变得柔软，像个孩子，乖顺地任高扬拥抱着，体味着一种从未有过的温暖……

就在石晶渐渐以一个女人的感受体味着一个男人怀抱的时候，高扬突然用力推开了石晶，弓下一点身子，盯着她的眼睛道：“女警官，这关过了。接下来是把外在的感觉移植入内心，达到一种由内及外的身心一体化爱恋，你明白了吗?”

石晶恍恍惚惚地听着，高扬说：“看你的眼神，没明白。”于是，高扬从车上拿出几盒录影带问：“你家里有录像机吗?”

石晶摇头。高扬说：“那我就把单位的给你搬宿舍里去，这几天抓紧时间看，迅速补课充电!”看着又恢复了冷峻严肃的高扬，石晶点了点头问：“什么呀这是?”

高扬说："经典爱情片，抓紧时间自修吧。"临别又说，"放你两天假，自由了！"说完高扬就走了。

自小说《烽火情缘》获得成功后，石海得到极大鼓舞。于是，心里又有了许多灵感和构思，制订了一个庞大的写作计划。

他每天都要到谢枫那里去，一是为了照顾谢枫的起居，二是把自己读书的心得、写作的体会、对文学的见解和谢枫探讨，还把自己从不示人的未完成的稿子也拿来让谢枫评点，谢枫真成了他在文学上的导师和领路人。

石光荣和褚琴也经常来看望谢枫，每次来都会带好吃的用的，像是走亲戚。谢枫感念他们的关照，说以后千万别再这样，太客气了。

石光荣说："我这样是出于私心，儿子不是交给你了吗？你得帮我们好好带着。"

谢枫笑着说："其实石海本质上是个既敏感又善良的好孩子，你看看这被褥衣物，全都是他给我洗的！"

石海会洗被褥衣物？这事令褚琴惊讶，她说："从小到大就没见到过石海洗一样东西，到你这里，他怎么就会洗了？"

石光荣笑了："这叫一物降一物，我那个浑小子，打小时起，我说东他就往西，什么事都跟我反着来，任起性来他妈的话都不听，可到了老谢这儿，老谢说什么他听什么，这不是缘分吗？只有老谢才能勒得住这匹野马。"

谢枫说："石海每天都会来一趟，我们已经成为无话不谈的好朋友。"

石光荣听后很高兴，说："老谢，石海的变化全是你的功劳，我们老两口儿咋感谢你呀！"

谢枫说："老石，你还跟我提感谢，我都没脸提，你们一家人为我做了多少，我真没想到老了老了才有了个好朋友，是我该感谢你们才对！"

三个老人相谈甚欢，石光荣和褚琴一起享受着石海的变化给他们带来的幸福，谢枫有了石海在身边，更是在精神上得到极大的安慰。

石海就在向谢枫请教的生活中，踏踏实实地行走在文学创作的路途上，浑然忘了从身边流逝的悠悠岁月，直到有一天李文突然出现在他宿舍里，才惊觉到时间的变化。

看到突然出现在面前的李文，石海跳起来，掩饰不住内心的惊喜，紧紧握住李文伸过来的手："哥们儿，你怎么回来了，是探亲还是逃回来的？"

李文好笑道："你真是过糊涂了，我是正式复员的。"

石海这才恢复了正常的时间感，屈指算来，可不已经三年了。想到这三年的岁月，他竟恍然有沧桑之感。

两人出去找个饭店喝起酒，李文埋怨石海，工作有这么忙吗，连家都不回，害得她一连去了几天也没见到他，最后还是按地址来宿舍找他。

石海说，不是工作太忙，就是自己忙于写作，真的很忙，总是感到时间不够。李文娇嗔地说，不管怎么忙，也得抽出时间陪她，他们俩可是铁哥们儿，棒打不散的。

说到"棒打不散"时，李文娇嫩的小脸红了。石海酒酣耳热，也没注意到，更没听出"棒打不散"的含义，民间有句俗语：是姻缘棒打不散。石海还连连点头："那当然，那当然，咱们是什么关系。"

李文笑了，认为自己的暗示已经得到石海的认可了，心里一块石头落了地。

自此，石海就吃上了苦头。李文早上起来就出去买早点，然后拿到石海宿舍和他一同吃，吃完后两人分头上班。中午时，李文早早就来到报社食堂，打好饭菜，占着桌子等着石海，晚上石海下班晚了，食堂没有好菜，两人就出去吃。

石海劝过她几次，不要来得这样频繁，单位会有不好的反映。李文不屑道："有什么不好的，你们单位有章程不许朋友来往？你要是怕，就去我们电视台食堂吃，比你们这儿好多了。"石海也没办法拒绝她，只好每顿饭都计算好价钱，把饭票给李文。李文不要，说铁哥们儿哪有 AA 制的。石海说如果她不要，他就自己买饭，李文也就爽快收了。

只是每次出去吃饭石海有些犯愁，李文口味很刁，又讲派头，拉他去的都是门面豪华的饭店，价格当然也不菲。石海说自己消费不起，李文就说不用他消费，只要陪她就行。果然，在外面都是李文付账。

石海很纳闷，说电视台工资这么高吗，李文笑着说都是她哥哥给的，她哪来这些钱。反正哥哥赚钱很容易，这些钱不花白不花。石海劝她，既然已经工作了，就算不能孝顺父母，至少要在经济上独立，不能再向家里伸手。李文不以为然地说，她哥哥说了，下海赚钱就是为了让家人幸福，不然赚那么多钱干吗，所以大把地给她，她也大把地花着，心安理得。

石海强忍了十多天，就再也忍受不住了，倒不在于钱上，而是陪李文花了太多时间，他的写作一点儿进展都没有，于是，他向李文说，今后要多腾出一些时间来写作。出乎他意外，李文很赞同，但有一个条件，他写作时，允许她在旁边看着，而且保证只是看着，不说话。

石海没法再拒绝了，尤其是看到李文眼里那种乞求的神色，他的心软了。晚上写东西时，李文就在旁边坐着，也拿本书安静地看着。这种两不相扰的状况只持续了一天，第二天晚上，李文就向他提出一些文学上的问题，宛若一个充满激情的文学青年。石海最喜欢充当文学青年的导师了，也就耐心解答。两人说着说着，自然也就聊到生活中的种种事，毕竟文学就是生活嘛，结果石海还是每天晚上陪李文聊天，等他醒悟过来时，这种模式已经很难改变了。

杨花花自从上次和他生气，两人之间的关系一直没有和缓，主要是石海根本就不想改善这种关系，杨花花也是有脸面的姑娘，再怎么热情也不能硬赶上来讨好他，所以这段时间两人的联系是若断若续。

这天晚上，杨花花来找石海，在宿舍里看到了正与石海聊得开心的李文，她敏感地觉出了这个娇娇气气的女孩子看石海的眼神不对，心里一下子不舒畅起来。

杨花花问石海："这是谁呀，不给哥们儿介绍介绍？"说完她自己都能觉出话中的酸意。

石海说："我同学、战友。"

"是同学、战友加女友，我叫李文，你呢？"李文闻出了杨花花话中的酸意，警觉起来，站起来热情地伸出手，也果断地界定了自己的身份。

"我叫杨花花！"杨花花象征性地握握李文的手。

石海闻到了一股暧昧的味道，两人之间仿佛充满敌意，脸上虽然装满热情，相互对视的眼睛里却是挑衅的神色，他急忙说："对不起了二位，我今晚还有篇稿子要赶，恕不奉陪。"

杨花花不肯，冷笑道："我没来，你也没稿子要写，我一来，你就忙了？"

石海急道："真的，不骗你，稿子后半夜排版，明天要印的。"

听他这么说，两个女孩子极不情愿地走了，石海舒了口气道："还是姐姐说得有道理。当断不断，必受其乱。"

石海刚刚要摊开稿子，杨花花就又回来了，她一屁股坐在床上，问道："女朋友，怎么没听你说起过？"

石海连忙说："我没说她是女朋友。"

杨花花说："好，你没说就好。石海，你已经发工资了吧？"

石海一愣："发了。"

杨花花又问："你那篇处女作的稿酬也拿到了吧？"

石海明白了："拿了。"

"那好，明天晚上，你请客！"杨花花命令道。

石海忙说："请客可以，咱改一天行吗，我这几天真的特别忙。"

"忙着跟那个娇小姐谈情说爱，对吗？"

石海说："你别瞎说，我们真的是同学加战友，在新疆一个部队当兵的。不信你问我姐去，要不去干休所打听打听，我们的关系整个干休所大院没人不知道。"

杨花花笑了："那好，我这回信你的。不过，你以前可答应过我的，自己赚了钱就请我吃饭，男人说话算话。"

石海连说："算话，你等我电话吧。"

杨花花得到允诺，高兴地走了，她认为石海对自己还是比对那个李文好多了，在心理上满足了一把。

等她走出报社宿舍大门，一直在附近盯着的李文笑了，心里暗道：哪里钻出来的野丫头，跟我抢人，也不照镜子看看自己，整个一假小子，浑身上下找不出一点女人味。她也高兴地回家了。

第二十二章

父亲的病有所好转，林谷雨决定再次离家到城里打工。在父亲的命令之下，她不敢再回石光荣家，只好把从家乡带回来的土特产交给了干休所的门卫，请他转给石家的人。至于为啥父亲阻拦她与石家交往，成了林谷雨心里的一个谜团。

她通过几个在市里打工的同乡介绍，来到一处工地打工，负责给农民工做饭，期间遇到了一个名叫孔三的小伙子，这个在工地上做技术员的小伙子人很善良，也爱好文学。下班休息时，孔三常来找林谷雨聊天。渐渐地，孔三感受到了林谷雨的美好，开始对林谷雨格外地关照起来。两人在交往中比较谈得来，孔三对林谷雨很是关心，那份关心既像个呵护备至的兄长，也渐渐地多了份暧昧的味道。敏感的林谷雨已经从孔三的言谈话语中感受到了这份羞怯的感情，但林谷雨自从跟孔三接触，就只把他当作一个可以信赖的大哥，从来都没有往男女之事上想过。对于孔三不断升温的感情，林谷雨佯装不知，不露声色地保持着两个人之间的距离，她怕明确拒绝会伤害这个善良的小伙子的心。

有时她走过干休所的大门，心里都会产生一种异样的感情，她在石家虽然时间不长，石光荣和褚琴却把她当亲生闺女一般疼，这即便是在家里也从未得到过的。为何父亲坚决要求她断绝和石家任何人的来往呢？

石光荣夫妇收到了林谷雨的土特产和她留下的一封信，信中林谷雨十分愧疚地道歉，说因为特殊情况不能再回石伯伯和褚琴阿姨身边了，她很遗憾也很想念他们。最后她希望二老和睦生活，保重身体。

对于林谷雨的一片真情实意，老两口都很感动。石光荣遐想道：“多好的闺女呀，要是咱石海有这个福分就好了……”

他还没说完，褚琴突然变了脸，厉声道：“老石，你想什么呢？没发烧吧？”

石光荣醒悟过来，急忙说："是啊，我是做梦呢，人家林谷雨那么好的孩子，怎么能看得上石海呢？"

褚琴断然道："老石你给我打住，搞搞清楚，林谷雨是农村户口，再好也是个乡下孩子，亏你把她往儿媳妇上想！告诉你啊，别做梦了。"

石光荣不高兴了，说："人家不来了，以后也不可能再见面，还不兴我想想啊？"

褚琴坚决地说："想想都不成，太不靠谱了，我再告诉你一遍，门儿都没有。"石光荣见褚琴又急了，连忙岔开话题，说："丫头，你注意到没有，近来石林有些不对劲儿。"

话题成功岔开，褚琴想想说："我也觉出来了，等他回来你问问，石林不像小海，什么话都肯对我说，你问他，他或许会说实话。"

石林在工商局虽是闲职，渐渐地，也发现了这个单位许许多多令人不解的蹊跷事：原本一脸威严的唐局长经常受办公室赖主任的支配，从某种意义上说，这个看上去总是笑呵呵的矮胖赖主任才像是这个局的一把手，老唐只不过是个摆设罢了……

与此同时，给妻子方慧联系调动工作的事也让石林头疼。两地分居已经多时，特别是这次回家，石林难以忘却方慧送他时的泪眼……但心急没有用，调动必须找到合适的对调机会才能解决工作和户口两大难题。

石林回家后，石光荣就问他是不是遇到烦心事，以为是儿子的妻子不在身边心神不安，就劝说石林赶紧把方慧娘儿俩的事给办了，如果有困难，他会出面帮忙。石林不想再给父母增添麻烦，用些别的事搪塞过去。

在一次例行市场调查时，石林发现了假烟的迹象，他找到局长提出自己的怀疑，希望领导授权于他继续追查。老唐以他不熟悉情况为由，按下此事。石林不甘心，继续私下调查。

就在石林即将获得假烟证据的时候，商户的储烟仓库突然遭火灾，石林的调查工作就此中断。但他凭直觉感到，仓库失火和他的调查有关，工商局里藏有不可告人的秘密。怀着一种警觉，石林不动声色地在机关内部开始了调查。

这段时间，石林突然发现老赖常来他这里走动，每次来都不空手，一盒茶叶、几瓶烧酒，再不就是一些小小的土特产。石林拒绝，老赖就说这是福利，其他领导都有，他作为副局长，当然也应该享受这种待遇。

石林觉得老赖在特意与他拉近关系，这是以前没有过的。猜忌之余，石林决定将计就计，顺着老赖的这根藤，也许会摸出一些内容来。于是，石林也就跟老赖近乎起来。可是老赖精明得很，察觉出石林有意图，就又缩回去了，两人还是保持那种不即不离的距离。石林一时间无论在局里还是外面，调查都毫无进展。

石晶除了吃饭睡觉，整日浸泡在录像机呈现出的爱情影像世界里了……

当她看到《魂断蓝桥》里的罗伊和玛拉在雨中错失相会的机遇伤心备至时，当她看到电视剧《荆棘鸟》里的小姑娘麦琪和主教大人爱恨缠绵的情节时，泪水接二连三地滴落，身边丢了一堆纸巾。被他人缠绵的爱情浸泡了两天的石晶，突然觉得自己周身发生了一些奇异的变化，人显得懒懒的，应该说是慵懒的那种感觉。

就在石晶刚刚看到《荆棘鸟》中主教大人与麦琪在海岛私会，正情浓意蜜之时，高扬敲开了她的宿舍门。与主人公们一起沉浸在缠绵的情感氛围中的石晶开门，目光中还留着温柔。高扬看了看石晶，递给她一份快餐，石晶柔声称谢，这让高扬很是意外。

高扬问："怎么样？有什么感想？"

石晶神往地道："真正的爱情，伟大的爱情，原来是那样的。"

"哪样的？"高扬追问。

"让人心疼，让人心慌，让人透不过气来，让人心里和身体都变得软软的……"

看着石晶迷蒙甚至是有些含情的眼神，高扬不经意地笑了。他说："你期待这种感情吗？你渴望恋人间的那种拥抱吗？"

石晶毫不迟疑地点了点头，说："当然，傻子才不想。"

高扬又说："那你渴望一个给我看看。"说着，高扬向石晶张开了手臂，期待着……

看着满怀期待的高扬，石晶突然像从梦中醒转，她大声喊了声："去你的吧，你不是我的情感对象啊。"

高扬再一次挫败地摇头哀叹："伟大的女警官石晶啊，你怎么就不能感性一点儿，我们这也是训练啊。"

石晶说："这是在宿舍，我投入不了……"

高扬正色说："也只能这样了。石晶，我现在正式通知你，四十八小时之后出发奔赴办案目的地。从现在起，我们的时间以分秒计算，你必须完成很多任务，包括回家。”

石晶立正说：“保证完成任务!”

高扬说：“行动计划提前了，时间不能等人，这回也只能特事特办了。”

石晶没搞懂“特事特办”的真正含义，一天后她就懵懂地在高扬的命令下回家与家人道别。石晶谎称自己要到南方的一个培训班接受两个月的业务培训，希望父母保重身体，不要担心她的事情。临行，石晶留恋地与家人告别，还特别地拥抱了这段时间以来有些积怨的父亲。

褚琴毫无警觉，而石光荣则从女儿的拥抱中觉出了不同，坚持一个人再送送石晶。出了大门，石光荣就拽住了石晶，说：“闺女，特殊战线特殊任务，这不正是你的理想吗？多长几个心眼，胆大心细，爸爸等你的好消息!”

石晶被老父的睿智折服，更因他的理解而感动。

回到局里，再见高扬，石晶几乎不认识他了！只见他越发显得酷酷的，十分神秘，她讽刺说：“干什么，装酷啊？”

高扬说：“是装酷，你也得扮靓。酷男靓女才般配。”在他的一番指导调配下，请来的服装、化妆专业人员也把她装扮成了一个时尚绰约的丽人。石晶看着镜子中的自己，几乎不认得了，完全变成了另外的一个人。

高扬左右上下观察一番后，对石晶说：“扮相不错，希望在其他方面再职业点儿！比如，你必须变得风情万种，至少是在我的面前。”

听到这句话，石晶的心又悬起来，外表可以化妆，可是这风情万种是需要发自内心的，自己根本就不知道风情万种是什么概念。

自打闺女离家，石光荣就绷紧了神经，但他掩饰着，不让褚琴看出来。

出发前的最后一晚，高扬把石晶带到了郊外的一座监狱，在听讯室里，他们先后见到了两个罪犯方雷和苗娇娇。

虽然一身监狱服饰，但那个苗娇娇依然带着几许风情，举手投足间难掩妩媚和娇柔。在充分了解完她的个人背景等情况后，高扬对石晶说：“好好学学，这就是你即将扮演的角色。”

方雷也不是一般人印象中的那种毒贩，他表情矜持甚至带着几许书卷气，行为做派怎么看都不像个粗鲁的莽汉。石晶明白了，方雷就是高扬要扮演的角色。

离开监狱，高扬问石晶心理感受如何，石晶说："这个苗娇娇跟我想象的完全不一样，以前在电影里看的那些女特务都是那样的，可这个苗娇娇是这样的……"

高扬叹口气说："别着急，接头的老熊那伙人也没见过他们二人，他们手里只有一个团伙聚会时的全景照片。你看，这上面的方雷和苗娇娇只有侧身形象，即便照片再放大也看不出脸部轮廓和细节，所以在形象上尽可以放心。"

石晶问："那他们怎么搭上线的?"

"这两个人是老熊通过贩毒地下渠道新近联络到的客户，但是，你记住，他们的一些基本情况老熊有所耳闻，比如方雷曾经是一所高校的体育老师，苗娇娇曾经做过女演员，等等。最关键的一点是：他们目前正在新婚蜜月期。所以，人物的行为逻辑和特征，以及他们之间关系的把握，是我们此次任务要注意的核心点。"高扬解释说。

石晶点了点头说："我尽量吧。"

高扬断然道："不是尽量，是必须，丝毫的差池都会引起犯罪团伙的怀疑，不仅会破坏整个计划，严重一点还会危及我们的性命。"

石晶拉长声音："你放心，我就算豁出性命也会满足你这些要求，绝不会砸了任务，危及你的生命。"

高扬笑了："你要真能有豁出命的勇气，我就放心了，你也放心，没那么严重。"

就在登车前，石晶又在高扬的办公室里忐忑地跟石海通了一个电话，谎称自己要到南方去学习，她不在家的这段时间，希望弟弟常回家探望父母，帮哥哥打理家里的事情。石海答应石晶。石晶再次叮嘱石海，在感情的问题上千万不要似是而非，对人对己都要负责任。

一旁等得有些不耐烦的高扬不停地把腕上的手表给她看，提醒石晶时间。石晶不理高扬，继续对石海不放心地唠叨着。

高扬对石晶叹道："说你不太有女人味儿，还真是冤枉了你。瞧瞧你，家里的上上下下里里外外，你哪个不在心里搁着？也真够难为你的。"

石晶白了一眼高扬道："谁像你呀，吃粮不管穿的主，你能牵挂谁，你又会牵挂谁?"

高扬笑了，说："我倒是想，可老天爷不给我这个机会。"

石晶诧异地问："你是说你是孤家寡人？"

高扬点点头："客观上可以这么说。"

石晶很是奇怪，问："你是单身？"

高扬没有回答石晶，说道："从现在起，你必须暂时把所有的东西从心里抹掉，脑子里只装着我一个人！"

石晶哼道："美得你，凭什么？"

高扬自嘲地笑道："我是说我现在是方雷，苗娇娇心里只能有方雷一个人。"

石晶没话说了，小声嘟囔："这还差不多。"

石海遵守对石晶的承诺，搬回家里暂住。

杨花花在石海单位宿舍找不到他，着了急，不得已去找石晶。单位领导为了任务的保密性，统一口径说派石晶去南方某市学习、培训。杨花花得知此讯，十分无奈。为了能迅速找到石海，她调看了石晶的资料，寻到了她的家庭住址和电话。

石海回家住，可乐坏了李文，自打得知石海的行踪后，她每天下班都来找他，引起了石光荣和褚琴的警觉。睡觉前，石光荣对褚琴说："李家这丫头见天往咱这儿跑，是啥意思？"

褚琴装起糊涂："石海和她从小就要好，小时一直玩到大，你又不是没看到，这不和那时一样吗？"

石光荣说："那怎么能一样，小时候是小时候，现在都是大姑娘大小伙子了，见天在一起，你还说没什么？"

褚琴闭上眼睛，装出要睡觉的样子，说："你睡吧，他们的事就让他们自己解决，小海的事你还想包办不成？"

一提到包办，触到石光荣的痛处，他不再言语了。可是李文的心思都写在脸上了，傻子才看不出，褚琴这是啥意思。他明白了，褚琴是相中李家这丫头了。他却觉得大大地不妥，石海从小娇生惯养的，李文的娇气更胜石海百倍，简直就是个小公主，这俩小犊子凑合到一起，以后的日子可咋过呀？

晚饭后就忙于创作的石海，对天天晚上不请自来的李文表现出了腻烦，坐在他旁边的李文不是跟他聊点儿单位的新闻，就是不停地剥水果喂他吃，让他很难进入创作状态。于是，石海下了逐客令。

李文不高兴了，变了脸色问："石海，我招你惹你了，你对我为什么这么冷漠？"

石海说："我冷漠吗，我一向如此。"

李文哽咽说："那你以前求着我出主意装病那会儿怎么三天两头地打电话？现在连听我说话的心思都没了？"

石海说："哥们儿，我没忘了你给我的帮助，但现在我确实是在赶着写稿子，我每天用于创作的时间就下班这段时间，不是我没心思听你说话，是我没时间。"

李文不干了，叽叽歪歪地哭将起来，说石海忘恩负义没良心。

哭声和吵闹声引来了石光荣和褚琴，他们责问石海怎么回事。石海说："她以为这是幼儿园啊，我怎么知道她为什么哭？我又不是她的保姆。"

于是，李文便扑到褚琴怀里，唠唠叨叨地诉说着石海不搭理她的罪状，说自己想了他一天了，好不容易等到他回来，跟他说点儿体己话，他就嫌烦，给他剥水果吃，他还嫌烦，就是看着自己烦，也不知他怎么了。

石光荣听明白了，沉着脸说："石海，你给我出来。"

李文知道石光荣家法的厉害，唯恐石光荣真的收拾石海一顿，忙从褚琴怀里抬起头："石伯伯，你跟他好好说就行，千万别动家法呀。"

石海硬着头皮跟父亲来到屋外，石光荣问石海跟李文到底是啥关系。

石海说："没什么特殊的，革命战友加同学。"

石光荣盯着他问："旁的就没有了？"

石海不耐烦地说："半点儿都没有。"

石光荣再问："那时候你半夜给人家打长途电话干啥？"

石海说："那不是跟她汇报计划实施的进展吗。"

石光荣追问："这么说装病的计划是她的主意？"石海点头。石光荣说："我明白了。石海你给我听好了，李文可是你李满屯叔叔的掌上明珠，要星星不敢给月亮，如果你对人家姑娘没有旁的想法，赶紧说明白，别拖着拽着惹是生非！"

石海答应："我一定。"

屋里的褚琴温柔地哄着李文，她从小就很喜欢李家这个娇滴滴漂漂亮亮的小宝贝疙瘩，因为她的身上有一种石晶不具备的女孩子样。李文也从小亲近漂亮的褚琴阿姨，小嘴抹了蜜似的哄着褚琴，一直管褚琴叫褚妈妈。这回当褚琴看着李文梨花带雨的小脸时，越发觉得她娇娇弱弱的可人疼。褚琴一边安慰着李文，一边盘问她到底想让石海怎么做。李文撒着娇，求褚妈妈让石海对她好点儿，多陪陪她。褚琴当即道：“这好办，褚妈妈一定让你高兴！”

褚琴不由分说地拽着李文来找石海，收起了他的稿纸和笔。石海不愿意，褚琴问他：“你姐让你回家干吗来了？”

石海说：“照顾你们，让你们开心。”

褚琴说：“这就对了，现在唯一让我开心的事就是看着你把文文哄笑了，其余的让路！”

石海还想争辩，褚琴便把他们往大门外推，说：“外边的空气好，出去玩吧，嫌逛街累就看场电影什么的。”

石海不情愿地往外走，李文刚迈开腿就又折回身来，搂着褚琴道：“褚妈妈，您穿这件衣服太显老了，不配您的好皮肤和身材。改天我给您买一件时兴的，我大哥正好在广州，那里的衣服都是香港货！”说完，李文亲了褚琴一口，兴高采烈地追石海去了。

褚琴被李文这一亲一夸，整个人都晕乎了，她看着李文的背影道：“多腻乎人的小丫头，又可心又懂事！”

站在一旁的石光荣嘿嘿地笑了，说：“小心糖衣炮弹啊！”

褚琴道：“什么糖衣炮弹，你看看人家的闺女，再看看石晶，她长这么大都没腻乎过我，更别说亲我了。人都说闺女是妈的小棉袄，我倒好，白养了个闺女，简直就像个假小子，都是你给弄的，跟小子有啥差别？”

石光荣不以为然地说：“骄娇二气有什么好的？谁能比得过我闺女？”

虽然人在李文身边，石海的心神却游离着，弄得李文很是气恼，她问石海，为啥不听她说话，是不是在想那个叫杨花花的女警官，石海很是讨厌李文逼问的架势，说：“想不想是我的自由，你管不着！”李文闻此，再度哭了起来，连打带推地让石海滚。石海得令，忙不迭地逃离……

李文急得直跺脚，大声喊着：“你回来，人家不是那个意思！”石海哪里肯回头，逃也似的消失在黑夜里。

翌日中午，杨花花来石海单位，旧话重提，让石海请她吃饭。

石海看到她一副盛气凌人的架势，自己又爽了约，不禁有些发虚，说：“我第一笔稿费都给我爸爸赎战刀了，这个月的工资也花光了，现在手里只有食堂的饭票和通勤费，哪有闲钱请你吃饭？以后吧。”

杨花花盯着他的眼睛说：“你不是躲我不想见吧？”

石海慌乱地敷衍说："都是哥们儿，哪能呢？你多心了。"

杨花花问："你说的是实话？"石海说自然。杨花花想了想说："那好，我请你吃饭。"说完，杨花花就走了，石海追出来时，没看到杨花花的影子，弄得他云山雾罩的。她说要请吃饭是什么意思？整个下午，他都在琢磨这问题，却也没研究明白。

下班回到家，石海刚进家门，就看见母亲坐在门口等他，那架势一看就是要问罪的。原来，今天李文已经通过电话把石海的罪行悉数汇报给了褚琴。

石海经不住褚琴的唠叨，把自己对李文的看法和盘托出，说他跟李文绝对没有发展恋爱关系的可能。褚琴恼了，说，她从小就对石海百依百顺，这回她不会再依着石海，必须跟李文好好相处！

正当母子俩吵得不可开交的时候，一身警服的杨花花敲开大门走了进来。她手里提着蔬菜水果，很是礼貌地自我介绍说，她叫杨花花，是石晶的同事。这次石晶外出学习，领导出于对石晶家庭的关心，特别委派她来照顾石家二老。说完，杨花花还把自己的警官证和工作证交给褚琴看。

石海看着对他装作不认识的杨花花，不知道这个厉害丫头的话到底是真是假，忽然想到她中午说的要请自己吃饭，恍然明白了，她这是找个借口来家做饭给自己吃。他服气了，这主意亏她想得出来。

石光荣一直在静观母子俩的吵闹，他不想过早地掺和进他们的矛盾中，一是不到时候，二是胡战斗的事情已经令他和老胡关系不太正常，这要是因为李文再把老李头也树立成了敌人，他在人前还咋混呢？于是，在没有想出眉目之前，他不想轻易表态。

杨花花的到来令他吃惊，他连忙走出作战室招呼客人。看过证件之后，石光荣对杨花花深信不疑。

不明情状的老两口先是表达了对石晶单位领导的感谢，接下来便客气地请杨花花喝水吃水果。石海却在不动声色地观察着突然变成了一个敦厚可人的乖顺女孩的杨花花，琢磨着她此行的真实动机，假如只是吃顿饭，倒没什么，她如此大费心机，恐怕不会只是一顿饭的事，想着想着，心里又有些发慌。

杨花花茶不喝一口，就冲进了厨房，以她平素雷厉风行的作风弄好了一桌饭菜，而后恭恭敬敬地请两位老人吃饭。

石海在杨花花进厨房端汤的当口堵住她，问她到底来干什么。杨花花说："照顾老人啊，领导派我来的。"石海追问："那你为什么装作不认识我？”杨花花说：“为你好。”石海怀着忐忑的心情，惴惴不安地吃完了晚饭。

饭毕，杨花花洗涮，石光荣和褚琴不忍，杨花花说：“石晶同志临出发前曾经跟领导汇报过家里的情况，她不放心你们，领导为了让她安心学习，才把任务交给我，你们就不必客气了。”石光荣说：“这个石晶，怎么给单位添麻烦呢。杨同志，我们自己能干，你就别再来了。”杨花花说：“领导交代了，石晶同志一天不回来，我就一天不能走，你们不必不好意思。”

听到这里，石海的头都大了，杨花花这哪是要请他吃一顿饭，而是要在他家长期驻扎了。

干完活儿，杨花花没有再多留的意思，拎起包就走。石光荣老两口儿相送，石海松了一口气。

晚上，褚琴接到了李文的电话，问石海的情况。褚琴想了想，以过来人的口吻给李文支招，叮嘱她作为女孩子光漂亮不行，还要学会温柔啊矜持啊什么的。特别是矜持，距离才能产生美嘛。对于石海一定要保持距离，不要一天不落地围着他转，空他一阵子，保准他主动去找！李文撒娇道：“那我要是想石海了怎么办？”褚琴说：“想也得忍着，小不忍则乱大谋嘛……”

李文还是忍不住，跑到了石海家院墙外逡巡，看着石海在灯下爬格子的侧影痴痴出神。下班回家的石林看到李文这样子，很是纳闷，就问：“小文，你站在这儿看什么呢？”

李文看到石林，笑道：“是大哥啊，怎么这么晚才回来。我没事，就是出来溜达溜达。”

石林站在她身边，顺着她刚才瞩目的方向，看到了自家窗户里石海写作的身影，就笑道：“你是想找小海吧，那就进去吧，要不我给你叫出来。”

“不用了，我没事，马上得回家了。”被看穿心事的李文有些羞涩，一溜烟地回家了。

石林进了家门，见母亲正在看电视连续剧，父亲陪在一旁，已经瞌睡连连。大儿子回来，让无聊的石光荣精神起来，拉着石林到作战室里聊天。

父子俩谈及石海的用功和与李文的交往，石光荣问石林对李文的印象，石林笑着说：“这小丫头好像永远也长不大，刚才碰上，她还是小时候的动作表情。”

石光荣说：“主持儿童节目嘛，这也难免。”

石林想想说：“石海跟李文，我看不靠谱！您怎么看？”

石光荣指指客厅道：“你妈跟石海已经开战了，她看上了那小丫头。我问过小海了，他真没这意思，就是小时一直玩到大的交情。这回他还不算糊涂。”

石林诧异道：“我妈一向对弟弟顺遂，怎么形势大变了呢？”

石光荣笑着说：“合久必分，我看咱家以后的日子清净不了了。”

石林已经从父亲的话语中咂摸出了态度，说：“要不我劝劝妈？”

石光荣摆摆手说：“这事你不用管，我自有办法，你孩子老婆的事是当务之急，其余的，免了。”

石林说：“我这两天忙，明天开始，我回来做饭。”

石光荣笑着说：“不必了，石晶这孩子临出差前顾念家里，跟领导说了家里有困难，这不，领导就派来个叫杨花花的帮手，来家做饭买菜。所以，你就忙你的吧。”

石林觉得诧异：“单位怎么还管这事呢？”

石光荣沉吟了一会儿道：“石晶这次出去一定是有重要公务，特事特办呗。”

石林还是觉得不对劲儿，苦笑着说：“这事怎么听都觉得离谱，单位布置任务就是工作，怎么还能照顾到家里来了。”

石光荣悄声神秘地说：“本不想告诉你，石晶这次一定是办大案子去了。”

“石晶说的？”

石光荣摇摇头，不无骄傲地说：“她哪能说，我看出来的！”

石林恍然道：“原来如此，我还奇怪着呢，她临走前给我打电话，电话里嘱咐这嘱咐那，好像对什么都不放心。”

石光荣说：“石晶就是这么个孩子，操心挂念家里，一向如此，真难为她了。小海不也是她让回来住的嘛。”

石林有些忐忑了：“爸，她这么不放心家里的事，这任务会不会很危险？”

石光荣叹道：“这正是我担心的……不过这些都只是我猜的，未必就是这样，你千万别让你妈知道。为了石晶进公安局，她担心失眠了好长时间，若是知道这事，就甭想睡觉了。”

第二十三章

杨花花“恪尽职守”，每日准时来石家帮忙，见到石林，毫不扭捏地打招呼：“石大哥，你还认得我吧？咱们在局里见过一面，我和石晶姐在一个办公室，石晶姐也常跟我说起你。”

石林对杨花花表示感谢，说：“你不用天天来，局领导的好意我们心领了，可是你上完班还得干活儿，太累。其实这些事我就能做。”

杨花花笑着说：“没事的，石大哥，我这是在完成领导交办的任务，单位的工作不累。”石林心眼儿实，也不知道她和石海之间的事，未作他想，只是有些受宠若惊，又却之不恭。

石光荣独自一人来到了谢枫的家，告知他目前褚琴和石海的僵持关系。

谢枫笑道：“你又担心褚琴动气了？”

石光荣叹息说：“她血压不稳定，心脏也不好。这天天跟石海赌气，我真怕她再闹出病来。”

谢枫不无感慨地说：“老石，照我看来，是你宠坏了褚琴，褚琴又宠坏了石海。按这个逻辑，褚琴应该独自处理好她跟石海的关系，不打不斗问题解决不了，你就别跟着瞎操心了。”

石光荣说：“不操心不行，谁让我把她脾气惯成这样了呢，现在的褚琴是一点儿委屈都受不了，一点儿风吹草动也经不住，要不就生病，不吃不喝，我是担心呢。”

谢枫笑了，问：“那你直说吧，让我帮你干什么？”

石光荣说明来意，求谢枫帮忙，一方面开解褚琴，另一方面帮帮石海，那小子看着聪明，其实他的脾性像贾宝玉，优柔寡断，对哪个女孩子都怜香惜玉的，想让他嘴里说出句狠话，比登天还难。

谢枫感慨道：“真难为你了老石，你说的这些我一定帮你。”

虽然石光荣一再劝告褚琴不要插手李文跟石海的事，但褚琴就是不听，经常在石海回家后唠叨这事，逼着石海给李文打电话或跟她出去约会。石海最烦在饭桌上谈起这些，尤其是当着杨花花的面。杨花花貌似很懂事地对母子之间的口角不予关心，但她的神经一直紧绷着，密切关注着石海家里的变化。面对母子两人的口角她心里暗暗得意，这证明了石海真的不爱李文，那么他爱的当然是自己了。她庆幸自己想了如此绝妙的主意打进石家，不然这等绝密消息哪能知道。

谢枫打电话约石海去他家里，对石海施以劝诫，叮嘱他作为男人当断则断，否则遗患无穷。听着谢枫这些话语，石海问是不是他知道了自己跟李文的事，谢枫点头。石海又问："是我妈来了还是我爸？"谢枫说："不管是谁来过，他们都是为你好，天下父母心。"石海心里也是叫不出的苦，当断则断，这话他也会说，也知道这样做对，可是他实在没有这份狠心肠，就是该说的说不出来，该断的断不了。

李文再也忍不住了，不顾褚琴的劝告，追到石海办公室跟他缠磨，影响了石海的正常工作。石海不胜其烦，问李文谁给她的权利让她如此放肆，李文一时反应不过来，想了想道："咱们的交情给我的权利，怎么了？"

石海知道，虽然李文一向娇宠惯了，但她毕竟还是要面子的人，如今她这样以一个准女友的样子来折腾他，肯定是有妈妈在背后支持她。

石海真不知道该如何跟褚琴理论了，他能躲就躲，闪避着李文的穷追猛打……

在单位找不到石海，李文紧接着就闹到了家里。见李文上门，已经到来的杨花花躲进了厨房，关注着客厅的动静。

褚琴自然是站在李文这一边，石海本来是想得到父亲的帮助，孰料石光荣一言不发，不仅如此，他还拽住石林不让石林参与。石海急了，对委委屈屈的李文发问："李文大小姐，我石海什么时候对你表示过爱慕了？我石海什么时候以什么形式向你做过承诺？"

李文想了半天，突然说："小的时候玩过家家，你非要我当新娘子你当新郎，咱天地都拜过了，这就是证据！"

杨花花听到这话，小声笑了起来。石光荣和石林也绷不住笑了，搞得褚琴好生没面子。

石海说："那好，你想想咱们当时过家家还玩过警察抓小偷呢，我扮的警察，你扮的小偷，按照你的逻辑，我现在应当把你提送到监狱服刑去了？"

李文答不上来了，又羞又恼地哭了起来，一甩手，离去。

褚琴紧随其后，不断地安慰着李文说："别伤心闺女，褚妈妈一定帮你。"

李文哭着说："还帮什么呀，他都讨厌我到这份儿上了，一点面子也不给人家留！"

褚琴说："你等一阵子，我一定让石海乖乖地去找你赔礼道歉。"

就在石光荣摇头叹气之际，石林想起了在厨房刷碗的杨花花，他客气地说家里发生这事实在难堪，请杨花花不要见笑。杨花花说："没事，我就当作没听见没看见。"

石林送走杨花花，希望她近日不要再来了，杨花花说："也好，过些日子等叔叔阿姨都平静了，我再来执行领导交办的任务。"

褚琴再度逼迫石海就范，石海不从，母子俩发生了前所未有的激烈矛盾，家里再陷入僵局。

褚琴责怪石光荣在这件事情上是非不辨，立场含糊。石光荣说："我看你也是瞎闹，孩子的事情他们自己会处理，别管了！"

听到这话，褚琴不干了，把跟石海这些天积攒下的火气一股脑儿地朝石光荣倾泻下来，说着说着就提及了石晶和胡战斗的事。她说："兴你包办，就不兴我对儿子的婚姻大事发表态度了？"

石光荣终于忍不住了，说："一码归一码，这李文和胡战斗是一路人吗？能放在一块比吗？你看她那长不大的样子，将来怎么能持家过日子？你这是害了儿子！"

褚琴也急了，说："石光荣我终于明白你了，我说石海这次怎么这么有主意呢，原来是你在背后撑腰！石光荣，我跟你说，李文这事不许你再插手，否则……"

石光荣问否则什么，褚琴一怒之下说："一刀两断！"石光荣不想再跟褚琴纠缠，也没把她的这句气头上的话当真。

石光荣来到石海的房间，建议他搬回单位的宿舍去住。石海想了想说："爸，我不妥协，坚决不妥协，谢叔叔说了，当断不断必有后患！"

看着小儿子充满了男子气概的面庞，石光荣很是欣慰，说："三十六计，走为上策。"石海问："我走了，你不就孤军奋战了吗？我不走。"

石光荣说：“这你甭管，不是还有你哥嘛，走吧。”

翌日一大早，石光荣就送走了石海。褚琴起床后本想来找小儿子讨个说法，结果就是找不到石海。

褚琴想了想，突然指着石光荣问：“是不是你给他出的主意，躲着我？”

石光荣说：“腿长在他自己身上，我哪管得了？”

褚琴不依不饶地说：“小海原来是家里最听我话的孩子，都是你给教唆坏的，现在小海跟我离心离德，你赶快把石海给我叫回来，否则后果自负。”

石林闻声下楼，一边哄劝着母亲一边示意父亲不要再说什么。褚琴哭得十分委屈，说：“石林啊，现在妈就剩下你这一个贴心人啦，你可千万不要伤了妈妈的心呢……”

石光荣觉得褚琴有些过分，唠叨了声：“不是都过去了吗，怎么更年期又来了？”

褚琴大为光火，喊道：“石光荣，我最烦你拿更年期说事！”

眼看着父母不可调停，石林只好去给单位打电话，说上午请假。石光荣不忍让石林为了家里再耽误工作，对他说：“别理她，越惯越没样了！当着孩子的面，这是干什么呀？”褚琴更急了，问石光荣自己怎么没样了。

石光荣不理褚琴，把石林推出门严令他上班。石林只好带着一颗惴惴不安的心离开家，去上班。

待石林走后，石光荣尽量和缓声色，给褚琴端饭盛粥，让她吃早饭。孰料褚琴一点不给石光荣面子，回屋锁上了门。屋里再度传来褚琴抽抽噎噎的哭声，石光荣既心疼又生气，又无可奈何。

家里的气氛再次陷入邦交非正常化的胶着状态，石林几次调停未果，只好另作他谋。最后石林决定趁着儿子放假的时间，接妻儿来家小住，以便让大孙子石小林来缓和爷爷奶奶之间的关系。

想好主意后，石林给妻子方慧发了电报，催他们一到假期马上就过来。

果然，石林妻儿即将到来的消息像一剂镇定安慰剂，给这个风波不断的家带来了一份喜气和期待。褚琴整日忙着给孙子布置房间购置玩具，忙不过来就习惯性地使唤早就等在她身后听候派遣的石光荣。一来二去的，老两口逐渐恢复了交流。

褚琴忙得不亦乐乎，就连模特儿队和合唱团的活动都不去参加了，搞得柳大姐说她得了心病。

虽然褚琴还没有放弃李文和石海的事，但对大孙子的期待早已超越了所有的事情，石小林，是家里的重中之重。

李文见褚琴对石海已经失去了威慑力，不在褚妈妈身上下功夫了，改成直接对石海炮火攻击，而杨花花也迫于石林及石光荣夫妇的婉拒，结束了她在石家的“帮忙任务”，直接追随石海。

石海再度陷入左支右绌的两难境地。

谢枫暗中帮助石光荣，让石海把杨花花和李文都引到了他的家里，他在与两个姑娘的接触和交往中潜移默化地讲道理，暂时缓解了石海身边的情感危机，也把石家的战火转移到了他的小院里。对此，石海和石光荣都心存感激。

见褚琴又恢复了生机，石光荣悄悄地对石林说：“儿子，你这着棋走得不赖，高，实在是高！”

石林被老父夸得有些不好意思，说：“爸，都是我考虑不周，我早该把他们接来，如果是这样，我妈也不会在生活中无所寄托，还是我不孝顺。”

石小林母子的到来的确给这个不太正常的家庭带来了一丝暖意、一份生机，褚琴每日里带着石小林到处游玩，失眠也有所好转。可时间不长，家里又浮出了新的问题。

首先是石光荣和褚琴对待孙子的教育方式不同，为此，他们经常发生口角。

石光荣疼孙子，教育方法是睡足、吃足、练足。每天石光荣都盯着石小林碗里的饭菜，白菜豆腐外加红烧肉，满满的一大碗令等着奶奶零食的石小林难以下咽。石光荣非逼着他全部吃完，说孩子正是吃一口长一口的时候，多吃才能蹿个子长筋骨。石小林不愿意，褚琴就与石光荣抢夺饭碗，最后石光荣没收了褚琴给孙子准备的所有零食才罢休。

上午，石光荣不允许石小林躺在奶奶身边看连环画或者坐在钢琴的琴凳上去敲黑白键，非要他跟着爷爷外出晒太阳舞刀弄枪地耍上一阵子，说这样有利于强身健体，搞得石小林怨声载道。

褚琴和石光荣都在孙子身上实现着自己未竟的理想，争吵不断。

矛盾和争吵常常集中到方慧这里等待裁决，弄得方慧左右不是。褚琴嫌儿媳保持中立，不支持她。

其实，方慧对石小林的教育方针与石光荣接近，男孩子嘛，皮实点养有好处。看着石小林在奶奶的娇纵下越来越没样子，她只好旁敲侧击地提醒婆母不要过分宠着孩子。褚琴表面上不说什么，依然我行我素，于是婆媳俩明里暗里开始了较劲儿。为此，褚琴对这个并不十分熟悉的儿媳渐生嫌隙，但又不好明处发泄不满，常常在家庭琐事上挑三拣四，让石林和石光荣夹在中间好生难受。

方慧原本是个体贴善解人意的女人，生活琐事她可以迁就忍让，但对儿子的教育决不能姑息。虽然石林多次劝她别太较真，但方慧说孩子一旦惯坏了就很难改正。僵持不下，夫妻俩也在此期间磕磕绊绊。

石海回家看望嫂子和大侄子，给他们都买了礼物。敏感的石海见嫂子神情忧郁，提醒她道："咱家的事比较复杂，嫂子，爸妈对任何事都会有不同的意见，看在我和大哥的面子上，凡事你多担待吧。"

眼前的这个石海与以往判若两人，倒令方慧很是吃惊，看来他真的长大了。

为了不让自己的事给这个大家庭再度带来风波和麻烦，石海对到谢枫家来找他纠缠的李文下了最后的通牒：如果你不再纠缠我爸妈，咱还能保持原来的铁瓷关系，如果你再到我妈那里打小报告，咱俩连朋友都不是了。对石海还抱有一份期冀的李文只得遵命。

石海还提醒杨花花说："我没有揭穿你，那是对你的尊重。哥们儿，希望你保持原貌，否则，你和我的关系只能像和李文一样，我不希望如此，我希望友谊天长地久。"

杨花花是个聪颖的姑娘，石海一点拨，便有所收敛。

看到石海四平八稳又不失礼貌地暂时平息了身边的战火，谢枫觉得石海又成熟了不少，至少他懂得把纷扰引出家门了。

石林的调查大多是利用公休时间外出，妻儿来了以后，延缓了调查的进程。

自从暗地里调查假烟的事后，石林觉得自己在局里的角色越来越微妙，唐局长和赖主任不冷不热不近不远地继续跟他打哈哈，同事们倒离他越来越远，仿佛他就像是个麻风病人，成了大家避之唯恐不及的对象。

周围的气氛令石林难耐也让他一直不能释怀，这让方慧觉得石林心事重重，全无她所期待的久别重逢后应有的那份激情。

看到方慧和儿子已经逐渐适应家里的生活，他决定继续调查工作。见石林经常晚上外出而且回来得很晚，方慧问去哪儿，干什么。石林表示是为工作，没对方慧解释什么。

丈夫不能相陪加上与婆婆的磕碰，使得方慧的这个假期变得五味杂陈，原计划一个月的探亲在婆媳之间不见硝烟的磕绊和小两口暧昧混沌的微妙关系之中提前结束了。

临行，方慧询问什么时候单位会分给石林宿舍。石林明白，方慧希望提早结束两地分居的日子，但如果单位没房，方慧是不会轻易回来与婆婆同住的。

孙子走了，老两口整日沉浸在对石小林的思念之中，共同的思念像一条无形的纽带，拉近了他们的距离，填上了以往邦交非正常化时期的所有沟壑。

石林发现，不知何时，父亲又搬回了母亲的房间。晚上，石林经常听到父母共同叙述一段大孙子的往事，你一言我一语相互补充着，分享着，不漏过任何一个细节……

石林内心最柔软的那部分被触动了，可怜天下父母心，又有谁能理解老人对隔代人的这份爱呢？他暗自发誓绝不会剥夺父母享受这份天伦之乐的权利！

按照约定的方式，给老熊发出行程的时间表后，高扬和石晶带着领导的叮咛出发了。先是飞机，而后是火车，接下来是长途客车，终于，高扬和石晶来到了云南边陲的一个小型旅游城市。

出了长途客车站，高扬挥手打了辆的士，那做派俨然一个阔少。一辆出租刚刚在他们身边停稳，另一辆抢道而来，司机高声嚷嚷着，呼唤高扬上他们的车。

高扬走向了加塞进来的出租车，他把还没有进入角色的石晶搂住，故意拉长上车的动作，还不忘在她的耳朵上轻吻了一下。车子开动后，高扬拥住身边的石晶，头挨着头，做出如胶似漆的甜蜜状，边说话边吻她的耳朵。于是，以后他们的一切对话便成了只有他们能够听到的耳边私语。

虽然心里有所准备，但石晶还是一时难以接受这种蜜月期的“缠绵”。高扬吻一遍，她就擦一遍耳朵。高扬不经意地回头观望，随后对石晶耳语着：“吻我！”

石晶看着高扬问：“你干吗？还没开始呢！”

高扬说：“有尾巴跟着。”石晶要回头，被高扬扯住，低声说，“后视镜……”

石晶透过后视镜果真看到了一辆黑色的蓝鸟在尾随，她慌乱地问：“亲哪儿？”

高扬凑了过来道：“让后面那辆车里的人能看到的地方。”

于是，石晶凑近高扬，看着他的侧脸，寻找着“施爱”的场所。看着看着，突然石晶笑了，说：“没想到，你还挺白，像个女人……”石晶的话把高扬搞急了，他脸上堆着笑，但声音严肃：“认真点儿，任务已经开始。”石晶只好收住笑，再次凑近高扬，把嘴唇贴在了高扬的耳际……

一股年轻男人特有的体味撞进了石晶的鼻子，这气味让石晶想起了她当兵搞训练时蛰伏过的夏日森林里的草丛，既有太阳的热烈又有草木被晒过之后的那份说不清道不明的味道，总之，这气味令她神往。于是，她闭上了眼睛，双唇在高阳的侧脸逡巡着……

一旁的高扬注意力全在后视镜上，观察着盯梢车辆的动静……

貌不惊人的的士司机听到了后座上窸窸窣窣的声响，会意地笑了，问：“刚结婚吧？”

高扬连忙道：“师傅好眼力。”

司机说：“一看就是，先生太太准备住哪儿？”

高扬说：“越贵越好。”

石晶突然小声问高扬：“你疯啦？”

高扬捂住石晶的嘴巴，把石晶的头扭向自己的颈窝，问司机：“咱这个城市有五星级酒店吗？”司机说：“我们小地方，只有三星的。”高扬说：“那就三星的凑合吧。”

石晶一边掐高扬的胳膊一边低声道：“败家子儿啊你？咱有那么多经费吗？”

高扬扳过石晶的脸，用带着蜜糖般甜蜜的声音道：“好老婆，出门听我的，嗯？”说完，他不忘轻吻石晶的嘴唇。

石晶只好私底下狠狠地掐高扬的胳膊……

司机笑了，说：“见过感情好的，可没见过你们这么好的。”

高扬嘻嘻地笑着，说：“抱得美人归，不甜蜜哪行？”语毕，又是一吻。

石晶一边踩高扬的脚，一边用力咬住了高扬的耳朵，高扬嘴角抽动了一下，强装出享受的模样，跟司机攀谈着。

走在酒店华丽的大堂里，高扬一手搀扶着石晶，一手给她整理卷发，提醒她道："扭腰送胯兼顾盼生辉，对，宝贝儿，再风情点儿……"

总算到了房间，石晶一进门就甩掉了她早就厌烦的足有十厘米高的高跟鞋，冲进了洗手间。当石晶走出洗手间时，只见大床已被高扬折腾得像经过了一场战乱，最可恶的是，她装在箱子里的胸衣底裤被揉得皱巴巴地丢到了地毯上，高扬穿着件浴袍，他的衣服和她的错落有致地扔到一起……

石晶急着要去捡拾内衣，羞臊不已。高扬制止住她。石晶问："你干什么?"

高扬说："新婚燕尔，你说干什么? 脱!"

石晶张大了嘴巴，愣愣地看着高扬。高扬把浴袍塞给她说："快点儿!"

石晶眼圈都要红了，憋了良久道："高扬，领导可没说要这样，我不干!"说完，石晶就要往门外跑。高扬拦住她道："我不是那个意思，是做一个恩爱现场，你配合点儿。"就在石晶纳闷之际，高扬把她推进洗手间，道："把外衣扔出来，换上浴袍。"

石晶把外衣扔出来，高扬迅即把它们丢到了床边。当石晶身穿浴袍出来后，高扬就趁势把她拉到了床边，道："我是这次行动的总指挥，石晶同志，从现在起，没有你提问、拒绝和不合作的权利！开始吧。"

正当石晶脸红耳热地思考着高扬的命令时，她就已经被高扬一把抱了起来，放到了床上，石晶惧怕地躲闪着，高扬的身体已经覆到了她的上面，高扬拨开浴袍的领子，狠狠地在石晶的脖颈上亲吻着，咬噬着……

石晶已经感到了脖颈上热辣辣的痛感，对高扬拳打脚踢。

高扬看了看石晶脖子上的紫色瘀痕，滚落到一旁，指指自己的脖子，命令道："该你了!"

"该我什么?"

高扬说："咬，掐，只要留下痕迹就行。"

石晶迟疑着，高扬说："痕迹，火爆性爱之后的痕迹!"石晶不知所措，高扬道："那这样，把你心底的所有怨恨都发泄出来，你不是恨我讨厌我吗?"

石晶所有的怨恼和委屈一股脑儿地涌上了心头，她扑向高扬……

高扬对着洗手间的镜子查看着自己脖子上和肩颈处的累累紫痕，道："够狠，这丫头。"

出了洗手间，高扬再次回到床上，对坐在沙发上发呆的石晶道："想不想练几手?”

石晶不吭声，瞪了眼高扬。高扬比画了几个动作道：“拳头、脚一起上，咱俩好久没过招了。”石晶狐疑地看着高扬问：“你不会憋着别的坏吧?”

高扬连忙解释：“不会，绝对不会!”

于是，一场特别的对武在房间里展开，正当二人打得不可开交气喘吁吁之际，敲门声传来，高扬给石晶拉上床单，示意她躺在床上，然后带着一脸汗水去应门。

进门的是两个戴墨镜的人，其中手臂上有文身的那个瘦高个正是开黑色蓝鸟的司机。高扬问来人是谁，那个瘦高个拿出一个撕破角的希尔顿香烟盒子对高扬说：“送烟的，熊哥说您这里要这个牌子的香烟。”石晶发现跟在瘦高个后面的那个中年小个子正仔细打量房间里的一切，包括她这个包在床单里的人。

高扬不满地说：“你们熊哥真不够意思，专挑老子忙事的时候添乱……”说完，他擦了一把脸上的汗水问，“说吧，啥时候见老熊?在哪儿?”

瘦高个说：“您先忙着快活，熊哥说不差这几天，过段时间，带着这个见面。”

高扬收下那盒希尔顿香烟，把来人打发了。当石晶穿好衣服从洗手间走出来时，高扬正拿着那个香烟盒琢磨着什么，双眉皱得紧紧的。

石晶问：“老熊为什么不见面?”

高扬说：“还不信任我们，咱还得继续伪装下去。”

石晶问：“他们觉得不对劲儿了?是不是我哪里出错了?”

高扬说：“今天的场景算是过关了，看起来那个老熊远比我们估计的狡猾。石晶，未来几天我们俩的任务就是花天酒地吃吃喝喝，缠缠绵绵极尽恩爱，你记住了?”

石晶问：“还怎么恩爱?”

高扬说：“首先你记着你现在叫苗娇娇，我叫方雷，一定要进入角色。”

石晶抚摸着脖颈上痕迹说：“这让人怎么出门啊……”

高扬没回答她的问题，说：“头一天表现及格，还要再接再厉。”

酒店外的一个隐蔽处，那两个戴墨镜的人来到了一辆出租车旁，文身瘦高个低头探进车窗，对里面的人说着什么……

生长于东北、如今身处云南边陲的石晶自打到了这个充满了阳光和闲适味道的城市后，一直像心里揣着只小兔子，随时随地应付着高扬不断施与她的那份“甜蜜温存”。

带着脖颈上的紫痕，石晶羞怯地坐在咖啡厅或餐馆里享受着浪漫，不时地用手或衣领遮掩痕迹。高扬每每都会提醒她，让她大方点儿，说周围有眼线。

石晶很难描摹此时此刻的心情，被动地跟随着高扬，忐忑地接受着他的亲昵……

就在褚琴和石光荣逐渐邦交正常化的时候，石光荣接到了老家蘑菇屯来的信，信是几位乡亲联名写给石光荣的，说很快他们就会来看望石头大哥和嫂子一家人。

石光荣自然高兴，把这个好消息通报给了褚琴。褚琴听后一直闷不作声，她已经被蘑菇屯的人折腾得够够的了，绝不愿重蹈覆辙，于是她既婉转又不容置疑地说：“来人可以，不能多，住的时间不能长，如果你石光荣能保证以上几点要求，我也不是那种不通情理的人。”

石光荣听明白了褚琴的话里话，找石林商量。石林说：“难得我妈最近高兴，放放再说，此后再让乡亲们来也不迟。”石光荣觉得石林的话有道理，给老家回了封信，说缓缓再来。

晚上，石光荣忽然向褚琴要安眠药片。褚琴看着他觉得很奇怪，他向来都是头一沾枕头就能睡着，怎么也失眠了？

其实石光荣这些日子表面上平静无事，心里却在为一走就毫无音信的女儿担忧，晚上常常睡不着觉。

经常失眠的还有正在与高扬假扮新婚夫妻执行任务的石晶。虽然已经和老熊的人接上了头，但是他们就是不安排老熊与他们二人见面，原定的交易也迟迟没有进展，这让石晶和高扬一筹莫展。

石晶的麻烦心事不止这一桩，每日和一个半生不熟的男人同床而眠，而且还会经常在外人面前做些亲热的举动，石晶恍恍惚惚都不知道自己是谁了……

一开始她还在内心深处极力拒绝浑蛋高扬，慢慢地，她已经习惯甚至有些渴望高扬的亲昵。特别是在一次不得不做给他人看的激吻之后，心旌摇荡的石晶怀疑自己出了问题，出了大问题。

没事的时候，石晶经常会琢磨高扬的一切，特别是他说过的那句话：我倒是想牵挂，可惜老天爷不给我这个机会……

原来，高扬是个单身汉。我说他这么来无影去无踪、无牵无挂呢！一想到高扬的单身状态，石晶不免生起了一丝希望，心如鹿撞……

石晶是矛盾的，一方面她心怀憧憬，一方面又在内心深处责问自己，拒绝着来自高扬的一切吸引，体味、怀抱以及他变幻莫测的目光……

就在石晶与自己展开激烈的矛盾冲突时，高扬却在一次亲昵的举动过后适时地提醒着迷蒙着双目柔情地看着他的石晶。高扬以一种冷静严肃的口吻道："石晶同志，入戏是靠技巧，出戏则靠控制。女警官，你已经完成了第一阶段进入角色的工作，而且还不错，但完成好整个任务既需要苗娇娇这个角色的帮衬，又需要你的职业技能和内心坚守，你必须保持冷静和绝对的理性。所谓从角色出发，保持本我，这样才能达到角色和自我的从容转换，才能算作合格的卧底。"

高扬一番理论把石晶弄得云里雾里，仔细考量下来，她终于咂摸出来了高扬这番话的本质内容："千万别对我动情，你还是石晶，我还是高扬，井水犯不着河水，咱俩必须一清二楚。"

想到此，石晶作为女人的那份自尊遭到了毁灭性的打击。于是，在一个深夜，石晶对高扬说出了这番话："你高扬谁呀，别以为我对你咋样了，直说离我远点儿不就行了吗，用得着兜这份圈了？你也太把自己当回事了吧？没错，我石晶的确对你产生了一点好感，但那也是革命战友加兄弟式的，你也太自作多情了，用不着你那么兴师动众地提醒我别做非分之想，只要任务一结束，咱俩还不知道谁跟谁套近乎呢！"

高扬被石晶说得答不出话来，愣怔地看着她……

石晶又恢复了行动派的作风，把高扬的被子和枕头都拿了过来，把一张床隔成了两个区域。

高扬说："那是我的枕头和被子，你让我咋睡觉啊？"

石晶说："领导，我在执行你的命令，任务艰巨，生活艰苦，你就忍着点儿吧。"

高扬想拿回被子枕头，被石晶拦住，她说："楚河汉界，别越界啊，小心我石晶半夜吃了你。"

高扬只好裹着外衣枕着胳膊睡觉，每天早上醒来都像落了枕，使劲摇晃着脖子，一旁的石晶铁了心不去心疼他，装作看不见。

因为心里有了份委屈和怨艾，石晶在私下里就对高扬使起了小性子，摔摔打打不说，就连必要的交流都不再进行，这使得高扬很不自在。

有时候石晶会突然跳出当事人的心态来看她和高扬的关系，以目前的摩擦来看，他俩怎么越来越像闹别扭的小两口呢？想到此，石晶羞红了脸……

远在外地的石晶何尝不记挂家里？几次她都想往家里打个长途报个平安，但都被高扬制止了。如今的石晶虽然在心理上还依然对高扬有所忌惮，小性子常耍，但高扬好像已经习惯了她的这种负气和矫情，不再动声色。过了几天，见高扬表现良好，石晶又把枕头被子发还给他，高扬终于能正常地睡觉了。

随着接触的加深，石晶发现她自己越来越不能理性地面对高扬了，因为她已经渐渐了解到了另一个不一样的高扬，一个更为立体多面的男人。

在貌似夫妻的相伴中，石晶的心已经被高扬俘获了……于是，再遇到需要亲昵的举动时，他们二人不仅表现得准确自然，而且身心投入，至少石晶是这样的。

石晶和高扬的卧底任务持续了很久，虽说经历了几次惊心动魄的险境，但都能通过二人的精诚合作化险为夷，而且老熊也已经安排了和他们会面、进行交易的时间，眼看着胜利的曙光就在眼前。

终于等来了与老熊交易毒品的日子。这是石晶和高扬卧底任务的最后一个环节，也是最为关键的一项内容。成败在此一举。

交易在一家迪厅进行。

高扬在与本单位刑警大队的同志们做了充分的准备后，联合当地警方做了周详的部署，就等着里应外合关起门来打狗了。

一切就绪，就等一手交钱一手出货。石晶发现，原来江湖上被传得神乎其神的老熊就是他们刚到这个城市后遇到的那个出租车司机！

在他们准备收网的时候，狡诈的老熊突然改变了计划，想提前撤离。计划被彻底打乱了，高扬只得鸣枪示警，任务变得异常复杂，原来计划的抓捕变成了一场混战和枪战。虽然出了意外，但任务总算完成。犯罪团伙被一举歼灭，只是石晶和高扬都受了枪伤，由于伤势较重，石晶和高扬二人被安排在当地医院救治。

第二十四章

这天，赖主任神神秘秘地转悠到了石林的办公室，把门关紧，俯在桌上向石林透露了一个人事消息：唐局长有望在今年之内提升，目前市里正在考察局里的后备干部，准备提拔一个常务副局长，其实这个常务就是过渡，待唐局长一走，常务就会变成一把手，执掌全局的大权。接着，赖主任还以朋友的口吻谆谆告诫石林，凭条件论资历，他石林完全有这个可能当常务副局长。他转达了唐局长的意思，希望石林在关键时刻专心致志，把心放在该放的地方上，不要失去这个千载难逢的好机会。

说实话，正处级的石林因为到地方以后一直是高职低配，在工作上完全施展不开拳脚，他何尝不想当上正局长一展抱负呢？

“专心致志，把心放在该放的地方上”，石林明白赖主任是让自己放弃追查计划。就在石林心思纷乱的时候，他得到了一个突破性的消息：假烟的制造者和销售者均属一人，那人就是局里树立的先进工商户榜样高广志，本市十佳文明经商户！还有，那个失火的仓库也是高广志本人租赁的！

口说无凭，石林目前最头疼的是没有足够的证据证明高广志就是假烟的制造者、销售者。

石林为了调查的事和单位的人事问题痛苦至极，又接到了妻子方慧接二连三的来信，她说最近石小林经常生病，她一个人带孩子实在是有些不堪重负，希望石林尽早改变他们夫妻两地分居的局面。

石林不愿意自己小家的事情扰乱父母，单位的情绪也不敢带进家来，假烟的事情是否该继续调查？又如何寻找调查的突破口？那个指日可待的常务副局长乃至正局长的位置是不是该有所考虑？

一连串的难题困惑着石林，他不知道该如何走未来的从业之路……

过了两天，彷徨中的石林上班发现办公桌上放着一串钥匙，他不知是谁放的，也不知是干什么的。

不多时，赖主任就笑眯眯地踱进来，告诉困惑的石林，为了解决他们夫妻两地分居的问题，唐局长排除万难，终于给他解决了一套两室一厅七十多平方米的房子，条件差点，以后慢慢再调整。石林连声道谢，赖主任拍着他的肩膀说："自己人，不客气。"

午休时，赖主任还特意陪同石林去看了那房子，房子很好，离父母的干休所也很近，石林十分满意。

石林喜不自禁，迫不及待地给妻子方慧打了电话，通报房子的好消息，方慧在电话里都哭了，说："石林，我们娘儿俩想你……"

没承想，下午下班前赖主任就来了，时而轻描淡写时而又语重心长地告知石林，上级组织部门联合纪委的调查组不久即将进驻他们局机关，依据群众的举报调查一些问题，主题是工商局对作假商户睁一只眼闭一只眼导致一批假烟假酒不断流入市场。唐局长希望石林专门负责接待工作，配合调查组工作。说完，赖主任又要石林拿出那串新房的钥匙，说最近局里的情况很乱，内部有人对给石副局长的这套住房有意见，待唐局长和他平息了群众意见，钥匙再给石林送回来。

在这种纷繁复杂的单位待了段时间，已经能够深谙其中奥妙的石林明白这钥匙一送一交的潜台词。委派他负责接待调查组协助调查，这是分到那套房子要付出的代价，石林的内心激烈地斗争着。

正在石林不知所措的时候，家里又乱了，因为李文来到石家痛斥石海，说他移情别恋了，她希望伯伯给她做主，挽回石海的心。听到石海变了心思，面对哭泣的李文，石光荣不知道是该庆祝呢还是该担心。

就在石林想拒绝与老赖合作，准备好资料向调查组提供证据、严查工商局内部作弊的事情时，他收到了一封匿名信，信中有一张石海的街拍照。信的内容简单明确，说如果石林擅自妄为，照片上的帅小伙即将残废……

石林没想到事情会演变成这番样子。自从转业回家，石林近距离与父母弟妹相处之后，越发珍惜家庭亲情，父母已经是暮年之人，作为长子，他要担起整个大家庭的重任，百般呵护它不受侵扰。面对即将陷入危难的弟弟，石林知道自己已经别无选择。

一连几天的失眠，一连多日的自我纠结，最后，石林在迎来调查组的一刹那，违背了自己一向的做人原则，在党性、纪律与弟弟的安危之间，选择了后者。

调查组结束工作的第二天，全局就召开了通报大会，唐局长一上来就表扬了石林秉持原则、奉公行事的优秀品行，并号召全局上下都学习石副局长严谨认真的工作作风并形成风气，上下效仿。此时的石林真想找个地缝钻进去躲躲，他心里清楚，唐局长这是在告诉所有的人，他石林已经登上了他们这伙人的船。

会后，老赖把那套房子的钥匙重又交到石林手里。

晚上，痛苦的石林手拿那串引他出卖了自己良心的钥匙，在街上的一家餐厅独自一人喝了闷酒，老赖不知何时寻到了石林身边，与石林推杯换盏，说了很多哥儿俩好情意长的屁话。

石林一开始还耐着性子听着，到了最后，他实在忍受不了老赖的那张白胖脸和腻腻糊糊的话语，憋在心里的所有郁闷和对自己的怨恼全都在往上涌。他对老赖说："如果你想喝酒，就闭上你的婆婆嘴，好生喝，别在这儿扯闲篇，如果你再唠叨，走人！"

老赖原以为石林已经被捋顺了，便露出了原形，居高临下地说："别再清高了石副局长，咱都是吃五谷杂粮的人，谁还不了解谁呀？以后，咱就真成了亲哥们儿了，就别藏着掖着了，你累我也累。倒不如竹筒倒豆子，有事尽管跟我老赖说！"

石林最恨的就是听老赖说他已经是他们的自己人，看着老赖不无得意的脸，酒后的石林朝老赖挥去拳头。一拳打出又是一拳，酣醉中石林越打越痛快，他不是在打老赖一个人，他也是在打自己！识时务的老赖知道石林醉了，不仅不还手，还对来拉劝的服务员说："他醉了，我没事。"老赖结了账，赔付了拳脚损坏的杯具餐具，把石林往门外拉。

石林甩掉老赖，说："松手，以后别像泡臭狗屎一样黏着我，恶心！"老赖揉揉自己的脸，知趣地走了。

石林走了没多远就醉倒路边，一个偶然路过的女孩子注意到他，女孩子就是林谷雨。见石林已无独自回家的能力，便收起他丢在地上的那串钥匙，先扶起他，然后把石林用肩膀架起来，送他回石家。

石海恰好回家，在干休所的大门口，撞见了趔趔趄趄架着石林艰难走着的林谷雨，他吓了一跳，急忙上前接过石林，问道："我哥这是怎么了？"

林谷雨喘了口气说："我也不知道石大哥怎么了，不知他在哪儿喝的酒，也不知跟谁喝的，我是在路边看到他醉倒的，就送他回来。"

"多谢，多谢。你认识我大哥，也知道我家？"石海觉得很好奇，他从未见过这位姑娘。

林谷雨不作答，反问："你是谁?"原来林谷雨在石家做事的时候恰逢石海在外面住，他们素未谋面。石海说了自己的身份并感谢林谷雨。林谷雨恍然道："原来你就是石海呀。"

石海异样地看着林谷雨道："你知道我?你到底是谁?"

林谷雨只好说出了自己曾经在石家做过保姆的事情。石海说："既然这样，回家坐坐吧。"林谷雨推辞说还有事情，改天再来。

石海说："你家在哪儿，我们这儿很荒僻，自己回去安全吗?要不，你在这儿等等，我把我哥送回家再送你回去?"

林谷雨笑笑说："没事，我习惯了。"突然，林谷雨想起了什么，把石林丢的钥匙交给石海，叮嘱他一定不要把他们相遇的事情告诉家人。石海想追问为什么，但林谷雨走了。

林谷雨原来都是听石家的人说起石海，留在她脑子里的石海是个虚幻的概念，什么装病离开部队，什么从医院出逃，什么有文艺气质常写些个谁都听不懂的歪诗，什么逆反不着调等等，反正，这个让父母头疼的石家老小很是不好调教。可当她见了石海的面，并没从他的言行举止中看出这些特质，这个石海还懂得要送她回家，颇具善良的天性嘛……林谷雨想着这些，觉得这个石海虽然样子上有些清高，但还不像他家里人说得那么差。

同样，石海也觉得这个气质清纯朴素的女孩子不太像个小保姆，那眼神那气质甚至有些神秘……

石海把哥哥背进家，石光荣老两口也都吓了一跳。见他已经醉得一塌糊涂，就赶紧扶他上床睡觉。安置好石林，就问石海在哪儿见到的石林，他怎么醉成这样。

石海摇头说："我也不知道，是在门口遇到一个人把哥哥送进来的，哥怎么醉的我也没顾上问，等他明天醒来你们问问他吧。"石海想说出林谷雨的事，不知为何，话到嘴边又咽回去了，既然林谷雨要求他保密，就尊重她的意见吧。

翌日，当石林在楼道里碰到了脸上依然留有瘀伤的老赖时，老赖竟装作什么事都没发生过一样，对石副局长点头哈腰，貌如从前。石林恍惚想起了昨夜发生的事，想解释什么，老赖却说："我忘了，你忘了，根本没发生过。石副局长，进去吧，局长等您开会呢。"

石林心里不免诧异地想，这个老赖，能屈能伸，还真不是个寻常人。心结无法打开，此后，石林经常醉酒，上班时也会无精打采，感觉自己被良知折磨得就快发疯了。

几次，他都来到了上级的纪检部门，想对自己的所作所为做检讨。就在此时，老赖又拿着一张人事表格来找石林，说房子不能空着，他和唐局长已经通过组织部门给他老婆找到了合适的调动单位——市文化局资料室，老赖把表格塞给石林，兄长般慈爱地嘱咐着："快点办吧，机会难得，过了这个村就没这个店了。"

石林拿着表格的手抖了起来，那是他的心在抖，他明白只要签了这张表格，自己就是把灵魂出卖给魔鬼了。

心情寂寥的褚琴和石光荣来探望谢枫，谢枫看出了他们两个人因孙子的离开而带来的空落。于是谢枫提醒石海回家去住，弥补父母这段时间的情感空白。已经与谢枫建立起了很深情感的石海说："我走了，你怎么办？"谢枫说："写字、侍弄花草，跟故人说话，总之我不会寂寞。"

石海体恤谢枫的一番好意，搬回了家。石海归家没几天，李文和杨花花就又都追到了他身边，迫于石海的态度，她们只把石海约出家门说话，谁都不敢登门。

休息日，给石海来送衣服的李文刚走到石家院外，就看见了石海正在跟杨花花交谈，石海捧着杨花花给他的书籍兴奋不已，杨花花则开心地笑着，含情脉脉地看着石海。这一看可把李文心里的嫉妒和怒火全都点着了，她三步并作两步奔向他们，横在两人中间，先是从石海手里抢过书丢在地上，而后对石海一通责难，什么骗子等等不好听的词都用上了，杨花花当然不甘示弱，捡起书，与李文吵了起来。

吵闹声不仅惊动了街坊四邻，也把石光荣和褚琴给闹了出来。

老胡对前来的李满屯说："没想到这个老三比他姐还过分，他姐只是倔头，这个老三可是脚踩两只船啊。"

李满屯被老胡说得好生没有面子，拽着闺女就往自家的院子里拖，李文不肯。

褚琴认出了那个与李文吵闹的女孩子竟是到她家来帮忙的杨花花，她指着杨花花又看着石海，奇怪地问："你们，你们是……"

杨花花倒是很镇定，她想了想道："阿姨，实话跟您说了吧，我才是石海真正的女朋友！"

褚琴和石光荣都愣了。

李满屯此时已经无地自容，对李文说："还不给我回家？给你爹留点儿老脸行不行？"石光荣见状连忙去劝慰老李，孰料李满屯愤愤地对石光荣说："老石啊，把你的龙儿凤女看紧点儿吧，别再撒出来让他们祸害人了！"李满屯拽走了很不情愿的李文，一旁的左邻右舍议论纷纷……

褚琴捂着胸口一时不知该说什么，无地自容的石光荣则吼了一声："石海，给我滚回去！"

石海想辩白，石光荣不让他开口，急忙往家里扯拽，一旁的杨花花顺势也往里跟。褚琴拦住杨花花说："谢谢你姑娘，你就别再添乱了，请回吧。"

杨花花很是平静地说："好的，阿姨，我以后再来看望你们。石海，别忘了给我打电话啊！"

褚琴心里恼怒着，心想，现在的女孩子可真够绝的，怎么就不知道害个臊呢？

回到家后，石光荣一改以往不问青红皂白就劈头盖脸一顿责骂的习惯，让石海交代这个三角关系到底是怎么回事。石海实话实说，没有什么三角，只有三条平行的直线。他对杨花花和李文态度一致，朋友，普通的朋友而已！

褚琴不干了，说："石海，妈对你一直深信不疑，从小到大都这样，这回你是彻底把妈给伤了。人家杨花花红口白牙地当着街坊邻居的面说她是你真正的女朋友，如果你没做什么，一个大姑娘家好意思这么说？"

石海说："妈，真的，我没骗你，杨花花就是那么个不管不顾的女孩子，啥话都说得出来。"石光荣突然发问："是不是杨花花在咱家帮忙的时候你跟她搞上的？"褚琴恍然道："没错，是因为有了杨花花，你小子才扔了文文，移情别恋了？"

石海越听越生气，说："不是这回事。那个杨花花是我姐的同事，我们早就认识。"

"早就认识？那你俩为啥装作不认识？跟我们打了那么长时间的埋伏？你这不是别有用心是什么？"褚琴依据推断，觉得石海的问题越来越大。

突然石光荣问："那就是杨花花到咱家卧底来了？真不愧是个女警察！"褚琴问什么卧底，石海说："她卧不卧底不干我的事，我真的是冤枉啊。"

顺着卧底的这个思路，石光荣展开了想象，禁不住笑着说："这个杨花花，有点儿意思，有点意思……”

褚琴怒了，喊道：“有什么意思？我看一点儿意思都没有！石光荣，你别在那儿瞎琢磨，我告诉你，石海这事没完，不管她什么杨花花白花花，什么花花到我这儿都白搭，除了文文，什么女孩我都不接受！石海你给我听好了，如果你还是我儿子，赶紧去给人家文文和李叔叔赔礼道歉，否则，你别再管我叫妈！”说完，褚琴回房。

石海还想说什么，被石光荣拦住。石光荣颇感兴趣地问：“跟爸说说杨花花，她是刑警吗，配不配枪？”

石海看着一脸关切的父亲，知道石光荣还是误解了他跟杨花花，连忙解释：“爸，我真的跟杨花花啥关系都没有，您别再追问了。”

石光荣突然神秘地一笑，说：“如果是女刑警，我看这个关系可以有。”

石海看着石光荣脸上带着深意的笑容，觉得浑身是嘴都解释不清楚了。石海说：“爸，语言永远是苍白的，您等着我用行动跟您解释吧。”

石光荣畅想着什么，突然说：“你俩一文一武，好家伙，她英姿飒爽地往你身边一站，看着多舒坦！”说完，石光荣拍拍石海的肩膀，大手一挥，正色道，“赶紧处理好李文的事，李叔叔那儿你交给我了，我来对付这个老家伙。你嘛，轻装前进，向着目标，大踏步地前进！”

父亲留下嘱咐后走了，留下莫衷一是的石海哀叹连连……

过了两天，褚琴见石海没有任何悔过的意思，逼着石光荣带着石海亲自登李家的门，挽回影响，留住李文。石光荣说：“老李那儿我已经用两瓶五粮液摆平了，不就是跟街坊邻居解释解释，给老李挽回点面子嘛，我都忙活完了。至于孩子们的事嘛，咱就别掺和了，强扭的瓜不甜。”

褚琴突然站到石光荣面前，盯了他老半天，问：“那我还是你强扭下的瓜呢，我看你这些年不是挺甜吗？”

石光荣突然语塞，而后涎着脸说：“这不好比，怎么又讨旧账了？”

褚琴说：“本质是一致的，你说吧，石海这事怎么办？”

石光荣打岔，说：“原来你还是觉得这三十多年跟我受罪了？可是，老谢做完手术我表示过呀，字都写了，是你把那张纸给撕了。我看，你还是觉得挺甜的，要不谁会天天端着黄连过日子？”

褚琴被石光荣文不对题的狡辩弄急了，说：“石光荣，要是你再跟我作对，我真……”

石光荣问："真怎么样？"

褚琴被气得直跺脚说："你以为就你会写那种破什么书啊，我写得比你还好还痛快！你别惹急了我。"

听到褚琴一直回避说"离婚"那两个字，石光荣心里暖暖的甜甜的，很是受用，于是喜眉笑眼地说："行了行了，走，我陪你去老谢那儿，不是说好这礼拜给他送炸面酱的吗？老谢肯定没吃的了。"石光荣哄劝着褚琴，褚琴用一贯的矫情发泄不满……

石海谈对象的事依旧是褚琴的一块心病，见石光荣只跟她打哈哈不见行动，她只好找石林当救兵。石林听了褚琴的一面之词，觉得这个石海在感情问题上确实犯了错误，于是他把石海约到一家小餐厅聚会，想好好劝劝他。

面对长兄的强势呵责，石海很难接受，二人难免言语失和。石海再次加深了与大哥的矛盾。聚会不欢而散，石海继续我行我素。

褚琴再度对石海施压，搞得石海叫苦不迭。母亲是这样，大哥又站到了母亲一边，虽然父亲没有逼他和李文怎么样，但他对杨花花做儿媳的那份寄望更让石海难耐。谢枫原本可以成为他的援手，但他又不想给谢爸爸添负累。求告无门的石海如今真成了腹背受敌、孤军作战了。

此时，他想起了姐姐，比任何时候都思念姐姐……

审时度势、聪明的杨花花此时再度以铁瓷、哥们儿的身份来到了石海的身边，成了石海唯一能疏解无助和压力的谈话对象。在特殊的情况下，他们比以往的交往多了，成了无话不谈的好朋友。

一日，杨花花陪石海买书归来，在街上徜徉，被逛街的褚琴、石光荣碰见。石光荣强力压抑着内心的喜悦，一边对石海和杨花花夸张地挤着眼睛示意他们开溜，一边拉褚琴赶紧去买东西。

褚琴见石海要闪躲，更加深了对他们的误解。

褚琴丢下石海找杨花花理论，表明了自己的态度，说："除了文文，谁也别想登我褚琴家的大门。"

石光荣连忙说："花花呀，你阿姨在气头上，别认真，别生气。"

褚琴说："你一边儿去，我说的是我褚琴家的大门，跟你没关系。"

石光荣趁机打岔，说："你家的大门也有我的一半儿啊，你别忘了。"

褚琴觉得石光荣搅局，愤愤地对石海说："石海，该说的话我都说过了，今天你就当着杨花花的面表个态，如果你答应我以后不再见她，你还是我儿子，如果你不答应，永远别回来！”

伶俐的杨花花说：“阿姨您千万别生气，您误会了，我跟石海现在是哥们儿，不是您想象的那样。”

褚琴激愤地说：“我还敢想象吗？一会儿说你是石海真正的女朋友，一会儿又说是哥们儿，我不敢相信你的话了，为了把我儿子搞到手，连卧底的招数都使了，你以后啥事做不出来？”

杨花花被问住，不好再辩白。石海看不过去，说：“妈你有气冲我来，别牵累别人。”

褚琴更火了，对石海说：“我白养了你这么多年，到头来养出了个白眼狼！”说完愤愤地走了。石光荣安抚了杨花花几句后，赶紧去追褚琴。

回家后，石光荣一边哄劝褚琴，一边说她今天做得有些过分。褚琴火上加火，说：“石光荣，如果你还真想跟我过下去，就别再跟我提石海。”石光荣劝不动茶饭不思、独自关在屋子里生闷气的褚琴，等到晚上就让石林再去劝。石林被动地领了任务，说了半天也全然不见效果。最后，他劝母亲说：“妈，不要再用非常手段管石海这事了，时间也许是最好的方法，到时候他们自然会有结果的。”

褚琴突然负气地问：“石海？石海是谁？我认识他吗？”

劝说无效，石林向父亲复命。石光荣叹气说：“看起来，现在你妈无药可医了，除非……”

石林问：“除非什么？”

石光荣说：“这还用问，她的另一个心肝宝贝石小林呗。”

石林一拍脑门说：“对啊，不过这事您容我想想……”

经过几天的苦苦思索，良知和利益激烈交锋，石林最后决定，签下那张表格，把老婆孩子接过来，就算是为了母亲、为了老婆孩子把自己牺牲了吧。

拿到石林填好的表格，唐局长笑呵呵说：“石林，这点儿事你还想上几天，这可不行。地方上和你们军队上不一样，脑子要灵活才行。”他郑重地和石林握了手，心里一块心病除掉了。石林脸上装着苦笑，满肚子苦水，觉得自己只剩下一具空壳了，里面的东西都被拿走了。

石林回去接来了方慧和石小林，一家人终于得以团聚，暂时他们与父母同住，等新房子的家具置办齐了以后再搬到自家去。

石光荣老两口儿再一次沉浸在含饴弄孙的天伦之乐中去了，褚琴对石海的纠结也有所缓解。方慧去新单位报了到，工作对口轻松，环境良好，一切遂心。方慧非常感谢丈夫为他们娘儿俩所做的一切，石林苦笑，妻子并不理解石林笑里的苦涩与酸楚。

石林越来越多地被唐局长和赖主任分派去应酬各种关系，应酬就要喝酒。一个星期要好几个晚上都在外面吃饭，每每回家，石林都会带着一身酒气和醉意。方慧不解，面对丈夫的后背，听着他的鼾声失眠到天亮。方慧敏感地觉出丈夫有很重的心事，只是问了几次也问不出来。

石光荣一直没得到闺女的消息，也是常常夜不能寐，他实在忍不住了，就来到了闺女的单位打探女儿的情况，领导谎称石晶一切均好，请石老爷子一百个放心。依然不能释怀的石光荣想起了高扬，问领导高扬在不在单位。当他听领导说高扬也跟石晶在一个培训班学习时，他顿感踏实了一些，他见过高扬的次数虽然不多，却感觉到这小伙子靠得住。

谢枫也常来石家做客，非常喜欢小孩子的他觉得石小林聪颖敏锐，有很好的艺术天分，希望褚琴好好培养他。褚琴一听乐开了花，对石光荣说："你赶紧把你的刀枪都收起来吧，谢爷爷都说了，我孙子是艺术家的苗子，你以后别再管小林了！"

石光荣不忍拂了老谢的面子，连连点头说："好好，艺术家，咱们就照艺术家来培养。"

就在石光荣两口子的日子刚刚恢复了平静的时候，一群来自老家蘑菇屯的老少爷们儿令家里再掀轩然大波。来人的头儿是石光荣本村本家的老弟石墩。他带着浓浓的乡情和成麻袋的山货，拖着儿子石二和石二的三五个同伴，一脑门子就扎进了在城里当大官的富裕亲戚——石光荣家。

与以往一样，石光荣是照例热情接待，石墩也与原来到石家的老乡不同，很懂事地抢着干活，不是擦地就是打扫院子。

但这些干惯了庄稼活儿的人只会用蛮力，没几天，墩布就用坏了两把，院子里的花花草草也被他们施肥过度渐渐黄了叶子打了蔫。他们闲不住，就家里院里地找活儿干，结果他们不是在帮忙，而是帮倒忙，褚琴过后还得费心思收拾他们造成的乱摊子。

晚间吃饭时，褚琴旁敲侧击地问石二他们啥时候回家乡，老实的石二说："不找着工作不回去了。"褚琴一听就愣了，目光锐利地看着石光荣。

石光荣解释说，这不他们正在给几个孩子找工作，等打工的地方一解决，他们就走了。

听到这些，褚琴脑子里嗡的一声，她不知道该如何告知这些人石光荣解决不了打工的问题。褚琴放下饭碗，回到了自己的房间。方慧跟了过来，问婆母还需要点什么。褚琴跟方慧说："你看看，短短几天家里就已经被他们搞得乱七八糟，长此以往，就要变成大车店了。"方慧笑了笑，不敢发表意见。

第二天晚上，褚琴来找坐在院子里抽烟的老石墩，明里暗里表明请他们快走，因为"大官石光荣"如今已经是草芥不如的小老百姓，没那本事帮他们找工作挣大钱。

石光荣不高兴了，一是褚琴不给他颜面，二是他必须要帮这些乡亲。他对褚琴说："不管你怎么想，这些人我必须管！"于是，褚琴在家里坐卧不安，甚至打包要外出去住招待所。石林夫妇除了要干繁重的家务，还得调和父母的关系，不堪负累。

每日早饭过后，石光荣都像个村干部一样，在土炕上被乡亲们团团围住，与之共同构想打工赚钱的理想，原来褚琴的卧室变成了一个不折不扣的生产队议事场所。

褚琴越琢磨越来气，真的打包走了，住进了附近的招待所。

第二十五章

石光荣一连在街上转了几天，为老乡们寻找合适的店面。这天，石光荣偶然路过一地，见到一家餐馆正准备停业。石光荣急忙上前搭讪，正巧，他见到的人就是“房主”，听到石光荣要帮家乡人在城里创业致富，房主立即表示应该支持，他和石光荣谈妥，先收下五千块订金，店铺就归他们使用了。石光荣急忙回家，农村人拿出好不容易凑来的五千块钱，让石光荣交给了“房主”。

第二天，一行人兴高采烈地来到他们租的饭店，见到有人正在往里抬桌椅，大家不免诧异，这世上还有这么好的事，租了房子，还有人免费提供桌椅？走过去一问，大家谁也高兴不起来了，原来那店铺被人租下，准备近期开张。

石光荣愣了，眼睛瞪得比牛眼还大：“这怎么可能？我昨天刚和房主谈好，订金都交了！”听到这话，一旁走出一个汉子说：“谁和我谈好了？我怎么没见过你？”一问之下才搞清楚，这汉子才是真房主，石光荣昨天见到的是租约期满、即将离去的租户，不用说，乡亲们的五千块钱打了水漂。

这个打击让石光荣险些住进医院，他怎么也想象不到，社会怎么变成了这个样子，光天化日之下就能够明目张胆地行骗！石光荣的愤怒来不及尽情发挥，更实际的问题摆到了他面前，乡亲们怎么办？砸锅卖铁凑齐的五千块钱没了，他们下面的生计谁来管？祸是他石光荣惹的，责任必须由他负，但是，怎么负？

面对石光荣造成的局面，乡亲们的领头人石墩抽着旱烟袋想了很久，他说：“石头哥，你已经为我们操了心了，这些天我们爷儿几个吃喝拉撒，把你家折腾得也够呛了，钱的事就算了。”

石光荣说：“那哪行？”

老石墩说：“这五千块钱就算是我们交了学费了，明白了城里不好混，你别着急，我们今天就走。”见老石墩情真意切，石光荣越发不忍，无奈之下，他拍着胸脯子保证，被骗走的钱他来赔。人不能走，以后再想辙找事干。

话说出来了，但石光荣手里肯定是没钱的，左翻右找，他也没找见褚琴的存折，原来褚琴是凭着以往的经验提前把钱和存折随身带出来了。无奈，石光荣觍着脸来求褚琴。褚琴觉得石光荣用自己的钱给别人做生意实在是没道理，坚持不给，把石光荣赶出了房门。石光荣只得来找儿子媳妇想辙，小两口把积蓄都拿出来也差得远啊。

无奈，石光荣只好设计来骗褚琴。褚琴哪里肯上当？石光荣着急上火，连牙都肿了。

见父亲如此为难，石林想到了借钱。可周围谁有钱能救急呢？思来想去，石林想到了李大明。

晚上石林去找李大明，刚到李家，就遭了李婶子的白眼，一向大哥长大哥短地叫着石林的李文也不是十分热情，只有李大明父子，对石林又是端茶又是拿水果，保持原状。

石林跟李大明单独谈话，一上来，李大明就劝石林不要把他妹妹和他妈的态度放在心上，说：“石海跟李文的事不关咱哥们儿的交情，啥事，只管说!”

石林先是打探李文的近况，问她最近怎么样。李大明说：“女人嘛，总是把感情当饭吃，慢慢就好了，我这不正给她转移感情焦点吗？”石林问怎么转移。李大明说：“我带她见了几回我做生意的客户，一个加拿大籍的华裔，岁数虽然大了点儿，但人家经济上有实力，这年头，女孩子嫁个有钱人才算是正途！所以你也没必要因为石海的事心里过意不去。”石林表示感谢，感谢李大明的谅解。李大明盯住石林道：“看你的印堂发暗，该不是出了啥事了吧？”

石林如实道出了家里的事情，李大明不以为然地说：“我还以为出了多大的事呢？早说话呀，不就是五千块钱吗，至于愁成这样？”说完，李大明进屋拿来了一万元钱交给石林说：“这五千先去还账，剩下的五千留着装修门脸买灶具餐具，你以为开个餐馆那么容易啊？”

捧着这一万块钱石林激动得不行，不知道该如何感谢李大明。李大明说：“咱亲兄弟明算账，你打个借条就行了。”

石林说：“一年以后，我连本带息一起还。”

李大明恼了：“你骂我是不是？什么利息不利息的？算了!”最后李大

明还是不忘提醒石林赶紧离开机关衙门口，到外面跟他闯世界，要不，钱永远跟他过不去。

石林拿回来了钱，父亲高兴得不得了，说：“老大呀，这账以后爸爸来还！”石林说：“爸，我很理解您对乡亲们的感情，也明白您心里对他们的责任感。我是您儿子，父债子偿，这天经地义。所以说，您的责任就是我的责任，还账的事您就别管了。”

看着一脸郑重的儿子，石光荣拍了拍石林的肩膀，啥话都没说。就在他转身的刹那，石林分明看到了他眼眶里的泪花。

钱的问题解决了，紧接着就是找店铺。这回石光荣学乖了，不敢在街上乱找，店铺就近解决，他看中了离干休所不远的街道上的几间平房。由石司令出面，把那几间房租了下来。

店铺有了，可该叫个啥名啊？一群只念过小学，最高学历也不过初中的乡亲们围在石光荣身边，香烟抽了好几包，还是琢磨不出个像样的名字。年轻人想出来的什么“美丽餐厅”“富豪饭店”“香天下饭店”“石墩饭店”等等，全都没获准通过。最后实在没招了，老石墩说那咱们就上大街上去学，也许逛游一圈就有主意了。

街是逛了好几圈，可还是没个准谱，最后石光荣灵机一动，想到了一个人，马上去把谢枫接回来。谢枫听清了所有人的意愿，问：“饭店的名字直接体现你们的餐品特点，你们打算主营什么菜系？湘、鲁、川、粤，你们选哪种？”

谢枫这一问可把大伙给问愣了，啥菜系不菜系的，打根上大家也没想过，再说即便想过也不会做呀！见大家犯了难，谢枫说：“我没干过饭店，纯属门外汉。但是这饭店的主打菜和特点还是要有的，否则食客怎么记住你们？你们的招牌也没法打呀！”

石光荣想了想，说：“老谢你看啊，我这辈子一直没忘的就是家乡的大饼子侉炖鱼、猪肉粉条子炖土豆，反正就是老家那点儿玩意，不管啥时候，我一想起来就流哈喇子，你说这人咋就忘不了家乡的这点玩意儿呢？而且是越老了越想！你说，天底下像我这样的人多不多？要是多了那就好了。”

谢枫问：“你的意思是？”

石光荣说：“其实我跟石墩兄弟商量过了，我们就是想做点儿东北人家乡的饭菜，让所有想家的人都有个解馋的地方！”

谢枫一听就大赞其好，说：“老石，你的想法真不错。如果是这样，那就直接叫蘑菇屯饭庄好了，透着股纯粹的乡土风情，朗朗上口，好听又有意义！”

大家听后都觉得不错，谢枫说：“真要是这样，我还建议你们在餐厅里盘上几铺农村的大土炕，桌椅也都用原木的，粗拙厚朴，相当有味道！”

石光荣感叹，秀才毕竟是秀才，这主意真不赖，其他人也都赞同。

十天后，蘑菇屯饭庄开业了。谢枫书写的餐馆名称被制成了黑底烫金的匾额，在鞭炮声和人们喜庆的喧噪声中熠熠闪亮。

除了褚琴和石晶，石家的人都来参加餐馆开张的仪式。老胡和李满屯也很给石光荣面子，前来道贺。

石海还带来了报社经济部的同事，特意作了篇报道，题目是《乡情入肴——本市第一家乡土菜馆开业》。

当老石墩那憨厚的笑脸出现在报纸上时，餐馆里的人们激动不已，石二说：“爸爸，咱家祖坟上这回真是冒青烟了，看看你，多风光！”

老石墩说：“孩子们，到啥时候也别忘了你石大伯一家人，他帮咱们不全是为了咱一家，是为了整个蘑菇屯的人。”

石光荣拉着前来送报纸的石海，亲自给他斟茶，而后，石光荣久久地盯着照片，禁不住眼睛湿润了……

沉默良久，石光荣对石海说：“这些穷弟兄做梦都没想到自己还能上个报纸，现在他们可是有脸面了，蘑菇屯总算是有个名号了……不错，儿子，你这件事办得好，办得太好了……”

在石海的印象里，父亲是个宁折不弯的人，少有温情流露。看着父亲在擦眼角的泪，石海除了惊讶还感受到了一份震撼。没想到这个貌似强势的父亲心里也有那么多细腻和温情，而且这情感源自对一群农民兄弟的关爱。

石海问：“爸，是不是这些乡亲一直是你心里割舍不掉的？蘑菇屯永远是你梦里的桃花源？”

石光荣乐了，说：“石海呀，我不懂你说的啥园不园的。这么说吧，这人生一世，就像大树一样，不管它长得多高大，它的根也离不开土地，蘑菇屯就是你爸爸的根，也应该是你们的根。记着，无论将来你们穷也好富也好，都不要忘本。穷得没路走了，回蘑菇屯，只要你说是石光荣的儿子，是这个屯子的子孙后代，你就会有吃有喝有穿；如果你富了，也别忘了回蘑菇屯，乡亲们不惦记你的财你的名，只会把你当作一个在外玩累了的孩子欢迎、接待。这就是家乡，这就是乡亲。”

石海看着父亲点点头。石光荣说：“孩子，心窝里装个让自己踏实暖和的地方，一辈子都不会觉得孤单无望，这个地方就是生养你的故乡；心坎上装着一群人以后，人就总觉得脚底下稳当，做人办事就会有个奔头有个希望，这群人就是你的亲人和乡亲……爸爸说这些话也许你现在还不能全懂，等你过了中年，你自然就体会到了……”

石海突然觉得父亲的这番话不仅饱含深情，还颇具素朴的文采，听起来像荷花淀派的孙犁或者山药蛋派的赵树理的文章。于是，他不无敬佩地看着父亲说：“爸，你真的挺了不起的，以后你别老说自己没文化，用谢爸爸的话来说，真正的大文化来自乡土文化的积淀，来自有大情怀大抱负的人。”

看到石海说得情真意切，第一次被向来忤逆的石海表扬，石光荣不禁有些飘忽，他哈哈大笑起来，说：“啥文化呀，顶多，你爸爸只是个有点良心没忘本的老兵罢了。”

最后，石光荣留石海吃饭，说是他请客。石海说：“餐馆刚开张，不好让乡亲们破费。”

石光荣说：“你以为咱是白吃啊，我都记着账呢，月底一块儿结算。”

石海站起来说：“那等以后吧，我还要赶回去上班。”

石光荣正色说：“正好爸爸嘱咐你一下，以后无论是带朋友还是同事来，一律付款结账，咱不能占乡亲们的便宜。”

石海点头，笑着说：“爸，我理解您的苦心，您放心。”

回到单位，他从一个正在清扫楼道的清洁工身边走过，心里忽然一动，这个清洁工好像很面熟，他回身仔细看，正好清洁工也抬起头，四目交对，都是一怔。

“你不是林谷雨吗？”石海惊喜地叫道。

“是我，是石海啊，原来你在这儿工作？”这位清洁工正是林谷雨，看见认识的人，脸红了一下。

“我是在这儿工作，你刚到这儿的吧，以前没见过你。”

“嗯，今天第一天上班。”

“咱们真是有缘千里来相会啊，太巧了。”石海抑制不住内心的兴奋，搓着手说。

林谷雨冷静下来，觉得石海语意中包含什么，神情也有些轻佻，就礼貌地笑笑，继续打扫。

不识相的石海追着林谷雨说话："你到这里来，就等于到了我的地盘，以后有啥事随时找我，哥们儿绝对义不容辞。"

林谷雨只是道了声谢谢，没心思与石海多聊。

原来她此前打工的工地出了事故，为了替林谷雨遮挡一根从高空落下的钢管，孔三左腿被砸伤，住进了医院。林谷雨为了感激孔三的相救，主动承担起了照顾孔三的责任，以此来回报孔三。虽然建筑工地上赔了一部分钱，但那钱不够支付医疗费用。林谷雨几次三番向老板讨要医药费，老板厌烦，林谷雨被辞退了。

没了工作，就没了生计。见到越来越厚的缴费通知，孔三曾经一度想自杀，被林谷雨发现，她骂孔三是软骨头，经不住风雨。孔三说："现在我一分钱都不挣了，反而天天花那么多钱，以后我怎么还你呀?"林谷雨说："既然我早就把你当成了大哥，咱就是一家人，钱是我的也是你的，你好好养病，其他的，什么也别想!"话虽这么说，但孔三并不想拖累他单相思的谷雨姑娘。他想回老家，林谷雨不让，说他的伤是因为救自己才负的，如果她不管孔三，猪狗不如。

看着缴费单上的数字，山穷水尽的林谷雨只好到处托人找工作，以解燃眉之急，也是通过在城里打工的同乡介绍，来到石海所在的报社当清洁工，没想到会遇到石海。

清扫完后，林谷雨把水桶扫把放进杂物室，拖着疲惫的身体，来到医院看望孔三。还没到病房，一个护士走过来，把一张续费通知单塞给她，告诉她孔三需要续费了，不然就只能出院。

自从住院，林谷雨和孔三就过着战战兢兢的日子，眼看着收费清单上的医疗费用不断攀升，他们心里越来越慌。两人对着这张超出他们经济承受能力的续费单，一筹莫展。最终，在孔三的坚持下，他们结完了账，离开了病房。

结完账，林谷雨和孔三几乎穷得叮当响了，孔三打工这些年所有的积蓄都用完了，他不想牵累林谷雨，决意回老家。

林谷雨心里不是滋味，不让孔三走，说："如果你走了，我心里会有愧疚。"林谷雨把孔三接到了她自己租住的房子。她在本来就很狭窄的小租赁屋中间拉起了一道布帘子，孔三住在里面，林谷雨住在外面，这对苦命的年轻人对外以兄妹相称，林谷雨悉心照料着对生活已经无望的孔三。

孔三虽然出了院，但依然需要吃药，而且药费很贵。孔三多次停了药都被林谷雨勒令继续服药，她说，现在她打两份工，有足够的钱给孔三支付医疗费。林谷雨叮嘱孔三，不能停药不能再往绝路上想，否则，她也不活了。

迫于林谷雨的话，孔三维持着生命，但他的心里越来越觉得亏欠林谷雨，通过朋友介绍，他也在家里做起了手工活儿，帮衬林谷雨维持生计。

石海晚上常常在单位的办公室加班，这正是林谷雨清扫的时间。

一日，石海正在为几张丢失的稿子发愁，不知道啥时候那几张稿子被他的同事当成废纸给扔了。正在抓狂摔桌子打板凳的时候，林谷雨来到他的身边，拿出几页稿子交给他说："听说你丢了稿子，看看是不是这几张？"

石海拿起稿纸一看，正是！他喜出望外地握住林谷雨的手说："谢谢你姑娘，谢谢。不过，你怎么发现的？"

林谷雨抽出手说："我倒垃圾的时候，有个习惯，对于纸张上的文字特别仔细看看，确认是废纸才会倒掉。"

石海很奇怪："为什么会仔细查看？"

林谷雨解释说："你们这里是个特殊的单位，稿件和文字就是你们的心血，报社的工作节奏快，你们的桌子上乱乱地摆满了各种纸张稿件，说不定啥时候忙中出错，会丢掉成稿。"

石海惊讶地看着这个很有想法的姑娘，问："你怎么判断我的稿纸上写的是有用的东西？"

林谷雨说："你这篇东西有情节有细节，所写的人物也是栩栩如生，一看就有价值，所以，我舍不得扔就留下来了。"

石海再一次握住了林谷雨的手，兴奋地说："没想到，你对文字有如此高的鉴别能力，谢谢你林姑娘。为了答谢，我今天晚上啥都不写了，我帮你干活儿！"

林谷雨不肯，石海说："你帮了我，我必须帮你！"说着抢过林谷雨手中的墩布，干劲十足地拖起来。林谷雨争不过他，见走廊里没人，也只好由着他。

高扬和石晶的伤势逐渐好转，他们申请回自己的城市继续治病，领导同意他们回转。回到单位后，领导为了不让石晶的家人知晓此事，决定让她暂时在高扬家恢复。

石晶发现，这是个典型的单身男人之家，家里的陈设简单大方又不失品位。二人又同在一个天花板下生活，内心已经起了变化的石晶原以为高扬会继续保持任务过程中与她的那份亲密的关系，可事与愿违，高扬一改以往的态度，又变成了那个冷漠沉寂的男人了。

由于受伤，石晶生活不便，她巴望着高扬像原来那样对她体贴入微，高扬虽然是照顾石晶，但神态和动作十分机械，丝毫没有感情色彩。起初石晶以为高扬心情不好，没在意，可随着高扬的态度越来越冷漠，石晶觉得有问题了，她几次侧面试探高扬，想问他为何如此，可高扬根本不给她这个机会。

石晶百思不得其解，依然自我地像以往一样对待高扬。终于有一天石晶忍不住了，问高扬为啥一天到晚地板着个脸，她又没欠他啥。

高扬依旧冷着脸，严正地提醒道："石晶同志，任务结束了。你现在是石晶，一个女警官；我是高扬，你的副大队长。咱们执行任务时所扮演的角色之间的关系早就已经结束了，请你正视这个现实。"说完，高扬拿起一本书，独自看书去了，把个石晶好不尴尬地晒在了客厅。

看着与执行任务时判若两人的高扬，石晶又气又怨，不知该如何回应高扬。此时她的自尊和一个女人的颜面全部被高扬扫到了地上！虽然又羞又恼，但是石晶还是一时难以完成角色的转换，她又不好发作，只能黯然神伤。

餐馆开业了，乡亲们都有了住的地方，家里的环境改善了，石林两口子想把褚琴接回家，褚琴却赌气不回。石光荣也去劝过，照样吃了闭门羹。石海知道后，就去搬请谢枫，让他做通母亲的工作。

谢枫来到招待所，见褚琴依然一脸愠怒，就笑着问她跟谁闹别扭了。褚琴反问："是石光荣让你来当说客的？"谢枫笑着说："老石没找我，是石海让我来劝劝你。招待所条件怎么能和家里相比，住久了你身体吃不消。"

褚琴心中涌过一阵暖意，说："还是我小儿子体贴我疼我，我没白疼他。"接着也就把家里的事如实相告。

谢枫笑了，说："这人一老就越加思念家乡的风物，对来自家乡的人也会格外地亲，这是长在老石这种人心里的根，割不断扯不断。就像我们这些人精神和文化的根脉和情怀一样，如果断了，我们的心灵就会流离失所，无所皈依。对老石来说是同样的道理，他心里对家乡的一切所产生出来的那种暖乎乎热辣辣的情愫是天然的，这是我们这些从小在城里长大的人所不能体会到的。”

褚琴抱怨说：“从几十年前我就一直在给他打发这些八竿子打不着的‘亲戚’，给钱给物我不在乎，我就怕他们一来了就不走，把家里搞得一团糟。”

谢枫感叹说：“老石这种表现属正常的乡土情怀，这一点你不能怪他。”

褚琴也叹口气，说：“我没怪他，都多少年了，他们家乡的人哪年没几拨过来，又是吃又是住，还得给他们找工作，我也没烦过。那时还年轻，有精力，人来了就来了，我好吃好喝好招待。可是现在我们也都老了，伺候不动他们了，他们还是照样来，把家里闹得跟农村大队部似的。他们又开个饭店，你说他们哪会做生意开饭店，赔了本钱还得赖在我家不走。”

谢枫说：“事已至此，我劝你偃旗息鼓，好在人家都是有家有业的人。农民离不开土地，用不了多久他们就会回去了，你不要再因为这跟老石闹别扭，不智。”

褚琴说：“老谢，我总觉得你跟年轻时候比变化挺大的，好像有什么地方出了问题。你看，你现在已经基本上跟石光荣穿一条裤子了。”

谢枫笑着说：“男人不经事长不大，这些年我觉得自己变化最大的就是思想和精神。”

褚琴问：“变成啥样了？”

谢枫说：“年轻时虽然咱们都是穿着军装的文艺战士，但那时候骨子里还是有一股去不掉的小布尔乔亚式的清高、矫情和洁癖。随着岁月的流逝，我觉得自己活得越来越踏实了，思想情感自然也朴素了许多。”

褚琴愕然，问：“你的意思是我的思想不朴素，我是个小布尔乔亚？有这么老的小布尔乔亚吗？”

谢枫连连解释：“我不是那个意思。”

褚琴说：“不管是哪个意思，反正你是向着石光荣的。不跟你说了，我不会回去！”

谢枫知道她已经被说动了，需要的不过是个台阶，又说：“别赌气了，你再跟老石怄气，也得想想你儿子儿媳，他们每天两头跑来伺候你，多麻烦。”

褚琴不言语了，谢枫知道大功告成，就去通知石光荣来接人。石光荣来后，说尽好话，总算把褚琴哄得喜笑颜开，褚琴也就跟着一脸谄笑的石光荣回家了。

石林夫妇原以为家里可以恢复安宁了，孰料，没过几天，石光荣就不愿留在家里陪伴褚琴了。他现在比筹备餐厅时更忙，不是跑市场进货，就是拉下老脸来在干休所拉客人，求大家到蘑菇屯饭庄去吃饭，那份谦恭和过分的热情，实在让石林和方慧看着心酸。褚琴对石光荣依然是爱搭不理，几次石光荣请褚琴到蘑菇屯饭庄去吃饭都遭到了拒绝，石光荣说：“不去也罢，反正餐厅也跑不了，你啥时候想去啥时候去，我不强求。”

为了不让石林过久地承担债务压力，石光荣在褚琴那里左哄右骗取出五千元钱交给儿子，让他赶紧先还一部分欠款，石林不肯接，石光荣说：“拿着赶紧还给人家，你那是借人家的，这是家里的钱，哪有家里有钱还在外面借钱的道理。”石林只好从命。

不久，褚琴就知道了被石光荣骗走的钱还是用在蘑菇屯餐厅上了，她忍无可忍，对石光荣下了最后通牒：要么十天之内把钱交回来，要么，十天之后她就写那个破什么书，去办手续！虽然褚琴还是没有说出离婚那两个字，但石光荣察觉出了褚琴这次情绪的不一样，她不是耍性子，而是动真格的了！

石林劝说母亲不要为难父亲，褚琴说：“我跟了他一辈子，生儿育女，到头来，他对我还不如外人。不说他不关心我，就连起码的夫妻间的尊重都没有，老了老了，居然还学会了骗我！”

眼看着褚琴所限的时间已到，石光荣很是心焦，就在他琢磨着该如何跟褚琴继续奋战的当口，接到了闺女石晶的电话。石晶说自己一切都好，还有十天半个月就可以回家了，让父母放心。电话里，尽管石晶左遮右掩，还是流露出了情绪的低沉。石光荣问她在哪里，石晶说她还在南方。石光荣直接说：“闺女，告诉爸出了啥事，我去看你。”

因情感处于低潮而变得脆弱的石晶说出了地址。

第二十六章

石光荣来看石晶，石晶简略地告诉了父亲案子的经过。石光荣不无感动更不无羡慕地听着，眼里全是自豪之情。虽然看到了女儿尚未痊愈的枪伤，但还是朝闺女竖起了大拇指，说："好样的，这才是我石光荣的女儿!"

面对慈爱的父亲，石晶没有道出自己心里的情伤。

思来想去，石光荣还是把石晶受伤的事告诉了褚琴，褚琴哪敢耽搁，暂时放下了与石光荣的战争，立刻来接女儿回家。

当着石晶父母的面，高扬通知石晶，她调到刑警大队的事情定下来了，就待她伤好后办理手续。一听调刑警大队，褚琴急了，说自己再也不会让女儿干舞刀弄枪的事。高扬不懂事地说："调刑警大队是石晶自己申请、经组织严格审查后做出的决定，其他人没权利干涉!"褚琴对这个刚刚见面就敢抢白她的年轻人很是反感，二话不说就拉着石晶出门。在上汽车前，她折回身来，对高扬说："石晶是我的女儿，她的事，外人无权干涉!"

高扬本想再说什么，石光荣示意他不要再作声。其实，石光荣一直对这个英俊的后生有好感，对他的直言和坚持，颇为赞赏。

临别，石光荣说："你阿姨一直就反对石晶从法院调到公安局这件事，她不是冲你发火，是对事不对人，别计较。"说完，他给高扬留了个地址，说："现在咱有了个小餐馆，喝酒下棋，干啥都行。找一天到那儿去聚聚，我得好好感谢感谢你对石晶的照顾。"

石晶回家后受到全家人的热情款待，嫂子一日三餐，顿顿讲究，父母围着她团团转，极尽呵护，但这一切都驱散不了石晶内心的隐痛，她不知道高扬为何不接受她。

石林自从知道了石晶的行为之后，从内心深处佩服自己的妹妹，与目前自己的蝇营狗苟比照，他越发瞧不起自己。

自从石晶离开自己家后，几个月以来一直与石晶朝夕相伴的高扬竟然觉得屋子里空空落落的，心里也暗生出一股异样的寥落感……

因为心思全放在了女儿身上，褚琴扬言要闹离婚的事暂时搁浅，不再重提这件事了。

石林和方慧一直紧绷的神经得以舒缓，石林看着因操劳过度而日渐消瘦的妻子说："再忍忍，等石晶的伤彻底好了之后，咱就搬回自己家里去住，你好好放松放松。"

方慧笑了笑说："有你这句话我就知足了，其实累不累不打紧，最紧要的是丈夫心里有你，把你当回事。"

石林把方慧揽在怀里，说："要不是计划生育不允许，我真想再跟你生几个。"

方慧深情地看着石林说："石林，你好久都没这样了……"说完，方慧嘤嘤地哭了，石林一边哄劝，一边爱抚着妻子。

石晶夜里想念高扬，回忆着他们在一起的那些时日，想着想着，泪珠子像断了线，扑簌簌地落了下来……

石林为了感激李大明相帮，特意请他来蘑菇屯饭庄吃饭，同来的还有李文和一个四十出头、已经开始谢顶的西装革履的男人林达超。

李大明私下跟石林介绍说："这个林先生就是我跟你说过的那个加拿大华裔商人，正追求李文呢！"石林觉得那个人岁数实在太大，委屈了李文。李大明说："也就大个十九岁，咱老子哪个不比咱们的妈大出个十多岁，我看正常！"

饭吃到一半的时候，石海进门来吃饭，巧遇正在跟石林吃饭的李大明等人。见石海来，李大明连忙做介绍，说林先生是李文的男朋友。林先生向石海递过名片，一脸的热情加友善。但不知为何，敏感的石海觉得这个林先生的笑容里总有一种说不出的怪异内容，整张脸也盛满了故事，这让他看了不舒服。得知石海也是来吃饭的，李大明留石海同桌一起吃，石林也希望弟弟留下来。石海留下后，李文一改以往在林达超面前矜持的大小姐做派，忙不迭地跟林达超表示亲热。

石海感觉到了什么，借故让李文跟他到另外一个房间说话。

李文语调极不客气，阴阳怪气地问："哪来的风把石大作家吹来了？找我说话？哟，今天太阳从西边出来了吧？"

石海说："李文，我想好好跟你谈谈。"

李文瞥了一眼石海道："咱俩没啥好说的，从此你是你我是我，别跟我套近乎!"

看着一脸恼怒的李文，石海在肚里翻来倒去地找词儿，寻找能跟她继续谈下去的办法，一时又找不出来，李文满脸挑衅地看着他，两人僵在那儿了。

过了半天，石海问李文是不是在跟那个谢顶的人相处，李文气石海说："不是相处，是实实在在地谈恋爱。怎么着，你有意见啊?"

石海说："你看看他都多大岁数了，你都可以叫叔叔了，你怎么能这么糟蹋自己呢?"

李文急了，说："石海你啥意思啊，你拒绝我就不是糟蹋我了? 人家林先生咋啦，加拿大籍华裔，如果嫁给了他，出国是分分钟的事。"

石海说："李文，好歹你也是个有追求的人，出国也好，金钱也好，这不应该是你所图的，你应该对自己的一生负责。"

李文仰着脸说："我倒是想对自己负责来着，可你不答应啊? 现在跑过来当大善人来了，假不假?"

石海说："退一万步来说，咱也是发小战友加同学，我有责任提醒你。"

李文说："那好啊，那你就负责任到底，娶我!"

石海见李文已经无法劝说，只得说："李文，不管发生什么，我希望你以后过得好。"

李文冷哼道："别假惺惺了，你跟那个杨花花都快领证了吧?"

石海说："李文，我要说多少次你才相信? 我跟杨花花就是普通的朋友加哥们儿，我们现在的确常来往，但那真的是朋友关系!"

李文撇了撇嘴，表示不相信。石海最后叮嘱道："李文，我一直拿你当妹妹，我再说一遍，千万自重，别害了自己!"说完石海连饭都没吃就走了。

李文看着他的背影恨恨地说："你少管我，人家就是比你对我好，我跟他好你管不着!"说着骂着，李文哭了，她自己清楚，到现在，她依然没有忘记过石海……

这天，赵褚琴带着孙子外出的当口，石光荣单刀直入，问神情抑郁的闺女："高扬是咋样的人，你跟他除了搭档的关系，是不是还有别的啥?"

石晶被触动痛处，忙遮掩说："爸，你瞎想什么，我们就是搭档，还能有什么？”

石光荣说：“我看没那么简单，以我的经验，那小子要是只把你当成搭档，他不会为了你当刑警的事那么抢白你妈，凭啥呀人家？”

父亲的一句话让石晶又燃起了希望，但她无论如何也想不明白，为什么高扬会对她如此冷冰冰。

石晶愁肠百结之际，意外地接到了高扬的电话，他说自己受单位委派，要到外地执行一个新的重大任务，临行前他希望石晶要坚持自己的理想，调到刑警队去。石晶突然想起来自己手里还有高扬家的钥匙，问他如何处理。高扬说：“你先拿着吧，谢谢你在我不在期间关照我的家。”电话里高扬没什么废话，甚至都没有礼节性的问候和客套。

看着高扬家的那把钥匙，石晶的心里打起了秋千……

石晶回到了单位，在哥哥和父亲的支持下，调到了刑警大队。

杨花花见石晶归来，仿若见到了救命稻草，毫不保留地坦承了她跟石海一段时间以来的故事，包括她擅自去石家帮忙的事情。

石晶笑了，说：“没看出来，你还挺有潜伏的特质嘛。以后也往我们刑警大队努力努力？说不定能当个好卧底，真能破一件惊天动地的大案要案。”

杨花花苦笑着说：“别开玩笑了石晶姐，人家都为情所困了，你还笑得出来？”

因为早已从父母那里获悉她与石海曾经的关系，石晶就直言相告，说弟弟目前是一个一事无成只会给他人增添负累的麻烦，据她对他们两个人的了解，他们的未来并没有希望。

杨花花问：“那石海到底喜欢什么类型的女孩子？”石晶说：“他喜欢那种文静朴素的，一张白纸类型的。”

杨花花仔细琢磨着石晶的话，十分伤怀。这段时间虽然她和石海还是保持来往，距离却是越来越远。

同样怀着情伤的石晶很是同情杨花花，她好言相劝希望杨花花放弃石海，开始新的生活。

放弃以往，开始新的生活，这何尝不是石晶对自己的希望？

毕竟是一奶同胞，果真，石晶对石海的审美判断没错。

一段时间以来，石海越来越关注那个安静地干活、装扮素素朴朴、毫不矫揉造作的林谷雨。经常是林谷雨在打扫卫生时，石海不是伸手相帮，就是目不转睛地看着她，欣赏着她在劳动状态下的那份美好，直搞得林谷雨很是不自在。

没过多久，办公室常加夜班的人就看出了石海的心思，对他开林谷雨的玩笑。

玩笑传到了林谷雨的耳朵里，没多久，她就辞了报社的临时工，消失了……

一连多日不见林谷雨，石海到后勤和人事部门打听，人事部门的人说，那姑娘干得好好的，不知道为啥走了。石海问是否知道她的下落或家庭住址，对方摇头。

石海陷入了苦闷状态。

苦闷的石海和郁闷的石晶凑到了石晶的单身宿舍，怀着各自的心事喝闷酒。酒过三巡，姐弟俩各自道出了自己的伤情、伤心事，但已经喝醉的他们根本记不住对方在说啥，他们的倾诉像两条线交叠着……

翌日，两人清醒，都隐约觉得向对方道出了心底的隐秘，十分紧张，但问对方昨天都说啥了，两人什么都记不起来了，他们这才踏实……

在一次采访过程中，石海遇见了在一家大型餐厅做服务员的林谷雨，石海对于这次相逢喜出望外，问林谷雨为啥一声招呼不打就离开了报社。林谷雨只是朝他点点头，并不解释。

结束采访后石海又来找林谷雨讨要联系地址，林谷雨很冷淡地说："石海，如果你真的可怜我，以后就不要再找我了，我跟你不是一路人，我需要打工挣钱养家吃饭，请你以后不要再打扰我。"

虽然对林谷雨的话有所忌惮，但石海还是牵挂着她，经常来她打工的餐厅吃饭，为的是见上她一面，每次来，也只要一个简单的菜一碗饭。为了她的请求，他既不上前跟林谷雨打招呼寒暄，也不要她服务，只是默默地看着她。

待林谷雨下班时，石海会等在饭店的门外，陪她回家。林谷雨拒绝，石海就尾随在她的身后，始终保持着五米左右的距离，须臾不肯掉队。

林谷雨见这个石海实在难缠，只得说："如果你非要跟着，最后一站只能到这个胡同口，如果你再往里面走一步，休怪我无理!"

石海嬉笑着说："林姑娘，你已经对我很宽大了，我石海一定遵命!"

渐渐地，石海由于精力转移到了林谷雨身上，对待报社里的稿件也就不那么认真了，一连几次，他都遭到了退稿，领导已经提醒他：“明显退步，看来，你最近的变化实在太大，如果长此以往，要考虑把你调到行政或发行部门！”

老宋接到了石海领导的电话，毕竟石海是他介绍来的人嘛，报社领导提醒老宋敲打敲打石海，希望他转正后再接再厉，本来是不错的好苗子，怎么突然掉队了呢？

老宋来到褚琴家，跟石光荣和褚琴谈及石海的事，褚琴很纳闷：“不会吧，我们石海挺踏实的，你看他最近回家特别晚，肯定在单位加班呢。”

石光荣觉得事情不像褚琴想的那么简单，与石海单独谈话，他希望儿子对待工作不要耍花活儿，凭小聪明和一时的兴趣是干不好工作的。最后石光荣说：“文章就是你的脸面，石海，你自己的这张脸全靠自己维护，不要刚发表几篇小说就觉得自己了不起了，你差得远呢。”

石海诚心接受父亲的批评，说：“爸，您放心，我会努力的。其实最近稿件质量下降事出有因。”

石光荣问有啥事，碍于林谷雨的嘱咐，不要把他们相遇的事情告诉石家的人，石海只得支吾着，不肯道出实情。

石光荣说：“我不管你出于啥原因，石海，你必须踏实下来，像以前那样，从头再来。”

石海答应了，但石光荣对这个心不在焉的石海还是很不放心。

石海虽然对稿件认真了，也有几篇稿子得到了主编的好评，但他的心就是安顿不下来，牵挂着林谷雨。

从小到大都是备受宠爱的石海一直生活在母亲和姐姐的呵护之下，从小听惯了表扬和嘉许，加之杨花花和李文的穷追猛打，让从来不知道失败特别是在女孩子面前失败为何物的石海，对林谷雨越加稀罕、好奇起来。

为什么林谷雨对自己是这样的态度？她的家到底住在哪里？她的生活是怎样的情状？一连串的问题折磨着石海，石海不肯就这样对林谷雨善罢甘休，他在想着下一步继续接近的计划……

刚刚因石海几天没来报到，感觉轻松了不少的林谷雨就发现了一个令她做梦都想不到的事情：石海居然在饭店的后厨当起了小工！每晚七点半以后，石海都会来到饭店，换上工作服站在后厨最脏乱的角落，刷碗洗盘子打扫卫生。

细皮嫩肉的石海怎么能承受这种劳作？不光林谷雨，就连饭店的老板都觉得奇怪。起初老板不想收留这个白净的公子哥，说人手够了，石海就央求老板，说自己要的工钱很低，比一般的小工少百分之三十就行。老板将信将疑地留下了他。

石海并不打扰林谷雨，只是当林谷雨来端菜的时候，对林谷雨傻呵呵地笑着，偶尔还会塞给林谷雨几粒糖果或者一盒巧克力。

林谷雨悄声问石海："你这是想干什么?"

石海说："体验打工生活，想与你休戚与共，感同身受。"

林谷雨急了，说："石海，你的工作怎么办，你不上班了?"

石海说："我白天上班，晚上打工，这不违法吧?"

林谷雨对石海没有办法，又不好公然与他争吵，只好由着这个小子胡闹。几次林谷雨都想找石林告知石海的事情，但迫于父亲的叮嘱，只好作罢。

石海只要一见林谷雨就很高兴，再苦再累都能忍耐。每次当他看见林谷雨来后厨端菜，都会高声朗诵起一些新近流行的诗歌，算作对林谷雨的问候。舒婷的《致橡树》等等诗歌，成了后厨回荡的音流……有时候，石海兴之所至，还会唱上几曲邓丽君的情歌，《我一见你就笑》《甜蜜蜜》等成了后厨大师傅们锅碗瓢勺的伴奏……

大师傅们弄不懂这个干着最脏最累的苦活儿的小伙计怎么会有如此高的兴致，常常点唱石海的歌，石海也乐于效劳，一来二去的，石海跟后厨的人都成了哥们儿。

对此，林谷雨很不习惯。看着石海日渐粗糙的手，看着他因缺少睡眠而血丝密布的眼睛，林谷雨哀求似的说："别瞎闹了石海，回去好好写你的文章吧，你这是何苦呢?"

石海并不回答，故作轻松地唱着："我一见你就笑，你那翩翩风采太美妙……"

林谷雨生气了，说："石海，你一点正形都没有，你真不像是石大伯家的人。"

石海问："我怎么就不像了?"

林谷雨说："你这个人，让人觉得不踏实……"

听到这个评语，石海备受打击，男人最怕的就是女人说他不踏实、靠不住，但他依然没有放弃打工，想尽办法让林谷雨改变对他的印象。

第二十七章

由于过度的疲乏，石海经常会在餐馆劳作时精神恍惚。

一次石海在端着成摞的碗盘走在后厨湿滑的地面时摔倒，碗盘摔得粉碎。老板大发脾气，又骂又吼狠狠地修理了石海一次，责令他这个笨蛋快滚。

石海把手攥成了拳头，脸色也发生了变化，但最终石海没有发作，他堆着笑脸恳求老板继续留用他，他掏出钱，算作给老板的赔付。老板得理不饶人，继续恶言恶语地说："真不知道你这副臭皮囊怎么长的，就这点破活儿，绑块骨头连狗都会干，你怎么就这么笨呢？"石海说："我就是个笨人，老板别见怪，我以后肯定努力，求求你饶过我吧……"

林谷雨看不过去了，这个平日里清高享福的大少爷怎么能忍受如此的侮辱？但石海忍了，他装作没事人似的，捡拾着碗盘的碎片。

看着低眉顺眼忍受着侮辱的石海，林谷雨不禁心里一热，眼泪几乎流了下来……

石海发现了林谷雨的变化，他仰起脸，看着林谷雨唱了起来："我一见你就笑，你那翩翩风采太美妙……"

林谷雨知道这是石海在安慰她，她不忍再看，道了声"傻子……"后离去。林谷雨一句软软的"傻子"击中了石海的心，他叹息了一声，望着林谷雨离去的背影笑了。

随后，石海的歌声再度响起……

"甜蜜蜜，你笑得甜蜜蜜，好像花儿开在春风里……"

虽然林谷雨一直对自己冷淡甚至反感，石海初衷不改，坚持着对林谷雨的守望……

一次在工作中，几个难伺候的客人因饭菜的口味刁难林谷雨，几次三番换菜，他们都不满意。林谷雨抹着眼泪来到后厨告知大厨们客人捣乱的事，石海听闻，怒不可遏，不假思索地抄起案板上的一根擀面杖就往外冲了出去……

厨师们没想到这个文弱甚至被老板欺辱得连句反抗的话都不会说的后生会如此动怒，生怕石海惹了祸，都跟了出来。

客人见后厨有人举着擀面杖冲出来了，知道事态严重，便要起了恶人先告状的手段，大声嚷嚷着："要打人了，黑店呢，要打人了！"

石海不管他们呼叫，逼着客人给林谷雨道歉。"否则，就是这张桌子的下场！"说完，石海将擀面杖狠狠地砸到了桌上的碗盘上，登时一片狼藉，饭菜溅到了客人们的衣服上。

餐厅乱了，老板出来解围，他先是骂了石海，而后训了林谷雨，非要他们给客人道歉，赔偿客人们的衣物不可。

看着客人们价值不菲的衣物，林谷雨犯了难，老板恶言相向，林谷雨哭了。

石海再也不忍看自己心爱的姑娘林谷雨遭人欺辱，他摘掉了帽子和围裙，又掏出一把钱，狠狠地摔到了桌子上，指着老板说："你听好了，爷爷、奶奶不伺候了！"

说完，石海拉着林谷雨就走，搞得所有的人都愣了……

老板诧异地看看周围的人，一时间糊涂了，问道："怎么了这小子，谁给他的豹子胆？"

离开餐厅，石海和林谷雨坐在马路边看着来往的车流，谁都不说话。

好半天，林谷雨开始哀叹连连，说："石海，你不该管这件事，你一时痛快了，可是我没工作了。"

石海说："我早就忍不下去了，谷雨，你本不该受这份窝囊气！"

林谷雨叹息说："我跟你不一样，乡下丫头，从小就吃苦受罪，找份工作不容易，啥受气不受气的，我没那么娇嫩，只要能赚钱养家，我不在乎。"

"可我在乎！谷雨，知道我为啥陪着你在餐厅干吗？我就是担心你被欺负，担心你被老板谩骂，担心你……"

石海的话还没说完，林谷雨就打断了他，说："石海，谢谢你的关照，可我不是你，你没了这份工还可以在报社上班，可我没了工作，就啥都没了。"

石海说："你有，只要有我在，你就不会生活无望。谷雨，我写稿子赚钱，给你养家，你就放心吧。"

林谷雨看着信誓旦旦的石海，目光中分明显出了一份暖意。石海的心一阵悸动，温存地看着林谷雨。就在石海一步步走向林谷雨，想拥她入怀，让这个可怜的姑娘在他的怀抱里得到慰藉的时候，林谷雨目光中的那份暖意倏然消失得无影无踪。她又恢复了原本的那份凄怆和忧郁，说："到此为止，石海，如果你是真心想帮我，就不要再跟着我，干扰我的生活，我承受不了你的这份关心，因为咱们天上地下，你根本不理解我的苦处。"

说完，林谷雨走了，留下了凄惶无助的石海，石海不肯就这样失去林谷雨，他追上林谷雨，追问这是为什么。

林谷雨被他缠得实在没辙了，无奈地说："跟我走，去我家，你就会明白了。"

林谷雨带着石海穿过大街小巷，来到一处低矮的棚户区时，她叮嘱石海道："脚下常常有坑，头上经常会有人家泼脏水，小心……"

当林谷雨打开自己家的一扇破门时，石海愣了，不大的空间里拥挤着生活的必备品，虽然屋子被打扫得很整洁，但是这个破旧的屋子实在是与一个家联系不起来。此时，房间的一个布帘后探出了孔三的半个身子，他招呼客人，问林谷雨吃饭了没。

林谷雨介绍："三，这是我的一个朋友，报社的记者石海；石海，这是我的男朋友孔三。"

听林谷雨把自己称为男朋友，孔三有些诧异。石海也被林谷雨的这个突然出现在他面前的男朋友搞愣了，他手足无措地与孔三握手。孔三看出了石海的不自然，对石海解释说："别听她瞎说，我一个瘫子哪来的福气当她的男朋友？林谷雨是我的恩人，一直在照顾我帮助我。"

石海不知该如何面对这里的一切，很是尴尬地与孔三聊着不咸不淡的话。林谷雨也没有长留他的意思，一阵寒暄后，林谷雨送客。

林谷雨送别石海说："你这辈子都没见过这番景象吧，这就是我林谷雨生存的环境和生活的内容。石海，别来找我了，我说过，咱俩不是一条路上的人。"

石海还沉浸在巨大的心理落差之间，一时不知道该如何回答林谷雨，只说："没想到，你这么难，这么难……"

林谷雨正色说："石海，如果你真想对我好，就请你尊重我，让我保留自己的一点儿尊严，别再打扰我。"

石海昏头涨脑地说："我想想……想想……"

林谷雨说："再有，请你千万像以前我嘱咐你的那样，不要把你见过我的事告诉你的家里人，算是我求求你也谢谢你。"

脑子里已成一片空白的石海没再说什么，留下一封早就写好但是迟迟没敢交给林谷雨的信，走了。

回到家，林谷雨看石海的信，信中写道：

> 有一种牵挂，无痕无形，但缠绵不绝；
> 有一种爱恋，无声无言，但铭心刻骨；
> 有一种思念，无穷无尽，才下眉头却上心头；
> ……
> 好姑娘，你的苦难让我心痛……

读着读着，林谷雨不禁被感动得哭了，她的脑海里又浮现出石海为了她甘愿忍受老板的屈辱洗碗刷盘子的景象。

帘子里面的孔三问："谷雨，你怎么啦，是不是不舒服？"

林谷雨装作平静地说："没什么，你早点睡吧。"

孔三追问道："是不是为了那个记者？"

林谷雨咬牙说："不是。"

孔三说："谷雨，你不应该骗那个小伙子，更不应该欺骗自己。谷雨，我看得出来，你也喜欢他。"

这一夜，石海也是辗转难眠，他的脑子里一直在闪现那幅画面：林谷雨给孔三擦脸并介绍说：石海，这是我的男朋友孔三……

男朋友，林谷雨有男朋友？而且还是个残疾人！

石海的情感世界被无情地浇了一盆冷水……

就在石海的情感受阻、沉浸在悲伤的情绪下不能自拔的时候，他在大院里遇到了李大明。李大明正好到他家去找石林，见李大明一脸愁绪，石海问找大哥有啥事，李大明本不想说什么，被石海逼问，于是道出了李文已经怀孕但是林达超拒绝与李文结婚的事。石海问："事已至此，他为什么拒绝，他必须对自己的所作所为负责任！"李大明说："我也这么想，可这个林达超狡猾得很，自从李文跟他揭了底，他就闪身不见了。这不，我正想找你哥帮忙，一块想想办法……"

石海十分关切地问李文现在怎么样了，李大明说还能怎么样呢，哭天抹泪寻死觅活呗……

当三人见面，石林得知这个情况后，他什么都没说，抓起外套就走。李大明问他干什么，石林说：“还能干什么，走啊！”

石海听后说：“哥，我也去！”

一连找了好几家饭店，他们最后才在一家很不起眼的小饭店的客人登记簿里找到了林达超的名字。

石林敲开门后，二话不说，上前就扯住了林达超的衣领。林达超见来势不妙，一边求告，一边向他们解释了不能与李文结婚的原因，原来他早有妻室，还生了两个女儿！

李大明和石家两兄弟听后怒了，李大明非要林达超对李文做出相应的赔偿不可。林达超辩解，说：“又不是我强奸，是那个李小姐自己上赶着往我身上贴，大家都是男人嘛，应该理解男人，自己送上来的果子谁不吃？”

林达超话音还未落地，石林的拳头就雨点般向林达超的身上落了下去，林达超一边反抗一边说：“我要报警，控告你们欺负外国公民！”

石海怒道：“什么外国公民，畜生！”

石林没有歇下手脚，他一边打一边说：“这几拳我是替李文打的，你作为男人不负责任；这几拳我是替你女儿打的，作为父亲你无德无良；剩下的这些，我是替你老婆打的，作为丈夫，你越轨偷腥！”

石林刚刚住手，石海又抓住了林达超，一阵拳脚上去，林达超已经是招架不住了，一边捂着脑袋一边往外掏钱交给李大明。李大明伸手去接，被石林石海拦住。石海说：“李大哥，我们的李文不是商品，咱不能要！”

李大明说：“这是赔偿金，要是不拿，咱不是更吃亏了吗？”

石海说：“你糊涂啊李大哥！”说完，石海转身走出去。

当他们从饭店陆续走出来后，石海发现李大明并没有收拾完畜生之后的兴奋，他一脸忐忑不安。李大明说，本来找石林是想请他出个两全的好主意，咱既不吃亏，也不太得罪林达超。“没想到你们哥儿俩这么粗鲁，下手太狠了！”

石海不干了，说：“两全的方法，哪里有两全的方法？对这样的人你还抱什么期望？”

李大明不以为然地说：“这不是在做生意嘛，他还答应帮我注册一家合资企业呢！”

石林听后很是惊诧地看着李大明，问：“李大明啊李大明，你是做生意做糊涂了吧，就这种鸟人你还跟他合作?”

李大明感叹说：“现在想找个海外关系多难你知道吗，就咱们的爹，往上追三代都是农民，上哪儿找海外关系去呀？我费了九牛二虎的力气才把林达超拢住，可你们哥儿俩一阵拳脚就让我几个月的辛苦白瞎了。”

说完，李大明想折回饭店找林达超求和。石海一把拉住了他问：“你现在就告诉我一句话，是李文的尊严重要，还是你的生意重要?”

李大明想了想道：“都重要，要不我也不会找石林给我出主意、壮声势找林达超谈判了。”

看着李大明一张急切的脸，石海忍无可忍，一记老拳挥将上去，把李大明打了个趔趄。石海骂道：“李大明，你不配做李文的哥哥!”

李大明一边擦着嘴角的血迹，一边说：“别站着说话不腰疼，你给我做个样板看看!”

石海说：“做就做!”说完，愤然离去。

石林忙不迭地跟李大明道歉，说弟弟小还不懂事，千万不要跟他计较。李大明看着石海的背影说：“没想到这小子外表文文静静的，还有股子血性劲儿！石林，这小子像你的弟弟，将来准能成大事。可惜呀，我要有这么个帮手就好了。”

夜里回到家后，石林问石海要怎样面对李文，怎样兑现他对李大明说过的话。

石海说：“刚才在气头上，我没想好，等想好我再告诉你。”

石林说：“我理解你对李文如兄妹般的感情，也知道你这么做是因为曾经拒绝李文感情的一份负疚。”

石海痛苦地说：“对，如果不是我拒绝了李文，她也不会因为想马上找到情感慰藉而委身林达超。”

石林严肃地说：“石海你要牢记，怜悯和担当不是爱情，如果你真想帮助李文，千万把握好尺度，别让这个丫头再生他念，她再也经不起另一份伤害了。”

石海点点头：“谢谢你的提醒，哥，我会有分寸的。”

第二天，石海下班后就直接来到了李文单位，在传达室等候下班的李文。见到石海，李文转身就想走，被石海拦住，说：“李文，我都知道了，别怕，也没什么了不起的，有我在呢，什么事都别怕。”

对石海又恨又爱的李文扑进石海的怀里委屈地哭了，任石海怎么劝都劝不住……

石海这段时间没去找林谷雨，林谷雨生活的窘况与艰难是他想都未曾想过的，给他心理上的打击太大了，他需要一段时间调整心态。

眼看着肚子显怀，已经没有了生活出路的李文企图自杀，被石海阻止。石海关照李文并耐心地呵护照顾她，最后说通了李文，决定去做人工流产。

虽然已经是20世纪80年代末期，但未婚女子做人流依旧是个见不得人的大丑事。李满屯夫妇知道了小女儿的事之后，又急又气，怪大儿子引狼入室，把个好端端的姑娘给糟害了。听说李文要做人流，他们赔不起老脸，不知该如何是好，因为在那个时代，医院做人流都需要丈夫或家人的陪同并出具结婚证书。

李文向石海哭诉自己的难处，石海说："我陪你去。"石海对医生承担了责任，说孩子是他的。看着一心一意地帮助自己的石海，李文感动得哭了，说："石海，连我哥对我都没这么好，以后我还是像小的时候那样管你叫哥吧……"

陪李文做了人流走出妇产科的楼道门口，他们正好与来医院取药的林谷雨相遇。看到被石海搀扶的李文脸色苍白的样子，林谷雨感觉到了什么，转身快速离去。

石海本想追上去解释，但见李文痛苦异常，只得作罢。

在后来的几天里，石海一直没有忘记林谷雨望着他和李文的面孔时的那种目光，石海觉得，那目光中分明有几许惊诧和失望……

林谷雨的目光折磨着石海，他决定去找她，向她解释清楚李文是谁。石海觉得，无论林谷雨如何拒绝他，无论她是否真的已经有了男朋友，这个都不重要，重要的是他要林谷雨明白，他石海对林谷雨的情感是纯净的，他的情感关系是单纯的，现在这样，明天这样，以后永远会是这样。

当石海来到林谷雨家见到她时，林谷雨对他像对待一般的客人一样，礼貌而又客气地招呼着："这位先生，你来干吗？"说完，林谷雨走出房门，没让石海进去。

石海再一次被林谷雨冰冷的目光和冷漠的神情伤害了，他解释说："那天你在医院碰到的那个姑娘是我的发小，我们之间只是同学加战友关系，你别误会。"

林谷雨冷漠地说："石海，你跟什么人在一起，干什么，跟我没有丝毫关系，如果你是来解释这个，请回吧。"

石海不肯走，说：“谷雨，这些天我想明白了，你是觉得自己是个打工妹地位低下，所以才拒绝我，因为你有自尊心。”

林谷雨想想说：“只对了一部分。石海，我需要挣钱，我的家人和我的男朋友有病需要我照顾，现在对于我来说，收入就是家人的生存依靠，我的状况你也都看到了，我没闲心风花雪月！”

再一次感受到林谷雨家的窘迫，石海的心被触动了。虽然自己也只是个普通的记者，收入也不多，但他想，即便再差也比林谷雨经济条件好些，他不想让这繁重的负担压在一个女人身上。

石海说：“谷雨，不管你信不信，我真的没有其他的奢望，只是想帮助你，不想看着你一个人受苦。”

林谷雨苦笑着说：“你认为苦，我不觉得苦，为了自己喜欢的人打工赚钱，我没什么苦。”

石海没什么话好说了，只好起身走人，临别时对林谷雨说：“你等着，我一定帮你！”

石海走后，孔三问林谷雨：“谷雨，你为什么对人家石海这样冷淡？”

林谷雨说：“三，他并不像你我这么简单的人。”

孔三沉吟着说：“这小伙子看起来不错，挺干净的一个人。”

林谷雨说：“你不知道，前几天我给你拿药，在医院的妇科碰上了他搂着一个女人，看样子，那女人应该是刚刚做完人工流产。”

孔三不说话了，一会儿，又对林谷雨说：“谷雨，咱这些乡下人的确对城里人了解不多，也没他们那些个心眼儿，我劝你以后看人看事多长几个心眼，别让自己受伤害。”

林谷雨忍着心中的酸楚说：“你放心吧，三，我不会再跟心里感觉不踏实的人来往的。”

第二十八章

石小林回来后就始终生活在爷爷奶奶的百般宠溺中，方慧虽然疼爱孩子，却并不娇宠儿子，石小林便在爷爷奶奶的宠爱中得其所哉。

褚琴每天早上晚上都要教孙子背唐诗，石光荣白天时常带孙子出去玩，有时干脆去蘑菇屯餐馆吃。孩子被他们宠得学习也不上心，成绩直线下降。学校老师给方慧打过好几次电话，提醒她一定要协助学校教育好孩子。她很焦虑，和丈夫几次委婉说要搬回他们的房子去。

石林却有不同看法，跟她说，自从石海装病从部队回来，家里真是天翻地覆，不知翻了多少个儿了，现在好不容易平静下来，还是先别搬出去，再说弟弟妹妹都在外面，家里也不能没人侍奉老人。其实他内心里和方慧的想法一样，也是觉得爸妈对孙子的宠溺太过头了，长此下去，非但学习要耽误，也会养成不好的性格。他有时感到很奇怪，妈妈宠溺孙子再正常不过了，爸爸向来对子女严格要求，教育上更是从严，怎会也像妈妈一样对孙子百般宠溺？每当看到父母沉溺在含饴弄孙的天伦之乐中，他心里都会有种幸福感，父母老了，这也许是他们今后唯一的乐趣了，怎能忍心剥夺？

方慧见家里事多，也暂时打消此念，先是蘑菇屯的乡亲们来吃住了一阵儿，然后又是石晶回家养伤，也把她累得够呛。忙碌劳累她不怕，最起码现在每天和丈夫在一起，这么多年的分居生活她实在过够了，再坚强的女人家里也是需要一个男人的。

这些事闹腾过后，石林每天上班，石光荣除接送孙子去学校，大部分时间都在餐馆里，褚琴则恢复了去合唱团的活动。家务活轻松了，方慧又想到搬出去的事，犹豫了几次却都没对石林说出来。

期末考试的成绩单下来了，石小林居然两科挂零，还不以为意地嬉笑着说：“这有什么，不就是两个鸭蛋吗？给爷爷煮了喝酒。”石光荣和褚琴也是气得够呛，却是打不舍得打，骂不舍得骂。

方慧看到成绩单，心里已凉到底了，随后老师又打来电话，告诉她：石小林成绩太差，明年只能留级。

她无法忍受了，晚上就和石林说要一家三口搬到自己的房子去住，她好管好儿子的学习，在这个家，公公婆婆的娇宠就是儿子学业上的最大障碍。石林不同意搬走，还把儿子学习成绩江河日下的原因归结到方慧头上，说她没尽到责任。两人开始口角起来，却没考虑到睡在一旁的儿子在偷听。

夫妻间的口角和矛盾被石小林原封不动地传到了奶奶的耳朵里，石小林说妈妈要带他走了，不让奶奶哄了，他不想离开奶奶。褚琴简直像被动了心肝似的，恼得不得了，除了对方慧掉脸子，还支使石光荣动用家长的权力制止他们搬走。

石光荣也不想过没有大孙子的日子，但他也为方慧受褚琴的气和过度的操劳担心。思来想去，他宣布了自己的决定：石林方慧回自己家去住，周日回大家庭团聚，石小林打游击，一、三、五跟父母，二、四、六、日跟爷爷奶奶。他不问大家的意见，大手一挥："不讨论，就这么定了！"

方慧觉得这个决定是换汤不换药，搞不好石小林不在父母身边时还会变本加厉。她撺掇石林，希望把计划做一下调整。石林不愿意违拗父亲的意愿，说方慧太不懂事。于是，一场蓄积已久的战争爆发了。方慧以前所未有的愤怒谴责了石林的没有原则的愚孝，石林想起了石海曾经也这样骂过他，情急之下，他竟然吼出了一个令他后悔一辈子的字：滚！

方慧真的走了，一走就是一个月。留在家里的石林不愿丢了男人的面子，一直没有去找方慧道歉。

石晶由于工作的原因很少回家，一回来就发现了家里的变化，她劝大哥跟嫂子道歉，石林不吭声，反倒是询问石晶自己的终身大事到底怎么样了。石晶一时难以回答大哥的问题，因为她的心里还在牵挂着那个风筝一样飘来飘去的高扬。虽说这段时间高扬偶有回单位的时候，但他也是一直回避着与石晶单独相处的机会。

见妹妹依然独来独往，心情好像也大不如从前，石林担心，提醒石晶说："别管我，自己的事也该上上心了。你也是年过三十的人了，不要再让父母为你的个人问题操心，如果没有太过不去的毛病，就跟胡战斗好吧，人家可还是单身呢！"

说起胡战斗，石晶心里也有几分愧疚。虽然她早已经跟胡战斗谈清楚他们俩不可能走到一起，但胡战斗说："你一天不结婚，我就一天不找女朋友。”

石晶真拿这个执拗的书呆子没办法。

石晶劝不动哥哥，反而被石林戳到了痛处，她自知固执的哥哥是不会因为她的几句劝说就回心转意的，因为她知道，家里的三个孩子与父亲如出一辙，都是非常固执的人。

石晶只好把自己对哥嫂关系的隐忧告诉了父亲。石光荣觉察出了事态的严重性，亲自去找方慧做工作。方慧不好拂石光荣的意，跟石光荣回了家。

没承想不到一个月的时间，离开母亲管教的石小林不仅没进步，反而变本加厉，顽劣到了不可理喻的程度。方慧为了孩子再次提出带石小林走，褚琴却说：“要走你走！”

方慧真的又走了。

石林对妻子第二次出走真的恼了，任凭石光荣怎样劝，就是不去想办法把方慧哄回来。褚琴也不同意儿子低声下气去求媳妇，方慧愿走就走，只要孙子在家就行，事情就一直僵持着。

这天，一件最让石光荣上火的事发生了。蘑菇屯饭馆自开张后生意平平，但也能赚个打工钱。发财心切的几个年轻人怂恿石二开始了偷奸耍滑的营生，瞒着老石墩居然把一些变质的肉、鱼加了色素和调味剂后下锅乱炖，然后按新菜端给客人，被客人举报后，饭馆被勒令停业整顿。老石墩痛不欲生，打了石二一顿并且要把他们赶出餐馆。

餐馆出了事，石光荣感觉丢了大人，在这大院里，谁都知道那饭馆是他石光荣老家的人开的。如今饭馆干了坑人的事，就是他石光荣干了坑人的事，这让他石光荣还出得去门？那伙年轻人搬出了他们的理由：大伙过去都是种地的，经营饭馆谁也不会，如今生意不好，不这么干就要赔本。

老石墩为此跟石光荣道歉，说他会带着儿子挨家到干休所的老顾客家里去解释，不让石光荣沾半点儿干系！

石林听到后急了，说：“我在工商局干，最恨的就是在食品方面作假殃及消费者，没想到现在咱家里也出了这种事，我真恨呢……”

老石墩说：“大侄子，你放心，餐馆的利润我们不要了，算是包赔损失，等处理完这件事，我就带着那几个兔崽子回老家去，我说话算话！”

没想到石林的话给老石墩带来了这么大的压力，石光荣看着还想再发火的石林说：“这儿没你说话的份儿，我最烦出了事瞎吵吵不想办法的人。

石墩大叔想坑人害人吗？”

石林说：“他不会。”

石光荣吼道：“那你跟他发什么火？没个大小，白活了小四十岁！”

石林见父亲生气了，不敢再吭声。石光荣说：“石墩，你们别走，千万别走。你容我再想想办法，事情到了这田地，你急也没用，总能想出法子的。”

石海回到家里，见哥哥一脸沮丧，问他出了啥事，石林如实相告。

石海听后说：“哥，我以前也不理解爸，觉得他对蘑菇屯的人太好，没那个必要。直到后来餐馆开张，他跟我做了 次长谈后，我才了解了他内心的情怀。”于是，石海把石光荣与他的那次谈话讲给了石林听，最后石海说，“爸曾经跟我说过这样一段话：这人生一世，就像大树一样，不管它长得多高大，它的根也离不开土地，蘑菇屯就是你爸爸的根，也应该是你们的根。哥，爸的这段话我思考了很久，越想越觉得这话说得饱含深情。所以哥，蘑菇屯餐馆不只是一个普通的餐馆，它更是爸爸乡情的寄托和他对蘑菇屯乡亲们的一个报答载体。他容不得这个餐馆出半点儿闪失，他就像当年珍爱自己的军人荣誉一样珍爱这家餐馆。”

石林听完石海的话不无感慨，说：“石海，你长大了，不光读懂了爸爸，还及时提醒了哥哥。我原来只觉得爸爸是个乡情很重的人，但没想到蘑菇屯和那里的乡亲们在他心里这么重。”

石海想了一下说：“要不，哥，把餐馆关了吧，咱再想个办法给他们分头找临时工干吧。”

石林说：“那几个年轻人有气力还好办，可石墩大叔怎么办？就这样让他回去，带着心里的伤痛？”

石海说：“哥，你说吧，咱怎样帮爸爸让餐馆渡过难关？只要我能办到的，你只管开口！”

石林笑了笑说：“我把爸爸气着了，剩下的事我来负责，你已经尽到责任了。谢谢石海，哥今天真的非常感谢你的提醒。”

深夜，石林来找父亲，宣布了他自己的决定：现在他一个人，没有妻儿的负担，以后餐馆的管理由他来承担。

石光荣看着石林，问：“你真的行？”

石林说：“放心吧，爸，我能行！”

从没干过餐馆的石林从此摽在了餐馆身上，从一大早买菜进货到后厨的检查管理，一直到点餐送菜，每个环节他都要亲自过问，没过几天，石林就累得不行了。老石墩过意不去，说都是他们牵累了石光荣父子。石林说："别这么说大叔，见外了。"

经过一番整顿，餐馆重新开业，石光荣这才放了心，心情也才好转过来。

这天，石林在餐馆忙到很晚，石光荣不放心，就过来看。餐馆已经打烊了，石林正监督着厨房人员对肉、鱼、蔬菜进行保质保管。听说石林忙得连晚饭都没吃，石光荣就提出和他一起喝两杯。

厨师和两个服务员也没吃晚饭，就炒了四个菜，烫了两壶烧酒，坐在一起吃。厨师和服务员不喝酒，吃过饭后就回后屋睡觉了，只剩下石光荣父子两人对饮。

劳累、苦闷、烦恼的石林酒喝得多了些，竟对父亲敞开了心扉，倾吐着心事。石光荣万万没有想到，这个最让他放心并引以为傲的大儿子，心里承受着那么多的压力。

暮年的石光荣突然觉得他这个父亲很不合格。

酒后，石光荣亲自把石林送回方慧身边并真诚道歉，希望方慧看在他这个老爸的面子上，能多原谅石林，给他温暖和慰藉。

没承想此时方慧拿出了一些信件，让石光荣看，她说这都是最近一年多来身在日本的大伯父给她的来信。大伯年轻时就与方慧的父亲同在外面留学，1949 年新中国成立后，主修矿业的父亲要归国报效国家，不顾大伯的挽留只身回国。再后来，他的父亲被扣上了"右派""日本特嫌"的大帽子，被举家下放到小县城，父亲郁闷而死。落实政策后，他们本来可以返回大城市，但母亲不愿离开丈夫长眠的土地，一家人也就就此留了下来。现在母亲已经去世，大伯是方慧的娘家唯一存世的亲人，目前大伯病重，希望她去日本团聚并留在他的身边。

石光荣没想到一向温和孝顺的儿媳妇是如此的身世。他问这件事石林知不知道，方慧说："知道，但他不想让我告诉你们。"石光荣又问石林对大伯的请求是什么态度，方慧说："石林说石家的大门你进出自由，如果你要走，儿子必须留下。"

虽然方慧没有表明自己的态度，但石光荣已经隐隐约约地感到了这个家将面临一场不小的地震。

因餐馆经常进货，烟酒类自不可免，石林才知道市场上假烟假酒早已泛滥成灾，时刻都在危害着人们的健康甚至生命。他严把进货监督，绝不让一瓶假酒一盒假烟进入蘑菇屯餐馆，但从人们平时的言谈中也听到一些人在骂工商局不尽职。对此，他感到内疚和痛苦。

工商局市场监管部门也并非无所作为，他们也经常查烟酒批发零售的各个环节，也经常能查到假货，但也只能是罚款了事，无法追查到假烟假酒的来源和渠道。每当媒体报道得凶、民怨大时，市场监管部门就会破获一两个假烟假酒的制贩场所，处罚一批人，但不久假烟假酒就又像从地上冒出来的一样了。

石林知道这其实都是在演戏，是制假贩假团伙和工商局的头头们勾结在一起，共同作案，利益均分，而他，也稀里糊涂地成为其中一员。虽说他从未从这些非法活动中拿过一分钱，但那套房子、妻子的工作，这就是贿赂。他经常感到自己就是坐在一座活火山口上，不知什么时候就会爆发。

该来的一天来了，他们所在的城市一连发生了几起重大假酒伤人案，唐局长委托石林到医院探望病人和他们的家属，代表局里处理善后。

一个中年女人带着两个十几岁的孩子与亲人告别，她哭得死去活来，最后，绝望地撞向墙壁。石林拉住她时，她额头已经撞出血来。石林劝道："大嫂千万节哀，您还有孩子，孩子还需要您养活啊。"

那大嫂哭天抹泪说："我家就靠他了，他走了，我们娘儿仨的日子没法过了……政府啊，你要是为了我们好，就让我们娘儿仨跟他一起走吧，我们生不如死啊……"

石林劝她为了孩子一定要支撑下去，不管多么艰难。那个大嫂拉住石林的手说："政府，千万要把坏人揪出来，这么多孤儿寡母，这些坏人丧尽天良啊……"

石林这个被称作政府的人再也无法面对大嫂绝望的目光，他答应大嫂，一定严惩制假贩假的不良商人！

从医院出来，他脑子里嗡嗡成一片，面对病床上的死者和伤心欲绝的家属，他的心都在滴血。他在街上走到很晚，让冷风吹醒自己的脑袋，唤醒自己的良知。

用了三天时间，石林把自己掌握到的材料整理好，到上级纪检部门揭发了工商局内部包庇贩卖假酒商户、致使大量假酒等商品流入市场的事实。

唐局长、赖主任等一干人马受到了党纪和法律的严惩，调离了工商系统，石林则因举报有功，受到了表扬。作为这次贩假案件的从犯，高广志也受到了严厉的经济处罚，被拘留了一个月。

当表彰大会上领导给他佩戴大红花颁发奖状的时候，石林感到无地自容，他恨自己软弱，为什么举报别人的时候不把自己的问题也向组织说清楚。

此后一连多日，石林都被噩梦惊醒，他日渐消瘦，神思恍惚……

石光荣很是为大儿子高兴，亲自摆酒，在蘑菇屯饭馆款待了石林。石林难以面对父亲，内心极度煎熬，最后，他鼓足勇气向父亲交代了他曾经为了石海不被伤害、为了住房、为了方慧的调动而长时间隐情不报，从而导致赖主任等人越发猖獗的情况，为此，他的良心受到谴责。石林表示，他要向组织上坦白！

石林要坦白，这可是大事，如果组织上严肃处理，连石林也得一块带上，一个正团级干部如果没了工作，未来怎么办？他妻子怎么看这件事？他又该如何向儿子石小林交代？石光荣一时不知道该如何回答儿子的问题。

经过了一夜的纠结，翌日清晨，石光荣对儿子说："走，儿子，爸爸陪你一起去坦白！"

念及石林本人并没有参与直接犯罪，举报有功，上级并没有给他法律惩戒，而是停职等待处理。

石林主动交出了单位分给他的那套住房的钥匙。

石林停了职，房子也没有了，方慧不仅不担心，反而高兴了。她劝石林跟他一起出国，去管理大伯父的一系列超市生意。石林说："我爸爸这辈子就干了几件大事：一是带兵打日本侵略者，二是打老蒋解放全中国，三就是抗美援朝保家卫国，现在我要是去日本鬼子的地盘给他们繁荣经济，别说我爸爸的情感接受不了，我自己也不愿意。"方慧说石林的民族感情过于狭隘，都什么时代了，中日邦交都正常化了，要放眼全球。但石林坚决不同意去日本。

方慧要去日本探亲了，她希望带着儿子一起去看望大伯父，反正就两个月的时间。全家人除了石光荣都不同意放小林走，怕方慧不归，拐走了小林。

石光荣却说："是你的，打都打不跑，不是你的，捆住了手脚都得跑。让他们娘儿俩一起走吧，我相信方慧会带孩子回来。"

方慧母子走了，石家一下子就变得空落落的，石林想尽办法劝慰父母。石晶和石海也经常回来，虽然饭桌上还是五个人吃饭，但没了石小林的欢声笑语，褚琴的饭菜难以下咽。

褚琴看着别人家的孩子眼馋，到幼儿园或者是小学校去看孩子，一去就是半天。

每每看到褚琴望着人家的孩子黯然神伤时，石光荣心里也不是滋味，他又何尝不思念他的小爷们儿石小林呢？

虽然还在迁怒石光荣，但看着他鞍前马后地照顾自己，一心想哄自己开心，褚琴的心里也不无感念。渐渐地，老伴的相依相伴显得格外重要，褚琴也就不再对石光荣放走石小林母子的事纠缠不已了。

长久未与姐姐交心的石海来看望石晶。一见面，石晶就发现平素意气风发的弟弟打了蔫，目光中也失去了往日的神采。

石晶看出了石海有心事，问他是不是还没摆脱掉杨花花或者李文，石海摇头，问道："姐，你真正地爱过吗，你知道真爱的滋味吗？"

石晶未置可否，打量着石海。石海说："原来读小说，感受到的都是别人的情感，如今自己真的爱上了一个人，才知道这真实的感受。"

石晶问："说说看，什么感觉？"

石海说："才下眉头却上心头……"

石晶很有同感地说："可不，那种牵挂、那份不能言说的纠结，只能意会不可言传。"

石海诧异地看着姐姐，问："你不会也正恋爱吧？"

石晶遮掩着什么，说："别转移话题，还是说说你吧。告诉姐，跟什么女孩在恋爱？"

石海说："准确地说不是恋爱，是我单恋人家，人家有男朋友，而且一直拒我于千里之外。"

"那你为什么还追她，不是有男朋友了吗？"

石海说："我们的情况比较复杂，她的男朋友当着我的面说他们只是普通朋友，可那个女孩坚持。姐，你说我该怎么办？"

石晶想了想说："人生很短暂，年轻的时光也很有限。石海，如果你爱上了个自己真正喜欢的姑娘，只要不违背道德伦理，不管出现什么问题，都不要放弃自己的追求。既然爱了，就勇敢面对，就坚持你的追求，免得以后错过了，一辈子后悔。"

石晶的这番话既是说给石海的，也是说给自己的。与高扬长时间的离别，加深了她对高扬的思恋，她也一直处于情感的低谷。

得到姐姐的鼓励后，石海决定帮助林谷雨，首先是从解决她的经济难题着手，为此，石海想找兼职的工作，多挣一份钱。

通过同事的帮忙，石海一连接下来好几桩撰写广告文案和帮企业写宣传策划书的工作。等他一拿到钱，就急不可待地把钱送到了林谷雨的家。他并没有打扰林谷雨，而是把钱装在信封里塞进门缝就走了。

林谷雨接到钱很是纳闷，思来想去，她想到了石海。林谷雨特意到石海的单位，把钱退还给了他。林谷雨说："石海，我知道钱是你给的，我不能要。如果我没猜错的话，你也是刚工作没几年，还是把钱交给你的父母吧，他们养了你二十多年，你应该孝顺他们。再说，这一千块钱也根本解决不了我的问题，我们家的经济难题就像个无底洞，有多少钱都不够。"

石海说："这钱你先拿着，以后我会赚大钱，赚很多的钱给你！"

林谷雨笑笑说："石海，你还是没明白我的意思……"说完，林谷雨就走了。石海拿着钱，怅然若失，他哪里知晓，那次与李文在医院的偶遇，让刚刚对他产生了些许好感的林谷雨，心一下子又冷了。

虽然石海很努力，但卖文所得的钱十分有限。看着手里不多的钱，石海心焦，他时时会想起林谷雨破旧的宿舍和她打工时的辛劳。此时的石海只有一个念头——赚钱，赚大钱来接济林谷雨，这是他对心爱的姑娘唯一能做的事。

自从上次因林达超的事被石海打了一拳，特别是得知石海挺身而出陪着妹妹做了人流之后，李大明对石海有了新的认识，经常向石林打探石海的消息，并有意让石海来跟他一起经商。最终李大明亲自找上门来，对石海说，如果跟着他干，工资从两千元每个月起步，以后做了主管，有望提高到四五千。

这个数字对于石海来说无疑是个天文数字，石海不禁动了心思。考虑一天后，石海答应跟李大明干。李大明说："像你这样脚踩两只船可不行，我需要的是全职员工，要挣大钱必须踏踏实实一心一意地跟着我。"石海道："我再想想，很快给你回音！"

他考虑了几天，要想跟着李大明赚大钱，只有停薪留职。可他明白这样的决定对家里而言意味着什么，那就是地震！父母哥哥姐姐说什么都不会同意自己这样做的，想起自己装病从部队逃回来后惹起的乱子，他至今犹心存愧疚。停薪留职对家里的震动怕是比上次更为严重。

一周后他决定了，停薪留职，人生的路毕竟是自己走的，只要明白自己在做什么就行。他明白自己在做什么，是在为所爱的人活着，为所爱的人赚钱，不管付出怎样的代价他都甘愿承受。

虽然决定了，心里还是十分忐忑，他先来找谢枫，想听听他的意见。

来到谢枫家后，他却一时张不开口，只是寒暄着。谢枫看出他有心事，便问："最近忙什么呢？"

石海不假思索地说："忙挣钱！"

谢枫很是诧异地看着石海说："你不是那种金钱至上的人啊，石海，你遇到什么难题了吧？"

石海想了想，没说实话，油腔滑调地说："谢爸，现在全中国人民都在发展经济挣钱发财，您说，我不能落伍吧。"

谢枫摇了摇头说："石海，这不像你的所思所为。"

石海笑了笑说："一切都是在变化的，谢爸，正好我有个大事跟您商量。谢爸，我想办停薪留职！"

谢枫一听愣了，问："为什么，你们单位有先例吗？"

石海说："没有，我算是第一个吃螃蟹的人。"

谢枫再问："你爸妈知道吗？"

石海摇头说："不知道，我想先跟您商量，您说，我爸妈要是知道了我的想法会怎么样？"

谢枫思忖片刻道："石海，停薪留职还属新鲜事物，也许你爸妈闻所未闻。凭我的直觉，你此念一经道出，家里非乱套不可。"

石海问："有这么严重吗？"

谢枫说："对于父母来说，孩子们有一个不错的职业和美好的前程是头等大事，目前你的事业刚刚有了个良好开端，就要放弃，他们能答应吗？"

石海说："改革开放了，年轻人有很多条路可以选择，不必抱着铁饭碗终老一生吧。谢爸，我看我可以做通他们的工作，至少我爸爸不会阻拦，毕竟他是个见多识广敢做敢为的人。"

谢枫说："未必。你忘了当年你装病从部队回来家里的情况？石海，我希望你三思而后行。"

虽然石海未置可否，但谢枫已经隐约感到，石海的决心是不容动摇的，他不禁为石光荣和褚琴捏了把汗。

几天后的一个周末，家人团聚，石海见气氛融洽，借机轻描淡写地向大家表白了自己的主张：打报告停薪留职。

褚琴问啥叫停薪留职。石晶解释，说把人事关系暂且保留在原单位，停止工作没了工资，离开单位。简单地说就是暂时性地失业或者弄不好彻底丢了工作。

听完石晶的解释，四座皆惊，大家都愣怔地看着石海，问他为什么。石海当然没有说他如此决定是为了挣钱接济林谷雨，而是找了一大堆似是而非的理由搪塞大家。

褚琴发作了，道出了自己的担心："你懂不懂啥叫停薪留职？没听你姐说吗，就是没了工资，离了单位，如果国家的政策变了，这个职务说不定就没了，你石海又成了待业青年了！"

石林说："妈说得对，石海就是太不安分了。"

褚琴接着道："即便你将来回得来，可你还有今天的位置和待遇吗？我看你是放着好日子不过，成心瞎作！"

紧接着哥哥姐姐的一连串的问题把石海逼到了墙角。

石海终于忍不住了，说："我都多大的人了，你们怎么还不让我在精神上断奶，非要捆着绑着才放心对不对？我现在是正式通知你们我的决定，其实我心意已决，谁都拦不住我！"

石光荣一直低头闷不作声，听着褚琴的咆哮。石海把求助的目光投向了石光荣，等待救援。

石光荣思忖片刻，道："石海，你是不是觉得自己现在不得了了，报社盛不下你了？刚刚有了点儿小成绩就翘尾巴了？告诉你，你差远了！"

石海说："爸，我不是骄傲自满，我只想换个生存环境，再让自己多提高提高。"

石光荣说："石海，你没忘了装病住院的事吧？如果你忘了当初咋把这个家折腾得底朝天，你就一意孤行，如果你还有点儿良心，你就彻底放弃这个念头，好好给我回报社上班！"说完，石光荣走了，回到了他的作战室，重重地摔了门。

褚琴也一连声说："我活不了了。"捂着胸口回了自己的房间。

石晶和石林劈头盖脸地把石海一通狠批，石晶怪弟弟不懂事，心思浮躁，不安于工作。石林让石海好好想想父母的感受和未来的前途，不要恣意妄为。

听着客厅里三个儿女的吵闹声，石光荣心神乱了，没想到这个他本以为走上了正途的石海会闹出这么个幺蛾子出来……想想当年为了石海退伍就业的事，家里人都快剥了一层皮，现在这个石海放着好端端的工作和大好前程不管，他到底想干什么？石光荣回想着石海说出自己决定时的那份胸有成竹，觉得这里一定有蹊跷。

石林和石晶还在对弟弟横加阻拦，对于他们这些在国家机关或职能部门已经待得很是有惯性的人来说，工作上任何动荡和不安都是不可想象的，没了单位和公职，简直就成了废人。正处于停职阶段的石林对此感受更深。

褚琴突然抹着眼泪来到客厅，央求着石海说："石海，妈这辈子没求过你干什么事，我生你养你这么多年，你就可怜可怜我这个当妈的苦心，千万别再想停薪留职的事了。"

石海说："妈，我的主意改不了了，既然主意改不了，工作也安不下心来，所以，你们就成全我吧。"

褚琴见石海依然是铁板一块，大声喊道："石光荣，你憋屋里干什么呢？你以前的本事上哪儿去了？动家法呀！"说完，褚琴满世界寻找能动家法的东西，一会儿抄起拖布，觉得重放下，一会儿又拿起擀面杖，掂了掂，又换成了一把塑料的汤勺。终于褚琴拿着汤勺煞有介事地从厨房冲了出来，一边喊着"打死你这个不听话的东西"一边追着石海。石晶阻拦，说："妈你消消气，不要动那么大的火气。"

褚琴说："我不动气行吗？你看看这个混账，翅膀硬了，会写个小说了是吧，长本事了对吧？瞧把你能的，家里大人说话都不算数了？"

石晶石林拉劝，褚琴追打石海，客厅里正在乱成一团的时候，石光荣的门开了，他喊道："石海，你给我滚进来！"

看石光荣那架势，怎么说石海这次都是在劫难逃。当石海在父亲严厉的目光逼迫下走向作战室时，褚琴突然后悔了。因为她刚才的夸张表现也只是想吓唬吓唬石海，虚张声势罢了，并没有真的跟他动家法的念头。现在石光荣盛怒，肯定要出大乱子了。

石海走了几步，突然向院子走去，他从院子里拿来一根木棒，毫不迟疑地走进了作战室。

褚琴傻眼了，没想到这个石海会干出这种事，她对石林使眼色，让他拽住石海，石林不肯，褚琴说着："石海，你这个笨蛋……"

门再度被关严，褚琴来到门口听，生怕石海受罪。

石光荣没有搭理进门来的石海，石海见父亲如此情状，把木棒递到了父亲手里，说："打吧，如果您能出口气，我愿意承受。"

石光荣看着石海，有些犯愣。石海说："爸，我知道我的决定让你们不安，但是，就像今天我心甘情愿挨打一样，以后我也会心甘情愿地承受一切后果，只是我不想让您跟妈因为这件事气坏了身体。"说完，石海像小的时候一样，趴在了床上，等待着石光荣的动手。

握着木棒，石光荣的手发抖了，他没有想到石海此时会用身体的伤痛来换取父母的发泄。看着一动不动的石海，他觉得儿子真的是长大了，能体会老人的心情了。就在石光荣一时感念石海的做法时，石海不识时务地说："爸，我再说一次，我的主意不改了！"

褚琴不放心，跑到作战室的窗外察看动静。

石光荣的火气又蹿了起来，举起木棒又放下，放下又举起。最后，石光荣扔掉了木棒，说："坐下！"

窗外的褚琴长出了一口气，捂住了胸口，暂时安了心……

石海翻转身看着父亲，不解其意。石光荣说："我今天给你机会，如果你说了实话，能给我一个说得通的理由，我就成全了你！"

见父亲如此，石海来了精神，正式开始了自己的阐述……

一会儿是年轻人应当到改革前沿去弄潮，一会儿又是作为预备作家需要体验时代的风云、感受时代的脉搏，此时的石海巧舌如簧，激情四溢地演说着。

嘭的一声，石光荣拍响了桌子，打断了石海的演讲："够了，你把老子当三岁孩子骗啊，长本事了你？"说完，石光荣气哼哼地开门走了出来。

石晶石林见状，跑进作战室询问石海情况，石海不想再跟哥哥姐姐理论，要离家。

石林要阻拦石海，石光荣说："让他走，家里不留骗子！"

褚琴责怪石光荣又使用过去的三板斧，嫌他对石海没耐心，就这样放跑了石海，解决不了问题呀。石光荣哼道："我看这小子有病了。"

晚上，石光荣越琢磨越不对劲儿，他拿起外衣要出门。褚琴问他去哪儿，石光荣说："回来晚点儿，你别等我了。"石光荣料想石海一定在谢枫家里，他直奔谢枫家。

见风风火火而来的父亲，石海说："爸，我该说的话都说了。"

石光荣并没有动粗，对谢枫说："这孩子心里憋着事，他骗了我。"

谢枫看着这对父子，想撤出，让他们父子单独谈。石光荣说："不必了老谢，我相信，他也没跟你说实话。"本来想再度搪塞的石海看到了父亲因天黑赶路而来，裤腿上沾着泥点儿，鞋子上也挂着泥巴。石海能够想象父亲夜里深一脚浅一脚赶路的模样，不禁心里一酸，道出了真实原因……

石光荣和谢枫都在倾听着石海对一个乡村女孩子爱恋有加，乃至为了帮助她不惜暂时放弃现在的工作外出打工赚钱的故事，自然，石海隐去了林谷雨的姓名。

听完，石光荣问："你为什么会喜欢上一个农村姑娘？"

石海说："我也不清楚，反正她身上的那份淳朴、吃苦耐劳和纯净美好，就像冬日的阳光一样吸引着我，我欲罢不能。"

谢枫问："你考虑到你们之间的落差了吗？我不是讲门第而是文化！"

石海说："考虑到了，虽然她没上过大学，但她足够智慧。"

石光荣追问："既然你已经知道人家有男朋友了，为啥还死缠烂打？"

石海说："爸，我那不是死缠烂打，我尊重她的选择，我现在为了她所做的一切不图任何回报，我只是想帮她，看不得这个农村姑娘再受苦受罪。"

谢枫问："除了这，你就没别的办法了吗？"

石海说："目前我能力所及，唯此一条路可走。"

石光荣沉默了，他万万没有想到石海停薪留职的原因是为情所困，而且还是一段无望的感情。思忖片刻，石光荣说："石海，如果今后这个姑娘真的还不接受你，你后不后悔？"

石海道："不后悔，我不会怨天尤人，因为从选择走这条路开始，我就没有希图任何回报，完全是非功利的。"

石光荣再问："如果国家政策发生变化，你的停薪留职成了失去职业，后果考虑过吗？"

石海说："我都考虑过了。爸，作为一个男人，因循守旧不图变革就会变成一块僵死的化石，时代不同了，我们的观念也应该变一变了。我想，你们之所以反对我停薪留职，是因为对我的能力还不相信，不敢撒手让我一搏。"

石光荣异样地看着石海，石海说："路是走出来的，不是讨论出来的，爸，你就让我试试吧。"

石光荣说："既然如此，你让我跟你谢爸单独谈谈。"

石海离开，石光荣不无感动地对谢枫说："没承想这小子是为了别人闹了这么大的动静，老谢，我看他成长了，至少他心里已经能装下别人了。”

谢枫感慨地说：“是啊，我也没想到石海会爱上一个农村姑娘，这是你遗传给他的乡土情结。最重要的是石海勇敢，他的心底里很干净，没有门第，没有世俗的成见，这在年轻人里不多见啊。”

石光荣说：“你的意思……”

谢枫说：“作为一个要搞写作的人来说，丰富的人生经历就是取之不尽用之不竭的财富，如果石海一成不变地在报社安稳一生，未见得是件好事。”

石光荣说：“我明白了，老谢，石海的真情感动了我，我同意他的想法。”

谢枫问：“褚琴那里怎么交代？”

石光荣沉吟道：“暂且让石海在你这里住着，先别惹她，我慢慢做工作。”

石光荣叮嘱谢枫和石海千万不要把石海停薪留职的真实动机告诉褚琴，以免再生不必要的麻烦。

石海执意送父亲回家，说夜路难行。石光荣拒绝，他说：“儿子，一旦离开单位，你也走上了一条不归路，就像摸黑走路，以后全靠你自己了。”

石海说：“我知道，爸，我会对自己的选择负责。”

石光荣迈着大步走了，昏暗的灯光下，石光荣踩在高低不平的狭窄巷道，脚步并不稳当，但他尽量挺直着肩背，留给儿子一个从容的背影。

石海望着父亲已经不再挺直的背影，想着父亲饱蘸情感的叮咛，眼眶湿润了……

谢枫对石海道：“父亲的背影是能让一个男人记一辈子的影像，更何况是一个如此特殊的父亲！石海，希望你以后能让石光荣这个名字更加光彩。”

石海点了点头说：“谢爸，您放心，因为我是石光荣的儿子。”

见石光荣不再提石海的事，褚琴很是纳闷，问老伴到底想怎样处理。石光荣说：“我这几天也在想，现在的社会已经变了，作为年轻人该出去闯就出去闯，当年我要不是跟上革命的队伍离开蘑菇屯，哪有现在的石光荣？”褚琴急了，说：“你是老糊涂了吧？”石光荣不吭声，褚琴醒过闷来说：“我说你这几天不吱声呢，原来你心里已经有了准谱了。石光荣，你怎么说变就变呢？我不跟你理论，反正我不同意，打死我也不同意！”

还没等褚琴上门，谢枫就主动来找褚琴谈石海的事情，任谢枫怎么劝说，褚琴就是执迷不悟。她说：“老谢，如果你这回不支持我，别怪我不给你留面子了。”谢枫说：“事关孩子的前程，即便赌上咱们三十多年的战友情谊，我也不在意！”

没想到文弱的谢枫在关键的时刻会如此坚持，而且还拿他们的关系来说事。褚琴一怒之下道：“我早就觉得你跟石光荣穿一条裤子还嫌肥，我真蠢，怎么把你们两个老顽固给弄到一起了呢，这不是搬起石头砸自己的脚吗？早知如此，我跟老宋费劲儿找你干吗？”

谢枫非但不生气，反而笑了，说：“褚琴，顽固不顽固自有时间来评判，我还是劝你不要再捆绑孩子的手脚，时代不同了，你就让他自己飞吧。”

褚琴说：“时代不同了，我也是他的妈！他这么对自己不负责任，这么轻率地就停薪留职了，我能看着他往火坑里跳吗？不行，这事我非管不可！”

第二十九章

石晶几次给石海发传呼，让他到单位来好好谈谈，但石海就是不回电，石晶不死心，再一次传呼了石海。

石晶正眼巴巴地在等石海的电话时，偶遇暂时回局里办事的高扬，长久的思念与牵挂令石晶对刚刚出现的高扬很是亲近，道出了自己的心事。高扬听后笑笑说："石晶我原来只觉得你不太像个女人，可看你对你弟弟溺爱，又觉得你太女人了，老实说，是太小女人了！"

原本对高扬含情脉脉的石晶被他的一番话惹急了，恢复了以往的习惯，不无挑衅地问："请问高大队长，你是谁呀，你凭什么这么说我，你凭什么管我家里的事？我给你权利了吗，你有这个权利吗？"

高扬被问得张口结舌，连连道："好好，算我多管闲事，石晶同志，请你自己多保重！"

见高扬走了，这一走又不知道什么时候才能见面，石晶心里好不酸涩，喃喃道："既然你对人家没那个意思，干吗老惹人家，你什么东西……"

第二天，石晶装作路过，来到高扬的办公室门外，想再见一面高扬。同事说，高扬昨晚就离开了，他在外地还有任务。石晶内心十分怅然……

褚琴与老谢绝了交，不好到他家里去找寻石海，即便她明明知道石海就窝藏在他的身边。找不到石海，更无处发泄心里的失落和挫败感，褚琴郁郁寡欢，无论石光荣如何哄她，就是不见她的欢颜。

这天，用尽浑身解数想哄褚琴开心的石光荣，在石海的书架里发现了一本笑话大成，他如获至宝，捧着书，戴上老花镜来到了褚琴的屋里。

石光荣先是读了一则小笑话，见褚琴不动声色，没办法，他又找了一篇，边读边夸张地哈哈大笑，笑过一阵再看褚琴，她依然愠怒满脸。他大声说道："真好玩，看这笑话，多好玩！哈哈……"

褚琴扭头异样地看着石光荣说：“你傻呀，石光荣，这好笑吗？”

石光荣不好意思了，收起书，立马板起脸道：“这他妈谁写的笑话？什么破玩意啊，还敢出书卖钱！”说完石光荣把书丢在一边，好生没面子地走了。

晚上，石林带回来的一个消息，令褚琴暂且有了欢颜。原来上级领导经过仔细调查和认真研究，已经做出了新的人事任命安排：石林结束停职，回局里任副局长，正局长空缺，石林全权处理局里的所有工作。

褚琴说：“世道人心，我儿子就应该是这样，将来肯定能当个正局长！”

石光荣和石晶自然也为石林高兴，只有石林本人，对此并没有他们所期望的欢愉。石光荣让石林赶紧给方慧打个电话报喜，石林说：“不急，爸。其实对这个任命我心里老是有股说不出来的滋味。”

石光荣问：“怎么了？”

石林说：“一时半会儿说不清，反正心里不舒服。”

石光荣问：“你是嫌职务没有提升？”

石林说：“恰恰相反，我觉得自己不配。”

石光荣说：“啥配不配的，当年我们打仗，二三十岁的营长、团长多了去了，打着打着就有团长的样了。儿子，你得有志气！”

石林说：“我是觉得自己曾经犯过错误，而且是原则性的。”

石光荣说：“谁没犯过错误，改了就是好同志嘛。”

石林说：“我先干着看吧。”

石林上任后，就连续抓办了几次打假的行动，对于那些行为恶劣、贩假严重的商户查抄停业重罚。

曾经因胁从贩卖假烟假酒遭到严重惩罚的高广志并未从上次的事故中吸取教训，他不忍自己的经营赔得血本无归，又用他人的名义注册了一家食品批发店。诡计多端的高广志在选择傀儡法人代表时动足了脑筋，最终拐弯抹角地找到了上次事故中家庭遭到灭顶之灾的一个人。之所以这样做，高广志是想在办执照和未来经营的过程中得到照顾，毕竟这些受害人都是在工商局挂了号，需要特殊关照的人。

当石林按照群众的举报，带着一众执法人员来到这家“好大嫂食品批发店”时，老板娘出头阻拦，干扰检查。石林觉得这个老板娘好生眼熟，仔细想想，原来她就是那个丈夫被毒酒所害后，哭着恳请政府严惩坏人的大嫂。

石林介绍了自己的身份，劝大嫂不要如此行为，否则会影响他们的执法。大嫂也认出了石林，哭声更大了，说："我好不容易支撑起了这个门市，两个孩子才有了书念。政府啊，当初你也是帮过我们的人，你知道我们的难处，今天就放我一马吧。"

石林说："大嫂，你难道希望你家的悲剧再一次上演吗？据举报，你的批发店里就有假酒假烟和其他不合格食品。"大嫂死不承认。石林说，"既然你说没假货，那我们查查无妨。"说完，石林让同志们进店检查。

就在此时，大嫂急了，她大声喊道："小高啊，你再不出来我就没辙了！"

随着大嫂的话音，高广志不慌不忙地走了出来，他一脸堆笑地把石林单独请进店里，私下里对他说："石大局长，得饶人处且饶人。当初您可是跟老赖和老唐坐一条船的，兄弟被折腾得那么惨都没把您供出来，图的就是以后行事方便。如果您今天实在不给兄弟留面子，兄弟的嘴恐怕也闭不上了。"

石林说："随便你。"

高广志说："石副局长如果真的不给我留情面，最后的结果是鱼死网破！"石林不解，高广志说石林其实早就在事实上犯下了受贿罪。石林惊愕地看着高广志，不解其意。

高广志不慌不忙地挑明，单位分他的那套房产不是单位的公房而是他高广志的私人财产，当时是老赖出的主意把那套房子转移到了石林的名下。

石林笑道："房子我已经交回去了。"

高广志说："交回去只是个形式，房产的户名并没有变更，房主还是你石林。难道石副局长非得逼我？"

石林一阵心悸，没想到老赖的笑容背后包藏着如此叵测的居心。

高广志说："倒不如石副局长网开一面，咱们大家都落得安生。"

石林终于忍不住了，道："你怎么办，悉听尊便，但这家店我是查定了！"

高广志说："局长再好好考虑考虑，我的小店事小，局长的大好前程事大，千万不要意气用事！"

石林厌恶地看着高广志的面孔，恨不得一拳打将上去。

高广志笑了说："退一步海阔天空，石大局长，你好好看看，这个小店的打工者可都不是外人，你都认识。"说完，高广志大声喊着："来来，都出来，各位大姐大嫂，我来给你们介绍一下咱工商局的石副局长！”

五六个中年大嫂走到了石林面前，果真，这些人都是上次假酒事件中失去男人的家属们。石林看着这些大嫂，心里不禁一阵隐痛。

高广志不失时机地悄悄对石林说：“你们喊了喊口号、发了几百慰问金走了，可这些寡妇的生活靠啥？要不是我成立了这么个寡妇店，谁来管她们？石大局长，别用上次伤她们丈夫的‘石头’再来砸她们的脑袋了，放这些可怜人一马吧。”

石林看着站在门外的那几位寡妇大嫂，鼻子酸了，他掉头离开了小店，命令一哨人马撤退。

回到局里，石林满脑子都是高广志那张讨厌的面孔和大嫂们辛劳无助的目光……

很明显，高广志才是这家店的主人，如果依法行事，惩办屡教不改的高广志，那些大嫂的生活会再度失去依靠，他自己的局长位子也难以保住；但如果不惩治，这个诡计多端的高广志以后还不知道无法无天到何种程度。

石林思来想去，想找一个办法妥善处理这个两难的问题，一时却无法找到。

就在石林举棋不定、一筹莫展之时，蘑菇屯餐馆的路对面新近开了一家名为“大嘴吃天下”的湘菜馆，好尝鲜的客人都被抢了过去，蘑菇屯餐馆的生意再次受到影响，客人日渐稀少。

此时正逢老石墩回家乡进货，餐厅里的一众小青年便撺掇石二武力打击对方的气焰，把生意给抢回来。石二趁石林不在的时候犯了浑，动用了乡下的手段，与对手死缠烂打，用尽非常的手段，妨害对方的经营。对方报了警。石二等人因殴斗，被刑事拘留。

这下可愁坏了石光荣，孩子们被拘留了，等石墩回来他怎么跟老弟交代呀？为了给他们作保释放，石光荣只得去求石晶帮忙，恰逢石晶出差。正在石光荣一筹莫展之际，他碰到了高扬。高扬获知石光荣此行的目的后，陪着石光荣去分局办了担保手续。

石光荣感激之余，不想放过了解高扬的机会，甚至谈起了高扬的个人问题。高扬并没躲避，说：“石叔叔，我理解您的好意，的确，石晶很好，但我担待不起，也无能力和权力担待这个好姑娘！”

石光荣心里犯疑惑，心想：既然石晶很好，怎么就不能担待？你不是也一个人吗？年轻人的事情真不好懂。

石光荣没有深问，说：“以后常来家里坐坐，咱一块下棋。”

高扬点头，算是答应了。

矛盾中的石林终于找到了几位大嫂家的地址，他下班后去走访了几家。这些大嫂都是从乡下来城里陪伴在此地打工的丈夫的，原本没有工作，生活全靠丈夫们的工资维系。丈夫们喝假酒殒命，她们的生活来源就彻底断了。这些租住在城市边缘的棚户房里的人家，可以用家徒四壁来形容。石林的心再一次被揪得生痛，看着这些因假货致贫的人们，他的良知和精神再也不能允许他安宁了。

石林经过几天的思考，做出了自己的决定。

因为餐厅的事情，石光荣正备受煎熬，石林准备先不惊扰父亲，适时再跟父亲相商。

当褚琴来到单位找石海兴师问罪时，单位同事告知褚琴，石海上午就已经办完了停薪留职手续，现在他已经走了。

走了，这小没良心的居然就这么走了？褚琴气得七窍生烟，闷闷地回到了家里。

褚琴把所有的火气都发到了石光荣身上，她命令石光荣赶紧把石海找回来并回单位恢复原职务，否则，她就与石光荣势不两立！

石光荣早就知道了褚琴每次发火后的若干议程，在现阶段吵闹、劝慰都不奏效，最好的办法是离开家，躲开她，走为上策。

石光荣给褚琴搞好晚餐后溜之大吉……

蘑菇屯餐厅赔了生意，再度失业的一干人马又回到了褚琴的家。

石光荣的作战室又变成了大队部和客栈。

石光荣并没有清退客人的意思，褚琴本来就因为石光荣纵容石海停薪留职而记恨他，现在这伙“还乡团”再度卷土重来。她不愿意再让自己的心脏出毛病，更不想再跟石光荣斗气，索性又搬到了招待所，石林承担起了照顾父亲和蘑菇屯小兄弟们的重任。

见父亲的精神有所缓释，石林对父亲道出了一个决定：他要以自己的名义再办个经营执照，作为法人代表，餐厅由他来负责管理，石墩大叔回来后只负责后厨。除此，石林还要扩大经营规模，吸纳几位生活窘困的中年妇女来餐馆工作。石林说："爸，身为国家干部不能经营个体商业，为此，我要辞职。"

石林要辞职，这可是大事，即便是为了家乡人，把儿子的前程搭在里面，石光荣也下不了这个决心。他说："石海前些日子停薪留职，就已经把你妈气坏了，你要是再辞了职，你妈的反应可想而知。"

石林说："先瞒着我妈，找个合适的时候再说。"

石光荣说："那也不行，你原本是可以当师长军长的，现在要当个个体餐馆的小老板，别说我心里没办法接受，你将来对方慧怎么交代？毕竟常务副局长是个不错的职位，这是给以后的局长铺路，石林，你的前程不在餐馆里，我不同意你辞职！"

见父亲一时难以说动，石林也很激动。他说："爸，我理解您的想法，为了我的这份工作你拉下面子跑东跑西，可现在的问题是，我一天都不能再待下去了，再待下去，我就不是人了！"

石光荣纳闷道："怎么就不是人了？不就是新职位新困难吗，你怕了，怕自己做不好对不对？这么畏首畏尾，真不像我石光荣的儿子！"

见父亲如此，石林越加激动，道："您错了，爸，我之所以这么做，就是想不辜负您，不枉做石光荣的儿子！"说完，石林走了，留下了一时难以平静的石光荣。

这一夜石光荣和石林父子俩都没有睡着觉，石林决定把自己的所思所想和现在所遇到的难题对父亲和盘托出。

第二天一大早，石林就来到父亲晨练的地方继续谈话。

当石光荣了解到石林内心的隐痛，特别是他现在接手蘑菇屯饭庄也为那几位寡妇大嫂解决困难时，说："你不辞职我也能帮你办这件事，不就是让她们来打工吗？我答应你！"

石林说："最重要的是我要严查高广志，现在高广志敢于公然与我斗法，就是他相信我不会放弃局长这个职务。两害相权，我只有这条路可走了。"

石林说完，石光荣不作声了，低头说："你别急，让我再想想。"

晚上，石光荣主动约谈石林。

石光荣说："对于蘑菇屯的事我也想过了，责任是我石光荣的，跟子女无关。"

石林说："爸，您不得不承认自己已经老了，您已经无法承担这些人的生计，还是让我来吧。"

老石墩等人听到了父子俩的谈话，他们没想到因为他们，给石家父子带来了那么多的麻烦。

老石墩默默地回到了他们所住的屋子里，跟乡亲们一起商量起未来的打算。

石林对父亲情真意切地说："爸，我曾经跟石海长谈过一次，我真实地了解了您对蘑菇屯饭庄和这群乡亲的真实感情与责任，为了我自己的未来，为了了却您的心愿，我也必须辞职下海，重新规划自己的人生。"

石光荣说："那将来你怎么跟老婆孩子交代？"

石林说："如果方慧理解，那说明我们还能继续在一起，如果不理解就顺其自然吧。至于小林，我想那更好解释，我不希望他有个在安乐窝里混事的父亲，言传不如身教，爸，也许这是我对儿子最好的教育。"

石光荣说："那你能不能也办个停薪留职，给自己留条后路？"

石林说："后路留了，就永远放不开手脚。爸，我心意已决，您就别劝了！"

虽然知道儿子已经劝不回来了，石光荣还是心有愧疚。

另一个房间里，老石墩等人在收拾行李，他们准备悄然离开石家，为石家父子松绑……

见父亲神色不安，石林继续道："这么说吧，爸，即便是我再回到单位做副局长，我也会心里不安，因为我已经做过苟且之事，如果自己继续留在工商队伍里，是对这支队伍的亵渎！"

石光荣说："你再好好考虑考虑。"

石林说："其实我做出这个决定，还有一件事对我影响很大。我记得妈妈曾经跟我们讲过一件事，她说就在你们结婚大喜的日子，你喝多了。"

石光荣说："你妈妈也是，说这干啥？"

石林说："妈说，那天晚上你当着师长和政治部主任以及全团官兵的面哭得非常伤心。大家都以为你喝醉了，可你说没醉，你哭是因为你又想起了刘黑子和歪把子连长他们，他们都是在一次因你指挥失误的战役中牺牲的。你拿着酒碗一边哭一边给他们敬酒，说，对不起，我对不起你们，今天我石光荣结婚娶老婆了，可你们连老婆是啥样的都没见过，我对不起你们。要不是师长让小伍子叔叔把您搀回去，您还不知道哭成啥样呢。"

石光荣心有戚戚，说："一将功成万骨枯。能不想吗，我越是过上好日子，越会想起这些个牺牲的战友，他们的死成就了我的生，成就了我的好生活……忘了他们，就是让熊瞎子掏走了良心。"

石林说："其实，爸，我目前的心理跟你一样，因为我当时的失职，客观上纵容姑息了局里的腐败和不良之风，导致不法商人作假贩假的事态不断恶化，以致那么多无辜的生命受了害。这段时间，我一闭上眼睛眼前就会出现因为假酒事件死去的人和他们的家属，我的良心受不了。每当我坐在常务副局长的办公室里的时候，我的屁股底下就像是扎满了钉子，我受不了，我真的受不了。"石林几度哽咽，说不下去了……

石光荣搂了搂儿子的肩膀，说："既然这样，儿子，爸支持你！"

石林说："可是您跟妈的脸面就没有了，大儿子成了工商个体户，会给你们抹黑，这也正是我一直没有最终下决心辞职的原因。"

石光荣说："什么他妈的破脸面，爸只要你长良心！职务没了，可良心没丢，这是最重要的！"

石林感激地看着父亲，这正是他最需要的支持。

临睡前，石光荣照例要来跟老石墩聊聊天，当他来到作战室时，发现屋子空了，炕上留着一张纸条，说他们已经走了，请不要再为他们操心，他们今生今世都不会忘了石头大哥一家的好。

石光荣叫来石林，说："这明早才有火车，黑灯瞎火的，他们住哪儿啊？"

石林说："爸，我估计他们走不远，赶紧去找！"

时至半夜，石光荣父子在一处未竣工的大桥的桥墩下找到了老石墩等人。他们围着棉被和衣物，在寒风中瑟瑟发抖……

石光荣上前，责怪老石墩不该离家，老石墩说："从我们进城就把你家搅得鸡犬不宁，我的良心受不了了，石头大哥，再麻烦你们，我就不是人了。"

石光荣急了，说："要不是当着孩子们的面，我真想打你，你看看都说啥了？什么我家你家的，都是屁话！走，跟我回家！"

老石墩不肯，说不行。石林急了，大声说："大叔啊，我连职都辞了，你们要是不回去，我就成了孤家寡人，你让我咋开餐厅，咋维持生计啊？求求你们了，为了帮石林，回吧。"

架不住石光荣父子的央求，一众人又回到了石家。

石光荣下了命令道：“从今天起，我家就是你们的家，谁要再提一个走的字，休怪我不客气！”

第二天，石林带着执法队查抄了高广志批发店的假货，恼羞成怒的高广志也向上级组织部门举报了石林受贿一套房产的事实。

石林承诺那几位寡妇大嫂到他的餐厅来上班，大嫂们不相信，石林给她们写了保证书。

最终，高广志再次得到处罚，石林受到党内记大过处分，被一撸到底，成了个普通职员。石林找到领导谈话，说：“事已至此，我决定辞职。”

已经调到一家百货公司任职的老赖获知此事后，忙不迭地来找老唐，说：“完了，咱埋在局里的最后一线希望彻底断了。”老唐不解，问怎么啦。

老赖说：“没想到石林这个小子这么没脑子，放着大好前程不顾，他这是图的啥呢？”

已经离开工商局的老唐笑笑说：“图个心里干净。老赖呀，离开局里这段日子我想了好多，也变了好多。虽然现在是白丁一个，但我的日子过得轻松，再也不会夜里睡不安稳了。”

老赖摇摇头说：“我看你是糊涂了，如果我是石林，绝对不会为了查抄一家小店丢了未来正局长的位子！”

“所以你不是石林，老赖呀，我琢磨石林好长时间了，不知道他身上哪来的那股子让人胆寒的硬气？后来我终于想明白了，谁让他有那么个爹呢？在石司令眼皮子底下长大，想不走正道都不行。”

老赖问：“石林的爹？”

老唐说：“你忘了，他头一回来局里，就发现了你跟高广志的事。”

老赖恍然道：“想起来了，那个又倔又硬的老头子。我说呢，石林跟他还真像。”

老唐慨叹道：“不是一家人不入一家门嘛……老赖，我奉劝你别再动歪脑筋了，好好守着现在的工作，安分守己吧。”

经过一段时间的紧张筹备，蘑菇屯餐厅重新开张，这一次他们把餐馆选址选到了干休所内，在石林的管理下，蘑菇屯饭馆开始有了起色。几位大嫂原本就是在工地做饭的，经过一段时间的培训，业务上也逐渐适应了。

纸包不住火，褚琴终于得知了石林辞职的事，她被彻底地推进了绝望的深渊。

褚琴回家兴师问罪，问石光荣石林是不是经过他同意才辞职的，石光荣说：“对，是我同意的。”褚琴又问，他辞职是不是跟那个破饭馆有直接的关系，石光荣说：“也有一部分关系，但不完全是。”

褚琴根本不想听石光荣继续解释，有气无力地说：“石光荣你是成心跟我作对。行，既然这样，咱俩再也没啥好说的了！”见褚琴出了门，石光荣也没作他想，以为褚琴矫情几句也就算了。

没出多长时间，石二就慌慌张张跑回来汇报，让他赶紧去看看，饭馆出大事了！

石光荣问到底出了啥事，石二说：“石大爷，褚琴大妈非说这个餐厅是个祸害，要砸了匾额，关了饭店！”

石光荣恼了，三步并作两步来到餐馆门前，只见褚琴正站在一个板凳上，要摘掉蘑菇屯饭店的匾额，石林和老石墩等人在拉劝着，褚琴就是不肯下来！

石光荣被气得火冒三丈，分开众人，喊道：“都让开，我今天倒要看看，她能怎么样！让开！”

褚琴被石光荣的喊声震慑，住了手，石林趁此把母亲搀下了凳子。看着一脸怒气的石光荣，褚琴问：“你今天跟我说明白，这个餐馆关还是不关？”

石光荣毫不迟疑地说：“不关！”

褚琴哭了，指着石光荣一句话都说不出来了。她跺了跺脚，喊了声：“石光荣，我算是看透你了！”

褚琴哭着走了，石林和石墩要去追，被石光荣拦住。石光荣吼着：“太不像话了，别管她！”

夜深之时，冷静下来的石光荣仔细想来，褚琴大闹餐馆也有她的道理。石林一下子从一个副局长变成了一个个体户，巨大的变化搁谁都接受不了，更何况一向极要面子的褚琴呢？如此考量，石光荣的气消解了一些，反过来心疼起老伴儿来了。在这样让人不好过的日子里，他应该陪着哄着褚琴才对，不应该跟她发那么大的火，更何况她最近心脏一直不好。思来想去，石光荣决定次日去招待所好好跟褚琴谈谈。

第二天一大早，石光荣就来招待所看望褚琴，给她带来了早点，温言软语地道着歉，劝她趁热吃点早饭。褚琴根本不搭理他，石光荣说尽好话想哄褚琴开心。褚琴发火了，说：“你能不能离我远点儿，你真想逼我早死呀？”

石光荣说：“我这不是想让你吃点东西吗？这些日子你又瘦了。”

褚琴说：“别跟我要滑头了，如果你真想让我过得好，就不会跟我作对了。”

石光荣涎着脸说：“谁敢跟你作对呀？”

褚琴说：“你还有脸狡辩？两个儿子离开了单位，都是你指使的，你们根本就不把我放在眼里，既然在这个家里我已经成了摆设，我还觍着脸待着干啥？从今天起，你们过你们的日子，我过我的，咱们井水不犯河水！”说完，褚琴把石光荣赶出了门外，撞上了门。

第三十章

石晶出差归来，听说了家里的变故，她来不及跟哥哥细问，就去探望住在招待所的母亲。

褚琴一见闺女，声泪俱下，说："石晶啊，咱们做女人的真是惨啊，自己千辛万苦养大的儿子，到头来全都跟你不一条心了，妈妈现在就指靠你一个人了。你弟弟你哥哥还有你爸爸都欺负我，拿我当外人了。"看到母亲的惨状，石晶很是心疼。

褚琴又说："妈住腻了招待所，石晶，你把妈接到你宿舍跟你一起住，咱娘儿俩相依为命吧。"

因为职业的特殊原因，石晶不愿意褚琴了解到自己工作的细节，以免她担惊受怕，没答应。褚琴继续哭天抹泪，说没想到自己老了老了，却落到了无处安身的境地。思来想去，石晶决定暂借高扬的空房安顿母亲，反正高扬常年不在家，房子空着也是空着。

褚琴搬进了高扬的家，她觉得这个环境她好像见过，石晶解释说是借同事高扬的。褚琴回想起来了，问是不是那个搭档。石晶承认。褚琴说："房子咱可以借，但它的主人实在不咋的，连家长都不懂尊重，我烦他。"石晶说："放心，我们没啥特殊关系。"

虽然石晶如此解释，但褚琴对石晶与这个同事之间的关系还是产生了怀疑。

高扬结束了长期在外的工作，正式回到大队上班了。当他回到家里时，却意外地看到了褚琴大模大样地坐在客厅的沙发上。褚琴居然问他："你有什么事吗？"

鸠占鹊巢！高扬来质问石晶怎么回事，石晶交代了事情的原委，对父母目前的关系添油加醋，大有他们如果再见面就会头破血流的危险。讲完了，石晶请高扬帮她想办法如何安置老妈。高扬想了想，说："反正我也一个人，宿舍对付一下了。"

没想到石晶计上心来，说：“要不你搬到我家，我爸、我哥、加上你，三个大男人，蛮有意思的！”

未等高扬答应，石晶就迫不及待地打电话给石林，让他火速来给高扬搬东西。石晶这么做原本怀有自己小九九，一旦高扬与父亲和哥哥成了莫逆之交，她相信这三个人一定会臭味相投，到那时，她与高扬的距离也不远了。围魏救赵，这主意不错。

对于高扬的到来，石光荣和石林都喜出望外。高扬被安置在石晶原来住的房间里，三个大男人困了有地儿睡，饿了餐馆有饭吃，不用为生活琐事操一点儿心。三个人常常是在作战室里煮酒论英雄，酒酣耳热之际，没大没小地勾肩搭背，哥哥长弟弟短地热络一回。直乐得石光荣忘乎所以。

“这光景，不是共产主义是啥？”石光荣经常一端起小酒壶就整上这么一句。

三个男人的快乐致使石光荣忘却了大孙子和褚琴不在身边的寂寞，人也变得年轻起来。每每看着高扬意气风发的样子，石光荣都会在心里慨叹：“这小子，要是我的女婿就好了……”

石海成了李大明公司的一员，李大明出钱让石海考了驾照，石海成了他的专职司机和贴身马仔。买钢材、卖土地、倒腾彩电冰箱，反正是市场上啥紧俏他们公司买卖啥，对此，石海也经常会觉得不妥，尤其是听到李大明对客户吹吹乎乎夸夸其谈时，石海经常会脸红，甚至想离开。但当他想起自己对林谷雨的承诺，当他想到林谷雨被生活的重压压迫时，就不再顾虑那么多了。

在一些饭局和谈判的场合，李大明经常会提起自己曾经是老红军的父亲，还会适时地把石海介绍给客户，说他是本地警备区司令员的二公子。每每这个时候，石海都会诚实地补充：我爸离休了。

“不说话能把你憋死啊？”事后李大明不满石海的解释，提醒石海，“没必要那么认真，什么离休在任，还不都一样，只要你爸爸当过司令不就结了。”

没多久，石海手里就积攒了万八千元，首先，他拿出五千元还了哥哥欠李大明的债，那是哥哥为了蘑菇屯饭庄开业借李大明的。他觉得自己作为家里的次子应该承担一半责任。

石林知道后执意不肯，石海说：“哥，你已经用了很多心思，这都是为了爸爸，现在该轮到我了。”

随后石海拿着剩余的钱迫不及待地去找林谷雨，想帮她，让她高兴。没承想，石海撞上了锁。邻居说住在这里的这家人死了一个瘫子，得了急性脑膜炎死的。后来，那女孩的老爸老妈也从老家来了，说是给老头儿治病。

石海问那他们人呢，邻居说，那个女孩儿搬走了，带着两个老人，去哪儿了，谁都不知道。

石海没有得到林谷雨的线索，心里一片茫然。

随着与石家父子交往的加深，高扬了解了石晶的童年、少年和现在，石光荣发现，高扬开始装作不经意地打听石晶的过去了。

石海没有放弃对林谷雨的寻找，他发现，因为钱来得容易，现在钱对于他来说已经没什么实质性的价值，他最关心的是林谷雨现在怎么样了，如果能用自己挣来的钱帮上林谷雨，他再苦再累都心甘。

没多久，李大明就告知石海，他们马上就要南下了，去与他人合作经营胶卷电池和汽车销售的业务。

自从得知孔三死去的消息，石海觉得横亘在他和林谷雨之间唯一的一道屏障彻底消除了，他想要毫无顾忌地向林谷雨道出自己的真情。他不甘心就这样离开这个城市，花钱在当地晚报上登了一则寻人启事，还特意留下自己的联系方式，并在启事后登了他写给林谷雨的情诗，表达了自己对她的爱慕之情，石海在诗里表示，会用他一辈子的时间来表达对林谷雨的爱。石海相信，只要林谷雨看到这些，不会无动于衷的。

林谷雨的确看到了报纸上的内容，她在医院里住院治疗的父亲林孝德也看到了，在闺女来看望他时，老林头劝女儿给人家回个信儿，这么好的人别伤害人家。林谷雨说：“如果您知道了这个石海就是石大伯的儿子，还让我跟他联系吗？”老林头脸上现出了痛楚的表情，说：“那就不用了。”林谷雨再次问父亲为什么不让她与石家的人交往，林老头说：“你就不用问了，这事，我死了带进土里就行了。”

林谷雨不想逼迫已经到了癌症晚期的父亲，这个疑问就在心里永久存着吧。

依然坚持每天看报的褚琴，自然也看到了石海刊登的寻人启事和情诗，她无论如何也想象不出来自己的小儿子怎么会跟林谷雨认识并产生了情缘。于是，她把报纸交给石晶看，石晶看后觉得情况不妙，宽慰母亲道：“你看看，这个登寻人启事的人并没有留全名全姓，只写了一个‘海’字。天底下叫这海那海的人多了去了，您怎么会断定他就是石海？再说了，林谷雨在咱家帮忙的时候，石海正在我宿舍躲着，从来没见过她，他们怎么有可能认识呢？肯定是您瞎猜。我看您是最近想的事太多了，这叫瞎联想，我劝您还是放心吧，石海跟林谷雨是两条道上的马车，肯定不可能！”

虽然石晶说得肯定，但褚琴还是不放心，她让石晶找石海问问。

石晶发传呼给石海，要他回家，说有要事相谈。石海问啥事，石晶说：“报纸上的那篇寻人启事是不是你的手笔？”

石海说：“是，你看了？”

石晶说：“天底下的人都看了，我咋就看不见呢？石海，妈也看了，正为这件事发愁呢。”

石海问：“她发什么愁啊？”

石晶说：“你跟林谷雨这样的小保姆谈恋爱，你说妈发什么愁？她能答应你娶一个农村的小保姆吗？赶紧回来，咱好好谈谈。”

石海说：“我忙得很，有话在电话里说，我没时间回家。”

石晶一再劝说石海赶紧打消追求林谷雨的念头，否则，这个家不会同意的。石海说：“姐，你嘴上支持我无论如何都要追求自己的幸福，但一到现实问题上你还是因循守旧不能免俗。”说完，石海就挂了电话，任凭石晶传呼，他就是不再回姐姐的电话。

石晶把石海与林谷雨相识并已经开始追求林谷雨的事告诉了石光荣，石光荣不敢相信自己的耳朵：“闺女，这是真的？”

石晶把报纸交给石光荣看，说：“白纸黑字，当然是真的，而且石海已经在电话里跟我承认了。”

石光荣抑制不住自己的喜悦，笑出了声，说：“好啊好啊，这都是缘分啊。”

石晶急了，说：“爸爸您怎么会这么纵容石海呢，林谷雨是个好姑娘没错，但她也没好到来咱家当儿媳妇的地步吧？她的户口在农村，如果她跟石海结了婚，将来有了孩子得随母亲的户口，您能忍心自己的孙子是农村户口吗，将来孩子的上学工作都是问题！”

石光荣说："这些是以后的事，农村户口咋了，农村户口就低人一等了？我看你这思想有问题。"

石晶不想跟父亲辩论，说："关键是我妈也看见报纸了，是她逼着我问石海的，这让我咋跟我妈交代？"

石光荣想了想道："我看你还是不做交代为好，免得她又杀将回来！"

石晶想了想说："也只能这样了，瞒一阵儿是一阵儿吧。"

石晶回到母亲身边，故意轻描淡写地说石海回电话了，启事不是他写的。褚琴哀叹了一声说："这就好，他要是真跟林谷雨谈对象，我以后的日子是没法过了。"看着母亲，石晶的心悬了起来。

石海临行前约杨花花和李文小聚，告诉她们自己要远行了，今后见面的机会要少了，同时也说了自己已经有了情感对象的实情。

杨花花虽然早就知道自己和石海的事比天上的星星还要遥远，但心底总存着一丝希望，听到这个消息，十分失意，但依然祝福石海情场商场都一路顺风。

李文已从哥哥那里得知石海即将远行，就算石海不约她，她也会来送行。她对自己和石海之间早就不抱任何幻想，听到石海的话，给了他真心的祝福。杨花花先走了，李文心里有些不舍，和石海多坐了一会儿，这时才告诉石海，自己也很快就要去外国自费留学了。石海叮嘱她外国国情复杂，以后千万要视人有察，不要再遇人不淑，照顾好自己。李文说："放心吧石海哥，我有勇气从头再来！"

石光荣和谢枫送石海出门，谢枫依石光荣的意思给石海写下几行字：洁身自好、行为端正，常怀感恩、丈夫真情。石光荣叮嘱石海一定要记住谢爸爸的话，好好工作，认真做人。

石海看着白发稀疏的老父，突然喉头一阵哽咽，说："爸，我走了，您好好保重身体。"

石光荣说："我没事，打了那么多年的仗，阎王爷都不收留我，更何况现在？"想想又说，"老三啊，爸以前对你勒得严，你别介意，以后全靠自己了，凡事多动动脑子。"

石海说："我记住了，爸爸。"

石光荣见石海眼圈红了，挥挥大手道："快走吧，再不走，就不像样了。"

石海退后几步，庄重地看着父亲，说："爸，虽然我当过兵，可从来没让您见过我的军礼。"说完，石海抬起了右臂，向父亲端端正正地行了个军礼。石光荣笑了，还礼。而后，石海迈着军人的脚步大踏步地离去。

谢枫走到石光荣身旁，见石光荣眼里有泪花闪烁，他说："儿行千里母担忧啊。"

石光荣抹掉眼泪解嘲地说："老了，越来越没出息了。"

谢枫说："无情非君子。"

石光荣说："孩子们大了，就像离开窝的小鸟一个个都远走高飞了，以后就剩咱们这些老家雀儿啦。"

谢枫说："你还有褚琴，还有石林和石晶。"

石海临行前并没有忘记母亲，他托姐姐转交了一件紫色的锦缎夹袄和一封信。

石海在信中写道：

母亲：

从我记事起，您就戎装在身，那片绿色，是我温暖的怀抱和童年的襁褓。但是，我知道，高贵而又充满梦幻的紫色一直被您心仪。

从懂事起，我就在您的呵护和宠爱之下成长，你的童谣和儿童故事是我儿时的营养，我的文学梦想在您的气息和慈爱的目光中起航。

母亲，我今生最爱的女人；母亲，我用尽一生都回报不完的女人；母亲，我无论走到哪里都会在梦里和日常起居中心心念念的女人！

请谅解儿子的一意孤行，请谅解儿子的不辞而别，这封信和这件紫色的夹袄权当作儿子留给您的一份暖意，让它们陪伴您度过心理和季节上的冬季，让春天的阳光早些照临您的胸间。

多爱些自己，少牵挂儿孙，这是我对您的希望。

别了，母亲，再见面时，儿子会携带着南国气息而归，用被南国骄阳晒黑了的脸亲吻您的面颊。

海儿敬上

读着儿子的信，褚琴已经是泪流满面，她收起信，叹息着：“我的海呀，你哪吃得了那份苦啊。”

一旁的石晶知道，母亲的怨艾早已经在弟弟的字里行间融化了。

随着对高扬了解的加深，渐渐地，石光荣和石林都发现了他与石晶之间的一些蛛丝马迹。爷儿俩断定，经过一段搭档卧底之后，他们之间的关系肯定发生了变化，但变成了啥样，心里没底。于是，他们父子都对石晶和高扬有了份寄望。高扬也发现，石光荣和石林对他早就当家里人对待了。石光荣在这件事情上更是自以为是，他早就在心里把高扬当准女婿了。

石晶刚被提升为中队长不久就接到了一项新的任务，与同事们去追捕一个携带武器的贩私犯罪团伙。她与父亲作别并把母亲托付给大哥石林关照后，去见了高扬。

石晶突然问高扬：“如果有来生，你还是你我还是我，你会爱上我吗？”

高扬知道这次任务的危险系数，他不愿对一个即将踏上征程并有可能不再生还的姑娘说假话，他点了点头。

石晶想让高扬抱抱她，像执行卧底任务时那样。高扬迟疑了良久，还是没有上前。他说：“如果有来生……”

石晶心满意足地说：“我知道你是爱我的，我不会再问你今生不接受我的原因，我走了。”

石晶牵走了父亲、哥哥和高扬三个男人的心。

一连多日，大队都没有石晶的消息。又过了两天，已经超出了计划所约定的时间，还是没有石晶的消息。大队已经做好了部署，准备通知石晶家属关于她殉职的消息。

作为大队长，高扬执意不肯宣布噩耗，他更不愿意相信石晶已经牺牲。石光荣和石林都从高扬长时期痛楚不堪的脸上读出了内容，石光荣一边安慰高扬，一边问：“高扬，要是石晶能活着回来，你会怎么办？”

高扬说：“珍惜！”

就在大家近乎绝望的时候，石光荣接到了石晶打来的电话，电话里石晶声音孱弱，说：“爸，我回来了。”高扬闻讯夺门而出。

当高扬和石晶相见时，高扬冲上前去，紧紧地抱住了这个劫后余生的姑娘。石晶说："我差点回不来了……"

高扬打断她道："通过这段时间的分别，我明白了，现在就是我们的来生。"

看到这对年轻人的情形，石光荣对石林说："你爹眼力挺准吧，我就知道他俩迟早得走到一块儿，好事，太好了！"

高扬与石晶终于走到了一起，按照纪律，高扬把他和石晶恋爱的事情汇报到了局领导那里，领导为他们高兴并表示高扬个人的一些相关问题不会成为他们感情的障碍，领导会出面对石晶做一番解释。

褚琴不知道她的房东高扬成了女儿的恋人，这一日，当她锻炼完回到家里时，在门口意外地发现了一个年龄和她相仿的老太太。老太太自称是房主高扬的岳母，姓乔，从云南远道而来探亲。

褚琴客气地请乔老太太进门。乔老太太质询褚琴是谁，为何住在她女婿家里。褚琴说房子是租借的。老太太像主人一样巡查了房子的每个角落，嫌褚琴这个房客太过无礼，收掉了她女儿也就是高扬媳妇乔念的东西。

褚琴并不想跟这个刚刚见面就令她生厌的矫情老太太过多交流，她打电话给刑警大队，通知高扬他的岳母来了。

高扬放下电话后一脸的惊慌，赶紧骑着摩托赶回来，见到乔老太太，一口一个妈地叫着。他跟褚琴寒暄了几句，就带着乔老太太出去吃饭去了。

席间，老太太催问高扬为什么还不辞职去美国与自己的闺女团聚。高扬躲过话头，反问乔念的大哥乔钢怎么样了。原来，乔钢是高扬在警官学校学习时的同学兼上下铺的兄弟。乔念就是经乔钢的撮合才和高扬结识并结婚的。婚后没几年，乔念随着出国的浪潮去了美国。再后来，高扬不愿舍弃自己的职业去陪因两地分居越来越陌生的妻子。妻子在三年前回国要与高扬办理离婚手续，但因为那时高扬正在执行卧底任务，不能出面与她办理手续。于是，经高扬的同意，局里出面代高扬写了证明，他们的夫妻关系已经结束，待高扬完成任务后再办理。因为乔念等不及高扬回来，先回美国去了，他们的婚姻关系就处于现在的阴阳不明的状态。事后局里安慰高扬，只要他有了合适的对象，就会出面对人家姑娘做解释。这也正是高扬此前迟迟不肯回应石晶恋情的原因，他实在不愿以目前有妇之夫的身份与石晶开始一段感情。

由于乔老太太实在喜欢这个女婿，乔钢授意妹妹和老同学暂时不要把他们婚姻已经结束的事实告诉母亲，反正也不在一个城市生活，等时间久了，老太太习惯了再宣布。

高扬请褚琴代他照顾乔老太太，谎称自己有任务在身，必须回局里报到。乔老太太没说啥，放走了高扬。

安稳妥了岳母，高扬请局领导马上与石晶谈话，以免岳母的到来引起石晶不必要的误会。

局领导也很重视这个问题，马上把石晶找来，谈过话后，善解人意的石晶很是开明，她表示相信领导更相信高扬的感情，他们的关系不会因此而受影响。

领导走后，石晶突然想起了还在高扬家里的母亲褚琴，两个老太太同在一起居住，就等于让他们全家知道了高扬还是个有妇之夫，这还了得？石晶不知道该如何处理。高扬说，以后再说以后，他现在不想违拗老同学乔钢的意愿，伤了从云南千里迢迢来探亲的“前岳母”。

石晶狐疑地问：“她算是你前岳母吗？”

高扬也立即意识到了自己措辞的问题，说道：“以我目前阴阳不明的婚姻身份，我也不知道该怎么界定。石晶，你现在理解我原来为什么对你那么狠心了吧？”

石晶说：“没关系，现在已经允许当事人不在场的情况下办理离婚手续，你只要尽快办了离婚，我也好跟我的家人有个交代了。”

几天的相处，褚琴已经与乔老太太因生活习惯等问题闹僵了。高扬以工作忙、没办法照顾岳母为由，送走了老太太。老太太临别还提醒高扬，那个租房住的褚老太太实在难缠，赶紧换个租户。

褚琴回家拿换季的衣服，石林问她最近怎么样，褚琴说：“挺好，要是高扬的丈母娘不在会更好！”

丈母娘？高扬的？石林惊呆了，作战室里的石光荣也闻讯走了出来。褚琴急匆匆离去，并没有理会丈夫和儿子的变化。石光荣问石林他是不是听错了，高扬有个丈母娘？石林点头。老石光荣满脸通红，憋了半天，说了几个字：“瘪犊子高扬！”

计算着岳母即将到家，高扬给老同学乔钢打了电话，说此次对岳母照顾不周，烦请谅解。他还希望乔钢快些联络乔念，在国内选个代理人把他们的离婚手续办了。乔钢倒是开明，问高扬是不是有了“新情况”，高扬一笑作答。乔钢请高扬放心，会尽快通知妹妹办手续。

当高扬回到石家给石晶取东西时，他发现了端坐在大门口的石光荣和正在打扫院落的石林。石光荣看都不看高扬，让石林把他的行李丢出了大门口。

石光荣说：“趁我现在还能忍住不打人，你给我滚，我石家不留骗子！”

高扬想追问，石林示意他先走。高扬转身离去，石光荣愤愤地朝他的背影喊：“送瘟神！”

事后尽管高扬和石晶多次解释，石光荣就是不答应他们的事，他说：“怎么解释都没用，除非他现在拿出离婚证。这小子骗了我，骗了我闺女。”石晶知道父亲的犟牛劲头又上来了，只得与高扬另做打算。

没多久，褚琴也得知了高扬与石晶恋爱的消息，反对是必然的，理由到处都是，根本不用找。石林发现，最近为了石晶的事，褚琴居然回家主动与同盟方石光荣商议拆散石晶和高扬的办法，那份精诚团结，就宛若他们从来没有分居过一样。

事情已闹僵，且褚琴与石光荣已经前嫌尽弃，孩子们本以为褚琴会搬回家住，孰料褚琴却说，不能回来给石晶和高扬腾地方，她要严防死守，免得事态发展到不可收拾的地步。

“不可收拾，你懂吗？”褚琴经常拿这句话点拨劝她回家的石林。

石晶的男友是个有妇之夫！这个消息在干休所不胫而走，搞得老石光荣这个极要脸面的人很是没有颜面。尤其是胡婶子，那揶揄和尖酸刻薄的话一套一套的，石光荣被羞臊得不敢轻易出门了。

没想到来之不易的爱情不仅没得到家人的祝福反倒遭到联合阻挠，这让高扬和石晶的幸福感大打折扣，但他们坚信，事情会变得好起来的。

因为石光荣竭力阻挠，褚琴又盘踞在高扬家里，石晶再次住回了宿舍，高扬也是，他们都无家可归了。

胡战斗得知高扬和石晶情感受阻的事，来找石晶。石晶误以为他是旧事重提，有些不耐烦。孰料胡战斗却摆出了一副兄长般的姿态，温言细语，宽慰着石晶，鼓励她在个人感情问题上只要坚持到底，就能够得到最后的胜利。

胡战斗的言行令石晶心生感动。感动之余，石晶说：“有些事情坚持到底就会胜利，而你对我的坚持，恐怕不会有最终的胜利，你还是尽早找一个人吧。”

胡战斗笑着说：“一个人习惯了，你就不要为我操心了。”

两人又闲聊一阵儿，最后胡战斗说：“没事的时候，多找你哥聊聊，他这个人是个闷葫芦，别看他平时不太言语，其实他心里装着每个人，包括我……为了这个家，他压力太大了。你们的事，就是你哥告诉我的。可他碍于你父母的态度不敢直接表达立场，其实他是心疼你的，也是支持你们的。”听毕，石晶更加感谢胡战斗。

石晶来找石林，希望哥哥放下来自于这个大家庭的压力。看着哥哥的头上过早出现的些许白发，石晶说：“哥，全家的事情都压在你一个人的身上，你都有白头发了。”说完，石晶站起身来给哥哥拔白头发。

石林笑道：“早生白发那是因为你哥没有本事，如果我有王熙凤的本事，这个家早就不是这个样子了。”

石晶有些难耐地抹去溢出眼眶的泪水，说：“哥，其实你原本也是跟爸一样火火爆爆的脾气，可自从你转业回来，脾气性格都变了。我知道，你是压抑着自己，在逼着自己变得融通，希望把每件事都处理得四平八稳。为了这，你太委屈自己了！”

石林笑了，说：“你怎么跟石海似的多愁善感起来了，这也不是你的脾性啊？”

石晶说：“哥，经历的事情多了，我才明白，其实人活着就是跟周围的人、周围的环境不断协调、不断调整自己的一个过程，为了求得生活的安宁和和顺，自己必须做出改变和牺牲。”

石林不无同感地看着妹妹说：“石晶，你现在是个完全成熟的人了，哥为你高兴。”

石晶说：“你放心，我会妥善处理跟父母的关系。不过哥，你也不能长此以往，嫂子那里的事情还是得多沟通，依我看来，你还是爱她的。你不能再这样一个人过下去了，连个说话的对象都没有。”

石林笑笑说：“尽量吧。”

石晶又说：“你的心思太重，该释然就释然，否则，你会生病的。”

石林叹息道：“我努力，但石晶，你不是老大，没站在这个角色的位置上，有些事是想放都放不下的，所以，有些问题你不懂。”

石晶说：“你有什么问题就告诉我，别自己闷着，我也可以尽量帮你。”

石林笑着答应了。

褚琴多次催问石晶到底跟高扬一刀两断了没有，石晶不想欺瞒母亲，沉默不语。沉默等于默认，于是，石光荣夫妇与女儿之间的关系越来越紧张。

一波未平，一波再起，就在老两口誓与高扬和石晶决战到底的时候，方慧回来了，一个人，没带回石小林。

不光是石林，石光荣和褚琴也都吃惊得不得了，他们异口同声地问：孩子呢？方慧拿出一张机票和一个摄像机说："在这里，你们自己看吧。"

打开摄像机，寻像器里出现了大孙子石小林喜气洋洋的脸，一会儿是他在玩各种电子玩具，一会儿是坐在他堂外公的豪华卧车里笑逐颜开，还有他在学校里与同学们奔跑嬉戏的身影……

褚琴哭着笑着，说几个月不见，小林长高了也变洋气了。石光荣却越看越不是滋味，他总觉得有某种东西在跟他挑战。

镜头里最后是石小林对着镜头说话，大意是：爷爷奶奶我在这里可高兴了，日本太好了，学习根本不用太费劲儿，我这个留级生在这里成了数学最好的，老师夸我，同学羡慕我。爷爷奶奶等我放假了再回去看你们，我现在不想回去了。

听到这里，老两口儿把摄像机砸了的心思都有。褚琴要方慧还她孙子，石光荣则愤愤地说："耻辱！四十多年前我打败了小日本，可四十多年后小日本却俘虏了我的孙子！"

石林怒不可遏，怒斥方慧是别有用心，方慧拿着那张机票道："天地良心，机票可以为我证明！这是我给孩子定的机票，我也想带他回来。可就在出发前，他藏起来了，只留下了这个摄像机，我怎么都寻不到他的人影，我也是没办法。这个孩子是自己不想回来。"

石光荣劝石林不要再责骂方慧，说资本主义的香风臭气厉害得很，大人都抵挡不住，更何况是个孩子。

本来就有积怨的石林夫妻，因为石小林的不归，越加隔膜，最终石林决定与方慧离婚。

虽然石光荣多次劝阻，褚琴也怕失去孙子而挽留方慧，但石林心意已决，他说自己不愿意跟拐走了儿子的人生活在一起。方慧说："我没有离婚的打算，石林请你再冷静冷静，这件事咱们从长计议。"最后，方慧办完了长期居留日本的手续，带着一份忐忑准备回去了。她承诺两位老人，年终放假，一定会送石小林回来与他们团聚。

大儿子婚姻风雨飘摇，孙子远在海外；女儿的恋爱令人丢脸；小儿子已经离开报社停薪留职离家多时……这些都是在三年长的时间里，浪潮般涌进石光荣家的变故。想想这些都让人头疼，原本在干休所的人前背后最光鲜最骄傲也是最令人羡慕的石光荣夫妇，一下子成了大伙可怜和哀叹的对象。

方慧要走了，带着一个风雨飘摇的婚姻回日本。石林在父母的一再劝说下才去机场送她。

临别，石光荣对方慧说："石林是我儿子，你放心，他对你们娘儿俩的心意不会变。方慧，我孙子不回来，不是你这个当妈的原因，谁让现在日本的那些个电器呀汽车呀都比咱国家先进呢？孩子嘛，图的就是个新鲜热闹。小林是我石光荣的血脉，我相信，只要他还流着我石光荣的血，以后就一定会回来！"

方慧不无愧疚地道："爸，是我教子无方……"

石光荣说："这不怪你，现在国门打开之后，许多人都被外国的东西迷得神魂颠倒的，觉得外国的月亮都比中国的圆，更何况是个孩子？不过我石光荣坚信，用不了多长时间，中国的月亮就会比外国的还圆！我肯定能活着看到这一天！"说着，石光荣把一本中国地图册和几本书交给方慧道，"把这个给孩子带去，有时间的时候让他看看，别忘了祖国是个啥样的地方。还有这几本书，谢枫爷爷给小林挑的，一本颜真卿字帖，一本中国简史。现在孩子小，等他长大了点给他看，别让他忘了老祖宗的文字和历史。"

捧着这些书册，方慧几欲落泪。石光荣说："走吧，别忘了，咱家的大门永远敞开着，等着你们娘儿俩回来。"

怀着对孙子的共同思念，一对老夫妻又成了患难与共的共同体。褚琴搬了回来，与石光荣住到了原来的大床上。

褚琴说："金窝银窝不如自己的穷窝，这床真让人怀念！"

石光荣说："那你不早回来。"

褚琴一瞪眼睛，说："回来，凭啥？"

石光荣知道这个话题不能再继续，否则，遗患无穷，转身装作睡觉，不一会儿就响起鼾声。

虽然对石晶和高扬的态度依然没有改变，但由于石晶工作的特殊性，褚琴不好对石晶再严防死守了，用石光荣的话来说："自己的幸福自己攥着，到底攥成啥样，谁说了也没用，石晶啊，你自己看着办吧。"

石晶为了宽慰父母，不外出的时候尽量回家住，高扬也不再在干休所大院出现了，如今他们的关系的的确确处于地下状态，搞得石晶和高扬自嘲说：以前做搭档是明面夫妻地下卧底，现在是明面搭档地下恋人，世事可真会跟人开玩笑。

尽管两个年轻人如此自嘲，但那份本来应该十分圆满的情感怎么咂摸都会带着一丝丝苦涩。

眼看着即将到年底，就在石光荣和褚琴掰着手指头掐算孙子石小林的归期时，方慧打来电话，说大伯病危，石小林暂不能归来。

这个电话对老两口儿的打击实在不小。没多久，他们的睡眠和食欲都出现了问题，石林知道，这跟石小林的不能回家有直接的关系。

为此，石林写信打电话，希望让石小林单独回来，方慧说："我也有这个打算，毕竟爷爷奶奶盼孙子盼得心切，可这个孩子现在又迷上了电子动漫游戏，怎么劝他回国都不答应。"石林说："还是你不让他回来吧？"方慧说："如果你不相信，你就跟儿子直接说吧。"

石林在电话里苦口婆心地哄劝石小林回家，说爷爷奶奶想他都想出病来了。石小林说："那你赶紧送他们上医院吧，我不想回去。"石林接下来再说什么，石小林都不肯听下去了，咕哝了几句石林根本听不懂的日语，放了电话。

石林心里窝的火气别提有多大了，他对着电话狂吼了几句，骂道："妈的，忘恩负义的东西，这还是我石林的儿子吗？"

一来二去的，石光荣夫妇的身体明显地不如从前，家里的各种药越来越多。胡战斗并没有因为石晶已经与高扬走到了一起而中断与石家的联系，常来探望石光荣夫妇，虽然干休所有医生护士，但褚琴更喜欢让胡战斗给他们诊疗。

日子就在这种毫无起色的状态下延续，就连谢枫的到来都不能给他们带来欢愉。谢枫觉得，这两个人得了一种相思病，只不过不是男女之间的，是对大孙子的相思。

为此，石林对方慧的怨恼越加升级，不再给方慧回信，甚至连方慧打来的长途都不愿意接。

石林亲自找高扬，说了自己的心愿，希望他赶紧把自己离婚的事情办利索，好给这个家庭带来新的希望。

高扬实在地说："大哥，其实我比你还着急离婚，可我前妻和你的儿子一样，都是飘在海外的风筝，咱们够不着啊……不过你放心，我会抓紧的!"

高扬久盼的离婚因为乔念的延宕一拖再拖，在高扬强烈的恳请之下，乔钢亲自到美国说服了妹妹，高扬盼到了那份离婚代理的授权书。乔钢代表妹妹与高扬到法院办理了离婚手续。事后，乔钢对高扬说："前妹夫，咱哥儿俩又恢复了纯粹哥们儿的关系了，也好，友谊天长地久。"高扬说："你还是我大哥，咱妈还是咱的妈，除了跟念念的关系，一切都不会变。"

拿着离婚证书，高扬喜不自禁，第一时间找到了石晶。他们来到蘑菇屯餐厅要与哥哥庆祝一番。石林本来对高扬就心有好感，这下好了，所有的障碍都已消除，石林打包票，说父母那里交给他办："你们就准备订婚吧。"

石光荣一听高扬已经离婚，很是满意，一改以往的态度，说："都老大不小了，赶紧办了吧。"

褚琴见闺女心意已决，高扬也真是一个很不错的人，在石光荣的劝说下，同意了石晶跟高扬订婚。

高扬与石晶的订婚仪式定在蘑菇屯饭庄举行，干休所的老伙计们都在受邀之列。

为了能彻底消弭老胡的不满，石光荣特意在仪式之前单请了他一回，席间，石光荣历数几十年来他们结下的战斗友情和不是亲人胜似亲人的关系，直把老胡喝得晕晕乎乎，被石光荣捧得云里雾里……石光荣用尽了脑子里所有的好词汇，什么大人大量，什么胸怀广阔，什么不计个人得失等等。一直到了老胡觉得石光荣的"表扬"可以直接做墓志铭和个人事迹载入史册的时候，石光荣才说出了石晶即将订婚的消息。老胡此时站在石光荣给他码起的砖上，面子再也下不来了，干瞪着眼珠子，大手一挥说："啥都别说了，我家儿子没这个命!"

订婚仪式上，一表人才的高扬得到了所有长辈的赞赏，老石和褚琴再一次从老伙计们的目光中看到了羡慕之色，前些日子备受挫伤的自尊心得到了很好的补偿。在高扬的邀请下，胡战斗也来了，他对高扬直言自己的失落，嘱托高扬一定要善待石晶。

石光荣宣布，说目前石晶和高扬都有任务在身，不能马上办婚礼，三个月后再请大家喝他们结婚的喜酒。

酒席上，杨花花与胡战斗相遇，两个同时在情感上失意的男女酒后道出了各自的心事，相互留了电话号码。

订婚仪式过后，石晶高扬除了工作上的事情，一有时间就忙着刷房子添家具，准备三个月后的婚礼。

第三十一章

自从跟随李大明南下之后，石海觉得他们的生意经念得越来越离谱，他也经常提醒李大明，离谱的事不能做。渐渐地，李大明发现石海其实与他并不是一条路上的人，尤其是石海贴在宿舍墙壁上的那十几个字，他每次看了都觉得扎眼。于是，李大明长了心眼，把石海发到了与核心业务没有任何干系的来料加工企业当总管，而他已经涉足的走私贩私营生一点都不让石海知道。

石海也觉察出了李大明对他的提防，当个加工企业的总管正中石海下怀，因为这样他可以免去没完没了的宴请和他不愿涉足的欢场应酬，更重要的是他可以有更多的自由时间专心创作。只是一闲下来，石海就会想起家人和林谷雨。

石海在日记中写道：思念是一杯饮不醉的苦酒。

远隔千里的林谷雨的心里已无法不正视石海的存在，无论是石海忧郁多情的目光，还是他清逸俊秀的模样，都令林谷雨难以忘怀。但迫于父亲不让问下去的原因，她命令自己，必须忘却这个人。

这天，父亲突然对林谷雨说："你能不能带我到你石大伯住的地方去看看？"

林谷雨很是诧异，问："你看石大伯住的地方干吗？你不是让我远离他们吗？"

父亲语塞，说："不进院子，我只想看看他住的地方，到有他气味的地方转转。"

林谷雨问："爸，你是不是曾经跟石大伯特别熟悉？"父亲欲言又止。林谷雨说："医生说了，你最近的情况需要静养，你不要随便走动，体力难以支持。"

父亲说："孩子，我对自己的状况比医生都清楚，你就带我去吧。"

无奈，林谷雨带着父亲来到了干休所院子的铁艺栅栏外。刚好，久未出来活动的石光荣此刻正在小树林里活动拳脚。林谷雨认出了石光荣，刚想指给父亲看，就见父亲红着眼眶，躲在一片灌木丛后久久地凝视着石光荣，哭了，原来他也认出了石光荣。

“他老了，毕竟不比从前了，原来那身板，那一身的虎气……”感叹着，喃喃着，林孝德抹去流下来的泪水，突然军人般地挺直身子，缓缓地抬起了右臂，向着石光荣行了个标准的军礼。

林谷雨和林婶子都愣了，呆呆地看着林孝德。林谷雨问：“爸，你也当过兵？”

林孝德没有回答女儿的问题，他慢慢地放下手臂，说：“没想到老天开眼，让我见了回真人。回吧，我知足了，知足了……”

回到医院后没几天，父亲就对女儿和老伴说：“你们也不用瞒我了，我已经知道自己得了绝症，再在医院耗下去也没有用了。孩子，我这辈子该了的心愿都了了，让爸爸回老家吧。”

林谷雨不同意，但父亲执意坚持，林婶子也劝林谷雨说：“你爸说多住一天院就是多喝闺女一口血，孩子，住院费太贵了，你爸不舍得……”

林谷雨哭了，说：“爸，求求你了，能多住一天就是一天，我不怕花钱，钱花没了，我以后还能挣，可爸爸我只有一个，如果您走了，我就是再后悔也没用了。”

看不得女儿跪地相求，林孝德只好答应林谷雨再住一段，如果依然没有好转，他就是拼死也要出院。

林谷雨说：“我答应您。”

又住了一段时间，林孝德一再坚持出院回家，林谷雨劝阻不了父亲，只得把他们送往老家，自己又去找打工的地方。

石晶订婚后，石光荣和褚琴的日子又有了盼头，整日里乐乐呵呵的，这让石林石晶很是宽慰。

一天，掰着手指头算着什么的石光荣突然问褚琴：“你们女人怀上到生，需要多长时间？”

一句话把褚琴问得不高兴了，说：“石光荣，我一连给你生了三个，到如今你连我怀孕几个月都不知道？你也太不关心我了，你糊弄了我这么多年。”

石光荣知道自己犯了口误，连忙说：“原来知道，现在老了，不记得了。丫头，你说石晶头胎会生个丫头呢还是个小子？”

褚琴说：“那谁知道？”

石光荣说：“石晶是我石光荣的闺女，头胎一定生小子！”

褚琴说：“什么石晶就是你石光荣的闺女了，应该说石晶是我褚琴的闺女，我头胎就生了个儿子！你忘了，你还夸我是块好地，一次就怀上了？”

石光荣不示弱地说：“好地也得有好种子，应该说是我有本事！”

褚琴急了，说：“石光荣，你不带这样的，啥好事都往自己身上捞。”

石林在客厅里听见了父母磕牙拌嘴的聊天，觉得他们的口角怎么听都带着几许甜丝丝的味道，也就没进去劝阻。这回，他心里的一块石头算是落了地，父母有了指望，生活就多了份希望，听着他们继续拌嘴，石林不禁偷偷地笑了。

怀着一份期待，石晶和高扬极为认真地筹备着婚礼。

石晶说：“妈这一辈子都在为自己当初结婚时的潦草和简单后悔。当年她跟爸爸结婚的时候，一身棉军装，一朵大红花，就当了新婚的嫁娘，所以，她很早就说过，等到女儿结婚了，一定要隆隆重重地好好办，帮她实现未竟的理想。”

高扬怪怪地看着石晶说：“这好办，我有隆隆重重的办法。”

石晶问：“啥办法，说说看？”

高扬顺势抱起石晶，把她放到床上，开始吻她，石晶笑着推拒，说：“你还没说怎么隆重呢？”高扬说：“我的办法就是拉长新婚的甜蜜，把一个新婚之夜拉长成一个半月，不，两个月！”说完，高扬又激情地吻石晶，石晶已经从他的感觉中明白了他所谓的“拉长新婚之夜”的含义。她愠怒地挣脱高扬，从床上跳下来，指着高扬嗔怪道：“我没想到你原来这么坏……”

高扬说：“我也没想到你原来这么木，培养了这么久，还是木头一块！”说完，高扬又来拥抱石晶。

石晶说：“死高扬，你别动坏主意，别忘了，咱俩是较量过的！”

一语既出，高扬失望地松开了石晶道：“谢谢提醒，我想起来了，石中队长，我怕了，我怕你了还不成？”

石晶得意地笑了，撒娇道：“知道就好。”

高扬说：“我想求你件事，石中队长，以后你别再用那种眼神看我行吗，免得我会犯错误。”

石晶道：“你说说，怎么爱上我的?”

高扬说：“这个嘛，秘密，等新婚之夜，我会全部告诉你。”

看着一脸深情的高扬，石晶心里甜蜜无比……

石林的餐馆生意平平，他也日夜都在思索、寻找着突破困局的方法。一天，蘑菇屯餐厅外开来一溜豪华轿车，奔驰、凯迪拉克……当然从车上下来的人的着装打扮也十分豪华，他们是特地来这个乡味餐馆吃农家菜的。

石林上前招呼客人，为首的老板在一行人的簇拥下，径直朝石林走了过来，他除下大墨镜，石林发现，来人竟是李大明。

李大明拉住石林的手，不无自豪地道：“怎么样石老板，瞧咱这车队，停在这儿，还能给你戳戳门面吧?”

石林笑答：“当然当然。”

老友相见，自然热络，几杯酒下肚之后，李大明就忽悠石林跟他南下去发大财，这样的小餐馆简直就是了辱没了石林的将才。石林被李大明所描绘的事业胜景所吸引，心里不禁忽忽悠悠的，李大明让他表态，去还是不去。石林说：“容我想想，丢下一大家子，我不放心。”

李大明说：“还想什么呀，石海不是在我那儿干得挺好的吗?对了，这是石海托我带来的，他说一半留给你扩大经营，一半孝敬你父母和谢爸爸。”

拿着两万块钱，石林心里不是滋味，问石海怎么样，李大明说：“怎么样?已经是一个合资企业的总管了，一个月光底薪就是这个数!”李大明伸出了一个巴掌。

“五百?”石林问。李大明大声道：“五百?那还算跟我李大明混的人吗?五千!是现在一个正处级干部工资的十好几倍!怎么样，这数也顶你餐厅两个月的利润吧?”石林摇头，说：“我一个小餐馆，哪有那么多利润?”

李大明说：“好办，今天就给我摆两桌，一千块钱一桌，可劲儿宰我，我一个不字都没有!”石林说：“我没那么多好菜凑够一千一桌。”李大明笑了说：“你呀，咋说你好呢?钻进你刀底下都不动手，这还想着挣钱?石林，我看你呀，还是拉倒吧。”

席间，李大明再次约石林到南方跟他好好转转，开开眼界。石林的心被说动了，同时也是为了去看看他一直不放心的弟弟。石林答应李大明，待他安排妥当之后，会随他南下走一趟，但他希望李大明先不要把此消息告诉石海，以免他分心影响工作。

石林忙不迭地把石海的消息告诉了父母和石晶，褚琴当时就哭了，说："原以为小儿子彻底丢了，一走就没个音信，这回好了，可以放心了。"

石光荣嘱咐石林说："你还是去看看石海吧，餐馆有我呢，你去替我们看看石海的情况。"

原本石晶要陪同石林一起去南方，但石林以她要准备结婚为由，劝阻了。带着褚琴的殷殷期盼，石林来到了石海所在的南方城市。

兄弟相见，石林发现，石海虽然黑瘦了许多，但脸上的青胡茬儿和颇具沧桑感的神情还是依然难以遮掩住他原本忧郁、清俊的气质，而且忧郁的神情越加浓重了。

石林拥抱了弟弟，但弟弟并没有回报他同样的热度，只是礼节性地碰了碰大哥，就迅疾挣脱了石林的臂膀。石海问："你怎么来了，爸妈石晶都好吧？"

石林连连点头，知道石海心里还在记恨当初自己阻止他停薪留职的事情。

李大明恪尽地主之谊，热情接待石林。在后续的交流中，石林得知了弟弟不愿回家的真实原因：一是他不愿再回到原本的生活状态，再过没有挑战和没有激情的日子；二是他在为了一个姑娘赚钱。禁不住石林再三追问，石海道出了他对林谷雨的恋情。他说他现在拼了命挣大钱，就是为了一旦与林谷雨相见后把钱都给她，再也不让她为了生计奔波。

石林为弟弟能够摆脱只为自己活着的小我境界而高兴。为了他人，即便不是父母亲人，而是一个并不接受他的姑娘而奋斗，而且竟然如此长情地执着等待！他发现弟弟变了，变得有点儿男人样了！

石海说了他在林谷雨家所看到的情形，石林听后不禁动容。他说："我也跟林谷雨在一个屋檐下相处过一段日子，这个姑娘不是一个普通的农家女孩，她有尊严有理想，勤劳朴素又懂得事理，但我还是没想到你会喜欢上了她……你们怎么认识的？"

石海说："客观上说，我们的相识跟你有关。"

"我？"石林十分纳闷。

石海说："一次你醉酒回家，已经糊涂了，林谷雨送你回来的，正好在大门口我碰上了，就这样简单。”

石林问：“就那次相遇，你就……”

石海说：“后来她为了生计到我们报社打工，一来二去地就熟了。”

石林说：“作为兄长，我觉得林谷雨是个好姑娘，但石海，你考虑过爸妈的感受吗？特别是妈！”

石海苦笑道：“没顾得上，石晶也提醒过我。”

石林说：“我看，对林谷雨，妈是个难题。”

对石海和林谷雨的理解，一下子拉近了石海与大哥的距离，石海像个多情的少年，喋喋不休地向大哥倾诉着对林谷雨的思念。不仅如此，石海还捧出了一大堆诗稿给哥哥看，说这些年来他一直没有放弃对诗歌的喜好，这都是他写给林谷雨的情诗。看着这些带着赤子情怀的洁净诗篇，即便完全不懂现代诗歌的石林也不无感动。

石海说，以前自己对待感情的认识是肤浅的，直到遇到了这个农家女林谷雨，他才懂得是什么是真爱，什么叫作纯情，什么叫作诗情。石林承诺，一定会帮石海一起寻找林谷雨。

石林通过电话把石海的情况告诉了父母，但他并没有谈及林谷雨的事。褚琴在电话里哭着笑着，不知道该如何表达对儿子的思念之情，最后她央求着石海说：“石海呀，爸妈都老了，想你……”

石海也几度哽咽，说：“妈，我把这边的工作安排一下，很快就回家看您和爸。”

最后石海探问谢爸爸身体怎么样，情况如何。褚琴说：“你这个小没良心的，还记得你谢爸爸呀，想知道他的情况，自己回家看！”

石海自从下海后，就成了家里避讳的话题，没人敢说他的名字，以免勾起褚琴的伤心，哥儿俩打来电话后，石海又成了家里唯一的话题了。褚琴不仅跟家里人谈，也跟谢枫谈，跟干休所、合唱团的每个人谈，夸小儿子现在混得多风光，有多孝顺，事事想着爹娘。

这天，石光荣在与石晶谈话的时候，又谈起了石海和林谷雨的事情，恰好被褚琴听见。

这下子算是捅了马蜂窝，褚琴先是怪罪石晶欺骗她，瞒住了石海跟林谷雨的事情，然后又问石光荣：“你早知道了是不是？你早就在背地里偷着笑了好长时间了是不是？”

石光荣说：“偷着笑干吗，本来就是大好事吗，林谷雨多好的姑娘啊，以后要当我的儿媳妇，我能不笑吗？我得大声笑！”说完，石光荣真的哈哈大笑起来。

褚琴的脸色变了，紧接着，她捂住胸口，连说：“我现在没力气搭理你，咱走着瞧……”石晶忙扶她进屋吃救心丸。

褚琴从石海小的时候就偏疼这个有文艺气质的小儿子，她的理想是给石海找一个气质又好，人又漂亮，人前能拿得出手的好媳妇。石林的老婆是他自己找的，小县城的丫头，已经颇令褚琴难受了，如果石海再给她领回一个乡下姑娘做媳妇，她这辈子的理想就彻底完了！

当晚，褚琴就通过李满屯找到了李大明的电话，她要李大明告诉石林，赶紧给家里回个电话。在电话里，褚琴让石林转告石海，如果还想回家，还想认他的妈，就赶紧断了对林谷雨的念想，否则后果自负！

这个电话给石林和石海心里都留下了不小的阴影。

褚琴其实已经十分清楚石光荣对石海和林谷雨的态度，她越想越气，越气越觉得委屈。儿子是她生的，她养大的，凭什么就不听她的话了？她无处诉说，来找谢枫诉苦。

谢枫是好茶好水果好招待，就是不发表对石海和林谷雨的态度。褚琴急了，问：“你不会也偏袒石海吧？”

谢枫说：“我谁也不偏袒，我尊重爱情。”

“尊重爱情？”褚琴不解其意。

谢枫说：“每段情感都有它发生发展的理由，每个年轻人也都有追求自己情感理想的权利。做家长的，可以凭自己的生活经验提醒孩子他们的将来会如何如何，但是我们没有道理去代替他们感受、思考和决定，因为我们是我们，他们是他们，我们和孩子之间，没有谁高谁低，没有谁对谁错，谁也不能剥夺孩子体验生活的艰辛和磨难、探索未知和未来的权利。褚琴，我理解你，更理解石海，因为我当年也像他一样也年轻过，但是我没有石海的勇气和自信，以至于……”

褚琴异样地看着谢枫，假如谢枫有石海这样的勇气，当年……

谢枫说：“我真的很羡慕石海他们这代人，更感佩石海的选择！”

褚琴已经听清楚了谢枫的言外之意，她不再想跟老谢多说什么，站起身来道：“没想到老了老了，我成了无人能理解的孤家寡人。”

褚琴刚走，谢枫就给石光荣打电话，提醒他褚琴这次的情绪与往次不同，看样子，她的心病很严重。石光荣说：“我知道了，老谢，我会尽量善待她，不惹她。”

就在高扬、石晶结婚日期临近时，高扬忽然接到前妻兄乔钢单位的电话，请他前往昆明，电话中领导告知他，乔钢在一次见义勇为中受了重伤，因失血过多，没能抢救过来，作为乔钢的妹夫，领导请他来料理后事。

高扬闻讯急急赶到昆明，乔念也从国外赶了回来，两人一并办理了乔钢的后事。乔念希望高扬念在曾经夫妻一场的情分上，不要把已经离婚的事告诉老太太，老人刚失去儿子，不忍让她再为女儿的离婚伤怀。面对前妻的请求，高扬感到无法拒绝。

一周过后，高扬必须归队，他问起老人以后的打算，乔念让母亲跟她回美国，不料老太太当场反对，说她坚决不去那个不说人话的鬼地方。乔念问："那你怎么办，高血压、糖尿病，谁来照顾你？"老太太扯拽住高扬的胳膊说："就跟我女婿！"

乔念慌了，连说不行，老太太耍赖说："那高扬就留在这儿陪我，一个女婿半个儿！如今我的大儿子没了，我就跟着这半个儿子！"说完，老太太泪水涟涟。高扬不忍再看这令人伤怀的场面，一咬牙，说道："妈，跟我走吧，咱们回家……"

由于事先没有跟石晶打招呼就把前妻的母亲接了回来，高扬觉得很是愧疚，照实把情况告诉了石晶。石晶很是理解，说："高扬，她的儿子是个烈士，是我们这条战线上的英雄。我支持你，结婚以后我也会善待老人。"

高扬对石晶的理解万分感佩，连声称谢，但是，如何向老人介绍石晶呢？说是未婚妻，等于是揭了高扬与乔念已经离婚的底牌，老人如何承受得了呢？为此，高扬劝说石晶暂时把他们的关系隐到地下，待老人平静一段再说。即将到来的婚期，也只好往后拖了。

石晶同意，但她不知道该如何通知父母，干休所里的老人们还等着喝他们的喜酒呢。高扬思忖良久说："照直说，我亲自去解释。"

当褚琴和石光荣得知此事的时候，褚琴反应极端强烈。她说："本来石晶嫁给高扬这个二婚男人就已经很吃亏了，现在又来了个什么前岳母，那个矫情老太太我可是领教过了，连我都对付不了她，更何况石晶这么个傻丫头？不行，坚决不行。要么高扬送走乔老太太马上结婚，要么高扬离开石晶跟前岳母过一辈子，折中的路一条都没有！"

石光荣一直在考虑如何发表意见，以他的情怀，他完全赞同孩子们的做法，照顾英烈的老母，更何况是对高扬疼爱有加的前岳母，不离谱，完全能接受。于是，石光荣斩钉截铁地表达了赞同：婚期可以往后拖，他去向老朋友们解释原因。最后石光荣拍了拍高扬的肩膀以示赞赏，叮嘱石晶无论何时都要善待老人。

褚琴连呼："气死我了，气死我了，这一家老小现在都跟我对着干……"

先是石海和林谷雨，接着又来了个高扬的前岳母，一连串的打击和不如意令褚琴难以支撑了。

当晚，褚琴心脏病复发，再度入院。

第三十二章

鉴于这次褚琴病势凶险，石光荣和石晶商量后，给李大明打电话，让他转告石林哥俩：母病速归！

李大明出于好意，说坐火车受罪，还不如开车回去，快捷不说，到了家里用车也方便。于是，石海急忙从他们公司的储货仓库里提出了一辆刚刚上完牌照的进口车，准备上路。一个公司的职员恰好要去他们所在城市的临近地区出差，在经李大明同意后，搭车与兄弟俩一同上路。在他们即将抵达目的地的时候，汽车突然在行驶中制动失灵，撞向了路墩，公司职员所乘坐的副驾位置正与石墩撞了个结结实实！

当从车里爬出，惊魂未定的兄弟俩带着皮肉之伤来解救那个职员时，他已经没了人形，被挤压成了肉饼！

满地鲜血，走了样的遗体，使得他们震惊，尤其是石海，只见他双手抱头，出溜到了地上，任石林如何呼叫，都不再作声。

在医院稍做伤口处理后，石林便打电话给李大明通报事故情况，李大明在电话那边傻眼了，连声说："没想到，没想到……"

李大明火速赶来处理事故，安排职员的善后事宜。交通队处理事故，在调查的结论中指出：这辆车系走私过境的旧车，经改装喷涂后挂上新牌照准备出售的。由于该车的制动装置早就有问题，在组装时并没有得到良好的修理，致使车体在高速行驶时制动失灵，导致交通事故发生。

结果是，事故双方的一切损失均由卖车单位承担！

石林心急火燎地问李大明车是从哪里买来的，李大明指指自己，说："我是卖主……"

石林终于明白了李大明的伟大事业是在经营什么。

为了不惊扰父母，尤其是病中的母亲，石林要石晶和高扬暂时保密，他们兄弟俩暂时在宾馆里躲避一段时间。随后，令石林最为担心的事情终于还是发生了：车祸之后，石海就再也没有讲过一句清醒的话，他们经过多家医院诊疗，石海被确定患上了“因突发事件的刺激造成的语言闭锁和精神暂时失常症”，通俗一点说就是人们常说的自闭和精神失常。

石海真的得了精神病！这还了得！几年前石海装病那次就让家里闹了个底朝天，这次父母要是知道他真得精神病了……后果石林不敢去想象。

左思右想，石林还是决定把真相告知父亲，母亲那里则能骗一时是一时，她现在不能受一点刺激。石光荣表面上没说什么，他想了一会儿，突然大声喝道：“那小子已经装过一次精神病，我再也不信了！”

石林解释着：“爸爸，这回是真的，石晶高扬陪我一起给他看的病，是真的！”

石光荣依然不相信，让大儿子陪同他去看看装病的石海，石林只好陪着石光荣来精神病院看望石海。

老石光荣看着蹲在地上盯着蚂蚁爬行的石海，连声喊着：“小犊子，别装了，给老子站起来，站起来！”石海全然不理石光荣的咆哮，石光荣索性抓住儿子大声喊了起来：“说话，跟你老子说话！”石海依然没有反应，医护人员闻声赶来，询问是哪个病区的病人跑出来了。石光荣急了，喊道：“哪个病区的都不是，老子不是精神病，我儿子也不是！”

医护人员把急得发疯的石光荣当成了病号，拉着他就要回去电击治疗，石林好一番解释才作罢。慢慢地，石光荣不再呼喊了，他抱紧了毫无反应的儿子，老泪纵横。他连声喃喃着：“都怪爸爸，是爸不好，是爸爸同意你离开家的……”

看到苍老的父亲面对病弱的幼子时那份无助和疼惜，石林不禁潸然泪下……他从来没有像现在这样强烈地感受到，原来父亲内心对孩子们的那份爱是如此深厚，只不过这爱平时藏得太深，轻易不示人。

当褚琴再见石光荣时，她突然觉得老伴儿的背驼了，精神也大不如从前。褚琴问老伴儿怎么了，石光荣谎称是没睡好觉，精神不济。

一天，李大明来探望生病的褚琴，褚琴探问他石海的消息。李大明已经被石林嘱咐过，谎称石海外派出差，过些日子就回来。李大明手里的大哥大铃响，他出病房接电话。电话是交通局打来的，再次跟他协商交通事故处理的办法。李大明已经被该事故拖累得不胜其烦，向对方吼了起来。交通队要求石海去录个口供，李大明气急了，不管不顾地喊道：“录什么录，石海事故后得了精神病，住院了！”

不料，病房内的褚琴清清楚楚地听到了这一切，她慌乱地说着：“事故，石海得了精神病？”待李大明再返病房时，褚琴已经嘴唇青紫，她捂着胸口，有气无力地要李大明跟她说清楚石海的真实情况。李大明顿时明白了他刚才的电话惹了大祸，看着大口喘气的褚琴，他紧急呼叫医生抢救。

褚琴这次真的是走到了生命的边缘，她对石光荣说：“老石，以后就剩你一个人了，没人再跟你打架斗嘴，你自由了……我活不起了，先走了……”

石光荣蹲在地上呜咽……

褚琴让石光荣来到她的身边，说：“你不是一直问我吗，这辈子嫁给了你，后不后悔？”

石光荣看着褚琴，说：“我没照顾好你，该后悔的是我……”

褚琴道：“老石，我不后悔，要是有下辈子，还嫁给你……老谢也老了，你们彼此好好照顾吧，对不起，我先走一步了……”

医生不让褚琴再说话，让她保持呼吸平稳，褚琴的目光在屋子里逡巡着，她在找石海……

按褚琴的要求，石林把石海接到了褚琴的身边，让他见弥留之际的母亲。石海胆怯地依在大哥身边，目光空洞地望着病床上的母亲。褚琴向石海伸出手臂，她怀着对小儿子的担忧，呼出了最后一口气……

当大家按照医生的要求，要把褚琴的遗体推离病房时，石海挣脱大哥的双手，来到母亲床前，拉住母亲已渐冰冷的手，把手里的一枚绿叶子别在了母亲近乎花白的鬓边，他欣赏着，笑了，默默地说：“落叶，你是被打破的春天吗？”

所有的人都惊呆了，看着石海，石海再度恢复了呆滞的神情，默念着：“你站在黑夜的门前，站在最后的光里，燃放的发缕，一丝丝，飘进死亡……你看见了石像……”

石林再也忍不住悲怆，抓住弟弟的肩膀摇晃着：“你醒醒啊，石海，妈没了，她最放心不下的就是你，石海，你醒醒吧！”

石光荣把石海从石林手中夺过来，说：“没妈的孩子，他又有病，可怜啊……”

石晶伏在高扬胸前，号啕大哭……

褚琴在干休所里属少壮派，她的去世令许多人没有想到，也格外伤心。葬礼上来了很多老战友，包括石光荣昔日的警卫员小伍子。人们怀着伤痛的心情，来送她最后一程……

谢枫在整个葬礼上一直沉默着，他回到自己家里后，才拿出那把尘封多年的小提琴，对着摆放在桌子上的照片，那张经过战火洗礼的他们的合影照，拉响了琴声……那是一首褚琴最爱的曲子《梁祝》……

琴声回绕着这间小屋，被紫色的花朵簇拥的照片上，他跟褚琴正年轻，笑得正灿烂甜美……

自此，这首《梁祝》每天都会响起，一直持续了十年。

自褚琴去世，在人们面前，石光荣始终沉默，不发一言。

待送走了最后一批客人，石光荣来到了灵堂褚琴的照片前，这个哀伤的老人再也控制不住丧妻的悲凉，号啕起来……

儿女们不忍打扰哀伤的老父，一任他悲戚。

石光荣的号啕声已经失去了人的声音，像严冬雪夜里一只失去家族的悲怆苍老的老狼的嚎叫，这嘶号声在空寂的家里回荡着……

送别褚琴的那个晚上，石光荣像一个孤魂，在家里的每个角落游荡着，他摸摸这儿，看看那儿，在以往熟稔的每个角落感受老伴曾经的温度……

孩子们想陪着他，被石光荣劝退，他说："别跟着我，我没事，我跟你妈说话呢……"

石晶又哭了，石林在想着如何能开解父亲。小伍子不忍老首长一个人度过丧妻的时光，决定留下来陪伴他。当石林得知伍叔叔的打算后，感动得潸然泪下，他握住伍叔叔的手说："谢谢您伍叔叔，谢谢您……"

小伍子说："我从十几岁就跟着你爸爸南征北战，我们俩早就成了心心相通的兄弟，不用说一句话我就知道他想啥需要啥。这时候，有我在他身边，比你们陪着还好使……放心吧孩子，反正你婶子也走了，孩子们在国外，回去我也还是一个人，不如我们老哥儿俩做伴，日子反而过得有嚼头。"

小伍子尽心竭力地照顾石光荣，平素他们一起回忆往事，数着牺牲的战友们，说得最多的就是小德子，那个在一场战役后消失得无影无踪、不知是死是活的一排长。

几十年来，石光荣一直都没忘记这个兄弟……

干休所里，人们常见两个老人荷着枪，拎着刀，在小树林经过一阵子较量比武后，走进晨曦的辉光里或夕阳的薄暮中……

石海依然处于病中，石林见他的病没什么好转，万分焦急。石光荣决定不让儿子再在医院受罪，接他回来调养。自打妻子走后，他格外疼惜这个小儿子，生活中尽到了一个老父亲所能尽到的一切责任。

母亲的去世加上前岳母的到来，让石晶和高扬的婚事延宕下来了。

李大明公司暴露了走私汽车的严重犯罪事实，经查，李大明涉案，入狱。李满屯一家也陷入了前所未有的凄惶。听闻李满屯的家事，石光荣亲自来到了老伙计的家。一进门，他二话不说，拥抱住了李满屯说："有啥不痛快，有啥难受的事跟我说，我相信，你们俩不会没人照顾，石林石晶我都跟他们嘱咐过了，有啥事招呼他们，一定好使！"

李满屯感激地拍打着石光荣的肩膀，哽咽道："我就知道你不会不管我，几十年的老战友，你肯定不会让我孤单。"

石光荣说："以后你俩也别起火做饭了，到我那儿一块儿吃吧，两个大屋，随你们挑，高兴睡哪间睡哪间。"

李满屯说："谢谢你，谢谢……"

石光荣笑了，说："我应该谢谢你才对，褚琴走了，就剩下我跟伍子，家里冷清，你们到我那儿去，是给我的日子填了空。走吧，今天的饭咱就一起吃！"

李婶子不好意思地推托，李满屯犹豫着，石光荣伸手抓起李满屯的胳膊就往外面拖，他边走边揶揄道："咋跟个上轿的小媳妇似的，磨叽个啥，快点儿，我可没有八抬大轿来抬你！"

一行人跟石光荣出了门……

石林每天让餐厅的人来给这几位老人送饭，换着样给他们调剂伙食。李满屯要交伙食费，石光荣大手一挥说："啥伙食费不伙食费的，你瞧不起我石光荣是不是？"老李只得作罢。

除此，石光荣还叮嘱石林经常代替李满屯夫妇到监狱去探望服刑的李大明，劝他好好接受改造，争取提前释放。

当石林一再带着生活用品来看望李大明的时候，李大明十分感激，说："石林啊，这人真是十年河东十年河西，有朝一日我出去了，我会好好干事，我一定能东山再起！"

石林说："你有这份决心就好，咱的父母都老了，经不住磕碰了。他们不图我们荣华富贵，只希望我们平安做个正直的人。"

李大明给石林跪下了，说："石林，你们全家在照顾我父母，我谢谢你们……"

石林说："说啥呢，快起来！以前我知道很多大院外的孩子们羡慕咱们这些个大院里的子女，我一直都不知道为啥。如今我搞明白了，其实我们和其他的孩子不同的根本点就是，我们的父辈早就在几十年的戎马生涯中结下了战友情谊，比兄弟还亲，所以，我们这第二代也就自然地在思想和感情上承袭了老一辈的传统，咱们也是兄弟，没有血缘胜似血缘兄弟。你忘了，我转业没着落的时候，我家开餐馆缺资金的时候，你出钱出力，毫无条件地帮助我们。大明，这就是兄弟！"

李大明哭了，说："石林，我啥也不说了，一切等我出去吧……"

看着依然没有好转的弟弟石海，石林疼在心里，他突然想到了一个人，他决定把她找回来，也许她的出现，能够令弟弟好些……当他把这个想法讲给石光荣和石晶时，他们一致赞同。抱着最后一线希望，石林几经周折，终于在石晶的帮助下，找到了弟弟发病前苦恋的农村姑娘林谷雨。

林谷雨得知石海的病情后，承诺石林好好照顾石海，但她希望石林替她保守照料石海这个秘密，不要让自己已经不久于世的父亲知道。石林不解，问为什么。

林谷雨说："我父亲自从看了你们家里人的照片，不愿意我再与你家人接触，至于为什么，他不肯说，也不准我再问。"

石林很是纳闷，问："你父亲现在在哪里，我能不能亲自去问问他？"

林谷雨说："爸爸的病也到了最后的阶段，刚把他从老家接到医院不久，正在做补救性的治疗，医生说，去日无多。石大哥，我看，就不要再难为留世不长的老人了，石海那里我自然会去照顾，但一定要隐瞒我父亲。"

石林答应。

因为林谷雨恪尽职守地照料弟弟，石林很是感激这个懂事的姑娘，也经常探望她的病父，一来二去的，老林大爷对石林产生了好感。迫于林谷雨的嘱托，石林并不敢以石光荣长子的身份面对老人，只说自己是林谷雨原来打工时同单位的同事。一日，老林头对前来探望的女儿说："我看石林这孩子不错，听说他老婆孩子都去了外国，现在一个人，虽然年龄大点，但心眼诚，厚道，你就跟了他吧，以后我走了，你妈和你都有个托付。”

林谷雨连声说父亲瞎操心，让他以后别再瞎管她的婚事。

几个月过后，林谷雨终于发现了石海的目光有些变化，在她温言细语地与之交流的时候，石海偶尔会用疑惑专注的目光倾听了，但那倾听是短暂的，而且是没有回应的。即便如此，石林和林谷雨都有了信心，他们相信石海最终会清醒过来。

林谷雨的父亲林孝德病危，已经处于半昏迷状态，每天清醒的时间并不多。林谷雨除了打工、探望石海，还要到医院照顾父亲，母亲为了替女儿承担部分医疗费用，也在医院当起了陪护。

情感的折磨和体力的不支，使林谷雨感到身心疲惫……

在小伍子的陪伴下，石光荣渐渐从褚琴离世的巨大悲伤中恢复了些元气；由于林谷雨的悉心照料，石海的病情有了些好转；石晶和高扬还在和乔老太太打游击，继续他们的“地下恋情”。

全家人对未来的生活再度燃起了新的希望……

几次，石光荣催石林给方慧打电话或写封信，石林答应了，但就是没有方慧的回音。石光荣知道，这个石林紧随年轻时代的他，又倔巴又硬，要他说句软话，难着呢。他看到石林对方慧母子的归来并不十分期待，于是亲自给方慧打电话，说：“叶落归根，人生在世，哪里都不如家好，还是回来吧。”

方慧把这些都告诉了已经懂事的石小林，问儿子的想法。石小林说：“妈，其实这些年来你一直在逼着我学习汉语，不忘记家里的爷爷奶奶爸爸姑姑叔叔，我就知道你根本忘不了中国，忘不了他们。”

方慧问：“那你呢？”

石小林想了想说：“等我十八岁成人，我再回答你。”

方慧再追问石小林，为什么非要等到十八岁。石小林说：“从小爸爸和爷爷就说日本人是侵略者，对中国人民犯下了不可饶恕的滔天罪行；可到了日本，日本教科书上又不承认日本是侵略中国。小的时候，因为我说日本不是侵略者，爸爸打了我耳光，对这个耳光我记得太清楚了。为此，我一直在查阅各种‘二战’期间日本老兵的回忆，等我了解了更多的资料，并在成人之后有了自己的判断后，我自然会做出选择。”方慧说：“原来你就为了这个。”石小林说：“这还不够吗？我不想听信任何人给我的结论，我要自己去寻找。”

方慧看到了一个骨子里与石光荣、石林一样执拗倔强的男人，只不过她眼前的这个还略显稚嫩。

“你真是老石家的人……”方慧慨叹着。

方慧把石小林的决定如实告诉了石林和石光荣，石林说：“这小子，不回来算了。”

石光荣则笑了，说：“石林，我有种预感，你儿子将来一定比我儿子有出息！说话办事像个带把的！”

就在石海能够依照林谷雨的吩咐吃饭喝水穿鞋子的时候，林老头病危。

石林到医院探望老头。老头临终前托孤，希望石林好好照顾他的闺女和老伴，让石林答应娶了林谷雨。无奈，石林点头。石林此时心想，只要石海的病一好，就敦促他与林谷雨结婚，一同照顾好这个姑娘和她的母亲。

老头临终前交给石林一项任务。他拿出了几张发黄的照片，说出了他终生都没有示人的秘密。

原来，老人曾经与一个叫作石光荣的营长是换命的兄弟，二人互有救命之恩。一次战役中，他们打一场阻击战，作为一排长的林老头，那时叫作小德子，带领全排负责阻击敌人的主力，掩护大部队撤退。临分手时，石光荣营长说军号为令，没听到军号前你们必须坚守阵地。那场战役打得异常惨烈，直到弹尽粮绝，全排只剩下负伤的小德子。大股敌人涌了过来，他抓起最后一颗手榴弹，准备与敌人同归于尽，可那手榴弹竟是哑弹，小德子成了俘虏。最终他也没等到撤退的军号声……在敌军，小德子忍受了敌人的重刑，就是没有交代我军的战斗部署。很快，在另一场决战中，溃不成军的敌人再也顾不上他们这些俘虏，小德子逃了出来。

小德子原本可以找回原来的部队，找到他的石光荣营长。但小德子没有这么做，因为他所在的营是上上下下都闻名的英雄营，只盛产英雄，从来没出过一个俘虏。为了不给自己的部队和营长抹黑，已经残疾的小德子从此离开了部队，来到了一个陌生的乡下隐姓埋名。起初，小德子思念部队思念石光荣，加上腿伤，他无心苟活于人世，想要自杀。小德子跳河被当地的一个年轻寡妇——林谷雨的母亲林婶搭救，为了预防他再次自杀，林婶一直在守护着这个来自外乡的残疾人。善良的林婶最后与小德子结婚，多年后生下了林谷雨。

老林头说完一阵唏嘘，希望石林在他死后能够把他葬在曾经埋葬他们一排战友的地方。老林头把具体地址交给了石林。老林头指着照片上的石光荣说：“就是他，我的老营长，一个打起仗来不要命，疼起兵来不惜命的英雄。”

老人说，他这辈子，自己做过的最骄傲的一件事就是在石光荣的英雄营当过兵打过硬仗，最丢人的事就是成了英雄营历史上唯一的俘虏……“老营长，我小德子对不起你，对不起咱部队的荣誉，可我一辈子都在想你啊……”

看着老泪纵横的林老头，石林不胜唏嘘，多想说：“我就是石光荣的儿子！”

老人弥留之际，昏迷中还在叨念石光荣的名字，石林再也看不下去了，向林谷雨、林婶道出了老林头的秘密，母女俩都十分震惊。石林坚持，一定要让老人走得安心。于是石林赶紧地回到了家，告知了父亲实情。

石光荣和小伍子被震惊了，一连说，没想到，没想到。石林敦促父亲赶紧去医院。石光荣说：“你等等，我换身衣服。”

石光荣又穿上了几十年前的那套军装，他对镜格外仔细地整理着自己的军容，叨念着：“你等等我，小德子，这么多年都等下来了，你千万等着我……”

当石光荣和小伍子一并站在病床前，看见了他们寻找多年的小德子时，禁不住老泪纵横……石光荣拽住小德子的手，大声呼喊着：“小德子，小德子，我老石，你营长，石光荣啊！”老林头的手在动，但他没有睁开眼睛醒转过来。石光荣想起了什么，他在石林耳边耳语着什么，石林回家去拿来一个录音机。

医生护士们已经吩咐林谷雨准备老人的后事，林谷雨在走廊里默默地饮泣。病房里传出了从录音机里放出的嘹亮的军号声，一声声一阵阵，石光荣站在病床前，再次恢复了几十年前的状态，高声喊道：“一排长，任务完成，撤！”令人惊奇的事情发生了，只见老林头竟然睁开了双目，挣扎着要坐起来，石林上前，帮他起身。已经多日不能动弹的老人终于吃力地坐了起来，他目视前方，倾听军号声。突然他严正地喊道：“号声响了，撤！”

面对此情此景，包括医生护士在内的所有人都潸然泪下……

石光荣注视着老林头，不断呼喊着："小德子，我老石，你的营长！"老林头的目光聚焦在了石光荣的脸上，他的身体开始支撑不住了，再次瘫倒在了床上。石光荣喃喃道："小德子，我都知道了，你没做错什么，你是咱英雄营最好的排长，最好的军人！"

老林头摇着头，叹息着，拼尽最后一丝气力说："对不起营长，我给咱部队抹了黑，对不起……"

老林头走了，石光荣不许大家哭泣，他说，他们从来不以泪水祭奠牺牲的战友。他从胸前摘下几枚功勋章别在了老林头的衣襟上，默默地说："你才是英雄营的大英雄，小德子，这是你的，你早该得的。"

军号声中，几个已经不再戎装加身的老兵向小德子的遗体行军礼……

按照小德子生前的遗愿，石光荣率众把他的骨灰安放在了他们排战友牺牲的地方，石光荣用自己的积蓄，给这些当年的战友重修了坟茔，竖起了一块大理石碑。

石林面对墓碑道出了心里话：以前他觉得自己是个合格的军人，现在他才明白，他只有军人的表没有军人的里，充其量，也只能算是半个军人。与林叔叔和视军人的名誉为生命的老一辈真正军人比，他石林已经浑浑噩噩地过了很多年，他必须重新审视自己，严肃地面对未来……

石光荣对墓碑说："在有生之年，我老石会常来看望你们，百年之后，会带着褚琴来和你们团聚。"石光荣还发誓，说要好好照顾林谷雨母女。

自从结识林孝德叔叔，看到了他真实的生活窘境后，特别是小德子叔叔临别前的那一幕，给了石林这个曾经的军人深深的震撼。一直到小德子叔叔去世，石林的心里都被一块铅石压迫着，压得他喘不过气来……

林谷雨父亲的丧事过后，石光荣要把林婶接到家里来住，以便照顾她。林婶说自己不想做个废物给人添麻烦，想回老家。石林在征得父亲的同意后，把林婶留在了蘑菇屯饭庄，白天力所能及地帮些小忙，晚上回到家里来住，林婶答应了。

小德子叔叔头七刚过，石林就结束了沉默的状态，他对父亲说："爸，小德子叔叔去世以后我想了很多……没想到，这个曾经对革命有功的人却在农村一直过着这么清贫的生活。这几天我查了资料，有很多曾经参加过抗日战争、解放战争和抗美援朝的老兵，退伍后在农村的日子都不是很富裕……我想挣钱，前所未有地想挣钱，等我有了钱，我一定成立一个基金，面向这些革命的功臣，接济他们的生活，改善他们晚年的生存状态。"

石光荣点头，说："只怕你再挣钱也是杯水车薪，其实这些年国家的民政部门也一直在想办法，尽可能地帮助他们。可是儿子，国力上不去，国家的农村整体经济条件不改善，还是不能解决根本的问题。我看，帮着农民想点致富的门路，倒是一条可行的路。"

石林想了想说："爸，我懂了。过去你们打仗是为了老百姓能过上好日子，可由于自然历史等多种综合因素，如今农村还有许许多多的老百姓没有脱贫，我这辈人应该继续你们的使命。"石光荣点头。石林说："爸，那我就给自己选择一个新的战场，去农村，先在咱们老家蘑菇屯做个试点，然后推广，发展当下最抢手的绿色农产品，去帮乡亲们脱贫！"

石光荣闻此十分开怀，说："好啊，我有这个心没这份力了。石林，你就帮我去实现心里压着的这个理想吧。饭庄交给我，放心走！"

石林走了，先是考察老家蘑菇屯的自然地理条件，而后去了山东，带着几位乡亲到那里学习大棚种养殖技术。

在林谷雨的悉心照料之下，石海的病终于好转，突然有一天，他抓住了林谷雨的手说："谷雨，我找你找得好苦，你别再走了，我有钱，有的是钱。"

看到石海清醒，全家人喜不自禁，自然也十分感激林谷雨。

石晶很快把这个消息告诉了在外地的石林，石林在电话里泣不成声，说："这下好了，妈妈在九泉之下也能瞑目了，爸爸的心里也会更豁亮了……"

为了不引起石海的过度悲伤，石光荣告诫每个人，要把褚琴已经去世的消息暂时对石海封锁，待以后他的情况巩固一些了再说。可石海毕竟是个敏感的人，无论家里人如何隐瞒，他都从这个已经缺少了些暖意的家里感觉出了异样。虽然大伙都跟他说褚琴跟石林外出旅游去了，可石海就是不太相信。

一天，石海在家里翻找他的书籍资料，在父亲的柜子里发现了母亲的遗像，那上边还缠绕着黑色的纱绢。

石海如遭雷击，抱着遗像，来找正在做饭的姐姐。

见石海的表情和母亲的遗像，石晶知道石海已经知道了一切……

石海表现得很平静，问石晶："妈走了？"

石晶静静地说："走了。"

石海再问："怎么走的？"

石晶以为石海受到刺激，又犯了病，上前安慰说："妈走得很安详，她最放心不下的是你的身体，你的幸福……"

石海沉默了良久，说："我还答应她回来看她，可她没等得及，姐，带我去看看妈。"

面对已经变得十分苍老的父亲，石海什么都没表示，只说："爸，我都知道了……"石光荣怕他出意外，上前劝慰石海，石海说："爸你放心，我没事，我就想去看看妈，我答应过她回来看她。"

石晶陪着弟弟来到褚琴的墓地，他们刚刚在墓前跪下，就发现了墓周围的土地上留着许多脚印。

石晶说："爸又来过了。听伍子叔叔说，他几乎每天都来，跟妈说说话，待一会儿就回去……"

石海看着墓碑上母亲的照片，摸着照片上母亲的面庞，俄顷，他的泪水纵横。石晶也哭了，说："石海，妈这一辈子最疼爱你，也最放心不下你。"

石海说："妈，我发过誓，一定要成为一个作家，一个能让你引以为傲的作家，妈，我说话算话。"

石晶觉得石海清醒过来后整个状态还算克制，尤其是面对母亲的亡故。见此时的石海还算能扛得住，她心里踏实了。就在这时，石海突然起身，搂抱住了冰冷的墓碑，像儿时呓语般地道："妈妈，抱抱我吧，石海让你抱抱，妈，求你了，我求你再抱抱我吧……"

石晶再也不忍心看弟弟此时的悲怆，上前来搀扶弟弟起来，谁料石海像小时候不肯上幼儿园时搂抱母亲的身体一样搂着石碑就是不肯撒手，他哭着喃喃道："妈，当兵以后，我就没抱过你，可现在儿子回来了，你已经成了冰冷的石头，妈……石海想你……"

石晶再也不能隐忍悲伤，姐弟二人的哭声在墓地上空飘着……

石海悲伤自责了很长时间，在父亲、谢枫和姐姐的安慰开释下，慢慢好转，又开始看书写作了。想起自己任性地停薪留职给母亲带来的打击，他决定回到原单位继续上班。他去了单位办完手续后才告诉父亲和姐姐，石光荣和石晶自然很高兴，只是担心他的身体。石海说，自己的身体完全恢复了，他以后要按照母亲的心愿，好好做能让母亲高兴的事。

石海的病好后，林谷雨一时找不到好的工作，就想离开，石光荣已经把她看成自己亲闺女了，哪肯让她再出去吃苦，就说石林不在，他年岁太大，求林谷雨帮他打理餐馆。林谷雨禁不住他再三恳求，林婶也劝她不要太执拗，她只好从命。

石海每天下班回来，回家看过父亲之后，都会来到餐厅来陪伴林谷雨，也一再向她表达自己的爱恋，林谷雨以冷淡的姿态面对石海，石海已经习惯了，依旧每天来。时间长了，餐馆里的人也都看出眉目来了，不敢开林谷雨的玩笑，就天天打趣石海，问什么时候喝他们的喜酒。林谷雨忍着，准备等石林大哥一回来，把餐馆业务转交后就离开，她不是不爱石海，却不愿意因为一时的爱毁了石海的一生。

两个月后，石林从乡下归来，见餐厅被林谷雨打理得井井有条，很是高兴。林谷雨找到石林道出了心里的忐忑。她说石海再次向她表达了自己的情感，她很感动，但她确实没有对石海产生他所希望的爱情，她照顾石海也好，陪伴他也好，因为她比石海大一岁，她是以一个姐姐的身份和心情来做这些的。石林希望林谷雨好好考虑石海的感情，他怕林谷雨的断然拒绝再度引发石海精神上的问题。

林谷雨说："石林大哥，我理解你跟石大伯的好意，你们希望我跟石海好，但是我真的做不到……"

石林想了想，问："你是不是还在忌惮我妈生前的态度？其实我看出来了，你对石海不是没有男女之情，是你心里有负担。"

林谷雨点了点头，说："我很尊重褚琴阿姨，她对我一直都特别好，我也理解她反对石海跟我好的原因。石海是她的心尖子，她一直想给石海找一个有文化有品位、出身门第相当的媳妇，可我，这些都没有……"

石林苦笑道："谷雨，我妈已经走了，你就不必再跟一个亡故的老人计较了吧？我相信，如果妈还在世，她要是能看见你那么体贴地照顾石海，帮他恢复常态又成了个正常人，她也会同意你们俩的事情的。"

林谷雨说："石林大哥，其实阿姨担心的很多问题是有必要的，我不能不往以后想很多事情，我跟石海，我真的不配……请你们也考虑考虑我的自尊心。"

石林没办法，就对她说了石海为了能帮助她，不顾全家人的反对，停薪留职，就是为了多赚些钱，好不再让她受苦。林谷雨潸然泪下，石林说："我说这些不是为了别的，石海做这些时也并不是为了和你在一起，而是愿意为了你去做。至于我母亲，我告诉你，不管她反对什么，她最希望的就是石海幸福，对石海而言，最大的幸福就是和你在一起。如果把这些理清了，你说我母亲还会反对吗？她会阻拦自己最疼爱的儿子获得幸福吗？”

林谷雨忽然双手捂住面孔，哽咽道：“大哥，你别说了，这些我也都明白，可我就是做不到……”说完，她哭着跑开了。

通过这段时间的接触，石林已经完全了解林谷雨的个性，这是一个有尊严又好强的姑娘，可又经常有强烈的自卑，现在她和石海之间所阻隔的不是别的，而是林谷雨性格中由自卑而强化成的极度自尊。

林谷雨又走了，不知去了哪里，石光荣和石林都担心石海的反应，石海并没显出多大的失望，而是笑着说：“我知道她会这样做的，谷雨现在还没准备好接纳我，没关系，我会等着她。我不会催她，需要我等多久我就等多久。”

孤单的林婶待不住了，要求回老家去，石光荣再三挽留不住，忽然想到一个主意，急忙和石林商量，说是把林婶介绍给丧妻多年的老石墩，这样，林婶就能名正言顺地永远住下去了，石林完全赞成。

石光荣马上去问老石墩，老石墩红着脸支吾了半天，也没说出个完整的意思，石光荣却明白他是愿意的，然后又去找林婶撮合。林婶在餐馆帮工的这段时间，也了解老石墩这人，敦厚老实心眼实，红着脸也没什么表示，最后才说这事得和闺女研究一下，听听闺女的意见才行。

可是没人知道林谷雨的去向，所有人都一筹莫展，最后石光荣想出一个办法来，他写了一份寻人启事，把文稿交给石海说：“赶紧，把它登到晚报上，我急着找人！”

石海打开稿子一看，愣了，那上面写着：谷雨谷雨，家中大急；石海发病，陷入危机！落款是老石头。

“我发病了？爸，你写这啥意思？我明明没病吗？”

石光荣笑了说：“儿子对不起了，爸只能拿你说事儿了。”

石海说：“可是我没病，这不是骗人吗？”

石光荣说：“兵不厌诈，你啥都别管，我这是一石两鸟，赶快给我登出去。”

“一石两鸟”，石海明白了，父亲找林谷雨回来，一是为了撮合成林婶的婚事，二也是为了测试林谷雨心中是否真的有他。

这个颇像部队报话机呼号的寻人启事一经登出，就引起了读者的广泛注意，竟在一些人中间流行起来，搞得认识林谷雨的人都拿这事跟她开起了玩笑，问她：石海是谁？老石头又是谁？

林谷雨顾不上玩笑，跟单位请了假，急急忙忙回了石光荣家。林谷雨一进院门，就看见了坐在门口的石光荣，他站起身，哈哈大笑，说："谷雨呀，找你可真不容易，为了那十几个字，你石大伯熬了两个晚上没睡好觉。"

林谷雨直奔石海的屋子，连声问："石海呢，石海……"

石光荣观察着林谷雨的神态，说："孩子，坐下来，大伯有事跟你慢慢谈。"石光荣把他想撮合林婶和石墩的事跟林谷雨谈了，没想到这个姑娘十分开明，痛快地答应了石光荣要帮他劝说母亲嫁给老石墩。见谈话有效，石光荣很有成就感。

晚上，林谷雨母女俩在一起说着体己的悄悄话，石光荣则给石海发了传呼，让他速归家。

石海终于见到了好久没有见面的林谷雨，二人再四目相对时，竟都有些不好意思。石海忸怩地说："那寻人启事不是我的主意，是我爸让我发的。"闻此，林谷雨的神态有了些变化……

在门外偷听两个年轻人谈话的石光荣急得直抓挠，对路过此处的石林小声嘀咕："这个石海，咋越写越笨了呢？平时那小词甩得巴巴的，连谢枫都佩服。可现在，你看把他给笨的……我好不容易把人给他找回来了，可这小子却这样，咳，急死我了……"

石林笑了，说："爸，小的时候您不是跟我说过吗，这好酒得慢慢酿，好菜得慢火炖，我看，您没必要太着急了。"

"不着急，不着急我能行吗？大孙子大媳妇没人影，大姑娘大女婿被活生生耽搁住了。现在就剩下小儿子了，我再不着急，临走我还能抱上孙子吗？我不能跟你妈见面的时候说，丫头啊，你走这些年咱家啥变化都没有，你妈听了能好受？"

石林听了，感触颇深。虽然老父的这番话像出自一个老小孩之口，但那毕竟是老人的念想……

两个月后，经石光荣撮合，石墩大叔与林婶走到了一起。石光荣很是高兴，亲自主持了婚礼。

为了安度晚年，林婶和石墩离开了蘑菇屯饭庄，回家乡蘑菇屯去了。在那里石林已经为乡亲们发展起来了绿色无公害大棚种养殖技术，回家的日子会比城里更安适。

林婶走后，林谷雨又走了，她给石海留下单位地址，并且承诺如果换了单位，会告诉他，然后又说自己很忙，因为业余时间在学习，准备这几年把电大文凭拿下来。石海心里涌上一股热流，从林谷雨的眼神中他明白了，谷雨这是在填补她所谓的他们之间过大的落差。

他笑着说："没有急事我不会去打扰你的，你放心。我只想告诉你一句话，不管多久，我等你。"

林谷雨先是满意旋即又是绝望的神情，说道："石海，真的，我最后再说一遍，早点把我忘了吧，你会找到真正适合你的，我……真的……"她说不下去了，转身走了。

哥哥乔钢死后，乔念也厌倦了异国漂泊的岁月，准备回国创业，知道高扬的困境后，马上过来接母亲。

她单独请石晶吃饭，也是想看看一个能让她高傲的前夫如此深爱的究竟是个什么样的女人。在酒桌上，乔念感谢石晶宽宏大量，为了赡养自己母亲做出了如此大的牺牲，同时也为因自己而给他们带来的困难表示歉意，最后则感慨地说："我出去闯荡了大半个世界，没出国时觉得哪里都比国内好，出去了真正生活过才知道，哪里都没有自己的国家好。高扬是个不可多得的好男人，我已经失去他了，失去了就永远无法挽回，希望你能抓住他，永远别放手。"石晶见乔念气质高雅，谈吐不俗，也心生敬意，这顿饭吃得情谊融洽。

乔念带着母亲走后，两人间毫无阻碍了，只是母亲去世不久，婚事还得等等。

这天高扬要去执行一个任务，很平常的异地抓捕任务，并没什么危险，高扬拥抱了石晶后就上路了。走前还激动地说，自己等不及了，让石晶回家请示，能不能他一回来，他们就结婚。石晶也没在意，下班后就回家照顾父亲，帮助哥哥做些事情。

十天了，高扬还是没有消息，她去局领导那里问，领导只是说任务出点儿岔头，还没完成。她的心不禁悬了起来。

又一个五天后，高扬终于回来了，当石晶接到他归来的消息前去迎接时，她所面对的却是一个躺在病床上的植物人。

原来高扬在追赶抓捕一个犯罪嫌疑人，两人在格斗时，高扬不幸坠楼，摔成了植物人……

任石晶千呼万唤，高扬毫无反应。局里马上把高扬送到市医院治疗，并派人看护。

石晶一下班就去医院，让看护的同志回家休息，自己守在高扬的病床边，跟他说话，给他擦洗，极尽温存。

石晶在医院经常会遇到已经被提升为副院长的胡战斗，依然单身的胡战斗默默地帮助石晶，还在私下里联系他能找到的关系，把高扬的病历拿出去找专家会诊。他鼓励石晶说：“医学上所有的结论都不能成为爱情的阻碍，作为一个医生，我承认病人目前的状态，但作为一个追求爱的人，我更相信爱情的奇迹！”石晶十分感念胡战斗。

没多久，石晶就憔悴不堪，她的变化令大哥和父亲都十分焦虑……

转眼三个月过去了，高扬依然不见好转，石林代表父亲石光荣来劝石晶，不要再一意孤行，对高扬她早已仁至义尽了，她还不老，应该回到正常人的生活轨迹上来。石晶执意不肯，说，高扬和她约好了，回来以后就结婚。说到这里，石晶突然想起了什么，说：“我怎么把这件事忘了呢，我要和高扬结婚！”

闻此，家里炸了锅，除了石海，没一个人支持石晶的决定。石林说：“石晶，妈妈已经走了，你就不要让爸爸再为咱们的事操心了。”石晶不管，执意要举行婚礼。单位的领导和同事也劝石晶不要感情用事，要相信医生的话，像高扬这样的情况已无希望，他们希望石晶不要一意孤行。

石海不仅在语言上支持石晶，还特意准备齐了婚礼需要用的许多浪漫装饰，他说：“姐，你现在既是嫁给高扬，又是嫁给爱情。一个女人能把自己嫁给爱情，多圣洁，多浪漫！”

石林再度与石海产生矛盾，他认为石海在石晶结婚的问题上起到了推波助澜的作用，这对亲人是不负责任的，他认为石海还活在缥缈的梦幻中。石海坚持己见，说石林是一个没有灵性的躯壳。石林差点再次动手打石海。石海突然喊道：“我知道你从小就看不上我，因为我和你完全是两个星球上的人！”

最后石光荣出面来调停石林石海的矛盾。他把三个孩子叫到了一块儿，认真地问石晶：“你真的考虑好了要嫁给现在的高扬？”

石晶点头说：“考虑好了。”

石光荣说：“既然你决心已下，我不再说什么，石林石海也没必要再多说什么了，就这样决定吧……”

事后石林问父亲为什么做出如此决定，石光荣说：“我知道你妈要是在世，肯定也不会同意石晶的做法，但是石林，你别忘了，你们都是我的儿女，我最了解你们的脾性。石晶这孩子从小就是倔驴脾气，跟爸最像，她认准的事情，别人是说不动的。与其看着她每天这么不清不楚地伤心，倒不如成全了她的心事。”

石林问：“那石晶后半辈子的日子怎么过，就这么守着个植物人守活寡?”

石光荣说：“守活寡也比她身份不清不楚强。这是石晶自己认的，她既然认下了，即便是喝着苦酒毒酒也会心甘情愿……儿子，这就是咱家的人，你爸爸的闺女，就由了她吧。”

石林不再说什么，眼圈红了，说：“爸，其实你不知道，我也疼妹妹，我是希望她幸福。”

石光荣说：“石晶的幸福不是别人的幸福，她跟别的女孩子不一样……”

石林点头，说：“爸，我懂了，我帮着妹妹办婚事……”

晚上，石光荣单独面对褚琴的遗像，唠叨了起来……

石光荣说：“丫头，可能我又做了一件你反对的事，我同意石晶嫁给高扬了。我跟你说过了，高扬已经成了植物人，可咱闺女一心一意地喜欢他，我不忍心看着孩子伤心，我就同意了……

“丫头，你想不想知道为啥我会同意他们结婚?我是从咱俩这一辈子的感情里琢磨清楚的，虽然咱俩一辈子打打闹闹，可还是谁都离不开谁，也许这就叫真感情吧?石晶对高扬也是真感情。丫头，你说的那些话我都刻在心里了，我要带着它们去见你……

“丫头，最后让我下决心的还是谢枫对你的感情，他这辈子不婚不娶，还不是忘不了你?所以丫头，你别怪我，我必须这么办……”

石海把姐姐即将嫁给高扬的消息告诉了谢枫，谢枫听完后潸然落泪，说：“你爸爸做得对，石晶真的是你爸妈的女儿，她的身上既有你父亲的血性，又有你母亲的柔情。石海，这种情感才可谓海枯石烂，才可谓伟大传奇。”

石海问：“谢爸，我能为我姐做些啥?”

谢枫说：“支持，情感上的支持与慰藉，是你姐姐目前最需要的。”

眼见着姐姐即将结婚，石海联想到他和林谷雨的感情依然未果，不免触景生情，他假借告诉她姐姐要结婚这件事去找了林谷雨，希望林谷雨尽快答应他的请求。林谷雨矛盾异常，不知道该如何面对石海的问题。

拗不过石晶的坚持，家人只好怀着复杂的心情帮石晶准备婚礼。

这一年的八月一日，石晶和高扬的婚礼如期在医院的病房里举行。

石光荣不想给闺女的婚礼留下什么遗憾，亲自打电话或当面邀请了所有的亲友来参加婚礼。看着忙前忙后的老父，石晶非常感动。

按照褚琴生前的愿望，石光荣请石海帮忙，给石晶定制了一套大红的新娘礼服，当石光荣看见一身红装的女儿时，不禁眼圈红了，说："闺女呀，你妈要是看见你穿得这么好看，肯定会笑的，我保证，她肯定会高兴得说不出话来！"

石晶说："谢谢您，爸，给我订了这身礼服。"

石光荣说："眼看着自己最心疼的闺女成了别人家的人，当爹的心里不是滋味。等高扬这小子哪天醒了，我得好好跟他说道说道，我辛辛苦苦养大的闺女，说给他就给他了。这不行，他要是对我闺女不好，我的老拳还派得上用场……"

石晶哭了，说："爸您别说了，我理解您现在的心情……您就替我高兴吧……"

这个特殊的婚礼感动了所有前来道贺的嘉宾，市电视台得知此消息后还特意到现场做了一期特别节目。

婚礼之后，石晶经常会把那个节目的录影带给高扬反复播放，一边播放，她还会在一旁声情并茂地解释。石晶已经习惯了高扬的沉默，一次放着节目，优美的《婚礼进行曲》再度响起来的时候，高扬的眼睛缓缓地转动着，突然，他的眼睛睁开了！

高扬恍惚地问："你是谁？"

石晶抱住高扬，连声道："你的妻子，我是你的妻子石晶啊！"

胡战斗恰好来给石晶送东西，当他看到了病房里的这一幕时，潸然泪下……

很快，胡战斗把高扬醒转的消息通知给了大家，人们再一次用鲜花把石晶和高扬团团围住，为他们哼唱起了《婚礼进行曲》的旋律。

石海来到石晶身边感叹着："当你嫁给了爱情，爱情就会变成一个忠实的奴仆，不离你左右，姐，祝福你们！"

石光荣当胸打了石海一拳，道："好小子，说得对，你还等什么，还不把它给写下来？"

石海感念于姐姐与高扬的情感故事，接受了父亲的提议，写下了一个中篇小说——《嫁给爱情》。

不久，小说在一家全国性的著名刊物刊载，石海成了文坛引人注目的一颗新星。

成功以后，石海再接再厉，在大家的鼓励下，继续创作。石林和石晶劝说他以父辈的战斗和生活为素材进行创作，石海为此经常和父亲、伍叔叔攀谈，积累资料。在一日连着一日的访谈中，石海走进了父亲的内心世界，知道了他以往完全陌生的另外一个世界。渐渐地，父子间越来越加深了了解，石海突然觉得自己从上高中起就摒弃的那个父亲的世界是多么令人感奋和震撼！

没多久，石海就连续发表了“父亲系列”作品。小说发表后，好评如潮。每次小说刚拿到手，石海都会战战兢兢地把散发着油墨香的书送给父亲看，石光荣笑笑并不打开书籍，他说，所有的故事都印在他的脑子里，留在他的伤疤上，像他这个年纪的人已经不用再看这些文字了，他一辈子等的书还没有到来。

石海问他等的书是什么，石光荣说：“我在等我的儿女们用行动写成的人生大书！”

闻此，石海惊呆了，这个原本被他误认为毫无文采的大老粗父亲，竟说出了这么令他诧异的话。

他郑重地向父亲承诺：“爸，你等着！”

尾　声

半年后，石海又出版了一本新书，应邀在书店签字售书。

石光荣亲自来到现场，来分享儿子成功的喜悦。在石海签字售书的时候，石光荣发现了在书店外徘徊的林谷雨。他观察着林谷雨的神情，见她出神地透过橱窗观看，脸上泛起幸福的光芒。他想了想，来到了姑娘的身边。

林谷雨看到石光荣，本想闪躲，被石光荣拦住。石光荣温和地道："谷雨，你是个敢做敢为的好姑娘，除了一件事。"

林谷雨问："您指的什么？"

石光荣叹道："如果大伯没看错，其实你心里也一直有石海，只不过你一直在强迫自己，不敢正视这件事。"

林谷雨低下了头，石光荣继续道："谷雨，你的自尊心很强，这是好事，但当一个人的自尊强到了自卑的程度，就不好了，它会让人看事看人的眼光都变得不公正，你是个聪明的孩子，应该明白我的意思。"

林谷雨仰脸看着石光荣说："大伯，现实是客观存在的，我跟石海的差距，永远都填不平。"石光荣笑着说："你不就因为自己农村人的身份吗？农村人咋啦？我石光荣也是农村出来的，他石海也是农民的后代，现在不是石海低看你，是你自己低看你自己！谷雨，这样瞧不起自己，恐怕是你爹都不同意的。"说完，石光荣不顾林谷雨的感受，大声喊道："石海，这儿还有个等你签字的人呢！"说完，石光荣拉着林谷雨就往石海身边走去。

石海站起身来，看见了父亲和被父亲拖拽的林谷雨，他先是愣了愣，而后连忙迎了上来。人们都转过身来，关注着他们。林谷雨不想被众人的目光包围，慌不迭地拿出一本书说："请你签字。"

石海思忖片刻，疾笔写下了"春来谷雨落，秋去溪入海"两行字。石海热切地看着林谷雨，等待着她的答复，目光深情款款。

等待签字的人们不知道发生了什么，不干了，催促石海赶紧给他们签。石海说请等等，然后拽住林谷雨对大家说："这个姑娘叫林谷雨，我追了她好几年，但她说她是个农村丫头，不配我。我一直在等她，请大家帮我说服她，如果今天她点头答应了，我每人送书一本！"

人们被这意外搞得沸沸扬扬，不知是谁带头喊了起来："林谷雨答应！林谷雨答应！"

林谷雨羞涩地低下头，石海和林谷雨被人们簇拥起来，他们还在喊着："林谷雨答应，林谷雨答应！"

石海把手伸向了林谷雨，人们静默下来，都在等待着林谷雨的回答。林谷雨从未经过这阵仗，心头如鹿撞，手没地方搁，眼睛没地方看，在人们的喊声中感到一阵眩晕。

石海柔声道："谷雨，我石海今生今世都会陪在你左右，给你幸福和安宁……请你答应我，嫁给我……"

"嫁给他，嫁给他！"书迷们又高声喊起来。

在众人热盼的目光注视下，已经泪流满面的林谷雨终于点了头。人群再度沸腾，他们为了这对年轻男女欢呼着。

站在远处的石光荣笑了，笑得十分开怀，这是他最后一件牵肠挂肚的事了。

1992年石光荣七十六岁生日，石林等人想给他再搞一次生日庆祝，却遭到石光荣的反对。石光荣对五年前的那次结婚三十五周年庆典记忆犹新，就是那一天，他的家开始了五年的动荡，他不希望五年后的大团聚再出现什么意外。

生日那天早上，石晶临盆，石光荣十分期待着小外孙的降临。从早上开始石光荣就独自一人在家里等待医院传来的好消息，看着空荡荡的家他十分感慨，以为大伙都去医院忙活石晶的事去了。

临近中午时分，大门突然被打开，除了石晶和高扬，儿女们和亲朋好友鱼贯而入，向他道生日快乐，出人意料的是，大孙子石小林也回来了。

走在后面的林谷雨和石海还抬着一块硕大的板子，他们待干休所里的叔叔阿姨到齐之后，揭开了板子上的红布，大家眼前一亮，那板子竟是一个硕大的图片展板！展板的中间是石光荣和褚琴的结婚照，围绕着他们的照片，是一张张全家人不同时期的照片。最后石海拿出了他最新出版的一本小说交给了父亲，说："爸，写来写去，我才发现爸爸和妈妈是儿女一辈子也读不完的大书，这本书是我给您七十六岁生日的礼物，我还会写下去，直到把自己写成你所希望的那样！”

石光荣捧起书，书的封面上写着《石光荣和他的儿女们》。

看着这本书和孩子们精心布置的展板，石光荣笑了。他无限感慨地说：“没想到，你们替你妈跟我打了埋伏！五年前我偷换了你妈的照片，五年后你们联合偷袭了我！”大家都开心地笑了。

石海和林谷雨来到石光荣面前，把结婚证书交给父亲看，石光荣满意地说：“你们这事办得好，小德子这下在地下可以瞑目了。”

面对一件又一件喜事，大家都不知该先祝贺谁了。胡战斗和杨花花来到石海林谷雨面前，希望他们等几日再办婚礼，到时候他们两对新人一起办。石海高兴地答应了。

石光荣来到石小林身边，问孙子这回回来是探亲呢，还是久居。

石小林说：“对不起爷爷，我还得走，我已经考取了美国的一家大学的高中部，这所大学以国际关系专业闻名，联合国很多要员都是从那里毕业的。”

石光荣问：“你咋想起学这个来了？”

石小林少年老成，字斟句酌地说：“这些年，我妈妈几乎每天都在跟我说起您和爸爸。我了解，您和我爸爸这辈子当兵都是希望通过战争来换得和平。我将来不会走你们的老路，但我们殊途同归。我将来的目标是联合国的和平组织，战争的最高境界是彻底消除战争，让世界永远和平。”

石光荣想了想，对走过来的石林说：“我早就说过，你的儿子将来一定比我的儿子有出息，果真不假，好啊！”

石小林告诉石林，他的母亲正在处理一些事务，不久就会回来与父亲团聚，石光荣追问：“她还走吗？”石小林说：“不走了，永远不走了！”

高扬兴冲冲地来报喜，说石晶生了，八斤半的大胖小子，请岳父给孩子起名字。

石光荣说：“让你谢叔叔起名，放着大秀才不请，你们让我这个大老粗起名干啥？”

谢枫推托说：“老石，名字是亲人对孩子的希望和祝福，我这个蹭着做外公的人没这个资格，还是你起吧。”

石光荣想了想说：“你说，要是褚琴在，她会给孩子取啥名字呢？”石光荣一语既出，大家都沉默了，他们的心里也都在思念亡故的人。见大家的神色起了变化，石光荣突然换了语调，说：“这么着吧，褚琴这辈子就喜欢个花啊草啊的，可生的不是丫头是小子，用不上啊！我想啊，她要是地下有知，一定会为今天的团圆高兴！家嘛，图的不就是个团团圆圆和和美美吗？我看这个孩子就叫‘团圆’吧，高团圆，多好！”

石光荣离开客厅，来到了摆放着褚琴遗像的房间，他把一束紫色的花束放在老伴的遗像前，说：“丫头，石晶生了个大胖小子，家里今天热闹，就缺你，不过，你在我心里，一天都没走……你好好睡觉，别急着拽我去见你，等到了我盼望的所有的事都实现的时候，我一天都不多待，紧溜地去找你。丫头，你放心，我才七十六，还有好些事要干，我啥都好，我会陪着孩子们好好活下去……”

石海来到父亲身边，说：“爸，都等着你开宴呢。”

石光荣擦去眼角的泪水，说：“走，喝酒去！”

父亲走后，石海把他那本新书端端正正地放到母亲的像前，书上赫然印着几个大字：石光荣和他的儿女们。

图书在版编目(CIP)数据

石光荣和他的儿女们 / 石钟山著. -- 北京 : 中国文史出版社, 2023.3

(中国专业作家作品典藏文库. 石钟山卷)

ISBN 978-7-5205-3456-7

Ⅰ. ①石… Ⅱ. ①石… Ⅲ. ①长篇小说-中国-当代 Ⅳ. ①I247.5

中国版本图书馆 CIP 数据核字(2021)第 266099 号

责任编辑：薛未未

出版发行：**中国文史出版社**
社　　址：北京市海淀区西八里庄路 69 号院　邮编：100142
电　　话：010-81136606　81136602　81136603（发行部）
传　　真：010-81136655
印　　装：北京新华印刷有限公司
经　　销：全国新华书店
开　　本：720×1020　1/16
印　　张：21　　　　字数：355 千字
版　　次：2023 年 3 月第 1 版
印　　次：2023 年 3 月第 1 次印刷
定　　价：69.80 元